JAN-PHILIPP SENDKER

Das Herzenhören

Roman

WILHELM HEYNE VERLAG
MÜNCHEN

Verlagsgruppe Random House FSC-DEU-0100
Das für dieses Buch verwendete
FSC®-zertifizierte Papier *Holmen Book Cream*
liefert Holmen Paper, Hallstavik, Schweden.

4. Auflage 2012
Copyright der deutschsprachigen Ausgabe 2002 by
Karl Blessing Verlag, München,
in der Verlagsgruppe Random House GmbH
Umschlaggestaltung und Motiv:
Hauptmann & Kompanie Werbeagentur, Zürich
unter Verwendung eines Fotos von
© Robin Vandenabeele/Arcangel Images (Silhouette Burma)
Satz: Uhl + Massopust, Aalen
Druck und Einband: GGP Media GmbH, Pößneck
Printed in Germany

ISBN 978-3-453-41001-5

www.heyne.de

Für
Anna, Florentine und Jonathan

und
zum Gedenken an Vivien Wong
(1969–2000)

ERSTER TEIL

1

Seine Augen waren mir als Erstes aufgefallen. Sie lagen tief in ihren Höhlen, und es war, als könne er den Blick nicht von mir lassen. Alle Gäste des Teehauses starrten mich mehr oder weniger unverhohlen an, aber er war der aufdringlichste. Als wäre ich ein exotisches Wesen, eines, das er zum ersten Mal sieht. Sein Alter konnte ich schlecht schätzen. Sein Gesicht war voller Falten, sechzig war er mit Sicherheit, vielleicht schon siebzig. Er trug ein vergilbtes weißes Hemd, einen grünen Longy und Gummisandalen. Ich versuchte ihn zu ignorieren und blickte mich im Teehaus um, einer Bretterbude mit ein paar Tischen und Hockern, die auf der trockenen, staubigen Erde standen. An einer Wand hingen alte Kalenderblätter, die junge Frauen zeigten. Ihre Gewänder reichten bis auf den Boden, und mit ihren langärmeligen Blusen, den hochgeschlossenen Kragen und ihren ernsten Gesichtern erinnerten sie mich an alte, handcolorierte Fotos von Töchtern aus gutem Hause um die Jahrhundertwende, wie man sie auf Flohmärkten in New York finden konnte. An der Wand gegenüber befand sich eine Vitrine mit Keksen und Reiskuchen, auf denen sich Dutzende von Fliegen niedergelassen hatten. Daneben stand ein Gaskocher mit einem verrußten Kessel, in dem das Wasser für den Tee kochte. In einer Ecke stapelten sich Holzkisten mit orangefarbener Limonade. Ich hatte noch nie in einer so erbärmlichen Hütte gesessen.

Es war brütend heiß, der Schweiß lief mir die Schläfen und den Hals hinab, meine Jeans klebte auf der Haut. Plötzlich stand der Alte auf und kam auf mich zu.

»Entschuldigen Sie vielmals, junge Frau, dass ich Sie so einfach anspreche«, sagte er und setzte sich zu mir. »Es ist sehr unhöflich, ich weiß, zumal wir uns nicht kennen oder zumindest Sie mich nicht kennen, nicht einmal flüchtig. Ich heiße U Ba und habe schon viel von Ihnen gehört, was aber mein Verhalten, ich gebe es zu, auch nicht höflicher macht. Ich vermute, es ist Ihnen unangenehm, in einem Teehaus, an einem fremden Ort, in einem fremden Land von einem Ihnen unbekannten Mann angesprochen zu werden, und ich habe dafür mehr als Verständnis, aber ich möchte, oder sollte ich ehrlicher sein und sagen, ich muss Sie etwas fragen. Ich habe auf diese Gelegenheit zu lange gewartet, als dass ich nun, da Sie da sind, schweigend vor Ihnen sitzen könnte.

Vier Jahre habe ich gewartet, um genau zu sein, und oft bin ich am Nachmittag auf und ab gegangen, dort, an der staubigen Hauptstraße, wo der Bus ankommt, der die wenigen Touristen bringt, die sich in unseren Ort verirren. Manchmal, wenn sich die Gelegenheit ergab, bin ich an den seltenen Tagen, an denen eine Maschine aus der Hauptstadt landet, zu unserem kleinen Flughafen gefahren und habe, vergeblich, Ausschau nach Ihnen gehalten.

Sie haben sich Zeit gelassen.

Nicht, dass ich Ihnen das vorwerfen möchte, bitte, verstehen Sie mich nicht falsch. Aber ich bin ein älterer Mann, der nicht weiß, wie viele Jahre ihm noch gegeben sind. In unserem Land altern die Menschen schnell und sterben früh. Mein Leben neigt sich langsam, und ich habe noch eine Geschichte zu erzählen, eine Geschichte, die für Sie bestimmt ist.

Sie lächeln. Sie halten mich für übergeschnappt, für ein wenig verrückt oder zumindest sehr verschroben? Dazu haben Sie jedes Recht. Nur bitte, bitte, wenden Sie sich nicht ab. Das alles mag rätselhaft und sonderbar für Sie klingen, und ich gestehe ein, dass mein Äußeres nicht dazu angetan ist, Ihr Vertrauen zu erwecken. Ich wünschte, ich hätte strahlend weiße Zähne wie Sie und nicht diese braunen Stummel im Mund, die nicht einmal mehr zum Kauen richtig taugen, diese Trümmer eines Gebisses. Meine Haut ist welk und schlaff und hängt von meinen Armen, als hätte ich sie dort zum Trocknen abgelegt. Man sagt, ich stinke aus dem Mund, meine Füße sind schmutzig und zerschunden vom jahrzehntelangen Laufen in billigen Sandalen, mein Hemd, das einmal weiß war, hätte eigentlich schon vor Jahren in den Müll gehört. Glauben Sie mir, ich bin ein reinlicher Mensch, aber Sie sehen, in welchem Zustand sich unser Land befindet. Beschämend. Ich bin mir dessen durchaus bewusst, aber ich kann es nicht ändern, und es hat mich viele Jahre meines Lebens gekostet zu akzeptieren, was ich nicht ändern kann. Lassen Sie sich nicht von meiner äußeren Erscheinung in die Irre führen. Verwechseln Sie meinen Gleichmut nicht mit Desinteresse oder Resignation. Nichts läge mir ferner, meine Liebe.

Ich schweife ab, und ich sehe in Ihren Augen, dass ich Ihre Geduld strapaziere. Bitte, sehen Sie es mir nach, und wenden Sie sich nicht ab. Es wartet doch niemand auf Sie, habe ich Recht? Sie sind allein gekommen, so wie ich es erwartet hatte. Geben Sie mir ein paar Minuten Ihrer Zeit. Bleiben Sie noch etwas bei mir, Julia.

Sie staunen? Ihre wunderschönen braunen Augen werden noch größer, und zum ersten Mal schauen Sie mich wirklich an. Sie sind erschrocken. Sie fragen sich, woher ich Ihren Namen weiß, da wir uns doch noch nie gesehen haben und Sie zum ersten Mal in unserem Land zu Gast sind? Kann es Zufall sein? Sie überlegen, ob ich vielleicht irgendwo ein Schild mit Ihrem Namen an Ihrer Jacke oder Ihrem kleinen Rucksack gesehen habe? Nein, habe ich nicht, glauben Sie mir. Ich kenne Ihren Namen, so wie ich den Tag und die Stunde Ihrer Geburt kenne, ich weiß um die kleine Jule, die nichts mehr liebte, als von Ihrem Vater Geschichten erzählt zu bekommen, und ich könnte Ihnen hier und jetzt Jules Lieblingsmärchen erzählen. Die Geschichte vom Prinzen, der Prinzessin und dem Krokodil.

Julia Win. Geboren am 28. August 1968 in New York City. Mutter Amerikanerin. Vater Birmane. Ihr Familienname ist Teil meiner Geschichte, Teil meines Lebens, seit ich vor fünfundfünfzig Jahren aus dem Schoß meiner Mutter kroch, und in den vergangenen vier Jahren gab es keinen Tag, an dem ich nicht an Sie gedacht hätte. Ich werde Ihnen alles später erklären, aber lassen Sie mich zuerst meine Frage stellen: Glauben Sie an die Liebe?

Sie lachen. Wie schön Sie sind. Ich meine es ernst. Glauben Sie an die Liebe, Julia?

Selbstverständlich spreche ich nicht von dem Ausbruch an Leidenschaft von dem wir meinen, er wird unser Leben lang nicht enden, der uns Dinge tun und sagen lässt, die wir später bereuen, der uns glauben machen will, dass wir ohne einen bestimmten Menschen nicht leben können, der uns vor Angst erzittern lässt bei dem Gedanken, wir könnten diesen Menschen wieder verlieren. Dieses Gefühl, das uns ärmer und nicht reicher macht, weil wir besitzen wollen, was wir nicht besitzen können, weil wir festhalten wollen, was wir nicht festhalten können. Ich meine auch nicht die körperliche Begierde und nicht die Eigenliebe, diesen Parasiten, der sich so gern als selbstlose Liebe tarnt.

Ich spreche von der Liebe, die Blinde zu Sehenden macht. Von der Liebe, die stärker ist als die Angst. Ich spreche von der Liebe, die dem Leben einen Sinn einhaucht, die nicht den Gesetzen des Verfalls gehorcht, die uns wachsen lässt und keine Grenzen kennt. Ich spreche vom Triumph des Menschen über die Eigensucht und den Tod.

Sie schütteln den Kopf? Daran glauben Sie nicht? Oh, Sie wissen gar nicht, wovon ich spreche? Das überrascht mich nicht, mir erging es ähnlich, bevor ich Ihren Vater traf. Warten Sie ab, Sie werden verstehen, was ich meine, sobald ich Ihnen die Geschichte erzählt habe, die ich seit vier Jahren für Sie mit mir herumtrage. Nur um ein wenig Geduld muss ich Sie bitten. Es ist spät geworden, und Sie sind sicherlich müde von der langen

Reise. Ich für meinen Teil muss mit meinen Kräften haushalten und bitte um Ihr Verständnis, wenn ich mich jetzt zurückziehe. Wenn es Ihnen genehm ist, sehen wir uns morgen um die gleiche Zeit an diesem Tisch in diesem Teehaus wieder. Hier traf ich, wenn ich das noch erwähnen darf, Ihren Vater, und um ganz ehrlich zu sein, dort, auf Ihrem Schemel hockte er und begann zu erzählen, und ich saß hier, auf diesem Platz, staunend, ja, ich gebe zu, ungläubig und verwirrt. Ich hatte noch nie einen Menschen so erzählen hören. Können Worte Flügel haben? Können sie wie Schmetterlinge durch die Luft gleiten? Können sie uns mitreißen, davontragen in eine andere Welt? Können sie uns erbeben lassen wie die Naturgewalten, die die Erde erschüttern? Können sie die letzten geheimen Kammern unserer Seele öffnen? Ich weiß nicht, ob Worte allein es vermögen, aber zusammen mit der menschlichen Stimme können sie es, Julia, und Ihr Vater hatte an diesem Tag eine Stimme, wie wir sie vielleicht nur einmal im Leben haben. Er erzählte nicht, er sang, und obwohl er flüsterte, gab es in diesem Teehaus keinen Menschen, dem nicht die Tränen kamen, allein vom Klang seiner Stimme. Aus seinen Sätzen wurde bald eine Geschichte und aus der Geschichte ein Leben, das seine Kraft entfaltete und seine Magie. Was ich hörte, machte mich zu einem Gläubigen, wie Ihren Vater.

›Ich bin kein religiöser Mensch, und die Liebe, U Ba, die Liebe ist die einzige Kraft, an die ich wirklich glaube.‹ Das sind die Worte Ihres Vaters.«

U Ba schaute mich an und erhob sich. Er legte die Hände vor der Brust aneinander, ohne sie zu falten, machte die Andeutung einer Verneigung und verließ mit ein paar schnellen, leichtfüßigen Schritten das Teehaus.

Ich blickte ihm nach, bis er im Gewühl der Straße verschwunden war.

Nein, wollte ich ihm hinterherrufen, nein, ich glaube an keine Kraft, die Blinde zu Sehenden macht. Ich glaube nicht an Wunder und nicht an Magie. Das Leben ist kurz, zu kurz, um Zeit mit solchen Hoffnungen zu verschwenden. Ich genieße es, wie es ist, anstatt mir Illusionen zu machen. Ob ich an die Liebe glaube? Was für eine Frage. Als wäre die Liebe eine Religion, an die man glaubt oder nicht. Als Achtzehnjährige habe ich von dem Prinzen geträumt, der kommt und mich rettet und befreit, und als er kam, musste ich lernen, dass es Prinzen nur im Märchen gibt, und dass die Liebe blind macht und nicht sehend. Nein, wollte ich dem Alten hinterherrufen, ich glaube an keine Kraft, die stärker ist als die Angst, ich glaube nicht an einen Triumph über den Tod. Nein. Nein.

Stattdessen hockte ich auf meinem Hocker, zusammengesunken und eingefallen. Ich hörte noch immer seine Stimme, sie war weich und melodisch, in ihrer Sanftheit der meines Vaters nicht unähnlich. Seine Worte hallten in meinem Kopf wie ein Echo, das keine Ende nehmen will.

Bleiben Sie noch etwas bei mir, Julia, Julia, Julia ...

Glauben Sie an die Liebe, an die Liebe ...

Die Worte Ihres Vaters, Ihres Vaters ...

Ich hatte Kopfschmerzen und fühlte mich erschöpft. Als wäre ich aus einem Albtraum erwacht, der nicht aufhörte, mich zu quälen. Um mich herum summten Fliegen, setzten sich auf meine Haare, meine Stirn und meine Hände. Mir fehlte die Kraft, sie zu verscheuchen. Vor mir lagen drei trockene Kekse, auf dem Tisch klebte brauner Zucker.

Ich wollte einen Schluck von meinem Tee trinken. Er war kalt, und meine Hand zitterte. Die Finger umklammerten das Glas, es glitt mir aus der Hand, langsam, wie in Zeitlupe konnte ich sehen, dass es rutschte, so kräftig ich auch drückte. Das Geräusch des zersplitternden Glases auf dem Fußboden. Die Blicke der anderen Gäste. Als hätte ich eine Schrankwand mit Gläsern umgestoßen. Warum hatte ich diesem Fremden so lange zugehört? Ich hätte ihn bitten können zu schweigen. Ich hätte ihm klar und unmissverständlich sagen müssen, er solle mich in Ruhe lassen. Ich hätte aufstehen können. Irgendetwas hielt mich. Ich hatte mich abwenden wollen, da sagte er: Julia, Julia Win. Ich hatte mir nicht vorstellen können, dass ich bei der Erwähnung meines Namens je so erschrecken würde. Mein Herz raste. Woher wusste er meinen Namen? Was wusste er noch von mir? Kannte er meinen Vater? Wann hatte er ihn zuletzt gesehen? Weiß er womöglich, ob mein Vater noch am Leben ist, wo er steckt?

2

Der Kellner wollte mein Geld nicht.

»Sie sind eine Freundin von U Ba. Seine Freunde sind unsere Gäste«, sagte er und verneigte sich.

Ich holte dennoch einen Geldschein aus meiner Hosentasche. Er war dreckig und abgegriffen, ich ekelte mich und schob ihn unter den Teller mit den Keksen. Der Kellner räumte das Geschirr ab, ohne den Schein zu berühren. Ich deutete auf das Geld, er lächelte nur.

War es ihm zu wenig, zu schmutzig oder nicht gut genug? Ich legte eine größere und sauberere Note auf den Tisch. Er verbeugte sich, lächelte wieder und rührte sie nicht an.

Draußen war es noch heißer. Die Hitze lähmte mich, ich stand vor dem Teehaus, unfähig einen Schritt zu tun. Die Sonne brannte auf meiner Haut, und das grelle Licht stach in den Augen. Ich setzte meine Baseballmütze auf und zog sie tief ins Gesicht.

Die Straße war voller Menschen, gleichzeitig herrschte eine

seltsame Stille. Irgendetwas fehlte, und es dauerte eine Weile, bis ich begriff, was es war. Es gab kaum motorisierte Fahrzeuge. Die Menschen gingen zu Fuß oder waren mit dem Fahrrad unterwegs. An einer Kreuzung parkten drei Pferdekutschen und ein Ochsenkarren. Die wenigen Autos, die es zu sehen gab, waren alte japanische Pick-up Trucks, zerbeult und verrostet, voll beladen mit großen Bastkörben und Säcken, an denen sich junge Männer festgeklammert hielten.

Die Straße war gesäumt von flachen, einstöckigen Holzbuden mit Wellblechdächern, wie ich sie aus dem Fernsehen von Slums in Afrika oder Südamerika kannte. Es waren Geschäfte, Kaufhäuser auf zehn Quadratmetern, die alles anboten von Reis, Erdnüssen, Mehl und Haarshampoo bis zu Coca Cola und Bier. Die Ware lag wild durcheinander, es gab keine Ordnung oder aber eine, die mir fremd war.

Jeder zweite Laden schien ein Teehaus zu sein, die Gäste hockten auf kleinen Holzschemeln davor. Um den Kopf hatten sie sich rote und grüne Frotteehandtücher gewickelt, ein Kopfschmuck, der ihnen so selbstverständlich war, wie mir meine dunkelblaue New-York-Yankee-Baseballmütze. Anstelle von Hosen trugen die Männer Gewänder, die wie Wickelröcke aussahen, und sie rauchten lange dunkelgrüne Zigarillos.

Vor mir standen ein paar Frauen. Sie hatten sich gelbe Paste auf Wangen, Stirn und Nase geschmiert und sahen aus wie Indianerinnen auf dem Kriegspfad, und jede paffte einen dieser stinkenden grünen Stummel.

Ich überragte sie alle um mindestens einen Kopf, auch die Männer. Sie waren schlank, ohne dabei hager zu wirken, und sie bewegten sich mit der Eleganz und Leichtigkeit, die ich an meinem Vater immer bewundert hatte. Dagegen fühlte ich mich fett und schwerfällig mit meinen sechzig Kilo und meiner Größe von 1,76.

Am schlimmsten waren ihre Blicke.

Sie wichen mir nicht aus, sie schauten mir direkt ins Gesicht und in die Augen und lächelten. Es war kein Lächeln, das ich kannte.

Wie bedrohlich ein Lachen sein kann.

Andere grüßten mit einem Kopfnicken. Kannten sie mich? Hatten sie alle, wie U Ba, auf meine Ankunft gewartet? Ich wollte sie nicht sehen. Ich wusste nicht, wie ich ihren Gruß erwidern sollte und lief so schnell ich konnte die Hauptstraße hinunter, den Blick auf ein imaginäres Ziel in der Ferne gerichtet.

Ich sehnte mich nach New York, nach dem Krach und dem Verkehr. Nach den ernsten und abweisenden Gesichtern der Passanten, die aneinander vorbeilaufen, ohne einander zu beachten. Selbst nach dem Gestank der übervollen Mülltonnen an einem schwülen, stickigen Sommerabend sehnte ich mich. Nach irgendetwas Vertrautem, etwas, an dem ich mich festhalten konnte, das Schutz versprach. Ich wollte zurück an einen Ort, an dem ich mich zu bewegen und zu verhalten wusste.

Etwa hundert Meter weiter gabelte sich der Weg. Ich hatte vergessen, wo mein Hotel lag. Ich blickte mich um, suchte nach einem Hinweis, ein Schild vielleicht oder ein Detail am Straßenrand, ein Busch, ein Baum, ein Haus, das ich vom Hinweg erinnerte und das mir die Richtung weisen könnte. Ich sah nur monströse lilafarbene Bougainvilleabüsche, die höher waren als die Hütten, die sich dahinter verbargen, sah vertrocknete Felder, staubige Bürgersteige und Schlaglöcher, so tief, dass sie Basketbälle verschlingen könnten. Wohin ich blickte, es sah alles gleich aus, fremd und unheimlich.

Sollte ich, Julia Win aus New York, der in Manhattan jede Straße, jede Avenue vertraut ist, sollte ich mich in diesem Kaff mit seinen drei Längs- und vier Querstraßen verlaufen haben? Wo waren mein Gedächtnis, mein Sinn für Orte, meine Souveränität, mit denen ich mich in San Francisco, Paris und London zurechtgefunden hatte? Wie konnte ich so leicht die Orientierung verlieren? Ein Gefühl von Einsamkeit und Verlorenheit kroch in mir hoch, wie ich es in New York noch nie empfunden hatte.

»Miss Win, Miss Win«, rief jemand.

Ich wagte kaum, mich umzudrehen und blickte über die Schulter zurück. Hinter mir stand ein junger Mann, den ich nicht kannte. Er erinnerte mich an den Pagen im Hotel. Oder den Kellner im Teehaus. An den Kofferträger am Flughafen in Rangun, an den Taxifahrer. Sie sahen alle gleich aus, mit ihren schwarzen Haaren, den tiefbraunen Augen, ihrer dunklen Haut und diesem unheimlichen Lächeln.

»Suchen Sie etwas, Miss Win? Kann ich Ihnen helfen?«

»Nein, danke«, sagte ich, die dem Fremden misstraute und nicht auf seine Hilfe angewiesen sein wollte.

»Ja, mein Hotel, den Weg«, sagte ich, die sich nach nichts mehr sehnte als nach einem Versteck, und sei es das erst heute Morgen bezogene Hotelzimmer.

»Hier rechts den Berg hinauf, dann sehen Sie es. Keine fünf Minuten«, erklärte er.

»Danke.«

»Ich hoffe, Sie haben eine schöne Zeit bei uns. Willkommen in Kalaw«, sagte er und ging weiter.

Im Hotel ging ich grußlos an der lächelnden Empfangsdame vorbei, stieg die schwere Holztreppe hinauf in den ersten Stock und sank auf mein Bett. Ich war erschöpft, wie selten zuvor in meinem Leben.

Mehr als zweiundsiebzig Stunden war ich von New York nach Rangun unterwegs gewesen. Anschließend hatte ich eine Nacht und einen halben Tag in einem alten Bus verbracht mit Menschen, die stanken und nichts am Leib trugen als schmutzige Röcke, verlumpte T-Shirts und zerschlissene Plastiksandalen. Mit Hühnern und quiekenden Ferkeln. Zwanzig Stunden Fahrt über Wege, die mit Straßen nichts gemein hatten. Ausgetrocknete Flussbetten waren das. Nur um von der Hauptstadt in diesen entlegenen Winkel zu gelangen. Warum?

Was machte ich in diesem Nest in den Bergen Birmas? Ich hatte hier nichts verloren und hoffte doch, etwas zu finden. Ich war auf der Suche, ohne wirklich zu wissen wonach.

Ich musste geschlafen haben. Die Sonne war verschwunden, draußen dämmerte es, und mein Zimmer lag im Halbdunkel. Mein Koffer stand unausgepackt auf dem anderen Bett. Ich blickte durch den Raum, meine Augen wanderten hin und her, als müsste ich mich vergewissern, wo ich war. Über mir unter der mindestens vier Meter hohen Decke hing ein alter Holzventilator. Das Zimmer war groß, und die spartanische Einrichtung hatte etwas Klösterliches. Neben der Tür ein schlichter Schrank, vor dem Fenster ein Tisch mit einem Stuhl, zwischen den Betten ein kleiner Nachttisch. Die Wände waren weiß gekalkt, keine Bilder oder Spiegel, die alten Holzdielen des Fußbodens blank poliert. Einziger Luxus war ein koreanischer Minikühlschrank. Er war kaputt. Durch die offenen Fenster wehte kühlere Abendluft, die gelben Vorhänge bewegten sich im Wind, langsam und behäbig.

In der Abenddämmerung, mit ein paar Stunden Abstand, erschien mir die Begegnung mit dem alten Mann noch absurder und rätselhafter als am Mittag. Die Erinnerung daran war verschwommen und unklar. Bilder spukten mir durch den Kopf, Bilder, die ich nicht deuten konnte, und die keinen Sinn ergaben. Ich versuchte mich zu erinnern. U Ba hatte weißes, volles, aber ganz kurz geschnittenes Haar und um den Mund ein Lächeln, von dem ich nicht wusste, was es bedeutete. War es höhnisch, spöttisch? Mitleidig?

Was wollte er von mir?

Geld! Was sonst. Er hat nicht danach gefragt, aber die Bemerkungen über seine Zähne und sein Hemd waren ein Hinweis, ich habe ihn wohl verstanden. Meinen Namen kann er vom Hotel bekommen haben, wahrscheinlich arbeitete er mit dem Empfang zusammen. Ein Trickbetrüger, der mich neugierig machen, mich beeindrucken wollte, um mir dann seine Künste als Wahrsager, Astrologe oder Handleser anzubieten. Ich glaube an nichts davon. Wenn der wüsste, wie er seine Zeit vergeudet.

Hat er mir etwas über meinen Vater verraten, was mich veranlassen könnte zu glauben, dass er ihn wirklich kennt? »Ich bin kein religiöser Mensch, und die Liebe, U Ba, die Liebe ist die einzige Kraft, an die ich wirklich glaube«, soll er zu ihm gesagt haben. Nie hätte mein Vater so einen Satz auch nur gedacht, geschweige denn ausgesprochen. Mit Sicherheit nicht einem Fremden gegenüber. Oder täuschte ich mich? War es nicht eher eine lächerliche Anmaßung meinerseits, zu denken, ich wüsste was mein Vater gedacht oder gefühlt hat? Wie vertraut war er mir?

Wäre er sonst verschwunden, einfach so, ohne einen Brief zum Abschied? Hätte er seine Frau, seinen Sohn und seine Tochter zurückgelassen ohne Erklärung, ohne Nachricht?

Seine Spur verliert sich in Bangkok, sagt die Polizei. Er könnte in Thailand beraubt und ermordet worden sein.

Oder wurde er am Golf von Siam Opfer eines Unfalls? Wollte er nur einmal zwei Wochen völlig ungestört sein, ist weiter an die Küste gefahren und beim Schwimmen ertrunken? Das ist die Version unserer Familie, die offizielle zumindest.

Die Mordkommission vermutete, dass er ein Doppelleben führte. Sie wollten meiner Mutter nicht glauben, dass sie nichts über die ersten zwanzig Jahre im Leben meines Vaters wusste. Sie hielten das für so ausgeschlossen, dass sie meine Mutter zunächst verdächtigten, bei seinem Verschwinden eine Rolle zu spielen, entweder als seine Komplizin oder als Täterin. Erst als feststand, dass es keine hoch dotierte Lebensversicherung gab und niemand von seinem möglichen Tod finanziell profitieren würde, lag auch nicht mehr der Schatten eines Verdachts auf ihr. Verbarg sich hinter dem Geheimnis der ersten zwanzig Lebensjahre meines Vaters eine Seite, die wir, seine Familie, nicht kannten? War er ein heimlicher Homosexueller? Ein Kinderschänder, der seine Lust in den Bordellen Bangkoks befriedigte?

Wollte ich das wirklich wissen? Wollte ich mein Bild von ihm, das des treuen Ehemanns, des erfolgreichen Anwalts, des guten und starken Vaters, der für seine Kinder da war, wenn sie ihn brauchten, wollte ich das befleckt sehen? Du sollst dir kein Bildnis machen. Als ob wir ohne leben könnten. Wie viel Wahrheit vertrage ich?

Was hat mich bis ans andere Ende der Welt getrieben? Nicht die Trauer, diese Phase ist vorüber. Vier Jahre sind eine lange Zeit. Ich habe getrauert, aber ich merkte bald, dass der banale Satz stimmt: Das Leben geht weiter. Auch ohne ihn. Meine Freunde behaupteten, ich sei über die Sache, wie sie es nannten, schnell hinweggekommen.

Es ist auch nicht die Sorge, die mich suchen lässt. Wenn ich ehrlich bin, glaube ich nicht, dass mein Vater noch am Leben ist, oder, sollte ich mich täuschen, dass er mich braucht oder ich etwas für ihn tun könnte.

Es ist die Ungewissheit, die mir keine Ruhe lässt. Die Frage, warum er verschollen ist und ob sein Verschwinden mir etwas über ihn verrät, das ich nicht weiß. Kannte ich ihn so gut, wie ich glaube, oder war unser Verhältnis, unsere Nähe, eine Illusion? Diese Zweifel sind schlimmer als die Angst vor der Wahrheit. Sie werfen einen Schatten auf meine Kindheit, auf meine Vergangenheit, und ich beginne, meinen Erinnerungen zu misstrauen. Und sie sind das Einzige, was mir geblieben ist. Wer war der Mann, der mich großgezogen hat? Mit wem habe ich über zwanzig Jahre meines Lebens zusammengelebt? Wer war mein Vater wirklich?

3

Die letzte Erinnerung an ihn liegt vier Jahre zurück.

Es war der Morgen nach meinem Abschlussexamen. Ich schlief bei meinen Eltern im Haus meiner Kindheit in der 64. Straße auf der Ostseite Manhattans. Sie hatten mir ein Bett im ehemaligen Kinderzimmer bereitet, das nun als Gästezimmer diente. Wir hatten am Abend zuvor mein Examen gefeiert. Ich hätte auch zu mir gehen können, meine Wohnung auf der 2. Avenue liegt keine zehn Minuten vom Haus meiner Eltern entfernt, aber es war spät geworden, nach Mitternacht, und ich spürte den Champagner und den Rotwein. Wir hatten einen besonders schönen Abend gehabt, mein Bruder war aus San Francisco gekommen, mein Vater, der niemals Alkohol trank und Feste verabscheute, war ausgelassen wie selten, und ich hatte Sehnsucht nach meiner Familie bekommen, nach meinem alten Zimmer, den Gerüchen und Geräuschen meiner Kindheit. Einmal noch geweckt werden vom Geklapper des Geschirrs, wenn mein Vater, wie jeden Morgen kurz nach sechs, die Spülmaschine ausräumt und den Tisch deckt. Einmal noch den Geruch vom frischen Kaffee und den aufgebackenen Zimtschnecken in der Nase spüren, die wir als Kinder so gerne aßen. Im Halbschlaf hören, wie er die Haustür öffnet, hinaustritt, die *New York Times* aufhebt und wieder hereinkommt, horchen, wie die schwere alte Holztür ins Schloss fällt und die dicke Zeitung mit einem schmatzenden Geräusch auf dem Küchentisch landet. Meine Universitätsjahre waren vorbei, etwas ging zu Ende, unwiderruflich. Ich wollte es festhalten, und sei es nur für eine Nacht und einen Morgen. Den Tag beginnen im Schutz der Rituale meiner Kindheit. Die Geborgenheit genießen. Einmal noch.

Als hätte ich etwas geahnt.

Mein Vater weckte mich früh. Durch die hellen Holzjalousien fiel dämmriges Licht, es muss kurz vor Sonnenaufgang gewesen sein. Er stand vor meinem Bett, trug seinen altmodischen grauen Mantel und einen braunen Borsalino. Als kleines Mädchen habe ich ihn so ins Büro gehen sehen. Damals stand ich jeden Morgen am Fenster, manchmal weinend, weil ich nicht wollte, dass er fortging, und winkte ihm hinterher. Selbst später, als sein Fahrer in der großen schwarzen Limousine auf ihn wartete und er nur die drei Schritte über den Bürgersteig gehen musste, trug er Mantel und Hut. In all den Jahren veränderte er seine Bürokleidung nicht, kaufte nur in regelmäßigen Abständen neue Mäntel und Hüte, ausschließlich Borsalinos; sechs besaß er davon, zwei schwarze, zwei braune und zwei dunkelblaue. Als er die Mäntel selbst bei den konservativsten Herrenausstattern in New York nicht mehr fand, ließ er sie sich maßschneidern.

Der Borsalino war sein Talisman. Seinen ersten italienischen Hut hatte er für sein erstes Vorstellungsgespräch gekauft. Er bekam die Stelle. Damals hatte er mit dem Hut sicher Stil und Geschmack bewiesen, doch mit den Jahren wirkte es altmodisch, dann spleenig, und schließlich sah er aus wie ein Komparse aus einem Film über die Fünfzigerjahre. Als Teenager schämte ich mich für seinen Aufzug, weil mein Vater so vollkommen altmodisch aussah und die Mütter meiner Freundinnen mit einer Verbeugung begrüßte. Die anderen Kinder kicherten und lachten, wenn er mich gelegentlich von der Schule abholte. Dann tat er mir Leid, weil ich mir nicht vorstellen konnte, dass ihm das weniger wehtat als mir. Er trug niemals Sportschuhe, Jeans oder Sweatshirts und verachtete die legere amerikanische Art der Bekleidung. Sie ziele auf die niederen Instinkte des Menschen, und dazu gehöre die Bequemlichkeit, sagte er.

Mein Vater stand vor dem Bett und flüsterte meinen Namen. Er müsse zu einem Termin nach Boston und könne noch nicht genau sagen, wann er zurückkomme. Vermutlich erst in ein paar

Tagen. Das war ungewöhnlich, denn seine Terminplanung funktionierte so zuverlässig wie das Laufwerk seiner Armbanduhr, außerdem flog er häufig nach Boston, aber nie über Nacht. Ich war zu müde, um mich zu wundern. Er gab mir einen Kuss auf die Stirn und sagte: »Ich liebe dich, mein Kleines. Vergiss das nie. Hörst du?«

Ich nickte im Halbschlaf.

»Ich liebe dich. Pass gut auf dich auf.«

Ich drehte mich um, drückte mein Gesicht in das Kissen und schlief weiter. Seither ist er verschwunden. Spurlos.

Der erste Hinweis, dass etwas nicht stimmte, kam morgens kurz nach zehn. Ich hatte lange geschlafen und war gerade erst in die Küche gekommen. Mein Bruder war schon wieder auf dem Weg nach San Francisco, meine Mutter wartete mit dem Frühstück auf mich. Sie saß im Wintergarten vor einer Tasse Kaffee und blätterte in der *Vogue*. Wir trugen beide noch unsere Morgenmäntel, auf dem Tisch lagen warme Zimtschnecken, und es gab frische Bagel, geräucherten Lachs, Honig und Erdbeermarmelade. Ich saß auf meinem alten Platz, den Rücken an die Wand gelehnt, Füße auf der Stuhlkante, die Beine angewinkelt und fest umschlungen. Ich nippte an meinem Orangensaft und erzählte meiner Mutter von meinen Plänen für den Sommer. Das Telefon klingelte. Es war Susan, die Sekretärin meines Vaters. Ob er krank sei, wollte sie wissen. Sein Zehn-Uhr-Termin, weiß Gott kein unwichtiger, warte auf ihn. Von Boston wusste sie nichts.

Meine Mutter war die weniger Beunruhigte, vermutlich, weil sie keinen Hollywood-Mogul samt Anwälten vor sich sitzen hatte. Irgendetwas Kurzfristiges musste dazwischengekommen sein, die beiden Frauen waren sich einig. Er hatte es nicht geschafft anzurufen, war jetzt in einer Sitzung und würde sich bestimmt, da hatten sie keine Zweifel, in den nächsten Stunden melden.

Meine Mutter und ich frühstückten in Ruhe zu Ende. Meinen Vater erwähnten wir mit keinem Wort. Später gingen wir gemeinsam zur Kosmetikbehandlung, anschließend durch den Central Park zu Bergdorf and Goodman. Es war einer dieser warmen Frühsommertage, an denen es noch nicht zu feucht und zu heiß ist. Selten ist New York schöner. Im Park roch es nach frisch gemähtem Gras, auf der Sheep Meadow lagen Menschen in der Sonne, und ein paar Jungs spielten mit nackten Oberkörpern Frisbee. Vor uns liefen zwei ältere Männer Hand in Hand auf Rollschuhen. Am liebsten wäre ich stehen geblieben, hätte die Augen geschlossen und die Welt umarmt. An solchen Tagen hatte ich das Gefühl, das Leben sei nichts anderes als eine Ansammlung von Möglichkeiten, die nur darauf warteten, von mir genutzt zu werden.

Meine Mutter zog mich weiter.

Sie kaufte mir bei Bergdorf and Goodman ein gelbes, geblümtes Sommerkleid und lud mich danach zum Tee ins Plaza ein. Ich mochte das Hotel nicht; dieses französische Renaissanceimitat war mir zu verspielt, zu kitschig, aber ich hatte es längst aufgegeben mit meiner Mutter woanders Tee trinken zu wollen. Sie liebte die Lobby mit dem vergoldeten Stuck an den hohen Decken und Wänden, den Säulen, so verschnörkelt und verziert, als wären sie aus Zuckerguss. Sie genoss die prätentiöse Art der Kellner und die Weise, wie der französische Maître sie mit »Bonjour, Madame Win« begrüßte. Wir saßen zwischen zwei Palmen neben einem kleinen Buffet mit Kuchen, Pralinen und Eis. Zwei Stehgeiger spielten Wiener Walzer.

Meine Mutter bestellte Kaviarblinis und zwei Gläser Champagner.

»Gibt es noch etwas zu feiern?«, fragte ich.

»Dein Examen, mein Schatz.«

Wir probierten unsere Blinis. Sie waren zu salzig, der Champagner zu warm. Meine Mutter gab dem Kellner ein Zeichen.

»Lass es Mama«, protestierte ich. »Es ist doch in Ordnung.«

»Nicht einmal das«, sagte sie zu mir in einem milden Ton, als verstünde ich davon nichts. »Wenn es das wenigstens wäre.«

Den Ober wies sie zurecht, und unter mehrfacher Entschuldigung nahm er unsere Bestellung wieder mit. Ihre Stimme konnte so kühl und scharf klingen. Früher hatte ich mich davor gefürchtet, heute war es mir nur unangenehm.

»Wenn ich Kaviarblinis esse, möchte ich, dass sie mehr sind als nur in Ordnung. Und lauwarmer Champagner ist eine Zumutung.« Sie schaute mich an. »Du hättest sie gegessen, nicht wahr?«

Ich nickte.

»Dein Vater auch. In manchen Dingen seid ihr euch sehr ähnlich.«

»Wie meinst du das?«, fragte ich. Es klang nicht wie ein Kompliment.

»Ist es eure Bescheidenheit, eure Passivität oder eure Scheu vor Konflikten, die ich nicht verstehen kann? Warum sollte ich mich nicht beschweren, wenn ich etwas von ungenügender Qualität bekomme?«

»Es ist mir lästig.«

»Ist es Schüchternheit oder Arroganz?«, fuhr sie fort, als hätte sie mich nicht gehört.

»Was soll das mit Arroganz zu tun haben?«

»Ihr wollt euch nicht mit dem Kellner abgeben«, sagte sie, und in ihrer Stimme lag eine Wut, die ich mir nicht erklären konnte. Mit salzigen Blinis und lauwarmem Champagner hatte sie nichts zu tun. »Er ist es nicht wert. Das nenne ich Arroganz.«

»Nein, es ist mir einfach nicht so wichtig«, sagte ich. Das war nur die halbe Wahrheit, aber ich hatte keine Lust auf eine lange Diskussion. Mir war es peinlich, mich zu beschweren, egal, ob im Restaurant, in einem Hotel oder beim Einkaufen. Aber es machte mir mehr aus, als ich zugab. Es kränkte mich, und im

Nachhinein ärgerte ich mich oft über meine Nachgiebigkeit. Bei meinem Vater war das anders. Sein Schweigen in solchen Situationen war echt. Ihm war es wirklich nicht wichtig. Wenn ihm jemand unhöflich begegnete oder ihn schlecht behandelte, empfand er das nicht als sein Problem, sondern als das des anderen. Er lächelte, wenn sich jemand in einer Schlange vor ihn drängte. Er zählte nie sein Wechselgeld, meine Mutter jeden Cent. Ich beneidete ihn um seine Gelassenheit. Meine Mutter verstand ihn nicht. Sie war streng mit sich und mit anderen. Mein Vater nur mit sich.

»Wie kann es dir nicht so wichtig sein, ob du gut behandelt wirst, ob du bekommst, was dir zusteht? Das begreife ich nicht.«

»Können wir es nicht dabei belassen?«, sagte ich, mehr bittend als fordernd. Um sie abzulenken, fügte ich hinzu:

»Machst du dir Sorgen um Papa?«

Sie lächelte und schüttelte den Kopf. »Nein. Sollte ich?«

Heute frage ich mich, ob die Gelassenheit meiner Mutter nicht gespielt war. Wir verloren kein Wort über den geplatzten Termin. Sie erkundigte sich nicht im Büro, ob er sich gemeldet hatte. Warum war sie sich so sicher, dass ihm nichts zugestoßen war? Interessierte es sie nicht? Oder hatte sie schon seit Jahren geahnt, dass dieser Moment einmal kommen würde? Ihre Ruhe, ihre Ausgelassenheit an diesem Tag hatten etwas von der Erleichterung eines Menschen, der eine Katastrophe kommen sieht, weiß, dass er ihr nicht entfliehen kann, und am Ende froh ist, wenn es endlich passiert.

Wenige Wochen später saß Francesco Lauria, Leiter der Sonderkommission, die nach meinem Vater fahndete, bei uns in der Küche. Der New Yorker Polizeipräsident hatte ihn zu Beginn der Ermittlungen meiner Mutter als einen seiner besten Fahnder vorgestellt. Seither war er unser ständiger Hausgast. Er war jung, Mitte dreißig, schlank, muskulös und sehr eitel. Seine schwarzen

Haare lagen so präzise, als würde er sie jeden Morgen nachschneiden. Er trug elegante Anzüge und italienische Krawatten. Das Auffallendste war seine Sprache. Er war eloquent und charmant und wählte seine Worte ähnlich sorgfältig wie ein guter Rechtsanwalt vor Gericht. In den ersten Tagen, die mein Bruder, meine Mutter und ich mehr oder weniger neben dem Telefon verbrachten, rief er häufig noch gegen Mitternacht aus dem Präsidium an. Er tröstete uns, erzählte von der hohen Aufklärungsquote bei Entführungen und von Fällen, in denen der Mann nach zwei oder drei Wochen plötzlich unversehrt wieder vor der Tür stand. Mein Vater war für ihn eine Karrierechance, und er war fest entschlossen, sie zu nutzen. »Einflussreicher Wall-Street-Rechtsanwalt spurlos verschwunden«, schrieb die *New York Times* und zitierte Lauria gleich mehrmals auf der Titelseite des Lokalteils. In den folgenden Tagen waren die Zeitungen voller Spekulationen. War es Mord, die Rache eines Mandanten? Eine spektakuläre Entführung? Hatte Hollywood etwas damit zu tun?

Was die Polizei in den ersten zwei Wochen ermittelte, machte den Fall nur noch rätselhafter. Mein Vater war am Tag seines Verschwindens tatsächlich frühmorgens zum JFK-Flughafen gefahren, aber nicht nach Boston geflogen, sondern nach Los Angeles. Er hatte das Ticket am Flughafen gekauft und kein Gepäck aufgegeben. Von Los Angeles flog er weiter mit United Airlines, Flug 888, First Class, nach Hongkong. Ein Steward erinnerte sich an ihn, weil er keinen Champagner trank und auch keine Zeitung las, sondern ein Buch mit Gedichten von Pablo Neruda. Er beschrieb ihn als sehr ruhig und ausgesprochen höflich; er habe wenig gegessen und kaum geschlafen, sich keinen Film angesehen und die meiste Zeit gelesen.

In Hongkong verbrachte mein Vater eine Nacht im Penninsula Hotel, Zimmer 218, bestellte beim Roomservice ein Curryhuhn und Mineralwasser und verließ nach Aussagen des Personals sein Zimmer nicht. Am nächsten Tag flog er mit Cathay Pacific 615 nach Bangkok und übernachtete im Mandarin Oriental. Offensichtlich gab er sich keine Mühe, seine Spur zu verwischen; er wohnte in denselben Hotels, die er auch auf Geschäftsreisen benutzte und zahlte alle Rechnungen mit Kreditkarte. Als habe er gewusst, dass, zumindest für die Ermittler, seine Reise hier enden würde. Vier Wochen später fand ein Bauarbeiter seinen Pass in der Nähe des Bangkoker Flughafens.

Vieles deutete darauf hin, dass er Thailand nicht wieder verlassen hatte. Die Polizei prüfte alle Passagierlisten der Flüge ab Bangkok, sein Name tauchte nirgendwo auf. Lauria vermutete zeitweilig, dass er sich in Thailand einen falschen Pass besorgt hatte und unter anderem Namen weitergeflogen sei. Mehrere Thai-Air-Stewardessen glaubten, ihn gesehen zu haben. Eine angeblich auf einem Flug nach London, eine andere auf dem Weg nach Paris und ein dritte in einer Maschine nach Phnom Penh. Alle Nachforschungen ergaben nicht das Geringste.

Die Beziehung zwischen Lauria und meiner Mutter hatte sich im Laufe der Ermittlungen immer mehr verschlechtert. Zu Beginn war er voller Sympathie für die Familie des Opfers, besonders für die Ehefrau, »der das Leid ins Gesicht geschrieben steht«, wie er es Reportern gegenüber ausdrückte. Wenn er anrief, klang seine Stimme so freundlich, warm und vertraut wie die unseres Hausarztes. Doch das Mitgefühl verwandelte sich allmählich in Misstrauen, weil er nicht verstand, dass wir so viele Fragen über die Vergangenheit meines Vaters nicht beantworten konnten. In seinen Augen behinderten wir die Ermittlungen. Wie kann es möglich sein, dass eine Frau nicht weiß, wo ihr Mann geboren wurde. Nicht das Datum, nicht einmal das Jahr des Geburtstages kennt. Namen der Schwiegereltern? Meine Mutter hatte den Kopf geschüttelt. Geschwister? Jugendfreunde?

Nach Angaben der Einwanderungsbehörde war mein Vater 1942 mit einem Studentenvisum von Birma in die USA gekommen. Er hatte in New York Jura studiert und wurde 1959 amerikanischer Staatsbürger. Als Geburtsort hatte er Rangun angegeben, die Hauptstadt der ehemaligen britischen Kolonie. Nachforschungen des FBI und der amerikanischen Botschaft in Rangun ergaben keinerlei Hinweise. Win ist ein geläufiger Nachname in Birma, und niemand schien die Familie meines Vaters zu kennen.

Lauria nahm einen Schluck von seinem schwarzen Kaffee.

»Es tut mir Leid, Mrs. Win, wir kommen nicht weiter«, sagte er, und ich erkannte am Ton, dass er uns die Schuld oder zumindest einen Teil der Schuld gab. »Ich möchte Ihnen noch einmal ein paar Fragen stellen. Hinter jedem Detail, jedem noch so unbedeutend erscheinenden Hinweis, kann eine Spur stecken, die uns weiterhilft.«

Er holte einen Kugelschreiber und einen Notizblock aus der Tasche.

»Ist Ihnen in den Wochen vor dem Verschwinden Ihres Mannes etwas aufgefallen? Andere Gewohnheiten? Hat er Namen erwähnt, die Ihnen unbekannt waren?«

»Das haben Sie mich schon einmal gefragt«, antwortete meine Mutter gereizt. Sie gab sich keine Mühe, ihren Unmut zu verbergen.

»Ich weiß. Vielleicht ist Ihnen in den vergangenen Wochen noch etwas eingefallen. Manchmal hilft ein gewisser Abstand.«

»Mein Mann hat mehr meditiert als früher. Nicht nur, wie üblich, eine Dreiviertelstunde am Morgen, sondern auch abends nach dem Essen. Aber das sagte ich Ihnen bereits.«

»War er angespannter oder unruhiger?«

»Nein, im Gegenteil.«

»Fröhlicher?«, fragte Lauria erstaunt.

»Mein Vater war kein fröhlicher Mensch, nicht in dem Sinne«, mischte ich mich in das Gespräch ein. »Er war ruhig, oft sehr still, und in der Zeit vor seinem Verschwinden ruhte er noch mehr in sich als sonst.«

»Er hat besonders viel Musik gehört in den letzten Wochen, stundenlang vor dem Einschlafen«, fügte meine Mutter hinzu. »Er brauchte ja nicht viel Schlaf, vier, fünf Stunden pro Nacht, mehr nicht.«

»Hörte er etwas Bestimmtes?«

»Meistens seine Lieblingskomponisten: Bach, Mozart, Beethoven, Puccini-Opern, vor allem *La Bohème*.

Lauria schrieb ein paar Sätze in seinen Block. »Mir ist aufgefallen, dass sowohl sein Büro wie auch sein Arbeits- und Schlafzimmer ungewöhnlich aufgeräumt waren. Leere Schreibtische, die Korrespondenzen erledigt, nicht einmal ein halb gelesenes Buch lag auf dem Nachttisch.«

Meine Mutter nickte. »So war er.«

»Wie meinen Sie das?«, fragte Lauria.

»Penibel und ordentlich, sehr organisiert und weit vorausplanend. Aber was sagt Ihnen das?«

Lauria schwieg. »Wir vermuten«, sagte er nach einer langen Pause, »dass die Gründe für das rätselhafte Verschwinden Ihres Mannes in den ersten zwanzig Jahren seines Lebens zu suchen sind, und ohne Ihre Unterstützung werden wir uns weiter im Kreis drehen.«

»Ich habe Ihnen gesagt, was ich weiß«, unterbrach ihn meine Mutter. »Mein Mann hat über diese Zeit nicht gesprochen, mit niemanden.«

»Sie haben einen Menschen geheiratet, den Sie nicht kannten und von dem Sie nichts wussten?«, fragte Lauria. Seine Stimme klang nicht mehr vorwurfsvoll oder anklagend, sie war kalt und zynisch.

»Ich wusste, was ich wissen musste«, antwortete meine Mutter in einem scharfen Ton, der das Gespräch beenden sollte. »Ich liebte ihn. Mehr interessierte mich nicht.«

Lauria stand auf. Er nahm Kugelschreiber und Notizblock vom Tisch und steckte sie ein. Er konnte meine Mutter nicht verstehen, selbst wenn er gewollt hätte. Er gehörte zu den Menschen, die ein Nein als Antwort nicht gelten lassen, vermutlich in seiner Ehe ebenso wenig wie in seinem Beruf. Er ahnte nicht, dass meine Mutter und er in dieser Hinsicht eigentlich Seelenverwandte waren, und so konnte er auch nicht ermessen, wie schwierig es für sie gewesen war, mit dem Schweigen meines Vaters zu leben.

Lauria blickte uns an, als wolle er etwas sagen, ließ es dann aber.

Er ging zur Tür. »Ich rufe Sie an, wenn wir etwas Neues wissen«, sagte er.

»Danke«, sagte meine Mutter kühl.

Als Lauria gegangen war, setzte sie sich auf seinen Stuhl. Sie schwieg. Die Stille wurde mit jedem Atemzug bedrückender. Worüber schwiegen wir? Sagte meine Mutter die Wahrheit? War sie die Komplizin meines Vaters? Unser Schweigen lastete auf meinen Schultern und meinem Magen, und ich spürte, wie es in den Händen anfing zu kribbeln, als traktiere mich jemand mit Nadeln. Das Gefühl kroch die Arme hoch und in die Brust, und ich wusste, wenn es meinen Kopf erreicht, werde ich ohnmächtig. Ich wollte etwas sagen. Nicht ein Wort konnte ich herauspressen.

Es war meine Mutter, die mich erlöste. Sie stand auf, kam zu mir und nahm mich in den Arm. Ich spürte, dass sie geweint hatte.

»Dein Vater hat mich nicht erst an dem Tag verlassen, an dem er verschwand.«

Gibt es Augenblicke, in denen ein Leben eine neue Wendung nimmt? In der die Welt, wie wir sie kennen, aufhört zu existieren? Die uns von einem Herzschlag zum anderen in einen anderen Menschen verwandelt? Der Moment, in dem der geliebte Mensch gesteht, dass er jemand anderen liebt und uns verlässt? Der Tag, an dem wir Vater oder Mutter oder unseren besten Freund beerdigen? Die Sekunde, in der uns der Arzt mitteilt, dass in unserem Kopf ein Tumor wächst?

Oder sind es immer nur Endpunkte langer Entwicklungen, die wir hätten kommen sehen können, hätten wir die Warnzeichen ernst genommen, anstatt sie zu ignorieren? Verändern sie unser Leben wirklich grundsätzlich, oder sind es nur Phasen der Trauer oder des Aufruhrs, nach denen wir weiterleben mit denselben Gewohnheiten, denselben Vorlieben und Abneigungen, denselben Ängsten und Zwängen, nur vielleicht in anderen Kleidern?

Und wenn es diese Wendepunkte gibt, sind wir uns ihrer bewusst in jenen Augenblicken oder erkennen wir den Bruch erst viel später, in der Rückschau?

Fragen, die mich bisher nicht interessiert hatten und auf die ich keine Antwort wusste. Das Verschwinden meines Vaters war jedenfalls kein solches Erlebnis. Ich liebte ihn, ich vermisste ihn, aber ich glaube nicht, dass in den vergangenen vier Jahren mein Leben anders verlaufen wäre, ich eine wichtige Entscheidung anders getroffen hätte, wäre er noch bei uns. Bis vor einer Woche dachte ich so. Es war kurz nach acht Uhr und schon dunkel, als ich abends aus dem Büro nach Hause kam und mich der Doorman aus dem Fahrstuhl zurückrief. Draußen regnete es heftig, meine Schuhe waren nass, ich fror und wollte in meine Wohnung.

»Was gibt's«, fragte ich ungeduldig.

»Post für Sie«, sagte er und verschwand in einem Lagerraum.

Ich blickte durch die große Glasfront der Lobby auf die Straße. Die roten Rücklichter der Autos glänzten auf dem nassen Asphalt. Ich freute mich auf eine warme Dusche und einen heißen Tee. Der Doorman gab mir eine Tüte mit einem braunen Paket von der Größe eines Schuhkartons. Ich klemmte es unter den Arm und fuhr in meine Wohnung in den vierunddreißigsten Stock.

Eine kleine Wohnung. Schlafzimmer, Bad und Wohnzimmer mit offener Küche, ich hatte sie sparsam, aber mit ausgesuchten Möbeln eingerichtet. Ein langer Holztisch, vier Metallstühle, ein Sessel vor dem Fenster, die Stereoanlage auf dem Fußboden, an den weißen Wänden zwei Bilder von Basquiat, meinem Lieblingsmaler. Ich mochte die Wohnung vor allem wegen ihres Blickes. Die Fensterfront reichte von der Decke bis zum Parkettfußboden und an klaren Tagen lag Manhattans Skyline vor mir. Der Blick aus dem Fenster war ein Gemälde, ein geniales Kunstwerk, das lebte und als Beweis jede Nacht seine Formen und Farben veränderte.

An manchen Abenden stand ich auf meinem kleinen Balkon und träumte. Dann blickte ich auf Manhattan mit einem Gefühl, als hätte ich es erschaffen, streckte die Arme aus und stellte mir vor, ich könnte fliegen. Es war meine Stadt.

Ich hörte den Anrufbeantworter ab, acht Nachrichten, alle geschäftlich. Auf dem Tisch lag ein Haufen Post, Rechnungen und Werbebriefe. Es roch nach Putzmitteln, und ich öffnete die Balkontür. Es regnete noch immer, und die Wolken hingen so tief, dass ich kaum das andere Ufer des East River sehen konnte. Unter mir stauten sich die Autos auf der zweiten Avenue und der Queensboro Bridge, das Hupen drang bis hinauf in den vierunddreißigsten Stock.

Nach dem Duschen holte ich das Paket aus der Tüte. Ich erkannte die Schrift meiner Mutter sofort. Sie schickte mir gelegentlich Karten mit Grüßen oder Zeitungsausschnitte, von denen sie annahm, dass sich mich interessierten, oder fand, dass sie mich interessieren sollten. Sie verabscheute Anrufbeantworter, und das war ihre Art, Nachrichten zu hinterlassen. Ein Paket hatte sie mir lange nicht mehr geschickt; sonderbar, zumal wir für morgen zum Essen verabredet waren. Ich öffnete es und fand einen Stapel alter Fotos, Dokumente und Unterlagen meines Vaters, dazu ein paar Zeilen von ihr.

Julia, ich entdeckte diesen Karton beim Ausmotten auf dem Dachboden. Er war hinter die alte chinesische Kommode gefallen. Vielleicht interessieren dich die Sachen. Dazu habe ich das letzte Foto von uns Vieren gelegt. Ich brauche nichts mehr davon. Freu mich auf Samstag,
deine Judith

Ich breitete den kleinen Stapel auf dem Tisch aus. Obendrauf lag das Familienfoto, entstanden am Tag meines Examens. Ich stehe strahlend zwischen meinen Eltern und habe mich bei ihnen eingehakt. Mein Bruder steht hinter mir und hat seine Hände auf meine Schultern gelegt. Meine Mutter lacht stolz in die Kamera. Auch mein Vater lächelt. Wie Fotos lügen können. Die perfekte, glückliche Familie, nichts deutet daraufhin, dass dies unser letztes gemeinsames Bild ist, oder schlimmer noch, dass einer von uns hinter dem Rücken der anderen schon lange seinen Abschied geplant hat. Ich hatte mir dieses Bild nach Vaters Verschwinden häufig und lange angeschaut, als könnte ich darin Antworten auf meine Fragen finden, als gäbe es irgendwo ein Detail, einen versteckten Hinweis, der das Rätsel lösen würde. Ich habe sein Gesicht mit einer Lupe studiert, vor allem seine Augen, die so strahlen konnten, die es ihm unmöglich machten, Freude zu verbergen. Auf dem Bild sind die Augen leer, er sieht abwesend aus, als hätte er sich bereits davongestohlen.

Darunter lagen zwei abgelaufene Reisepässe, seine amerikanische Einbürgerungsurkunde und ein paar alte, engzeilig voll geschriebene Terminkalender. Boston. Washington. Los Angeles. Miami. London. Hongkong. Paris. Es gab Jahre, da umrundete mein Vater die Welt gleich mehrmals. Er war in seiner Kanzlei zu einem der acht Teilhaber aufgestiegen und hatte sich als Rechtsanwalt früh auf die Unterhaltungsindustrie spezialisiert. Er beriet Hollywood-Studios bei Filmverträgen, Übernahmen und Zusammenschlüssen. Zudem gehörten einige der großen Stars zu seinen Klienten.

Ich habe nie wirklich verstanden, warum er in seinem Beruf so erfolgreich war. Er arbeitete viel, aber strahlte dabei keinerlei persönlichen Ehrgeiz aus, er war weder eitel, noch versuchte er, am Ruhm seiner Klienten teilzuhaben. Sein Name tauchte nie in den Klatschspalten auf, er besuchte keine Partys, nicht einmal die opulenten Wohltätigkeitsbälle, die meine Mutter und ihre Freundinnen organisierten. Das für Einwanderer so typische Bedürfnis, irgendwo dazugehören zu wollen, war ihm fremd. Er war ein Einzelgänger und das Gegenteil von dem Bild, das man sich von einem Showbiz-Staranwalt macht. Vielleicht war es genau das, was Vertrauen einflößte und ihn zu einem begehrten Verhandlungspartner machte. Die Ruhe und Gelassenheit, das Unprätentiöse, diese immer etwas weltfremde, abwesende Art, unbeeindruckt von Geld oder Ruhm. Hinzu kamen zwei außergewöhnliche Fähigkeiten, so ausgeprägt, dass sie seinen Partnern und seinen wenigen Freunden manchmal unheimlich waren: Er besaß ein fast fotografisches Gedächtnis und eine unglaubliche Menschenkenntnis. Mein Vater überflog Bilanzen und Vertragsentwürfe und kannte sie auswendig, er zitierte aus Memos und Briefwechseln, die Jahre zurücklagen. Am Beginn von Gesprächen schloss er häufig die Augen und konzentrierte sich auf die Stimmen seiner

Gegenüber. Als versinke er in einer Oper. Nach wenigen Sätzen wusste er um ihr Befinden, spürte, ob sie sich ihrer Sache sicher waren, ob sie die Wahrheit sagten oder pokerten. Es klappte nicht immer, aber oft. Früher sei er darin unfehlbar gewesen, behauptete er. Es sei erlernbar, aber wer es ihm wann und wo beigebracht hatte, wollte er mir nicht verraten, so sehr ich auch bettelte.

Nicht einmal in meinem Leben habe ich ihn anlügen können. Nicht wirklich.

Der älteste Kalender stammte aus dem Jahr 1960. Ich blätterte ihn durch, nichts als geschäftliche Termine, fremde Namen, Orte und Uhrzeiten. In der Mitte lag ein Zettel, ich erkannte die Handschrift meines Vaters sofort.

How much does a man live, after all?
Does he live a thousand days, or one only?
For a week, or for several centuries?
How long does a man spend dying?
What does it mean to say »for ever«?
Pablo Neruda

Ganz hinten steckte ein blauer Briefumschlag aus dünnem Luftpostpapier, säuberlich zu einem kleinen Rechteck zusammengefaltet. Ich nahm ihn heraus und öffnete ihn. Auf dem Kuvert stand eine Adresse:

Mi Mi
38, Circular Road
Kalaw, Shan State
Burma

Ich zögerte. Barg dieser unscheinbare, hauchdünne, blaue Bogen Papier den Schlüssel zum Geheimnis meines Vaters? Gab es zum ersten Mal seit seinem Verschwinden die Möglichkeit, mehr herauszufinden?

Ich war mir nicht mehr sicher, ob ich es wirklich wollte. Welche Rolle spielte die Wahrheit heute, vier Jahre später, noch? Meine Mutter hatte mit dem Rätsel Frieden geschlossen und ihr ging es vermutlich besser als während ihrer Ehe. Mein Bruder lebte in Kalifornien und war dabei, eine Familie zu gründen. Er hatte kein besonders gutes Verhältnis zu meinem Vater gehabt und ihn bestimmt seit zwei Jahren nicht mehr erwähnt. Ich konzentrierte meine Kraft auf meinen Beruf und machte Karriere als Anwältin. Mein Terminkalender für die kommenden Monate war voll. Ich arbeitete an zwei großen Fällen und hatte keine Zeit, nicht einmal für einen Freund. Wir hatten uns mit unserer Version der Ereignisse eingerichtet und lebten nicht schlecht damit. Ich hatte im Augenblick weder die Energie noch das Interesse, mich mit alten Geschichten zu beschäftigen. Wozu auch? Mir ging es gut.

Ich nahm den Brief und ging zum Gasherd. Ich könnte ihn verbrennen, die Flammen würden das leichte Papier in wenigen Sekunden in Asche verwandeln. Ich stellte den Herd an, hörte das Gas rauschen, das Klicken des automatischen Anzünders, die Flamme. Ich hielt den Umschlag nahe ans Feuer. Eine Bewegung, und unsere Familie hätte ihren Frieden. Ich weiß nicht mehr, wie lange ich vor dem Herd stand, ich erinnere mich nur, dass mir plötzlich die Tränen kamen. Sie liefen mir die Wangen hinab, ich wusste nicht, warum ich weinte, aber die Trauer wurde größer und größer, und irgendwann fand ich mich auf meinem Bett wieder, weinend und schluchzend wie ein Kind.

Die Uhr an meinem Bett zeigte 5.20 Uhr, als ich aufwachte. Ich spürte das Weinen noch in meinem Körper, erinnerte mich ein paar Atemzüge lang nicht an den Anlass und hoffte, das alles sei ein Traum gewesen. Dann fiel mein Blick auf den Brief. Ich stand auf und zog mich aus, duschte, warf einen Bademantel über, steckte ein gefrorenes Croissant in die Mikrowelle und machte mir einen Milchkaffee. Am Tisch entfaltete ich behutsam den Brief. Als könnte er in meinen Fingern zerplatzen wie eine Seifenblase.

New York, 24. April 1955

Geliebte Mi Mi,

fünftausendachthundertundvierundsechzig Tage sind vergangen, seit ich zum letzten Mal dein Herz habe schlagen hören. Weißt du eigentlich, wie viele Stunden das sind? Wie viele Minuten? Weißt du, wie arm ein Vogel ist, der nicht singen kann, eine Blume, die nicht blüht? Wie elend ein Fisch zu Grunde geht, wenn man ihm das Wasser nimmt?

Es ist schwer, dir einen Brief zu schreiben, Mi Mi. So viele habe ich geschrieben und dann nicht abgeschickt. Was kann ich dir berichten, was du nicht schon wüsstest? Als ob wir Tinte und Papier, Buchstaben und Wörter bräuchten, um zu wissen, wie es uns geht. Du bist bei mir gewesen, jede der 140 736 Stunden, ja, so viele waren es bereits, und du wirst bei mir sein, bis wir uns wiedersehen. (Verzeih mir, wenn ich das Selbstverständliche ausspreche, nur dieses eine Mal.) Ich werde zurückkehren, wenn die Zeit gekommen ist. Wie flach und leer die schönsten Worte klingen können. Wie trist und trostlos muss das Leben sein für Menschen, die Worte brauchen, um sich zu verständigen, die sich berühren, sehen oder hören müssen, um einander nah zu sein. Die sich ihre Liebe beweisen oder auch nur bestätigen müssen, um sich ihrer sicher zu sein. Ich merke, auch diese Zeilen werden nicht auf den Weg zu dir gehen. Du hast längst gespürt, was ich dir schreiben wollte, und so sind diese Briefe in Wahrheit an mich gerichtet, nur Versuche, die Sehnsucht zu besänftigen.

Hier brach der Brief ab. Ich las ihn ein zweites und ein drittes Mal, faltete ihn und steckte ihn zurück in den Umschlag. Ich schaute auf die Uhr. Es war Samstagmorgen, kurz nach sieben.

Es hatte aufgehört zu regnen, die Wolken hatten einem tiefblauen Himmel Platz gemacht, unter dem Manhattan langsam
erwachte. Über dem East River ging die Sonne auf, sie schien
in mein Wohnzimmer und tauchte alles in ein warmes, rötliches
Licht. Es würde ein kalter, schöner Tag werden.

Ich holte einen Zettel und wollte mir Notizen machen, die
Situation analysieren, eine Strategie entwerfen, so wie ich es im
Büro tat. Das Papier blieb weiß.

Ich hatte den Zeitpunkt der Entscheidung verpasst. Sie war
gefallen, auch wenn ich nicht wusste, wer sie für mich getroffen
hatte.

Die Nummer von United Airlines kannte ich auswendig.
Der nächste Flug nach Rangun ging am Sonntag über Hongkong und Bangkok. Dort müsste ich mir ein Visum besorgen
und könnte dann am Mittwoch mit Thai Air weiter nach Birma.

»Und der Rückflug?«

Ich überlegte kurz.

»Bleibt offen.«

5

Meine Mutter wartete bereits. Wir waren um halb zwei bei Sant
Ambroeus auf der Madison Avenue zum Mittagessen verabredet. Es war zwanzig nach eins, und sie saß, wie fast jeden Sonnabend, auf ihrem Platz ganz hinten, auf der mit rotem Samt
gepolsterten Bank, von wo aus sie das kleine Lokal und die Cap-
puccinobar im vorderen Raum überblicken konnte, in der Hand
ein fast leeres Glas Weißwein. Seit der Eröffnung dieses italienischen Restaurants vor zwölf Jahren gehörten meine Mutter und
ihre Freundinnen zu den Stammgästen. Sie mochten die leicht
blasierten Kellner in ihren schwarzen Smokings und vor al-

lem Paolo, den Inhaber, der sie jedes Mal mit großer Geste und Handkuss begrüßte, als hätten sie sich Jahre nicht gesehen. Oft aßen sie bei ihm zwei- oder dreimal in der Woche, planten ihre Wohltätigkeitsbälle für den Winter, schimpften über den Verkehr in den Hamptons im Sommer.

Meine Mutter hatte schon bestellt; es gehörte zu unseren Ritualen, dass sie bei Sant Ambroeus für mich aussuchte. Vor ihr stand ein Teller mit drei Scheiben Tomaten und frischem Büffelmozzarella. Auf mich wartete ein kleiner Salat.

Sie erzählte von dem Wohltätigkeitsball des Tierschutzvereins, dessen Schirmherrin sie war, und von Francis-Bacon-Bildern, die sie im MoMA gesehen hatte und schrecklich fand. Ich nickte, ohne ihr wirklich zuzuhören.

Ich war nervös. Wie würde sie auf meine Pläne reagieren?

»Ich verreise am Montag«, sagte ich. Meine Stimme klang noch zaghafter, als ich es befürchtet hatte.

»Wohin?«, fragte sie.

»Nach Birma.«

»Mach dich nicht lächerlich«, sagte sie, ohne von ihrem Mozzarella aufzublicken.

Es waren solche Sätze, mit denen sie mich seit meiner Kindheit zum Schweigen bringen konnte. Ich trank einen Schluck von meinem Mineralwasser und betrachtete meine Mutter. Sie hatte ihr graues Haar wieder dunkelblond färben und kurz schneiden lassen. Die kurzen Haare machten sie jünger, aber auch strenger. Ihre spitze Nase war in den vergangenen Jahren noch spitzer geworden, ihre Oberlippe war fast verschwunden und die sich mehr und mehr nach unten neigenden Mundwinkel gaben ihrem Gesicht etwas Bitteres. Ihre blauen Augen hatten den Glanz verloren, den ich aus meiner Kindheit erinnerte. War es das Alter, oder sieht so eine Frau aus, die nicht geliebt worden ist? Oder nicht so, wie sie es gebraucht oder gewollt hätte?

Wusste sie von Mi Mi und hat es uns Kindern verheimlicht? Sollte ich ihr von dem Brief erzählen?

Sie aß ein Stück Tomate mit Käse und schaute mich an. Ich konnte ihren Blick nicht deuten und wich ihm aus.

»Wie lange bleibst du weg?«

»Ich weiß es noch nicht.«

»Und dein Job? Was ist mit den Verhandlungen in Washington, von denen du mir erzählt hast?«

»Ich weiß es nicht. Vielleicht können sie zwei Wochen warten.«

»Du bist verrückt. Du riskierst deine Karriere. Wofür?«

Die Frage hatte ich erwartet und befürchtet. Ich wusste keine Antwort. Der Brief an Mi Mi war vierzig Jahre alt. Ich glaubte nicht, dass er wirklich etwas mit dem Verschwinden meines Vaters zu tun hatte. Ich wusste nicht, wer Mi Mi war, wo sie war, welche Rolle sie im Leben meines Vaters gespielt hatte und ob sie noch lebte. Ich hatte einen Namen und eine alte Adresse in einem Dorf, von dem ich mir nicht einmal sicher war, wo es lag. Ich bin kein Mensch, der leichtfertig seinen Gefühlen folgt, ich vertraue meinem Intellekt mehr als meinen Instinkten.

Und trotzdem. Ich musste mich auf die Suche machen. Etwas zog mich an diesen Ort, eine Kraft, die ich nicht kannte und der ich keinen Widerstand leisten konnte, der ich nichts entgegenzusetzen hatte als rationale Argumente. Zum ersten Mal in meinem Leben war das nicht genug.

»Was suchst du in dem Land?«, hörte ich meine Mutter fragen.

»Die Wahrheit«, antwortete ich. Es sollte eine Feststellung sein, klang aber eher wie eine Frage.

»Die Wahrheit. Die Wahrheit«, wiederholte sie. »Wessen Wahrheit? Seine Wahrheit? Deine Wahrheit? Meine kann ich dir hier und jetzt in drei Sätzen sagen. Wenn sie dich interessiert.«

Ihre Stimme klang alt und bitter. Ich hatte nicht geahnt, wie verletzt meine Mutter war. Wir hatten darüber nie gesprochen, nicht über ihre Ehe und nicht über ihren Satz »Dein Vater hat mich nicht erst an dem Tag verlassen, an dem er verschwand«.

»Ich möchte wissen, was mit meinem Vater geschehen ist. Warum kannst du das nicht verstehen?«

»Welche Rolle spielt das jetzt, vier Jahre später?«

»Vielleicht lebt er noch?«

»Selbst wenn. Glaubst du nicht, er hätte sich gemeldet, wenn er noch etwas von uns wissen wollte?«

Sie sah mir an, dass mich der Gedanke traf und fügte hinzu: »Oder möchtest du Detektiv spielen? Das kann die Polizei besser. Was immer du in seinen alten Sachen gefunden hast, warum gibst du es nicht Lauria? Ruf ihn an. Er wird sich freuen.«

Auf diese Idee war ich auch gekommen. Ein paar Stunden nachdem ich den Flug gebucht hatte, saß ich in meiner Wohnung, blickte über die Stadt und fand die Idee plötzlich lächerlich. Auf was für ein Abenteuer wollte ich mich einlassen? Als wäre ich ein Teenager, der alles stehen und liegen lässt, um seiner großen Liebe einmal um die Welt zu folgen. So spontan war ich mit achtzehn nicht, warum sollte ich es mit siebenundzwanzig sein? Ein Blick in den Terminkalender zeigte mir, wie albern meine Pläne waren. Wir bereiteten die Fusion von zwei Telefongesellschaften vor, in der kommenden Woche standen entscheidende Gespräche beim Kartellamt in Washington an, anschließend Verhandlungen in Phoenix und Austin.

Wo war da Platz für Mi Mi?

Ich wollte Lauria von meinem Fund erzählen und ihn um Rat fragen.

»Lauria«, meldete er sich.

Lauria. Es genügte. Ich kannte den berechnenden Ton, die falsche Herzlichkeit, das gespielte Interesse nur zu gut. Das alles war mir aus meinem Büro vertraut; ich kannte das von mir, wenn ich mit jemandem sprach, von dem ich etwas wollte oder brauchte.

Ich hörte seine Stimme und wusste, dass er nie von Mi Mi erfahren würde. Die Vorstellung, dass er den Brief meines Vaters in den Händen halten und lesen würde, war mir widerlich. Was immer für ein Rätsel sich dahinter verbarg, einen Menschen wie Lauria ging das nichts an. Er würde es nicht verstehen, er würde darauf herumtrampeln und es zerstören, ohne es überhaupt zu merken.

Ich begriff, dass mein Vater mir ein Geheimnis in den Schoß gelegt, mir eine Kostbarkeit, ein Stück seines Herzens oder seiner Seele anvertraut hatte, das nur für mich bestimmt war und das ich hüten und beschützen musste.

»Julia Win. Ich wollte mich nur erkundigen, ob es neue Hinweise gibt«, sagte ich verlegen.

»Nein, es sei denn, Sie haben welche.«

»Ich? Woher soll ich etwas Neues wissen?«

»Warum hätten Sie sonst angerufen?«

Es war ein kurzes Gespräch.

Ich blickte meine Mutter an. »Und?«

»Was möchtest du wissen?«

»Die Wahrheit.«

Sie legte langsam das Besteck weg, tupfte mit der Serviette ihren Mund ab und trank einen Schluck Wein.

»Die Wahrheit ist: Dein Vater hat mich betrogen. Nicht einmal und nicht zweimal. Er hat mich betrogen, jede Stunde, jeden Tag, in den fünfunddreißig Jahren unserer Ehe. Nicht mit einer Geliebten, die ihn heimlich auf seinen Reisen begleitete oder mit der er die Abende verbrachte, wenn er angeblich noch im Büro saß. Ich weiß nicht, ob er je eine Affäre gehabt hat, es spielt keine Rolle. Er hat mich betrogen, weil er mir falsche Versprechungen gemacht hat. Er hat sich mir versprochen, was sonst ist eine Heirat? Er ist meinetwegen zum Katholiken geworden. Er hat die Worte des Geistlichen bei der Trauung wiederholt: In guten wie in schlechten Zeiten. Er hat es nicht ernst gemeint, er hat den Glauben geheuchelt, und er hat die Liebe zu mir geheuchelt. Er hat sich mir nicht gegeben, Julia, nicht einmal in guten Zeiten.

Glaubst du, ich hätte ihn nie nach seiner Vergangenheit gefragt? Glaubst du wirklich, die ersten zwanzig Jahre seines Lebens wären mir egal gewesen? Als ich ihn das erste Mal fragte, vertröstete er mich, schaute mich an mit diesem sanften, vertrauensvollen Blick, dem ich damals noch nicht standhalten konnte, und versprach, mir eines Tages alles zu erzählen. Das war vor unserer Hochzeit, und ich glaubte ihm, ich vertraute ihm. Später habe ich ihn gelöchert, ich habe geweint und ich habe geschrien und mit Trennung gedroht. Ich sagte ihm, ich würde ausziehen und nur dann zurückkommen, wenn er mir nichts mehr verheimlichen würde. Er sagte, er liebe mich, warum mir das nicht genüge. Wie kann man behaupten, jemanden wirklich zu lieben, wenn man nicht bereit ist, alles mit ihm zu teilen, auch die Vergangenheit?

Nach deiner Geburt habe ich in einem seiner Bücher einen alten Brief gefunden. Er hatte ihn kurz vor unserer Hochzeit geschrieben. Es war ein Liebesbrief an eine Frau in Birma. Er wollte mir das erklären, aber ich wollte nichts hören. Es ist seltsam, Julia, aber ein Geständnis, eine Offenbarung ist wertlos, wenn sie zur falschen Zeit kommt. Ist es zu früh, überfordert sie uns, wir sind noch nicht bereit dafür und wissen ihren Wert nicht zu schätzen. Kommt sie zu spät, ist die Chance vertan, das Misstrauen, die Enttäuschung schon zu groß, die Tür verschlossen. Was Nähe schaffen sollte, bringt in beiden Fällen nur Distanz. Für mich war es zu spät. Ich wollte von den Geschichten seiner ehemaligen Geliebten nichts mehr wissen, sie hätten uns nicht näher gebracht, nur noch verletzt. Ich sagte ihm, ich würde mich von ihm trennen, wenn ich noch einmal so einen Brief fände, egal wie alt der sei, und dass er weder mich noch seine Kinder je wieder sehen würde. Das half. Ich habe nie wieder etwas gefunden, obwohl ich seine Sachen alle paar Wochen gründlich durchsucht habe.«

Sie machte eine Pause, leerte ihr Weinglas und bestellte ein neues. Ich wollte ihre Hand nehmen, aber sie zog sie zurück und schüttelte den Kopf. Auch dafür war es zu spät.

»Wie konnte ich mich wehren? Wie konnte ich ihm heimzahlen, was er mir antat? Ich beschloss, meine eigenen Geheimnisse zu haben. Ich teilte weniger und weniger mit ihm, behielt meine Gedanken und meine Gefühle für mich. Er fragte nicht. Er war der Meinung, wenn ich ihm etwas erzählen, wenn ich etwas mit ihm teilen wollte, würde ich das tun. So lebten wir nebeneinander her, bis zu dem Morgen, an dem er verschwand.

Er hat mich ausgenutzt. Ich war jung, noch keine zweiundzwanzig und sehr naiv, als wir uns zum ersten Mal begegneten. Es war auf dem Geburtstag einer Freundin. Ich sehe ihn noch durch die Tür kommen, groß und schlank, mit seinen vollen Lippen, ein Mund, der immer ein wenig zu lächeln schien. Er sah gut aus, und die Frauen schwärmten für ihn, ohne dass er es wollte; vielleicht wusste er es nicht einmal. Alle meine Freundinnen hätten ihn genommen. Seine große Nase, die hohe Stirn und die schmalen Wangen gaben seinem Gesicht etwas Asketisches, das mich anzog. Seine schwarze, runde Brille betonte seine schönen Augen noch. Er hatte eine Leichtigkeit in seinen Bewegungen, eine Eleganz in seinem Ausdruck und seiner Sprache, eine Aura, die selbst meine Eltern beeindruckte. Für sie wäre er der perfekte Schwiegersohn gewesen: gebildet, intelligent, tadellose Manieren, selbstbewusst ohne eine Spur von Arroganz. Natürlich waren sie dennoch gegen die Hochzeit. Sie haben mir bis zu ihrem Tod nicht vergeben, dass ich einen ›Farbigen‹ geheiratet habe. Es war das erste und einzige Mal, dass ich wirklich gegen sie revoltiert habe. Wie du weißt, liegt das nicht in meiner Natur. Einmal bin ich über meinen Schatten gesprungen und zahle dafür mein Leben lang.«

Sie atmete tief durch. Der Kellner hatte das Risotto gebracht, es stand dampfend vor ihr, aber sie rührte es nicht an.

»Du kannst gerne nach Birma fahren«, sagte sie erschöpft. »Wenn du zurückkehrst, werde ich dich nichts fragen, und ich möchte auch nicht, dass du mir irgendetwas von deiner Reise erzählst. Was immer du dort findest, mich interessiert es nicht mehr.«

Die Limousine zum Flughafen wartete vor der Tür. Es war ein klarer, kalter Morgen. Ich sah den Atem des Fahrers, der vor dem Wagen auf und ab ging und rauchte. Der Doorman trug mein Gepäck zum Auto und lud es in den Kofferraum. Als ich einsteigen wollte, gab er mir einen Brief. Eine ältere Dame habe ihn vor einer halben Stunde für mich abgegeben. Die Handschrift meiner Mutter. Warum war sie nicht hoch gekommen? Während der Fahrer von der zweiten Avenue in den Midtown-Tunnel bog, öffnete ich den Umschlag.

Meine liebe Julia,
wenn du diese Zeilen liest, bist du auf dem Weg nach Birma, dem Geburtsland deines Vaters. Was immer du dort suchst, ich wünsche dir, dass du es findest.
Ich schreibe dir, weil mir unser Gespräch bei Sant Ambroeus nicht aus dem Kopf geht. Was ich dir sagen möchte, wollte ich nicht gestern Abend am Telefon besprechen, als wir uns verabschiedeten.
Ich habe während unseres Mittagessens sehr ablehnend auf deine Reisepläne reagiert. Sie haben mich verletzt, und ich weiß nicht, warum. War es die ganze Enttäuschung, die eine gescheiterte und dennoch fast fünfunddreißig Jahre währende Ehe mit sich bringt? Ein Scheitern, das wir uns nie eingestanden haben, weder dein Vater noch ich. Oder fürchtete ich, dass du dich auf seine Seite schlagen würdest? Verzeih mir solche Gedanken.

Ich hatte jetzt eine Nacht Zeit, um über deine Frage nach der »Wahrheit« nachzudenken, und befürchte, dass ich dir am Sonnabend etwas Wichtiges verschwiegen habe.

Dein Vater wollte mich nicht heiraten. Zumindest nicht am Anfang. Von dem Tag, an dem ich ihn fragte, ob wir nicht heiraten wollten, bis zu unserer Hochzeit vergingen über zwei Jahre. Eine Zeit, in der ich nichts unversucht ließ, ihn für mich zu gewinnen. Zunächst meinte er, wir würden zu wenig voneinander wissen und sollten warten, bis wir uns besser kennen würden. Später behauptete er, wir seien zu jung, wir sollten uns Zeit lassen. Kurz vor der Hochzeit warnte er mich, dass er mich nicht so lieben könne, wie ich es vielleicht erwartete oder bräuchte. Ich habe nicht auf ihn gehört, ich glaubte ihm nicht. Seine Zurückhaltung, sein Zögern machten mich nur noch entschlossener. Ich wollte ihn haben, ihn und keinen anderen. In den ersten Monaten hatte ich den Verdacht, dass er in Birma eine Frau hätte, aber er erklärte, er sei nicht verheiratet. Mehr wollte er über die Jahre in seiner Heimat nicht sagen. Es interessierte mich zu dem Zeitpunkt auch noch nicht. Ich war überzeugt, dass er mir und meiner Liebe auf Dauer sowieso nicht widerstehen könnte. Birma war weit weg. Ich war es, die neben ihm einschlief und neben ihm aufwachte. Ich wollte ihn erobern. War es gekränkte Eitelkeit, die mich nicht aufgeben ließ? Oder war es die brave, wohlerzogene Tochter aus gutem Hause, die gegen ihre Eltern rebellierte? Was gab es für einen besseren Protest gegen die Welt meines Vaters, als einen dunkelhäutigen Mann zu heiraten.

Ich habe viele Jahre versucht, auf diese Frage eine Antwort zu finden. Ohne Erfolg. Vielleicht war es eine Kombination von Gründen. Als ich einsah, dass ich deinen Vater nicht so verändern konnte, wie ich es wollte, war es zu spät. Am Anfang blieben wir wegen euch Kindern zusammen, später fehlte uns der Mut zur Trennung, jedenfalls was mich betrifft. Was deinen

Vater angeht, bin ich mir über seine Motive nicht im Klaren. Vermutlich war ich es nie.

Ich wollte, dass du das weißt, bevor du dich auf die Suche machst.

Komm gesund wieder.

Gott segne dich,
deine Judith

6

Ich lag lange wach und schlief dann schlecht, obschon ich mich vor Müdigkeit und Erschöpfung kaum mehr bewegen konnte. Die vielen Fragen ließen mich nicht zur Ruhe kommen, sie jagten durch meinen Kopf, als brülle sie mir jemand ohne Unterlass ins Ohr. Mehrmals in der Nacht schreckte ich auf, saß im Bett und schaute auf den kleinen Reisewecker neben mir. 2.20 Uhr. 3.10 Uhr. 3.40 Uhr.

Am Morgen fühlte ich mich nicht besser. Ich war von einem Augenblick zum anderen hellwach, mir war übel, ich hatte Kopfschmerzen und mein Herz schlug so heftig, als würde jemand fortwährend gegen meine Brust pressen. Ich kannte das Gefühl aus New York; in den Nächten vor wichtigen Verhandlungen oder Gesprächen erging es mir ähnlich.

Durch das offene Fenster wehte ein leichter Wind, und ich spürte, wie die Morgenkälte langsam unter meine Decke kroch. Ein frischer exotischer Geruch, den ich nicht kannte, erfüllte mein Zimmer.

Es war hell geworden, ich stand auf und ging ans Fenster. Der Himmel war dunkelblau ohne eine Wolke, die Sonne lag noch irgendwo versteckt hinter den Bergen. Auf der Wiese vor dem Hotel sah ich blühende Bäume, Blumen und Büsche, die so fremd auf mich wirkten, als wären es Gewächse aus einem Märchenbuch. Ihre Farben waren wilder und ungezähmter als alles, was ich aus Amerika kannte, sie erinnerten mich an meine Basquiat-Bilder zu Hause. Selbst das Rot des Klatschmohns leuchtete so intensiv, wie ich es noch nie erlebt hatte.

In der Dusche gab es kein warmes Wasser.

Wände und Decke des Frühstücksraums waren mit dunklem, fast schwarzem Holz getäfelt. Auf einem Tisch am Fenster stand ein Frühstücksgedeck, die anderen Tische waren leer. Ich war der einzige Gast im Hotel.

Der Kellner näherte sich mit einer tiefen Verbeugung. Ich hatte die Wahl zwischen Tee oder Kaffee und Spiegel- oder Rührei. Cornflakes und Bagel kannte er nicht. Wurst oder Käse gab es nicht.

»Spiegel- oder Rührei«, wiederholte er.

»Rühreier«, sagte ich, und er nickte.

Ich schaute ihm hinterher, bis er durch eine Pendeltür am anderen Ende des Saales verschwand. Auch er bewegte sich so leichtfüßig, dass ich seine Schritte nicht hören konnte. Als schwebe er ein paar Zentimeter über dem Boden durch den Raum.

Ich war allein, und die Stille war mir unangenehm. Ich fühlte mich beobachtet, als hätten die leeren Tische und Stühle Augen und würden mich anstarren und jede meiner Bewegungen misstrauisch beglotzen. Ich war Ruhe nicht gewohnt, nicht diese Art zumindest. Wie lange konnte es dauern, Kaffee zu kochen? Rühreier zu braten? Warum hörte ich keine Stimmen, keine Geräusche aus der Küche? Die Stille bedrückte mich, sie wurde mir zunehmend unheimlicher, und ich fragte mich, ob es eine Steigerung von Stille gibt, so wie es die Steigerung eines Geräuschpegels gibt. Offensichtlich, denn mit jedem Augenblick hörte ich sie intensiver, bis sie mir in den Ohren wehtat und unerträglich wurde. Ich räusperte mich, klopfte mit dem Messer gegen meinen Teller, nur um etwas zu hören. Die Stille verschluckte die Geräusche und war danach noch hässlicher als zuvor.

Ich stand auf, ging zur Tür, die in den Garten führte, öffnete sie und trat hinaus. Es war windig. Noch nie hatte das Rauschen eines Baumes, das Summen einer Hummel, das Zirpen eines Grashüpfers so beruhigend geklungen.

Der Kaffee war lauwarm, die Rühreier verbrannt. Der Kellner stand in der Ecke, lächelte und nickte, und ich aß verbrannte Eier, trank lauwarmen Kaffee und nickte und lächelte zurück. Ich bestellte noch einen Kaffee und blätterte in meinem Reiseführer. Kalaw war ihm knapp eine Seite wert.

»Gelegen am westlichen Ende des Shan-Plateaus, eine populäre Bergstation unter den Briten. Heute ein ruhiger, friedlicher Ort mit viel Atmosphäre aus der Kolonialzeit. 1320 Meter hoch, angenehm kühl, idealer Platz zum Wandern in Pinien- und Bambuswäldern, beeindruckende Ausblicke auf die Berge und Täler der Shan-Provinz.

Bevölkerung: Eine einmalige Mischung aus Shan, Birmanen, verschiedenen Bergvölkern, birmanischen und indischen Muslimen und Nepalesen (Gurkhas, die einst in der britischen Armee dienten), viele von ihnen gingen in Missionsschulen. Bis in die Siebzigerjahre gab es in Kalaw amerikanische Missionare die in den Schulen unterrichteten. Ein Großteil vor allem der älteren Einwohner spricht noch heute Englisch.«

Als Sehenswürdigkeiten waren drei Pagoden und der Markt vermerkt. Es gab angeblich ein birmanisches, ein chinesisches und ein nepalesisches Restaurant, ein Kino und mehrere Teehäuser. Mein im Tudorstil erbautes Hotel hatte ein Engländer entworfen; es war schon während der Kolonialzeit das erste Haus am Platz gewesen. Außerdem gab es noch mehrere kleine Hotels und Pensionen »für geringste Ansprüche«.

Nach dem Frühstück ging ich in den Garten und setzte mich unter eine Pinie auf eine Holzbank. Von der Kühle des Morgens war nichts mehr zu spüren, mit der Sonne war die Hitze gekommen, ein süßlich-schwerer Geruch lag in der Luft.

Wo sollte ich mit der Suche nach Mi Mi beginnen? Mein einziger Anhaltspunkt war der Briefumschlag mit ihrer Adresse:

38, Circular Road

Kalaw, Shan State

Burma

Das war vor fast vierzig Jahren.

Ich brauchte dringend ein Fahrzeug und auch einen Einheimischen, der sich gut auskannte. Was noch?

In meinem Notizblock machte ich eine Liste von Dingen, die ich zu tun hatte:

1. Auto plus Fahrer mieten
2. Tourguide finden
3. Telefonbuch besorgen
4. Stadtplan kaufen
5. Mi Mis Adresse suchen
5. Falls verzogen, Nachbarn und/oder Polizei befragen
7. Polizei nach Vater fragen
8. Bürgermeister und/oder Einwohneramt checken
9. Evtl. andere Amerikaner oder Engländer aufsuchen
10. Vaters Foto in Teehäusern, Hotels und Restaurants zeigen
11. Sämtliche Hotels, Clubs etc. checken

Nicht anders bereitete ich mich auf Verhandlungen und Gespräche mit Klienten vor; das Auflisten, die systematische Recherche, war mir vertraut und gab mir Sicherheit.

Das Hotel hatte mir einen Fahrer empfohlen, der auch als Tourguide arbeitete. Er sei heute mit zwei dänischen Touristen unterwegs und würde in den kommenden Tagen Zeit haben. Er wollte am Abend gegen acht Uhr ins Hotel kommen. Es machte Sinn, auf ihn zu warten und mit der Suche erst morgen zu beginnen. Außerdem konnte ich U Ba nach Mi Mi fragen, auch wenn er ein Schwindler war. Er hatte offensichtlich sein Leben in Kalaw verbracht und war in ihrem Alter, vermutlich kannte er sie.

Es war kurz nach zwölf, und ich beschloss, ein wenig zu joggen. Nach der langen Reise brauchte mein Körper Bewegung, es war zwar warm, aber die trockene Höhenluft und der Wind machten die Hitze erträglich. Ich war gut in Form und lief in Manhattan selbst an heißen und schwülen Sommerabenden mehrere Meilen durch den Central Park.

Das Joggen tat gut, es befreite mich. Die Blicke störten nicht mehr, ich musste ihnen nicht ausweichen, weil ich mich auf meine Beine konzentrierte. Ich hatte das Gefühl, ich konnte allem, was mir fremd und unheimlich war, davonlaufen, konnte sehen und beobachten, ohne selbst gesehen zu werden. Ich lief ins Dorf hinunter, die Hauptstraße entlang, an einer Moschee und einer Pagode vorbei, umrundete in einem weiten Bogen den Markt, überholte Ochsenkarren und Pferdekutschen und mehrere junge Mönche. Erst beim Laufen bemerkte ich, wie langsam und gemächlich sich die Menschen im Ort bewegten, trotz ihrer Leichtfüßigkeit. Jetzt fühlte ich mich ihnen gewachsen, bestimmte mein Tempo selbst und musste mich nicht mehr ihrer Geschwindigkeit anpassen. Ich spürte die Kraft in meinen Beinen, war froh, dass sie auch nach einer halben Stunde nicht weniger wurde. Selbst den Anstieg zu meinem Hotel schaffte ich mit leichten Füßen.

Nach dem Duschen legte ich mich aufs Bett und ruhte mich aus. Ich fühlte mich besser.

Auf dem Weg zum Teehaus dann wurden meine Beine müde, ich spürte jeden Schritt. Ich war unsicher und aufgeregt, wollte wissen, was mich erwartete. Ich bin kein Mensch, der sich gern überraschen lässt. Was würde er mir erzählen, was davon konnte ich glauben? Ich wollte ihm detaillierte Fragen stellen, und sollte er sich in Widersprüche verwickeln, würde ich aufstehen und gehen.

U Ba wartete bereits. Er stand auf, verbeugte sich und nahm meine Hände. Seine Haut war weich und seine Hände angenehm warm. Wir setzten uns. Er bestellte zwei Gläser Tee und ein paar Kekse und schaute mich an, ohne etwas zu sagen. Nach einer Weile schloss er die Augen, atmete tief ein und begann zu erzählen.

7

Der Dezember in Kalaw ist ein kalter Monat. Der Himmel ist blau und wolkenlos. Die Sonne wandert von einer Seite des Horizonts zur anderen, aber sie steigt nicht mehr hoch genug, um wirklich zu wärmen. Die Luft ist klar und frisch, und nur in den empfindlichsten Nasen liegt noch eine Ahnung des schweren, süßlichen Duftes der tropischen Regenzeit, wenn die Wolken tief über dem Dorf und in den Tälern hängen und das Wasser hemmungslos vom Himmel fällt. Als müsse es die Welt vor dem Verdursten retten. Dann ist es heiß und feucht, auf dem Markt riecht es nach faulem Fleisch, und auf den Eingeweiden und Totenschädeln der Schafe und Rinder hocken träge die Fliegen, zu müde, um den todbringenden Schlägen zu entfliehen. Selbst die Erde scheint zu schwitzen, aus ihren Poren kriechen Würmer und Insekten. Harmlose Rinnsale werden zu reißenden Flüssen, die in einem Augenblick der Unachtsamkeit, Ferkel, Lämmer oder Kinder verschlingen, um sie weiter unten im Tal leblos wieder auszuspucken.

Der Dezember weiß davon nichts. Der Dezember verspricht den Menschen in Kalaw Ruhe vor den Gewalten der Natur. Er verspricht angenehm kühle Tage und kalte Nächte.

Der Dezember ist scheinheilig, dachte Mya Mya. Sie saß auf einem Holzschemel vor ihrem Haus und blickte über die Felder und das Tal und auf die Bergkuppen in der Ferne. Die Luft war so klar, dass sie das Gefühl hatte, durch ein Fernglas bis ans Ende der Welt zu schauen. Mya Mya traute dem Wetter nicht. Obwohl sie sich nicht erinnern konnte, in ihrem Leben jemals im De- zember eine Wolke am Himmel gesehen zu haben, hielt sie die Möglichkeit eines Wolkenbruchs nicht für ausgeschlossen. Oder die eines Taifuns, auch wenn seit Menschengedenken nicht einer seinen Weg vom bengalischen Golf bis in die Berge rund um Kalaw gefunden hatte. Ausgeschlossen, darauf beharrte sie, war es nicht. Solange es Taifune gab, konnte einer ihren Heimatort verwüsten. Oder die Erde könnte beben. Auch oder vielleicht gerade an einem Tag wie heute, an dem nichts auf eine Katas- trophe hindeutete. Sicherheit ist immer trügerisch. Vertrauen ein Luxus, den sich Mya Mya, davon war sie in der Tiefe ihres Herzens überzeugt, nicht leisten konnte. Ruhe und Frieden gab es für sie nicht. Nicht auf dieser Welt. Nicht in diesem, ihrem Leben.

Das hatte sie gelernt, an jenem heißen, brütenden Tag im August vor siebzehn Jahren. Als sie unten am Fluss spielten, sie und ihr Zwillingsbruder. Als er ausrutschte auf den glitschigen Steinen. Als er das Gleichgewicht verlor und mit den Armen ruderte, hilflos, wie eine Fliege in einem umgestülpten Glas. Als er in das Wasser fiel, das ihn mitnahm. Auf die Reise. Die ewige. Sie stand am Ufer und konnte nicht helfen. Sie sah sein Gesicht noch einmal aus dem Wasser auftauchen, ein letztes Mal.

Ein Priester hätte vom Willen Gottes gesprochen, von einer Prüfung ihres Glaubens, die der Herrgott in seiner Weitsicht der Familie auferlegt hat. Die Wege des Herrn sind unergründlich.

Die buddhistischen Mönche suchten den Grund für das Unglück in einer früheren Existenz des Jungen. Er musste in einem anderen Leben etwas Schreckliches angerichtet haben, und sein Tod war die Strafe dafür.

Der Astrologe des Ortes gab am Tag nach dem Unfall dem Sinnlosen einen, seinen Sinn. Die Kinder seien zum Spielen Richtung Norden gegangen, und das hätten sie nicht tun dürfen, nicht sie mit ihren Geburtsdaten, an diesem Samstag im August, das musste zu Unheil führen. Hätte man ihn, den Astrologen, nur früher gefragt, er hätte die Kinder gewarnt. So einfach ist das Leben, dachte die Fünfjährige damals, so kompliziert.

Mit ihrem Bruder starb auch ein Teil von ihr. Dafür gab es keine Beerdigung, die Familie bemerkte es nicht einmal. Ihre Eltern waren Bauern und mit der Ernte beschäftigt und mit der Saat und mit ihren vier anderen Kindern. Sie hatten hungrige Mäuler zu stopfen, es war mühsam genug, jeden Abend Reis und ein wenig Gemüse auf den Tisch zu bekommen.

Mya Mya die halb Tote, war allein und bemühte sich in den folgenden Jahren, Ordnung zu bringen in ihre aus den Fugen geratene Welt. Sie ging jeden Nachmittag hinunter ans Wasser, saß an jener Stelle, von der aus sie ihren Bruder zum letzten Mal gesehen hatte und wartete darauf, dass er wieder auftauchte. Sein Leichnam war eine Beute des Flusses geworden, er hatte ihn nicht wieder hergegeben. Am Abend vor dem Einschlafen sprach sie zu ihm, erzählte vom Tag und war sich sicher, dass er sie hören konnte. Sie schlief auf seiner Seite der gemeinsamen Bastmatte, unter seiner Decke und noch Jahre später lag ihr sein Geruch in der Nase.

Sie weigerte sich, ihrer Mutter beim Wäsche waschen am Fluss zu helfen, sie mied Wasser überhaupt und wusch sich nur im Beisein ihrer Eltern. Als könnte sie in einem Eimer ertrinken. Sie trug bestimmte Kleidung nur an bestimmten Tagen, sprach bis zum fünfzehnten Lebensjahr an Sonnabenden kein Wort und fastete an Sonntagen. Sie schuf sich ein verflochtenes Netz von Ritualen und lebte darin.

Rituale versprechen Sicherheit.

Ihre Familie konsultierte seit dem Tod des Bruders den Astrologen nicht mehr einmal im Jahr, sie befragte ihn fast wöchentlich. Sie hockten bei ihm, lauschten jedem seiner Worte, folgten seinen Anweisungen, als könne er sie vor allem Unheil dieser Welt behüten. Er riet ihnen, an bestimmten Daten nicht ins nächste Dorf zu reisen, und um kein Risiko einzugehen, bewegte sich die Familie an solchen Tagen nicht vom Grundstück fort. Keine Saat wurde gesät, ohne dass er es gutgeheißen hätte. Den Bräutigam der ältesten Schwester lehnte er ab, weil seine Sterne nicht zu denen des Mädchens passten.

Mehr noch als die Eltern hing Mya Mya an den Lippen des Astrologen. Sie verehrte den alten Mann, und solange sie sich an seinen Rat hielt, fühlte sie einen gewissen Schutz. Samstage waren für sie, eine Donnerstaggeborene, Tage, an denen Unheil drohte, an denen sie auf der Hut sein musste, besonders im April, August und Dezember. Daran erinnerte er sie wieder und wieder. Jahrelang verließ sie das Haus an Samstagen überhaupt nicht, bis an einem Sonnabend (im April!) eine Decke neben der Kochstelle in der Küche Feuer fing. Die Flammen waren gefräßig. Sie verschlangen nicht nur die Holzhütte in wenigen Minuten, sie raubten Mya Mya auch den letzten Rest Vertrauen, dass es für sie irgendwo einen sicheren Ort geben könnte.

Ihr war kalt geworden. Sie hörte in der Küche das Feuer knistern und stand auf. Auf dem Wasser im Kübel vor ihr lag eine dünne Haut, zart und zerbrechlich. Sie trat gegen das Holz und beobachtete, wie die Eisschicht in winzige Schollen zerbrach, die das Wasser schnell verschlang.

Sie atmete tief durch, hielt mit beiden Händen ihren Bauch und schaute an ihrem Körper hinab. Sie war eine schöne junge Frau, auch wenn sie selber es noch nie so empfunden und ihr das auch noch nie jemand gesagt hatte. Ihr langes schwarzes Haar trug sie zu einem Zopf geflochten, der fast bis zur Hüfte reichte. Die dunklen, großen, fast runden Augen und die vollen Lippen gaben ihrem Gesicht einen sinnlichen Ausdruck. Sie hatte lange, dünne Finger und muskulöse, aber schlanke Arme und Beine. Sie hatte kaum zugenommen, nirgendwo hatte sich Wasser angesammelt. Nur der Bauch war rund und dick und groß, so groß, dass er ihr fremd erschien, auch noch nach Monaten. Als gehöre er nicht zu ihr. Sie spürte ein leichtes Treten, ein Klopfen, und wusste: Gleich kommen sie wieder.

Gestern Abend hatte es begonnen, in Abständen von einer Stunde. Nun kamen sie alle paar Minuten. Wellen, die an eine Festung brandeten, immer mehr und höher und kräftiger. Mya Mya merkte, wie sie fortgerissen wurde, sie wollte sich an etwas klammern, einen Arm, einen Ast, einen Stein, es gab nichts, was ihr Halt geben konnte. Sie wollte das Kind nicht, nicht heute, nicht an einem Sonnabend im Dezember.

Die Nachbarin hatte schon viele Kinder zur Welt gebracht und fand, es sei eine leichte Geburt gewesen, zumal für eine Erstgeburt. Mya Mya erinnerte sich nicht, nicht wirklich. Sie hatte Stunden in einer anderen Welt gelebt. Einer Welt, in der ihre Hände und Beine ihr nicht mehr gehorchten, in der sie ihren Körper nicht mehr spürte, nicht so, wie sie es kannte. In der sie nur noch aus einer großen Wunde bestand. Sie sah fette, schwarze Regenwolken und einen Falter, der sich auf ihre Stirn setzte. Sie sah ihren Bruder in den Fluten. Ein allerletztes Mal. Ein Gedanke segelte vorbei, wie eine Hühnerfeder, die der Wind davonträgt. Ihr Kind. An einem Sonnabend. Ein Zeichen? Die Wiedergeburt ihres Bruders?

Sie hörte ein Baby schreien. Nicht jämmerlich, eher trotzig und wütend. Ein Junge, sagte jemand. Mya Mya machte die Augen auf und suchte ihren Bruder. Nein, nicht dieses hässliche, verschrumpelte, blutverschmierte Etwas. Dieses hilflose

Bündel mit seinem gequetschten Kopf und dem entstellten Gesicht.

Was immer ein Kind braucht, Mya Mya wusste es nicht. Sie kam mit leeren Händen.

Was sie an Liebe besessen hatte, gab es nicht mehr. Fortgespült. An einem heißen, brütenden Tag im August.

8

Niemand konnte behaupten, dass Mya Mya sich in den ersten Lebenstagen ihres Sohnes nicht bemüht hätte. Sie tat, was immer die Nachbarin ihr sagte. Sie legte ihn an die prall gefüllte Brust und nährte ihn mit ihrer Milch. Sie wiegte ihn in den Schlaf oder trug ihn umher, wenn er keine Ruhe finden konnte. Sie schleppte ihn eng an den Körper gebunden, wenn sie ins Dorf zum Einkaufen ging. Nachts lag sie wach zwischen ihrem Mann und ihrem Kind und horchte, ob der Kleine Luft holte, folgte den kurzen, schnellen Atemstößen des Säuglings und wünschte sich, dass sie etwas spüren würde. Etwas fühlen, wenn ihr Kind an ihr saugte, es mit seinem faltigen Händchen einen ihrer Finger umklammerte. Sie wünschte sich, dass etwas käme, das die Leere in ihr füllen würde. Irgendetwas.

Sie drehte sich zur Seite und presste ihn an sich, eine Umarmung irgendwo zwischen Ohnmacht und Gewalt. Sie drückte kräftiger, und zwei große, braune Augen blickten sie erstaunt an. Mya Mya spürte nichts. Mutter und Sohn waren wie zwei Magneten, die einander abstießen. So sehr sie auch drücken mochte, sie berührten sich nicht.

Vielleicht wäre es eine Frage der Zeit gewesen, vielleicht hätten sie trotzdem eine Chance gehabt, und aus dem Instinkt des Versorgens wäre ein Gefühl der Zuneigung und aus dem Gefühl der Zuneigung das Wunder der Liebe geworden, wäre nicht die Geschichte mit den Hühnern passiert.

Es geschah an einem Sonnabend auf den Tag genau zwei Wochen nach der Geburt. Mya Mya ging kurz nach Sonnenaufgang hinaus auf den Hof, um Holz zu holen für das Feuer in der Küche. Es war ein kalter Morgen, und sie beeilte sich. Auf der Suche nach etwas Reisig und ein paar kräftigen Scheiten ging sie hinter das Haus, das tote Huhn lag direkt vor dem Holzhaufen. Fast wäre sie draufgetreten. Das zweite entdeckte sie gegen zwölf Uhr, die Stunde der Geburt, drei und vier kurz darauf und den Hahn am Nachmittag. Ihr Mann schaute sich die toten Tiere an und konnte nichts finden. Noch am Abend zuvor waren sie munter gackernd um das Haus gerannt, und es gab keine Anzeichen, dass ein Hund, eine Katze oder gar ein Tiger sie gerissen hatten. Für Mya Mya bestand kein Zweifel, die Kadaver bestätigten ihre schlimmsten Befürchtungen. Sie waren der Wolkenbruch, nein, schlimmer, der Taifun im Dezember, das Beben der Erde, vor dem sie sich immer gefürchtet und auf das sie insgeheim gewartet hatte: Auf ihrem Sohn lag ein Fluch. Er war ein Bote des Unglücks. Der Astrologe hatte es vorhergesagt. Sie hätte kein Kind an einem Sonnabend gebären dürfen, nicht im Dezember.

Selbst die Tatsache, dass in den folgenden Tagen mehr als ein Dutzend Hühner der Nachbarn den gleichen rätselhaften Tod starben, konnte Mya Mya nicht beruhigen, im Gegenteil, es machte alles nur noch schlimmer. Es gab ihr die Gewissheit, dass dies nur der Anfang sei und dass das Unglück, das der Junge brachte, nicht auf ihre Familie beschränkt bleiben würde.

Nun lag sie nachts wach, besessen von der Angst vor der nächsten Katastrophe. Sie wusste, es war nur eine Frage der Zeit. Jedes Räuspern, jedes Röcheln, jeder Seufzer klang wie ein Donnern am Horizont. Sie wagte kaum, sich zu bewegen und lauschte jeder Regung ihres Kindes. Als wären das Ein-

und Ausatmen die Schritte des Unheils, das herangeschlichen kommt.

Eine Woche später versiegte ihre Milch. Ihre Brüste hingen schlaff an ihrem Körper wie zwei kleine aufgeblasene Ballons, aus denen die Luft entwichen war. Das Stillen übernahm eine Freundin der Nachbarin, die selbst gerade ein Kind bekommen hatte. Mya Mya war froh über jede Stunde, die ihr Sohn nicht im Haus war. Sie wollte mit ihrem Mann reden. So konnte es nicht weitergehen. Sie mussten etwas unternehmen.

9

Khin Maung fand, dass seine Frau übertrieb. Natürlich glaubte auch er an die Macht der Sterne. Jeder Mensch weiß, dass der Tag, die Stunde, ja selbst die Minute der Geburt das Leben in bestimmte Bahnen lenken, daran bestand gar kein Zweifel. Und dass es Dinge gibt, die man beachten muss, Tage, an denen man nichts tun darf, Rituale, denen es zu folgen gilt, um Unheil abzuwenden, auch da war sich Khin Maung mit seiner Frau einig. Von einer Geburt an einem Sonnabend im Dezember ist niemand begeistert, selbstverständlich nicht, wusste man doch, dass diesen Menschen die Sterne nicht günstig gesonnen sind, dass ihnen ein schweres Leben bevorsteht, dass ihren Seelen selten Flügel wachsen. Jede Familie kannte einen Onkel oder eine Tante oder zumindest Nachbarn oder Freunde der Nachbarn, die jemanden kannten, der einen Verwandten hatte, der an einem dieser ungünstigen Tage geboren worden war und der durch das Leben schlich wie ein geprügelter Hund, der klein und kümmerlich blieb wie ein Schattengewächs. Sein Sohn würde es nicht leicht haben, da machte sich Khin Maung keine Illusionen, aber gleich von einem Fluch zu sprechen, der auf dem Kind lag, so weit wollte er nicht gehen (auch wenn ihn die Geschichte mit den Hühnern beunruhigte, was er seiner Frau gegenüber allerdings nicht zugab). Als Mya Mya vorschlug, den Astrologen um Rat zu fragen, war Khin Maung sofort einverstanden, nicht nur, weil er zu den Menschen gehörte, die ungern Nein sagen. Er hoffte, der alte Mann mit seiner Weisheit könne seine Frau beruhigen oder, sollten die Sterne ihre Befürchtungen bestätigen, er würde ihnen sagen, wie sie das Unglück, das ihrem Kind drohte, wenn schon nicht abwenden, so doch begrenzen könnten.

Der Astrologe lebte in einer unscheinbaren Holzhütte am Rande des Dorfes. Nichts deutete auf das Ansehen hin, das er in der Gemeinschaft genoss. Es wurde im Ort kein Haus gebaut, ohne ihn zuvor zu konsultieren, ob der Bauplatz gut gelegen war oder der Tag des Baubeginns unter einem günstigen Stern stand. Vor jeder Hochzeit kamen die zukünftigen Eheleute oder deren Eltern und versicherten sich bei ihm, ob die Horoskope des Brautpaares auch zueinander passten. Er befragte die Sterne nach den besten Daten, um auf die Jagd zu gehen oder eine Reise in die Hauptstadt anzutreten. Seine Vorhersagen hatten sich über die Zeit als so zutreffend erwiesen, dass die Menschen aus der ganzen Provinz zu ihm reisten. So gut war sein Ruf, dass angeblich – niemand wusste es genau, aber es gab hartnäckige Gerüchte – selbst manche der in Kalaw lebenden Engländer, die die birmanische Astrologie öffentlich als Aberglaube und Hokuspokus verspotteten, ihn regelmäßig aufsuchten und um Rat fragten.

Der alte Mann hockte im Lotussitz in der Mitte seines kleinen Zimmers. Ein Kopf, so rund wie der Vollmond, dachte Khin Maung. Augen, Nase und Mund waren gleichermaßen wohlgeformt, und nur die beiden großen, abstehenden Ohren störten das Bild eines perfekt proportionierten Gesichtes. Niemand wusste, wie alt er war, selbst die Ältesten im Dorf beteuerten, sie könnten sich nicht an ihn als jungen Mann erinnern, und so ging man davon aus, dass er vor weit über achtzig Jahren geboren worden war. Er selbst sprach darüber nicht, und sein Aussehen und sein wacher Geist schienen nicht den Gesetzen des Alterns zu gehorchen. Seine Stimme war seit jeher sanft und leise gewesen und noch immer klar und deutlich, sein Gehör und seine Augen waren so gut wie die eines Zwanzigjährigen. Die Jahre hatten sein Gesicht in Falten gelegt, aber die Haut hing nicht schlaff vom Körper wie die eines Greises.

Khin Maung und Mya Mya verneigten sich und verharrten auf der Türschwelle. Obwohl Mya Mya ihm bereits als Kind gegenübergesessen hatte und bis zu diesem Tag so häufig, dass sie es längst aufgegeben hatte, die Besuche zu zählen, spürte sie jedes Mal wieder etwas in den Knien und im Magen. Keine Vertrautheit, nur Verehrung, ja Ehrfurcht.

Für Khin Maung war es das erste Mal, und bei ihm mischten sich Respekt und Neugierde. Seine Eltern hatten den Astrologen immer allein aufgesucht und auch vor der Hochzeit mit Mya Mya hatten sie ihn gefragt, ob sie für ihren Sohn die passende Frau gefunden hätten.

Khin Maung blickte sich kurz um, bevor er sich erneut verneigte. Fußboden und Wände waren aus dunklem Teakholz, durch die beiden offenen Fenster fielen Lichtstrahlen, in denen er Staubflocken tanzen sah. Die Sonne zeichnete zwei Rechtecke auf den Boden, sie schimmerten auf dem von den Jahren blank polierten Holz. Dieser Glanz war von einer Kraft, die Khin Maung erschauern ließ. Dann erblickte er eine holzgeschnitzte, golden glänzende Buddhafigur. In seinem ganzen Leben hatte Khin Maung noch keinen so schönen Buddha gesehen. Er sank auf die Knie und verneigte sich, bis seine Stirn den Boden berührte. Vor dem Buddha standen zwei Blumensträuße und Teller gefüllt mit Opfergaben. Jemand hatte vier Apfelsinen liebevoll zu einer Pyramide gestapelt, daneben lagen zwei Bananen, eine Papaya und dazwischen mehrere Portionen Tee, kunstvoll in kleinen Häufchen arrangiert. An den Wänden hing weißes Papier, bis an den Rand engzeilig voll geschrieben mit Zahlen und Buchstaben, und in den vier Ecken des Zimmers standen jeweils kleine, mit Sand gefüllte Vasen, in denen qualmende Räucherstäbchen steckten.

Der alte Mann nickte. Khin Maung und Mya Mya knieten auf zwei Bastmatten vor dem Alten nieder. Mya Mya hörte und spürte nichts, außer dem wilden Pochen ihres Herzens. Es war an Khin Maung, das Gespräch zu beginnen, die Fragen zu stellen, das hatte sie ihm vorher unmissverständlich klar gemacht. Sie waren erst ein knappes Jahr verheiratet, aber sie kannte die Passivität ihres Mannes nur zu gut. Er war ein stiller Mensch, der an den Abenden oft nicht mehr als ein paar Sätze sagte. Noch nie hatte sie ihn böse, zornig oder aufgeregt erlebt, und selbst Freude oder Zufriedenheit waren ihm kaum anzumerken. Ein Lächeln, das über sein Gesicht huschte, war alles, was er von seinen Gefühlen preisgab. Er war nicht träge, im Gegenteil, er gehörte zu den fleißigsten Bauern des Dorfes, und oft bestellte er schon lange vor den anderen im Morgengrauen sein Feld. Aber für ihn schien das Leben wie ein ruhiger Fluss, dessen Verlauf im Großen und Ganzen vorgegeben ist. Jeder Versuch, darauf maßgeblichen Einfluss zu nehmen, musste scheitern. Khin Maung war arbeitsam ohne Ehrgeiz, neugierig, ohne Fragen zu stellen, glücklich, ohne Freude auszustrahlen.

»Verehrter Meister«, hörte Mya Mya ihren Mann nach einer langen Pause mit leiser Stimme sagen, »wir sind gekommen, um Sie um Rat zu fragen.«

Der alte Mann nickte.

»Unser Sohn wurde am Sonnabend vor drei Wochen geboren, und wir möchten wissen, ob ihm Unheil droht.«

Der Alte nahm einen Stift und eine kleine Tafel zur Hand und bat um das Datum und die genaue Uhrzeit der Geburt.

»Dritter Dezember, elf Uhr vierzig«, sagte Khin.

Der Astrologe schrieb die Zahlen in Kästchen und begann zu rechnen. Er fügte weitere Zahlen und Zeichen hinzu, strich einige durch und setzte mehrere volle und halbe Kreise auf verschiedene Linien. Als arbeite er an einer Partitur des Lebens.

Nach einigen Minuten legte er die Tafel zur Seite, schaute auf und blickte Mya Mya und Khin an. Aus seinem Gesicht war jedes Lächeln verschwunden.

»Das Kind wird seinen Eltern Sorgen bereiten«, sagte er. »Große Sorgen.«

Für Mya Mya war es, als versinke sie in einem Morast, würde verschlungen, etwas riss sie mit, und es gab keine Hilfe und kein Halten mehr. Keine Hand. Keinen Ast.

Sie vernahm die Stimme des Alten und die ihres Mannes, aber sie hörte nicht, was sie sagten. Es klang gedämpft und wie aus weiter Ferne. Wie in einem anderen Raum, in einem anderen Leben. Große Sorgen.

»Welche Art von Sorgen?«, fragte Khin Maung.

»Vielerlei Sorgen, vor allem gesundheitliche«, sagte der Alte.

Er nahm die Tafel wieder auf und begann erneut zu rechnen und zu schreiben.

»Im Kopf«, sagte er schließlich.

»Wo im Kopf?«, fragte Khin Maung, Wort für Wort so betont und langsam ausgesprochen, als hätte er jeden Buchstaben aus Einzelteilen zusammensetzen müssen. Später war er selber erstaunt über seinen ganz und gar untypischen Ausbruch an Wissensbegierde und Nachdrücklichkeit.

Der Alte blickte auf seine Tafel, die für ihn alle Geheimnisse des Universums beherbergte. Es war das Buch des Lebens und des Sterbens, das Buch der Liebe. Er hätte den Eltern berichten können, was er noch sah. Von den außergewöhnlichen Fähigkeiten, die dieses Kind entwickeln würde, von dem Zauber und der gewaltigen Kraft, die in diesem Wesen steckte, und von der

Gabe der Liebe. Aber er sah, dass Mya Mya ihn nicht hörte und Khin Maung ihn nicht verstehen würde.

So sagte er: »In den Augen.«

Mya Mya hatte diesen Teil des Gesprächs nicht mehr vernommen, und auch etwas später, auf dem Heimweg, als ihr Mann in einen Redefluss verfiel, wie sie ihn bei ihm noch nie erlebt hatte, verstand sie nichts. Die Worte summten ihr durch den Kopf wie Fliegen. Große Sorgen.

In den folgenden Monaten versuchte Khin Maung mehrmals, seiner Frau zu erklären, dass der Astrologe zwar von Sorgen, ja, zugegeben, auch von großen Sorgen gesprochen hatte, aber vor allem von gesundheitlichen Sorgen, und dass von einem Fluch oder einem Boten des Unheils nicht die Rede gewesen sei. Sie hörte ihn nicht. Er sah es an ihren Augen. Er sah es an der Art, wie sie ihren Sohn behandelte. Ihn anfasste, ohne ihn zu berühren, ihn anschaute, ohne ihn zu sehen.

Tin Wins Leben hatte nicht einmal einundzwanzig Tage gewährt, da war es, aus der Sicht seiner Mutter zumindest, entschieden. Gelebt. Verwirkt. Nun hieß es nur noch, den Rest der Zeit mit Anstand über die Runden zu bringen.

Es sollte ihr nicht gelingen.

10

Nun, da die Sterne gesprochen hatten, das Schicksal ihres Kindes entschieden war, schlief Mya Mya wieder besser. Sie wusste, was sie zu erwarten hatte. Mit Schicksalsschlägen und schlechten Erfahrungen kannte sie sich aus. Glück und Freude machten ihr Angst, fremd und unvertraut wie sie waren. Sie musste sich nicht mit falschen Hoffnungen plagen, es gab keine Illusionen, die an ihrer Seele nagten, keine Träume, die ihren Gedanken Flügel wachsen lassen konnten. Das beruhigte sie.

Und so war es Khin Maung, der in den Tagen und Wochen nach dem Besuch beim Astrologen wach neben seiner schlafenden Frau und seinem Kind lag. Die ungeheuerlichsten Gedanken trieben ihr Unwesen in seinem Kopf. Vielleicht hatte sich der alte Mann geirrt? Gab es wirklich ein Schicksal, dem wir nicht entrinnen konnten? Wenn nicht wir die Herren unseres Lebens waren, wer dann? Er wollte nicht auf die Sterne hören.

»Mya Mya. Mya Mya«, sagte er, als er in der ersten Nacht aufrecht im Bett saß. Seine Frau lag neben ihm und schlief.

»Mya Mya.« Es klang wie eine Beschwörungsformel.

Sie öffnete die Augen.

Es war Vollmond, eine wolkenlose Nacht, und im fahlen Licht, das von draußen durch das Fenster fiel, sah er die Umrisse ihres Gesichts, die Bewegungen der Augen, die schlanke Nase. Er dachte, wie schön sie sei und dass ihm das noch nie aufgefallen war. Er hatte sie geheiratet, weil seine Eltern sie für ihn ausgesucht hatten. Die Liebe kommt später, hatten sie ihm versichert, und er hatte ihnen geglaubt. Zum einen, weil er immer tat, was sie ihm sagten, und zum anderen, weil er von der Liebe nur sehr unbestimmte Vorstellungen hatte. Er empfand sie als ein Geschenk, einen Segen, der manchen Menschen zuteil wurde und anderen nicht. Einen Anspruch darauf hatte niemand.

»Mya Mya, wir müssen, wir sollten, wir dürfen nicht…«, er wollte ihr so vieles sagen.

»Ich weiß, Khin«, sagte sie und richtete sich auf. »Ich weiß.«

Sie kroch zu ihm, nahm seinen Kopf in die Arme und drückte ihn an ihre Brust. Für Mya Mya eine seltene Geste, Zärtlichkeiten waren Luxus für sie, überflüssig wie warmes Wasser am Morgen oder ein Lächeln zum Abschied. Sie waren etwas für Träumer oder Menschen, die Zeit, Kraft und Gefühle im Überfluss besaßen. Zu beiden gehörte sie nicht.

Mya Mya glaubte zu wissen, was in ihrem Mann vorging, und er tat ihr Leid. An seinem Herzschlag, an den Zuckungen seines Körpers, an der Art, wie seine Arme sie umschlangen, spürte sie, dass er Zeit brauchen würde. Noch dachte er, sie könnten sich wehren, es gäbe eine Chance, sie könnten ändern, was nicht mehr zu ändern war.

Khin Maung lag in ihren Armen und redete. Nicht laut, nicht zu ihr, sie verstand kein Wort von dem, was er sagte, er sprach in sich hinein, schnell und ohne Unterlass. Sein Flüstern klang fordernd, trotzig, ja, fast drohend, dann flehentlich, bettelnd, verzweifelt, ein Redefluss, der nicht versiegen durfte. Als säße er an einem Sterbebett und seine Stimme, seine Stimme allein, hielte den Kranken noch am Leben.

Er wollte um seinen Sohn kämpfen. In jedem Leben lag ein Versprechen, sagte er sich, und er, Khin Maung, wollte nichts unversucht lassen, im Fall seines Kindes das Versprechen einzulösen. Wenn es sein musste, auch ohne die Hilfe seiner Frau.

Das wollte er ihr sagen, gleich am Morgen, noch vor dem Frühstück. Dann schlief er ein.

Die Gelegenheit zu einem Gespräch ergab sich nicht, nicht vor dem Frühstück, nicht am Abend nach der Feldarbeit.

In der folgenden Nacht erinnerte er sich an jedes Detail ihres Besuches beim Astrologen. Vor seinen Augen erschien das Haus, zuerst verschwommen, dann immer klarer, wie eine Landschaft, wenn sich der Nebel lichtet; er sah das Zimmer, die Kerzen, die Raucherstäbchen, die Tafel, die die Geheimnisse des Lebens barg. Das große Buch der Liebe. Er hörte die Sätze des Alten, ließ sie durch seinen Kopf wandern, langsam, Wort für Wort. Von Fluch war keine Rede. Er wird mit seiner Frau reden. Morgen, in der Früh. Die Gelegenheit ergab sich nicht.

So vergingen die Nächte. Und die Tage. Wäre Khin Maung ein anderer gewesen, hätte er nicht auf eine Gelegenheit gewartet, er hätte sie gesucht und ergriffen. Aber das lag nicht in seiner Natur. Dazu hätte er Grenzen, seine Grenzen, überschreiten müssen, und er war kein Held. Die Gedanken waren das Äußerste, was er sich erlauben konnte, und es dauerte nicht lange, da war seine Kraft erschöpft. Die Zweifel kehrten zurück, und als sein Widerstand gebrochen war, fielen sie über ihn her wie Ratten und Raubvögel über einen Kadaver. Die Sterne haben Recht. An einem Samstag im Dezember. Große Sorgen in vielerlei Hinsicht. Deutlicher geht es kaum.

Der Geschichte mit den Hühnern folgte das Ableben einer Großtante, auf den Tag genau acht Wochen nach der Geburt des Jungen. Sie war, zugegeben, sehr alt und krank gewesen und hatte schon seit Jahren ihre Hütte nicht mehr verlassen, und für einen kurzen Augenblick hatte Khin Maung seine Frau darauf hinweisen wollen. Einen kurzen Augenblick, dann sah auch er das Zeichen und konnte seiner Frau nicht widersprechen.

Und so zog er sich aus dem Leben seines Sohnes zurück, tröstete sich mit dem Gedanken, dass er ja nur das erste von vielen Kindern sei, die er, Khin Maung, mit Mya Mya haben würde, und dass nicht alle an einem Sonnabend im Dezember, April oder August zur Welt kommen würden. Er verpachtete sein Feld und fand Arbeit als Gärtner und Caddy auf dem Golfplatz der Engländer. Das war nicht nur besser bezahlt als die mühselige Feldarbeit, es erlaubte ihm auch, selbst in der Trockenzeit, wenn er als Bauer nichts zu tun hatte, das eigene Haus zu meiden. Golf wurde immer gespielt.

Mya Mya vergrub sich in ihre Arbeit als Haushälterin. Die Familie lebte in einer kleinen Hütte aus Holz und Lehm hinter einer prächtigen, zweistöckigen Villa, die einem entfernten Onkel Khin Maungs gehörte. Sie stand auf einer Bergkuppe oberhalb des Dorfes und war, wie die meisten Häuser der Kolonialherren in Kalaw, im Tudorstil erbaut. Der Ort war besonders in der Trockenzeit beliebt. Wenn in der Hauptstadt Rangun und in Mandalay die Temperaturen auf vierzig Grad kletterten, bot das über tausend Meter hoch gelegene Kalaw Linderung von der Hitze der Ebene und des Deltas. Es gab Engländer, die nach ihrer Pensionierung im Land blieben und sich in einer der Bergstationen wie Kalaw ansiedelten. Ein englischer Offizier hatte sich diese Villa als seinen Altersruhesitz gebaut, war dann jedoch tragischerweise zwei Wochen vor seiner Entlassung aus dem Dienst seiner Majestät von einer Tigerjagd nicht zurückgekehrt.

Seine Witwe verkaufte das Haus an Khin Maungs Onkel, der es in Rangun als Reisproduzent zu Ansehen und einem stattlichen Vermögen gebracht hatte. Er war einer der wenigen, denen es gelungen war, in dem von der indischen Minderheit dominierten Reishandel eine Rolle zu spielen, und gehörte zu den reichsten Birmanen des Landes. Die Villa hatte für ihn keinen praktischen Wert. In den sechs Jahren, seit sie ihm gehörte, war er noch nicht einmal dort gewesen; sie war ein Beweis seines Reichtums, ein Statussymbol, dessen Erwähnung allein schon seine Geschäftspartner in der Hauptstadt beeindrucken sollte. Mya Mya und Khin Maungs Aufgabe war es, das Anwesen zu pflegen und in einem Zustand zu halten, als stünde die Ankunft des Hausherrn unmittelbar bevor. Seit der Geburt ihres Sohnes widmete sich Mya Mya dieser Arbeit mit all ihrer Kraft. Jeden Tag wienerte sie die Holzfußböden, als gelte es, sie in Spiegel zu verwandeln. Sie wischte am Morgen die Regale, und wischte sie am Abend erneut, obgleich sich dort in den vergangenen zwölf Stunden kein Körnchen Staub sichtbar niedergelassen hatte. Sie putzte die Fenster jede Woche und schnitt den Rasen vor dem Haus mit einer Schere, weil sie damit gründlicher sein konnte als der Rasenmäher. Sie hielt die überbordende Bougainvillea im Zaum und pflegte die Blumenbeete mit Hingabe.

Mya Mya sah die beiden Polizisten den Berg heraufkommen. Sie stand vor der Küche und schrubbte Karotten. Es war einer dieser klaren, kalten Dezembertage, und Mya Mya war in Eile.

Sie hatte sich beim Polieren der Fußböden im ersten Stock zu viel Zeit gelassen und war nun in Sorge, dass sie am Nachmittag die Küche nicht mehr schaffen würde, und sollte der Hausherr morgen kommen, würde er sein Anwesen nicht in makellosem Zustand vorfinden, und das würde all die Arbeit der vergangenen Jahre zunichte machen, weil er glauben müsste, sein Eigentum sei von Mya Mya nicht gepflegt worden. Ein Tag der Verwahrlosung kann schwerer wiegen als tausend Tage Ordnung, dachte sie, als sie ins Tal blickte.

Die Polizisten in ihren sauberen blauen Uniformen hatten nicht die Straße genommen, auf der die Ochsenkarren und zuweilen auch eines der seltenen Autos den Hügel erklimmen, sondern den schmalen Fußpfad, der sich in engen Serpentinen zunächst durch den Pinienwald und dann die Felder bis hinauf zur Kuppe schlängelt. Mya Mya sah die Männer näher kommen, sah ihre Gesichter und spürte Panik in sich aufsteigen. Es war Tin Wins sechster Geburtstag, und sie war immer der festen Überzeugung gewesen, dass sie an den Tagen, an denen sich seine Geburt jährte, ganz besonders auf jedwede Katastrophe gefasst sein müsse.

Es dauerte keine zwei Atemzüge, da hatte die Angst von ihr Besitz genommen, von ihrer Seele, ihrem Geist und ihrem Körper. Ihr Magen und ihre Eingeweide zogen sich zusammen. Als würden riesige Hände immer fester drücken. Fester und fester. Sie bekam keine Luft mehr. Sie hörte sich wimmern. Sie hörte sich flehen. Sie hörte sich betteln. Es möge nicht wahr sein.

Die Männer öffneten die Pforte, traten in den Garten und schlossen das Tor wieder. Langsam gingen sie auf Mya Mya zu. Sie spürte das Zögerliche in ihren Bewegungen, und sie spürte jeden Schritt, als wären es Tritte in ihren Körper. Der Jüngere von den beiden hielt den Kopf gesenkt, der Ältere schaute ihr ins Gesicht. Sie kannte ihn von kurzen Begegnungen im Dorf. Ihre Blicke trafen sich, und Mya Mya konnte für die Dauer eines Herzschlags in seinen Augen lesen. Das genügte. Sie wusste alles, und die Angst, dieses Ungeheuer, das dabei war sie zu verschlingen, verschwand ebenso schnell, wie es gekommen war. Sie wusste, dass ein entsetzliches Unheil geschehen war, dass nichts und niemand es je wieder ungeschehen machen konnte, dass in ihrem Leben nichts mehr so sein würde, wie es vorher war, und dass dies nun zum dritten Mal geschah und ihr die Kraft fehlte, das auszuhalten.

Die Polizisten standen vor ihr, der Jüngere wagte es noch immer nicht, seinen Kopf zu heben.

»Dein Mann hatte einen Unfall«, sagte der Ältere.

»Ich weiß«, sagte Mya Mya.

»Er ist tot.«

Mya Mya schwieg. Sie setzte sich nicht, sie weinte nicht, sie brach nicht in lautes Wehklagen aus. Sie schwieg. (Sie versteinerte, sagte der alte Polizist am Abend zu seiner Frau.)

Sie hörte die Männer etwas von einem Unfall erzählen, von einem Golfball, den der Wind wohl abgetrieben hatte. Genau an die Schläfe. Sofort tot. Der Engländer übernimmt die Bestattungskosten. Eine kleine Entschädigung. Kein Eingeständnis irgendeiner Schuld. Eine Geste des Mitgefühls. Nicht mehr.

Mya Mya nickte.

Als die Polizisten gegangen waren, drehte sie sich um und suchte ihren Sohn. Er saß allein hinterm Haus und spielte. Neben ihm lag ein großer Haufen Tannenzapfen; er versuchte, die Zapfen in eine Kuhle zu werfen, die er ein paar Meter entfernt gebuddelt hatte. Die meisten flogen weit über ihr Ziel hinaus.

Mya Mya wollte ihn rufen. Sie wollte ihm vom Tod seines Vaters erzählen. Aber wozu? Vermutlich wusste er es bereits, schließlich war er es, der das Unheil anzog, und Mya Mya merkte, wie sie sich zum ersten Mal eingestand, dass sie ihm die Schuld dafür gab. Es war nicht nur die ungünstige Konstellation der Sterne, es war Tin Win, dieser unscheinbare Junge mit seinen schwarzen Haaren, diesen rätselhaften Augen, von denen sie nie wusste, ob sie sie anschauten, in denen sie nicht lesen konnte. Er war es, er zog die Unglücke nicht an, er richtete sie an. Er schuf sie, wie andere Kinder Höhlen bauten oder Verstecken spielten.

Mya Mya wollte weg. Sie wollte dieses Kind nie wieder sehen.

In den folgenden sechsunddreißig Stunden funktionierte sie, wie Menschen funktionieren, die nur noch ein Ziel vor Augen haben, ein Ziel, das sie antreibt und dem sie alles andere unterordnen. Sie war die trauernde Witwe, empfing Nachbarn und Freunde, organisierte die Beerdigung für den folgenden Tag, stand vor dem offenen Grab ihres Mannes und sah den Sarg aus Holz darin verschwinden.

Am nächsten Morgen packte sie ihre wenigen Sachen – ein paar Hemden und Longys, ein zweites Paar Sandalen, einen Kamm, eine Haarspange – in eine alte Tasche für Golfbälle, die ihr Mann einmal aus dem Club mitgebracht hatte. Tin Win stand stumm neben seiner Mutter und schaute zu.

»Ich muss für ein paar Tage weg«, sagte sie, ohne aufzublicken.

Ihr Sohn schwieg.

Sie ging aus dem Haus. Ihr Sohn lief hinterher. Sie drehte sich um, und er blieb stehen.

»Du kannst nicht mitkommen«, sagte sie.

»Wann kommst du wieder?«, fragte er.

»Bald«, sagte sie.

Mya Mya wandte sich ab und ging zur Gartenpforte. Sie hörte seine leichten Schritte hinter sich. Sie drehte sich um.

»Hast du nicht gehört, was ich gesagt habe?«, sagte sie laut und mit scharfer Stimme.

Ihr Sohn nickte.

»Du bleibst hier.« Sie zeigte auf den abgesägten Stumpf einer Pinie. »Da kannst du sitzen und auf mich warten.«

Tin Win lief zu dem alten Baumstumpf und kletterte hinauf. Von dort hatte er einen guten Blick auf den Weg, der zu ihrem Haus führte. Mya Mya ging weiter, öffnete und schloss die Gartentür, ohne sich noch einmal umzudrehen. Mit schnellen Schritten lief sie den Weg ins Dorf hinunter.

Tin Win blickte ihr nach. Er sah sie durch die Felder laufen und im Wald verschwinden. Dies war ein guter Platz. Von hier aus würde er seine Mutter schon von weitem kommen sehen.

11

Tin Win wartete.

Er wartete den Rest des Tages und die folgende Nacht. Er hockte auf dem flachen Baumstumpf, verspürte keinen Hunger und keinen Durst, ja, nicht einmal die Kälte, die sich am Abend über die Berge und Täler legte. Sie zog an ihm vorüber, wie ein Vogel, der über eine Lichtung gleitet, ohne sich niederzulassen.

Er wartete den nächsten Tag, er sah es dunkel werden, und er sah den Zaun und die Büsche und die Felder aus der Dunkelheit wieder auftauchen. Er richtete seinen Blick in die Ferne, dorthin, wo der Wald lag, den er nur verschwommen wahrnehmen konnte, aber von dort würde seine Mutter kommen, und mit ihrer roten Jacke würde er sie schon von weitem erkennen, und er würde vom Baumstumpf herunterklettern, über den Zaun steigen und ihr entgegenlaufen. Er würde vor Freude laut rufen, und sie würde in die Knie gehen und ihn in die Arme schließen und an sich drücken. Ganz fest.

So hatte er es sich schon oft vorgestellt, wenn er allein spielte und träumte, obwohl sich Mutter und Vater nicht einmal herunterbeugten, um ihn in den Arm zu nehmen, wenn er vor ihnen stand und ihre Beine umschlang. Er spürte, wie schwer es ihnen fiel, ihn auch nur zu berühren. Es war seine Schuld, daran zweifelte er nicht, es war die Strafe, die gerechte, er wusste nur

nicht wofür und hoffte, dass, egal für welches Vergehen er bü-
ßen musste, die Zeit der Sühne irgendwann vorüber sein würde.
Diese Hoffnung war stärker denn je, jetzt, da sie den kalten, er-
starrten Vater in einen Kasten aus Holz gelegt und in einem tiefen Loch vergraben hatten. Die Sehnsucht nach der Mutter und
ihrer Liebe ließ ihn ausharren auf dem Baumstumpf, ließ ihn geduldig warten auf den roten Punkt am Horizont.

Am dritten Tag kam die Nachbarin und brachte ihm Wasser
und eine Schale Reis mit Gemüse und fragte, ob er nicht bei
ihnen im Haus warten wolle. Er schüttelte heftig den Kopf. Als
bestünde die Gefahr, er könnte dort die Mutter verpassen. Das
Essen rührte er nicht an, er wollte es aufheben für die Mutter, es
mit ihr teilen, wenn sie zurückkehrte, hungrig von der weiten
Reise.

Am vierten Tag nippte er am Wasser.

Am fünften Tag kam Su Kyi, die Schwester der Nachbarin,
und brachte eine Kanne Tee und mehr Reis und Bananen. Auch
davon aß er nichts aus Sorge um die Mutter, es konnte ja nicht
mehr lange dauern. Bald, hatte sie gesagt.

Am sechsten Tag erkannte er die einzelnen Bäume nicht
mehr, der Wald war verschwommen, als hätte er Wasser in den
Augen. Er glich einem Tuch, das sich im Wind bewegte und gesprenkelt war mit winzigen roten Punkten. Sie kamen auf ihn
zu und wurden größer, aber es waren keine Jacken, es waren rote
Bälle, die jemand mit Gewalt in seine Richtung schoss. Sie zisch-
ten links und rechts an ihm vorbei oder über seinen Kopf hinweg, so knapp, dass er ihren Luftzug spürte. Andere flogen direkt
auf ihn zu, verloren aber auf den letzten Metern ihre Kraft und
schlugen Zentimeter vor ihm in die Erde ein.

Am siebten Tag hockte er steif und reglos auf seinem Platz.
Als Su Kyi ihn sah, dachte sie, er sei gestorben. Er war kalt und
weiß wie der Raureif, der an manchen ganz besonders kalten
Januartagen das Gras vor dem Haus bedeckte, sein Gesicht war

eingefallen, sein kleiner Körper glich einer Hülle, einem Kokon ohne jedes Leben. Erst als sie näher trat, bemerkte sie, dass er atmete, sah, dass sich seine schmächtige Brust unter dem Hemd rasend schnell bewegte, so wie die Fische vom Markt, wenn sie in ihrer Küche lagen und nach Luft schnappten.

Tin Win hörte die Frau nicht und sah sie nicht. Die Welt um ihn herum war in einen milchig weißen Nebel getaucht, in dem er langsam, aber sicher verschwand. Sein Herz pochte. Leben steckte noch genug in ihm; gewichen war die Hoffnung, und das ließ ihn wie einen Toten aussehen.

Er spürte, wie ihn zwei Hände berührten, wie sie ihn hochhoben, in die Arme nahmen und forttrugen.

Es war Su Kyi, die sich seiner annahm. Eine ältere, kräftige Frau mit einer tiefen Stimme und einem Lachen, an dem die Prüfungen des Lebens scheinbar spurlos vorübergegangen waren. Ihr einziges Kind hatte die Geburt nicht überlebt, ihr Mann war im Jahr darauf an Malaria gestorben. Nach seinem Tod hatte sie ihre kurz zuvor fertig gestellte Hütte verkaufen müssen und lebte seither bei Verwandten, mehr geduldet als erwünscht. In den Augen ihrer Familie war sie eine schrullige, etwas unheimliche Alte mit verqueren Ansichten über das Leben und den Tod. Im Gegensatz zu allen anderen war es ihr nicht möglich, in den Schicksalsschlägen, die sie ereilt hatten, einen höheren Sinn zu erkennen, auch glaubte sie nicht, dass ungünstige Konstellationen der Sterne den Tod der geliebten Menschen verursacht hatten. Es waren Beispiele für die Launen des Lebens, die es zu akzeptieren galt, wollte man das Leben lieben, und sie liebte das Leben. Sie war der Überzeugung, dass nur wenig im Leben vorherbestimmt war und dass das Glück in jedem Menschen eine Heimat finden konnte. Laut durfte sie das nicht sagen, aber jeder wusste um ihre Ansichten, und die machten sie zur ersten Verbündeten Tin Wins.

Sie hatte den Jungen der Nachbarn in den vergangenen Jahren häufiger beobachtet und über seine helle Haut gestaunt, die dem leichten Braun von abgefallenen Piniennadeln oder Eukalyptusblättern glich und so viel heller war als die seiner Eltern. Sie hatte gesehen, wie aus dem kleinen Kind ein Junge wurde mit einem langen, fast schlaksigen Körper, scheu wie eine der Eulen, die sie so oft rufen hörte, aber niemals sah, ein Junge, den sie nie mit anderen Kindern erlebte.

Einmal hatte sie ihn im Wald getroffen. Sie war auf dem Weg ins Dorf, und er saß unter einer Pinie und beobachtete eine kleine grüne Raupe, die über seine Hand kroch.

»Tin Win, was machst du hier im Wald?«, fragte sie.

»Ich spiele«, sagte er, ohne aufzublicken.

»Warum ganz allein?«

»Ich bin nicht allein.«

»Wo sind deine Freunde?«

»Überall. Siehst du sie nicht?«

Su Kyi blickte sich um. Sie sah niemanden.

»Nein«, sagte sie.

»Die Käfer und die Raupen und die Schmetterlinge sind meine Freunde. Und die Bäume. Sie sind meine besten Freunde.«

»Die Bäume?«, wunderte sie sich.

»Sie laufen nicht weg. Sie sind immer da, und sie erzählen so schön. Hast du keine Freunde?«

»Doch, natürlich«, sagte sie und fügte nach einer Pause hinzu: »Meine Schwester zum Beispiel.«

»Nein, richtige Freunde.«

»Keine Bäume und Tiere, wenn du das meinst.«

Er hob den Kopf, und sie erschrak bei seinem Anblick. Hatte sie ihn noch nie wirklich angesehen, oder war es das Licht im Wald, das sein Gesicht so veränderte? Es schien wie aus Stein gemeißelt, so ebenmäßig und gleichzeitig Furcht erregend leblos. Dann trafen sich ihre Blicke, und er schaute sie an, viel zu streng und zu ernst für ein Kind, und sie erschrak ein zweites Mal, weil sie ahnte, dass er für sein Alter viel zu viel vom Leben wusste. Sekunden später flog über dieses versteinerte Gesicht ein Lachen, sehnsuchtsvoll und zart, wie sie noch nie eines gesehen hatte. Es war dieses Lächeln, das in ihr haften blieb, das sie so berührte, dass sie Tage brauchte, um es wieder loszuwerden. Sie sah es am Abend, wenn sie die Augen schloss, und morgens, wenn sie aufwachte.

»Ist es wahr, dass aus Raupen Schmetterlinge werden?«, fragte er plötzlich, als sie weitergehen wollte.

»Ja, das stimmt.«

»Und was wird aus uns?«

Su Kyi blieb stehen und überlegte.

»Das weiß ich nicht.«

Sie schwiegen beide.

»Hast du schon einmal Tiere weinen sehen?«, fragte er.

»Nein«, antwortete sie.

»Und Bäume und Blumen?«

»Nein.«

»Ich aber. Sie weinen ohne Tränen.«

»Woher weißt du dann, dass sie weinen?«

»Weil sie traurig aussehen. Wenn du genau hinschaust, siehst du es.«

Er stand auf und zeigte ihr die Raupe auf seiner Hand.

»Weint sie?«, fragte er.

Su Kyi betrachtete das Tier eine Weile.

»Nein«, meinte sie schließlich.

»Stimmt«, sagte er. »Aber du hast es geraten.«

»Woher weißt du das?«

Er lächelte wieder und sagte nichts, als wäre die Antwort zu offensichtlich.

In den Wochen nach dem Verschwinden der Mutter kümmerte sich Su Kyi um Tin Win, pflegte ihn und verhalf ihm wieder zu

Kräften. Als der erste Monat vergangen war ohne eine Nachricht von seiner Familie in Rangun und Mandalay, zog sie zu ihm und versprach, bis zur Rückkehr der Mutter für ihn zu sorgen und das Haus des Onkels in Ordnung zu halten. Tin Win sagte dazu nichts. Er hatte sich weiter zurückgezogen, und auch die Kraft und der Optimismus einer Frau wie Su Kyi erreichten ihn nicht. Seine Stimmung schwankte von Tag zu Tag, zuweilen von einer Stunde zur anderen. Manchmal sprach er tagelang kein Wort, verbrachte die meiste Zeit allein im Garten oder dem nahen Wald. Wenn sie an solchen Tagen abends in der Küche am Feuer saßen und ihren Teller Reis aßen, hielt er den Kopf gesenkt und schwieg. Wenn Su Kyi ihn fragte, was er im Wald gespielt hatte, blickte er sie an, mit Augen, durch die sie hindurchschauen konnte.

Ganz anders die Nächte. Im Schlaf kroch er an sie heran und schmiegte sich an ihren runden, weichen Körper. Manchmal schlang er seine Arme um sie und drückte so heftig, dass sie davon aufwachte.

An anderen Tagen nahm er sie mit in den Garten und in den Wald und berichtete, was ihm seine Freunde, die Bäume, denen er allen Namen gegeben hatte, erzählten. Oder er kam zu ihr mit einer Hand voll Käfer, Schnecken oder den wundersamsten Schmetterlingen, die sich auf seinen Händen niedergelassen hatten und erst weiterflogen, wenn er den Arm hoch in die Luft streckte. Tiere hatten keine Angst vor ihm.

Abends vor dem Einschlafen bat er Su Kyi, ihm Märchen zu erzählen. Er regte sich bis zum Ende der Geschichte nicht und sagte dann: »Singe noch einmal.«

Und Su Kyi lachte und sagte: »Ich singe doch gar nicht.«

Und Tin Win antwortete: »Aber ja, es klingt wie Gesang. Bitte, noch einmal.«

Su Kyi erzählte noch ein Märchen und noch eins, und sie erzählte, bis er eingeschlafen war.

Sie ahnte, dass ihre Worte ihn nur so, verschlüsselt, erreichten, dass er in einer Welt lebte, die ihr verschlossen war und der sie sich nur behutsam und voller Achtung nähern durfte. Sie hatte selber zu viel Leid erfahren, sie wusste zu viel vom Leben, als dass sie auch nur versuchen würde, sich ungebetenen Zugang zu seinen Fluchtburgen zu verschaffen. Sie hatte es erlebt, dass Menschen zu Gefangenen dieser Festungen, ihrer Einsamkeit, wurden und sie bis an ihr Lebensende nicht mehr verließen, und sie hoffte, Tin Win würde lernen, was sie mit den Jahren gelernt hatte: dass es Wunden gibt, die die Zeit nicht heilt, die sie aber schrumpft auf eine Größe, mit der es sich leben lässt.

12

Su Kyi erinnerte sich nicht, wann es ihr zum ersten Mal aufgefallen war. An jenem Morgen, als sie vor dem Haus stand und Tin Win am Zaun, und sie nach ihm rief, und er sich umschaute, den Kopf hin und her bewegte, als suche er sie? Oder ein paar Tage später beim Abendessen, als sie auf einem Holzbalken vor der Küche hockten, ihren Reis löffelten und sie ihn auf einen Vogel hinwies, der ein paar Meter vor ihnen auf dem Rasen saß?

»Wo?«, fragte er.

»Dort, neben dem Stein.«

»Ach, da«, sagte er und schaute in die falsche Richtung.

Sie sah, wie er immer die gleichen Wege ging im Garten, im Haus oder auf den angrenzenden Wiesen und Feldern, und wie er häufig über Stöcke oder Steine stolperte, wenn er einmal von seinen gewohnten Pfaden abwich. Sie sah, wie er zuweilen für den Bruchteil einer Sekunde, die ihr wie eine Ewigkeit erschien, daneben griff, wenn sie ihm eine Schale oder Tasse reichte. Wie er die Augen leicht zusammenkniff, wenn er etwas fixierte, was mehr als ein paar Meter entfernt stand. Als suche er etwas im dichten Frühnebel, der an manchen Tagen durch das Tal zog.

Tin Win wusste nicht, wann es begonnen hatte, aber die Berge und Wolken am Horizont waren schon immer etwas undeutlich gewesen. Er kannte es nicht anders.

Seit dem Tag, an dem seine Mutter verschwunden war, war es schlimmer geworden. Zunächst konnte er vom Garten aus den Wald nicht mehr sehen. Die einzelnen Bäume verloren ihre Formen und Konturen, sie verschmolzen miteinander und verschwammen zu einem braungrünen, fernen Meer. Ein grauer Nebel verhüllte in der Schule den Lehrer, er hörte seine Stimme klar und deutlich, als säße er neben ihm, nur sehen konnte er ihn nicht. So wenig wie die Bäume oder die Felder oder das Haus oder Su Kyi, wenn sie mehr als ein paar Armlängen von ihm entfernt stand.

Tin Win orientierte sich nicht mehr an Gegenständen und ihren Details, er lebte zunehmend in einer Welt, die vor allem aus Farben bestand. Grün war der Wald, rot das Haus, blau der Himmel, braun die Erde, lila die Bougainvillea und schwarz der Zaun um den Garten. Aber auch auf die Farben war kein Verlass, sie verblassten, und mit der Zeit legte sich ein milchig weißes Tuch über ihn, das alles bedeckte, was außerhalb eines Radius von wenigen Metern lag.

Die Welt versank vor seinen Augen, sie erlosch, wie ein Feuer, das keine Wärme und kein Licht mehr spendet.

Tin Win gestand sich ein, dass es ihn nicht sonderlich störte; er hatte keine Angst vor der ewigen Dunkelheit oder was immer den Bildern, die seine Augen sahen, folgen würde. Er sagte sich, dass er nicht viel verpasst hätte, wäre er blind geboren worden, und er konnte sich nicht vorstellen, dass er viel vermissen würde, sollte er gänzlich erblinden.

Und so war es. Als er drei Tage nach seinem zehnten Geburtstag erwachte und die Augen öffnete, hatte der Nebel die Welt verschlungen.

Tin Win lag still in seinem Bett und atmete ruhig ein und aus. Er schloss die Augen und öffnete sie wieder. Nichts. Er blickte nach oben, dorthin, wo vor kurzem noch die Zimmerdecke war, und er sah nichts als ein weißes Loch. Er richtete sich auf und wandte den Kopf hin und her. Wo war die Holzwand mit den rostigen Nägeln? Das Fenster? Das alte Tischchen, auf dem der Tigerknochen lag, den sein Vater vor langer Zeit im Wald gefunden hatte? Wohin er auch blickte, es war, als schaue er in ein weißes Gewölbe ohne Konturen, ohne Vorder- oder Hintergrund, ohne Grenzen. Als hätte er die Unendlichkeit entdeckt.

Neben ihm lag Su Kyi. Sie schlief und würde bald aufwachen. Er hörte es an ihrem Atem.

Draußen war es bereits hell. Der Gesang der Vögel verriet ihm das. Tin Win stand vorsichtig auf und tastete mit seinen Zehen nach dem Ende der Strohmatte. Er spürte Su Kyis Beine und stieg über sie hinweg. Er stand im Zimmer und überlegte kurz, wo sich die Küche befinde. Er machte ein paar Schritte und fand die Tür, ohne gegen den Rahmen oder die Wand zu laufen, ging in die Küche, um die Feuerstelle herum, am Schrank mit den Blechnäpfen vorbei, hinaus auf den Hof. Er hatte sich nicht gestoßen, nicht einmal die Hände zum Tasten ausgestreckt. Vor der Tür blieb er stehen, fühlte die Sonne auf seinem Gesicht und wunderte sich über die Sicherheit, mit der er sich im Nebel, diesem Niemandsland, bewegte.

Den Holzschemel hatte er vergessen. Er schlug mit dem Gesicht auf die harte Erde, der Schmerz am Schienbein ließ ihn kurz aufschreien, etwas hatte ihm das Gesicht zerkratzt, sein Speichel schmeckte nach Blut.

Er blieb liegen, bewegte sich nicht.

Er spürte, wie etwas seine Wange entlangkroch, über seine Nase auf die Stirn und in den Haaren verschwand. Für eine

Raupe war es zu schnell. Eine Ameise vielleicht, ein Käfer? Er wusste es nicht. Er konnte eine Ameise nicht mehr von einem Käfer unterscheiden und fing an zu weinen, leise und ohne Tränen. Wie die Tiere. Er wollte nicht, dass ihn je wieder jemand weinen sah.

Er tastete mit der Hand über den Boden, fühlte die Unebenheiten, fuhr mit den Fingern durch die winzigen Täler und Höhen, als entdecke er die Welt neu. Wie rau der Boden war, wie viele Steine und Kuhlen es gab. Warum waren sie ihm bisher nie aufgefallen? Er rollte ein Stück Reisig zwischen Daumen und Zeigefinger und hatte das Gefühl, das Stückchen Holz zu sehen. Er überlegte, ob das Bild, ob alle Bilder in seiner Erinnerung allmählich verblassen würden, oder ob er in Zukunft die Welt zumindest durch das Fenster seines Gedächtnisses und seiner Phantasie sehen könnte. Er dachte an Su Kyi und hatte ihr Gesicht vor Augen.

Er horchte. Der Boden summte, er sang leise, kaum hörbar, es waren Geräusche, die er nicht kannte und nicht deuten konnte. Tin Win begriff, dass seine Hände, seine Nase und seine Ohren ihn von nun an durch die Welt führen würden. Würde er lernen ihnen zu vertrauen? Er, der bisher in seinem Leben nichts und niemandem vertrauen konnte?

Su Kyi hob ihn auf.

»Der Hocker stand direkt vor dir«, sagte sie. Es war eine Feststellung, kein Vorwurf.

Sie holte Wasser und ein Tuch; er spülte sich den Mund aus, und sie wischte ihm das Gesicht ab. Er hörte an ihrem schweren Atem, wie sehr sie sich erschrocken hatte.

»Tut es sehr weh?«, fragte sie.

Er nickte.

Sein Speichel hatte wieder den säuerlichen Geschmack von Blut.

»Komm mit in die Küche«, sagte sie, stand auf und ging voraus.

Tin Win blieb sitzen, unsicher, in welche Richtung er gehen sollte. Nach ein paar Sekunden kam Su Kyi wieder aus dem Haus.

»Warum kommst du nicht?«

Ihr Schrei war bis ins Dorf hinunter zu hören, und noch Jahre später erzählten sich die Menschen in Kalaw, dass jeder, der ihn hörte, zutiefst erschrak.

Der Arzt im kleinen Krankenhaus am Ende der Hauptstraße wusste keinen Rat. Eine Erblindung in diesem Alter und ohne Unfall, einfach so, das hatte er noch nicht erlebt. Er konnte nur Mutmaßungen anstellen. Ein Tumor im Gehirn war es wohl kaum, da der Patient weder über Schwindel noch über Kopfschmerzen klagte. Vielleicht eine Nervenkrankheit oder eine Erblast. Ohne die genaue Ursache zu kennen, könne er keine Therapie verschreiben, es gebe keine Hilfe, höchstens die Hoffnung, dass das Augenlicht zurückkehren würde, ebenso rätselhaft, wie es verschwunden war.

13

In den ersten Monaten versuchte Tin Win, sich seine Welt, das Haus, den Garten und die nahen Felder zurückzuerobern. Er saß oft Stunden im Garten, am Zaun, auf dem Stumpf der Pinie, unter dem Avocadobaum oder vor den Mohnblumen und versuchte herauszufinden, ob jeder Ort, jeder Baum seinen eigenen unverwechselbaren Geruch hatte, so wie ein Mensch. Roch der Garten hinter dem Haus anders als davor?

Tin Win schritt die Wege ab, kalkulierte Entfernungen und entwarf in seinem Kopf Karten, auf denen alles, was seine Füße und Hände ertasteten, jeder Busch, jeder Baum, jeder Stein, eingezeichnet war. Er wollte sie speichern, sie sollten ihm die Augen ersetzen, mit ihrer Hilfe wollte er Ordnung bringen in den undurchsichtigen Nebel, der ihn umgab.

Es funktionierte nicht.

Am nächsten Tag war nichts mehr dort, wo er es erinnerte. Als hätte jemand über Nacht in einem Zimmer die Möbel umgeräumt. Nichts in dieser Welt hatte seinen festen Platz, alles war in Bewegung, wahllos und unberechenbar.

Der Arzt hatte Su Kyi versichert, dass mit der Zeit die anderen Sinnesorgane die Arbeit der Augen übernehmen würden. Blinde Menschen würden lernen, sich ihren Ohren, ihrer Nase und ihren Händen anzuvertrauen, und sich deshalb nach einer Phase der Anpassung und Eingewöhnung in ihrer Umgebung gut zurechtfinden, behauptete der Doktor.

Das Gegenteil war der Fall. Tin Win stolperte über Steine, die er seit Jahren kannte, er prallte gegen Bäume und Äste, auf denen er früher herumgeklettert war. Selbst im Haus lief er gegen Türpfosten und Wände. Zweimal wäre er in die Feuerstelle gerannt, hätten ihn Su Kyis Schreie nicht rechtzeitig gewarnt.

Als sie ihn einige Wochen später zum ersten Mal wieder mit ins Dorf nahm, hätte ihn fast ein Auto überfahren. Er stand am Straßenrand und hörte das Geräusch des näher kommenden Motors, er hörte Stimmen und Schritte und das Schnauben eines Pferdes, er hörte Vögel und Hühner und das Kacken eines Ochsen, und nichts davon machte Sinn oder gab ihm einen Hinweis, wohin er zu gehen oder worauf er zu achten hätte. Er traute seinem Gehör genauso wenig wie seiner Nase, wenn es nach Feuer roch, oder seinen Händen, wenn sie ein Hindernis ertasteten.

Es verging kaum ein Tag ohne aufgeschlagene Knie, blaue Flecken, Beulen am Kopf oder Schürfwunden an Händen und Ellenbogen.

Besonders schlimm war es in der Schule bei den Nonnen und

dem Pater aus Italien. Obwohl er seit seiner Erblindung in der ersten Reihe sitzen durfte und sie sich häufig vergewisserten, ob er auch folgen könne, verstand er immer weniger von dem, was sie sagten. In ihrer Gegenwart fühlte er sich einsamer denn je. Er hörte ihre Stimmen und spürte ihren Atem, aber er sah sie nicht. Sie standen neben ihm, eine Armlänge oder eine Handbreit entfernt, und waren doch unerreichbar.

Die Nähe anderer Kinder war noch unerträglicher. Ihre Stimmen machten ihm Angst, und ihr Lachen klang noch abends, wenn er im Bett lag, in seinen Ohren. Wenn sie auf dem Hof neben der Kirche herumrannten und tobten und spielten, saß er auf einer Bank unter dem Kirschbaum und fühlte sich gefesselt, und mit jedem Schritt, den er hörte, jedem Rufen, jedem noch so unbedeutenden Ausdruck von Freude, spürte er, wie die Fesseln enger wurden.

Su Kyi war sich nicht sicher, ob die Welt tatsächlich vor seinen Augen versunken war oder ob Tin Win sich nicht einfach nur noch weiter verkrochen hatte. Und wenn dem so wäre, wie weit würde er den Rückzug treiben? Würden mit der Zeit auch seine Ohren ihren Dienst versagen, die Nase, würden seine zarten, schlanken Finger nichts mehr spüren, zu tauben und nutzlosen Gliedmaßen verkommen?

Er war stark, viel stärker als er selber es wusste oder sein dürrer Kinderkörper verriet, das hatte sie gelernt in den vergangenen Jahren, und er hatte die Kraft, sich bis ans Ende der Welt zurückzuziehen, daran zweifelte sie nicht. Wenn er wollte, würde sein Herz aufhören zu schlagen, so wie die Augen aufgehört hatten zu sehen, und im tiefsten Inneren ihrer Seele ahnte sie, dass er so und nicht anders sein Leben eines Tages beenden würde. Aber dazu, fand Su Kyi, war es viel zu früh. Erst einmal sollte er es leben.

14

U Ba schwieg.

Wie lange hatte er erzählt? Drei Stunden? Vier, fünf? Ich hatte meine Augen nicht von ihm abgewandt und bemerkte erst jetzt, dass an den anderen Tischen niemand mehr saß. Es war still, ich hörte nichts als das Schnarchen eines Mannes, der hinter der Glasvitrine mit den Keksen saß. Es klang wie das leise Zischen eines Dampfkessels. Die Lampen im Lokal waren ausgeschaltet, nur auf unserem Tisch brannten zwei Kerzen.

Ich spürte, wie ich zitterte.

Die Kälte, dachte ich.

»Sie trauen mir nicht, Julia?«, fragte U Ba.

»Ich glaube nicht an Märchen«, antwortete ich.

»Haben Sie ein Märchen gehört?«

»Wenn Sie so viel von mir wissen und mich so gut kennen, wie Sie behaupten, darf es Sie nicht überraschen, dass ich nicht an Magie oder überirdische Kräfte glaube. Nicht einmal an einen Gott oder irgendeine höhere Gewalt, erst recht nicht an Sternenkonstellationen, die unser Schicksal bestimmen oder beeinflussen. Menschen, die ihr Kind nicht annehmen können, weil bei der Geburt die Sterne schlecht standen, müssen krank sein.«

Ich atmete tief durch. Etwas hatte mich wütend gemacht, ich wusste nicht, ob es U Ba war, den anscheinend nichts aus der Ruhe brachte, oder diese Geschichte, mit der ich nichts anfangen konnte. Ich versuchte mich zu beruhigen, ich wollte nicht, dass er meinen Ärger bemerkte.

Er nickte. »Sie sind weit gereist, Julia, ich bin seit meiner Jugend aus unserem Dorf selten herausgekommen und wenn, dann führte mich mein Weg nie weiter als nach Taunggyi, unserer kleinen Provinzhauptstadt, eine Tagestour mit dem Pferdewagen. Meine letzte Exkursion liegt schon Jahre zurück. Sie haben die Welt gesehen, Julia, wer bin ich, Ihnen zu widersprechen?«

Seine Demut machte mich nur noch wütender.

»Wenn Sie es sagen«, fuhr er fort, »glaube ich gern, dass es in Ihrer Welt keine Mütter und Väter gibt, die ihre Kinder nicht lieben können, aus welchen Gründen auch immer. Vielleicht ist das ein Verhalten von dummen, ungebildeten Menschen, ein weiterer Beweis unserer Rückständigkeit, wofür ich Sie nur immer wieder um Verzeihung bitten kann.«

»Das habe ich nicht behauptet, aber die Sterne spielen bei uns keine Rolle.«

»Macht das einen Unterschied?«, fragte er, blickte mich an und verstummte. Er musste meinen Ärger gespürt haben und wollte keinen Streit.

»Ich bin nicht zehntausend Kilometer gereist, um Märchen zu hören. Ich bin auf der Suche nach meinem Vater.«

»Haben Sie noch etwas Geduld«, bat er.

»Warum? Weshalb soll ich mich gedulden, worauf warten? Dass Sie mir weiter Geschichten erzählen, die Jahrzehnte zurückliegen?«

»Es ist die Geschichte Ihres Vaters.«

»Das behaupten Sie. Wo sind Ihre Beweise? Wäre er in seinem Leben wirklich einmal blind gewesen, hätten wir, seine Familie, etwas davon gewusst. Er hätte uns davon erzählt.«

»Sind Sie sicher, Julia?«

Er wusste, dass ich mir nicht sicher war. Warum quälte er mich? Meine Unsicherheit, meine Zweifel, ob ich meinen Vater überhaupt kannte oder ob er mir dreiundzwanzig Jahre etwas vorgelogen hatte, waren der einzige Grund, warum ich seinen Erzählungen so lange zugehört hatte und auch weiter zuhören würde. Doch das wollte ich weder wirklich wahrhaben noch zugeben.

»Und selbst wenn er uns nichts davon gesagt hätte: Was hat dieser kleine, ungeliebte, verkümmerte Junge mit meinem Vater zu tun? Nichts. Überhaupt nichts.« Ich erklärte ihm, dass ich von Rückblicken und Nabelschauen nichts hielte, dass ich vermutlich zu den wenigen New Yorkern gehören würde, die noch nie bei einem Therapeuten waren, dass ich kein Mensch sei, der die Ursachen all seiner Probleme in seiner Kindheit suchte, und dass ich keinen Respekt hätte vor Menschen, die das täten. Ich wiederholte, dass ich mir nicht vorstellen könne, dass mein Vater je in seinem Leben blind gewesen sei, und je länger ich erzählte, desto weniger richteten sich meine Worte an U Ba. Ich sprach zu mir, es war der Versuch, mir einzureden, dass sich die Wahrheit auf die Grenzen meiner Vorstellungskraft beschränken musste.

U Ba hörte zu und nickte, und es schien, als wisse er genau, was ich meine, und stimmte mir zu. Als ich fertig war, wollte er wissen, was das sei, ein Therapeut.

Er trank einen Schluck von seinem Tee.

»Ich fürchte, Julia, ich muss mich jetzt verabschieden, ich bin es nicht mehr gewohnt, so viel zu erzählen. Oft verbringe ich die Tage schweigend. In meinem Alter ist das meiste gesagt. Ich weiß, Sie möchten mich nach Mi Mi fragen. Sie wollen wissen, wer und wo sie ist, und welche Rolle sie im Leben Ihres Vaters spielt und somit vielleicht auch in Ihrem. Ich kann Sie nur wieder um etwas Zeit und Langmut bitten. Unsere Geschichte bewegt sich unaufhaltsam auf sie zu, und ich versichere Ihnen, Ihr Warten wird belohnt, seien Sie unbesorgt.«

Er stand auf und verneigte sich. »Ich bringe Sie auf die Straße.«

Wir gingen zur Tür. Ich war gut einen Kopf größer als er, aber U Ba schien nicht klein, sondern ich zu groß, und gemessen an seinen schnellen, behänden Schritten fühlte ich mich wieder schwer und unbeweglich.

»Sie finden zu Ihrem Hotel?«

Ich nickte.

»Wenn Sie wollen, hole ich Sie morgen nach dem Frühstück in Ihrem Hotel ab und zeige Ihnen mein Haus. Dort sitzen wir ungestörter, und ich kann Ihnen ein paar Fotos zeigen.«

Er wartete meine Antwort nicht ab und verabschiedete sich mit einer Verbeugung.

Ich ging langsam die Straße hinunter, als ich plötzlich seine Stimme hinter mir hörte. Er flüsterte.

»Was Ihren Vater betrifft, Julia, er ist hier, ganz nah. Sehen Sie ihn?«

Ich wandte mich auf der Stelle um.

»Ist das eine Frage oder eine Aufforderung zum Suchen?«

Ich bekam keine Antwort. U Ba war in der Dunkelheit verschwunden.

15

Es war später Abend, ich lag auf meinem Bett im Hotel, schloss die Augen und sah meinen Vater vor mir. Ich bin vier oder fünf Jahre alt, und er sitzt auf meiner Bettkante. Mein Zimmer ist in einem hellen Rosa gestrichen. Von der hohen Decke hängt ein Mobile mit gelbschwarz gestreiften Bienen, neben meinem Bett zwei Regale mit Büchern, Puzzles und Spielen, gegenüber ein kleiner Kinderwagen, in dem drei Puppen schlafen. Mein Bett ist voller Stofftiere. Hoppel, der gelbe Hase, der einmal im Jahr Schokoladeneier bringt. Dodo, die Giraffe, die ich um ihren langen Hals beneide, weil ich damit problemlos an die Keksdosen meiner Mutter in den oberen Regalen herankommen würde; Arika, der Schimpanse, von dem ich glaube, dass er laufen kann. Außerdem zwei kleine Dalmatiner, eine Katze, ein Elefant, drei Bären und Winnie Puh.

In meinen Armen liegt Dolores, meine Lieblingspuppe mit den ausgefransten schwarzen Haaren; ihr fehlt eine Hand, mein Bruder hatte sie im Streit abgeschnitten. Es ist warm, ein milder Sommerabend in New York, mein Vater hat das Fenster geöffnet, und von draußen weht ein leichter Luftzug ins Zimmer. Er bringt die Bienen über mir zum Tanzen.

Ich sehe meinen Vater, sein schwarzes Haar, die dunklen Augen, seine zimtfarbene Haut und die große Nase, auf der die kräftige Brille sitzt. Sie war rund und schwarz und Jahre später sollte ich ein Bild Gandhis entdecken und staunen über dessen Ähnlichkeit mit meinem Vater.

Er beugt sich zu mir, lächelt und atmet tief ein. Ich höre seine Stimme, eine Stimme, die eigentlich etwas anderes war. Sie klang wie ein Musikinstrument, eine Violine, nein, eher eine Harfe, er konnte nicht laut werden, so sehr er sich auch bemühte. Ich habe ihn nie schreien hören. Es ging nicht. Seine Stimme war weich und sanft und sehr melodisch. Egal was er sagte, in meinen Ohren klang es, als singe er. Seine Stimme konnte mich tragen und trösten, sie konnte mich beschützen und einschläfern, und wenn sie mich weckte, erwachte ich mit einem Lächeln. Sie konnte mich beruhigen wie bis heute nichts und niemand auf der Welt.

Wie an jenem Tag, als ich mit meinem neuen Fahrrad im Central Park das Gleichgewicht verlor und mit dem Kopf auf einen Stein schlug. Das Blut strömte aus zwei Platzwunden wie aus einem Wasserhahn. Eine Ambulanz brachte mich ins Krankenhaus auf der 70. Straße. Ein Sanitäter hatte mir einen Verband angelegt, aber das Blut sickerte durch den Mull und lief mir das Gesicht und den Hals hinab. Ich erinnere mich an die Sirenen, das besorgte Gesicht meiner Mutter und einen jungen Arzt mit buschigen Augenbrauen. Er nähte die Risse, aber die Blutungen hörten nicht auf.

Kurz darauf stand mein Vater neben mir, ich hatte seine Stimme schon aus dem Vorzimmer gehört. Er nahm meine Hand, strich mir über das Haar und erzählte eine Geschichte. Es verging keine Minute, da versiegte der rote Strom aus meinem Kopf. Als hätte sich seine Stimme behutsam auf die Wunde gelegt, sie bedeckt und sanft verschlossen.

Die Geschichten, die mein Vater erzählte, hatten selten ein glückliches Ende. Meine Mutter hasste sie. Grausam und brutal, erklärte sie. Sind das nicht alle Märchen?, verteidigte sich mein Vater. Ja, gab meine Mutter zu, aber deine sind verworren und bizarr und ohne jede Moral und für unsere Kinder völlig ungeeignet.

Ich liebte sie. Gerade weil sie so absonderlich waren, so ganz anders als alles, was ich sonst an Geschichten und Fabeln hörte oder las. Es waren alles birmanische Märchen, die er erzählte, und sie waren der einzige Blick in seine Vergangenheit, den mein Vater gestattete. Vielleicht faszinierten sie mich deshalb so sehr.

Die Geschichte vom Prinzen und der Prinzessin und dem Krokodil war mein Lieblingsmärchen. Mein Vater musste es mir erzählen, bis ich jeden Satz, jedes Wort, jede Pause, jede Betonung auswendig kannte und ihn verbesserte, wenn er es einmal anders wiedergab.

Es war einmal eine wunderschöne Prinzessin. Es war einmal, diese Zauberworte, die die Welt um mich verwandelten. Das hellrosa Zimmer löste sich auf, ich sah den Prinzen und seine Prinzessin und sonst nichts.

Die Prinzessin lebte am Ufer eines großen Flusses. Sie wohnte mit ihrer Mutter und ihrem Vater, der Königin und dem König, in einem alten Schloss. Es hatte dicke, hohe Mauern, hinter denen es kalt und dunkel und sehr still war. Die Prinzessin hatte weder Brüder noch Schwestern und fühlte sich am Hof sehr einsam. Die Eltern sprachen mit ihrer Tochter kaum ein Wort. Ihre Dienerinnen sagten immer nur »Ja, Prinzessin« oder »Nein, Prinzessin«, und im ganzen Schloss gab es niemanden, mit dem sie sich unterhalten konnte. Sie langweilte sich entsetzlich. Und so wurde sie mit der Zeit zu einer einsamen und traurigen Prinzessin, die sich nicht erinnern konnte, wann sie das letzte Mal gelacht hatte. Manchmal hatte sie das Gefühl, sie hätte vergessen, wie das geht. Dann schaute sie in einen Spiegel und versuchte zu lächeln. Sie verzog das Gesicht zu einer Grimasse. Nicht einmal komisch war das. Wenn sie gar zu traurig wurde, ging sie hinunter an den Fluss. Dort saß sie im Schatten eines Feigenbaumes, hörte auf den Fluss und lauschte den Vögeln und dem Zirpen der Zikaden. Sie liebte die Tausende von Sternchen, die die Sonne mit ihrem Licht auf die Wellen schüttete. Dann wurde ihr ein wenig leichter ums Herz, und sie träumte von einem Menschen, der sie zum Lachen bringen könnte.

Auf dem anderen Ufer des Flusses lebte ein König, der für seine Strenge im ganzen Reich berüchtigt war. Keiner seiner Untertanen durfte faul oder träge sein. Die Bauern mussten unentwegt auf ihren Feldern schuften, die Handwerker in ihren Werkstätten. Um zu sehen, ob sie auch alle fleißig seien, schickte er Inspektoren durch das ganze Land. Wer bei einer Pause ertappt wurde, bekam zehn Schläge mit einem Bambusrohr. Die Strenge des Königs machte auch vor seinem Sohn nicht Halt. Von morgens bis abends musste der Prinz lernen. Der König ließ die angesehensten Gelehrten aus dem ganzen Land herbeischaffen, um den Prinzen zu unterrichten. Aus ihm sollte der klügste Prinz werden, den es je gab.

Eines Tages gelang es dem jungen Prinzen, sich aus dem Schloss davonzustehlen. Er schwang sich auf sein Pferd und ritt hinunter zum Fluss. Dort sah er am anderen Ufer die Prinzessin sitzen, die sich ein paar gelbe Blumenblüten in ihr langes schwarzes Haar gesteckt hatte. Noch nie hatte er ein schöneres Mädchen gesehen, und er kannte nur noch einen Wunsch: Er wollte an das andere Ufer.

Nun gab es zwischen den beiden Königreichen weder eine Brücke noch einen Fährmann, der Reisenden über den Strom

geholfen hätte. Die beiden Könige waren miteinander verfein-
det und hatten ihren Untertanen verboten, einen Fuß über den
Fluss zu setzen. Wer es dennoch versuchte, büßte mit dem Tod
dafür. Im Fluss wimmelte es vor Krokodilen, die nur darauf warteten, dass ein Fischer oder ein Bauer sich in den Strom wagen
würde.

Der Prinz wollte hinüberschwimmen, aber er war noch kaum
bis zu den Knien im Wasser, da kamen auch schon die Krokodile und rissen ihre großen Mäuler auf. Er konnte sich gerade
noch ans Ufer retten. Wenn er schon nicht mit der Prinzessin
reden konnte, so wollte er sie wenigstens betrachten.

Heimlich kehrte er von nun an jeden Tag zum Fluss zurück,
ließ sich auf einem Stein nieder und blickte voller Sehnsucht
hinüber zur Prinzessin. So vergingen Wochen und Monate, bis
schließlich eines Tages eines der Krokodile auf ihn zuschwamm.

»Schon seit langer Zeit beobachte ich dich, mein lieber Prinz«,
sagte es. »Ich weiß, wie unglücklich du bist, und ich habe Mitleid
mit dir. Ich möchte dir helfen.«

»Wie solltest du mir helfen können?«, fragte der Prinz erstaunt.

»Steig auf meinen Rücken, und ich bringe dich an das andere
Ufer.«

Voller Misstrauen betrachtete der Prinz das Krokodil.

»Das ist eine List«, meinte er. »Ihr Krokodile seid gierig und
gefräßig. Ihr habt noch keinen Menschen lebend aus dem Wasser gelassen.«

»Nicht alle Krokodile sind gleich«, antwortete das Krokodil.
»Vertraue mir.«

Der Prinz zögerte.

»Vertraue mir«, wiederholte das Krokodil.

Der Prinz hatte keine Wahl. Wollte er zu der schönen Prinzessin, musste er dem Krokodil glauben. Er stieg auf seinen Rücken,
und es brachte ihn wie versprochen ans andere Ufer.

Die Prinzessin traute ihren Augen nicht, als der Prinz plötzlich vor ihr stand. Auch sie hatte ihn schon des Öfteren beobachtet und insgeheim gehofft, er würde einen Weg finden, einmal den Fluss zu überqueren. Der Prinz war verlegen und wusste nicht, was er sagen sollte. Er stotterte und verhaspelte sich bei jedem Satz, und bald mussten die beiden lachen, und die Prinzessin lachte, wie sie schon lange nicht mehr gelacht hatte. Als es an der Zeit war zu gehen, wurde sie ganz traurig und bat den Prinzen zu bleiben.

»Das kann ich nicht«, sagte er. »Wenn mein Vater erfährt, dass ich bei dir war, wird er voller Zorn sein. Bestimmt würde er mich einsperren, und ich könnte nie wieder allein an den Fluss. Aber ich verspreche dir, ich komme wieder.«

Das liebe Krokodil brachte den Prinzen zurück über den Fluss.

Am nächsten Tag wartete die Prinzessin voller Sehnsucht. Sie hatte die Hoffnung schon fast aufgegeben, da sah sie das weiße Pferd mit dem Prinzen. Auch das Krokodil war da und leistete seine treuen Dienste. Von nun an sahen sich der Prinz und die Prinzessin jeden Tag.

Die anderen Krokodile waren wütend. Eines Tages versperrten sie mitten im Fluss dem Krokodil und dem Prinzen den Weg. »Gib ihn uns, gib ihn uns«, schrien sie, rissen ihre Mäuler auf und schnappten nach dem Prinzen.

»Lasst uns in Ruhe«, brüllte das große Krokodil und schwamm, so schnell es konnte, den Fluss hinunter. Aber schon nach kurzer Zeit war es von den anderen umringt.

»Versteck dich in meinem Maul«, rief es seinem Freund zu. »Dort bist du in Sicherheit.« Es sperrte sein Maul auf, so weit es konnte, und der Prinz kletterte hinein. Keinen Augenblick ließen die anderen Tiere die beiden aus den Augen. Wohin sie auch schwammen, sie folgten ihnen. Sie warteten und warteten. Irgendwann musste der Prinz ja wieder zum Vorschein kommen. Aber das liebe Krokodil war geduldig, und nach mehreren Stun-

den gaben die anderen auf und schwammen davon. Das Krokodil kroch ans Ufer und öffnete sein Maul. Der Prinz bewegte sich
nicht. Es schüttelte sich und rief: »Mein Freund, lauf an Land,
lauf, so schnell du kannst.«

Der Prinz bewegte sich noch immer nicht.

Da rief auch die Prinzessin vom anderen Ufer: »Mein lieber
Prinz, bitte, komm heraus.«

Es half nichts. Der Prinz war tot. Er war im Maul seines Freun-
des erstickt.

Als die Prinzessin dies erkannte, sank auch sie zu Boden, gestorben an gebrochenem Herzen.

Die zwei Könige beschlossen, ihre Kinder nicht zu beerdigen,
sondern am Ufer des Flusses zu verbrennen. Wie es der Zufall
wollte, geschah dies am selben Tag zur selben Stunde. Die Könige verfluchten und bedrohten einander und gaben sich gegen-
seitig die Schuld am Tod ihrer Kinder.

Es dauerte nicht lange, da loderten die Flammen, und die
beiden Leichname brannten lichterloh. Auf einmal begannen
die Feuer zu qualmen. Es war windstill, und zwei große, mäch-
tige Rauchsäulen stiegen senkrecht zum Himmel empor. Und
mit einem Mal wurde es ganz ruhig, die Feuer hörten auf zu
knistern und brannten lautlos vor sich hin, der Fluss gluckste und
gurgelte nicht mehr. Selbst die Könige verstummten.

Da fingen die Tiere an zu singen. Zuerst die Krokodile.

Aber Krokodile können doch gar nicht singen, wende ich jeden Abend an dieser Stelle ein.

Aber sicher, antwortet mein Vater, Krokodile können singen,
wenn man sie nur lässt. Und still muss man sein, sonst hört man
sie nicht.

Und Elefanten auch?

Und Elefanten auch.

Und wer sang dann?

Die Schlangen und die Eidechsen. Es sangen die Hunde und

die Katzen, die Löwen und die Leoparden. Die Elefanten stimmten ein, die Pferde und die Affen. Und natürlich die Vögel. Die Tiere sangen im Chor, und zwar so schön, wie sie noch nie zuvor gesungen hatten, und plötzlich, niemand wusste warum, neigten sich die beiden Rauchsäulen langsam einander zu. Je lauter und heller die Tiere sangen, desto näher bewegten sie sich aufeinander zu, bis sie sich umarmten und eins wurden, wie nur Liebende es können.

Mein Vater knipst das Licht aus und bleibt auf meinem Bett sitzen. Ich schließe die Augen und höre meine Stofftiere singen und denke: Er hat Recht, alle Tiere können singen, wenn man sie nur lässt. Und still muss man sein, sonst hört man sie nicht. Sie summen mir leise ein Lied, bis ich eingeschlafen bin.

Meine Mutter mochte diese Geschichte nicht, weil sie kein Happy End hatte. Mein Vater fand, dass es sehr wohl ein Happy End gebe. So verschieden waren sie.

Ich war mir nicht ganz sicher.

ZWEITER TEIL

1

Die Stille der Nacht quälte mich. Ich lag in meinem Hotel und wartete auf Geräusche, die mir vertraut waren. Autohupen. Feuerwehrsirenen. Rapmusik oder Fernsehstimmen aus der Nachbarwohnung. Das Klingeln des Fahrstuhls.

Nichts.

Nicht einmal ein Knacken von Treppenstufen oder die Schritte eines anderen Gastes auf dem Korridor. Eine geräuschlose Finsternis füllte mein Zimmer. Nach einer Weile vernahm ich U Bas Stimme. Wie ein unsichtbarer Eindringling wanderte sie durch den Raum. Sie sprach vom Schreibtisch aus zu mir und vom Schrank, und dann klang es, als käme sie aus dem Bett neben mir. Seine Geschichte ging mir nicht aus dem Kopf. Ich dachte an Tin Win. Auch mit ein paar Stunden Abstand konnte ich in ihm nicht meinen Vater sehen. Aber was bedeutete das schon? Was wissen wir von unseren Eltern, und was wissen sie von uns? Und wenn wir nicht einmal jene Menschen wirklich kennen, die uns seit unserer Geburt begleiten – wir sie nicht, sie uns nicht –, was wissen wir dann überhaupt vom anderen? Muss ich ihm oder ihr, so gesehen, nicht alles zutrauen, selbst die abscheulichste Tat? Auf wen oder was, auf welche Wahrheiten ist am Ende Verlass? Gibt es einen Menschen, dem ich ohne Einschränkung vertraue? Kann es einen geben?

Der Schlaf erlöste mich.

Ich träumte von Tin Win. Er war erblindet und gestürzt, lag vor mir auf der Erde und weinte. Ich wollte ihn aufheben und beugte mich zu ihm. Er war zu schwer. Ich nahm seine Hände und zog, ich umfasste seinen Kinderkörper, er umklammerte

mich. Doch ebenso gut hätte ich versuchen können, einen Felsbrocken zu bewegen. Ich kniete mich neben ihn wie neben das
Opfer eines Verkehrsunfalls, das blutend am Straßenrand liegt.
Ich redete auf ihn ein, versicherte ihm, dass Hilfe auf dem Weg
sei. Er bat mich, nicht wegzugehen, ihn nicht allein zu lassen.
Plötzlich stand mein Vater neben uns. Er hob ihn auf, drückte
ihn fest an sich und flüsterte ihm etwas ins Ohr. In seinen Armen beruhigte sich Tin Win. Er legte den Kopf auf seine Schulter, schluchzte noch ein wenig und schlief ein. Die beiden drehten sich um und gingen fort.

Es war bereits warm, als ich erwachte. Von draußen hörte
ich Insekten summen und zwei Männer, die sich unter meinem
Fenster unterhielten. Es lag ein süßlicher Geruch in der Luft, der
mich an frische Zuckerwatte erinnerte. Als ich aufstand, empfand ich einen leichten Muskelkater in den Waden. Doch ich
fühlte mich viel besser als gestern, der lange Schlaf hatte mir gut
getan. Die Wärme machte die kalte Dusche erträglich, selbst der
Kaffee schmeckte nicht so schlecht wie am Tag zuvor. Eigentlich hatte ich heute meine Suche nach Mi Mi beginnen wollen,
aber etwas hielt mich zurück. Schenkte ich U Bas Geschichte
mehr Glauben, als ich mir eingestehen wollte? Obwohl ich mich
gestern so sehr dagegen gewehrt hatte und wütend auf ihn war,
musste ich jetzt zugeben, dass mich seine Erzählung in den Bann
gezogen hatte. Und da ich, abgesehen von der vierzig Jahre
alten Adresse, keine eigene Spur oder irgendwelche Anhaltspunkte hatte, beschloss ich, auf ihn zu warten.

Es war kurz nach zehn, als er mich abholte.

Ich saß vor dem Hotel und beobachtete einen alten Mann, der
mit einer langen Schere den Rasen schnitt. Der Garten des Hotels hatte etwas Verwunschenes, das mir gestern nicht aufgefallen
war. Noch nie hatte ich eine so ungewöhnliche Mischung aus
Blumen, Büschen und Bäumen gesehen. Auf den Beeten wucherte roter Klatschmohn zwischen Freesien, Gladiolen und

kräftigen gelben Orchideen. Und über ihnen wölbten sich Zweige mit Hunderten von roten, weißen und rosafarbenen Hibiskusblüten. In der Mitte des Rasens stand ein Birnbaum, dessen weiße Blüten über das Gras verstreut lagen, etwas weiter entfernt zwei Palmen und ein Avocadobaum voller Früchte. In einem Gemüsegarten konnte ich Bohnen und Erbsen, Rettiche, Karotten, Erdbeeren und Himbeeren erkennen.

Ich sah U Ba schon von weitem kommen. Er lief die Straße entlang, grüßte einen Radfahrer und bog in die Einfahrt des Hotels. Um schneller laufen zu können, zog er seinen Longy mit beiden Händen ein wenig hoch, wie eine Frau, die im langen Kleid über eine Pfütze springt.

Er begrüßte mich lächelnd und mit einem vertrauten Augenzwinkern. Als hätten wir uns gestern nicht im Streit getrennt und würden uns seit Jahren kennen.

»Guten Morgen, Julia. Haben Sie ein wenig Schlaf gefunden?«, fragte er.

Ich lächelte über seine altmodische Art sich auszudrücken.

»Oh, wie schön Ihre Augen strahlen. Genau wie die Ihres Vaters! Die vollen Lippen und die weißen Zähne haben Sie auch von ihm. Verzeihen Sie, dass ich mich wiederhole, es ist nicht meine Einfalt, es ist Ihre Schönheit, die mich so etwas zweimal sagen lässt.«

Sein Kompliment machte mich verlegen. Ich stand auf und packte meinen Kugelschreiber und einen Notizblock in meinen kleinen Rucksack.

Wir gingen auf die Straße und bogen dann in einen Trampelpfad ein, der zum Fluss hinunter führte. Die Pflanzen am Wegrand wuchsen und blühten so üppig wie im Garten des Hotels. Der Weg war mit Dattelpalmen, Mangobäumen und Bananenstauden gesäumt, an denen kleine, gelbe Bananen hingen. Es roch nach frischem Jasmin und reifen Früchten. Die warme Luft auf meiner Haut, auf meinen nackten Armen und Beinen tat gut.

Am Fluss standen mehrere Frauen bis zu den Knien im Wasser, wuschen Wäsche und sangen dabei. Die ausgewrungenen Hemden und Longys legten sie zum Trocknen auf die Felsen in die Sonne. Einige grüßten U Ba, mich beobachteten sie voller Neugier. Wir überquerten eine kleine Holzbrücke, kletterten auf der anderen Seite des Flusses eine Böschung hinauf und folgten einem steil ansteigenden Feldweg. Der Gesang der Frauen begleitete uns bis zur Kuppe eines Berges. Der Anblick des Tales und der Gipfel in der Ferne irritierte mich. Etwas stimmte nicht an dieser Postkartenansicht. Die Hänge waren nur spärlich mit jungen Pinien bedeckt, dazwischen lag braunes, verbranntes Gras.

»Früher konnte man hier nichts als dichte Pinienwälder sehen«, sagte U Ba, als hätte er meine Gedanken erraten. »In den Siebzigerjahren kamen die Japaner und holzten alle Bäume ab.«

Ich wollte fragen, warum sie sich das erlaubt hatten und ob niemand sich dagegen gewehrt hatte, schwieg aber lieber. Mir war zu vieles rätselhaft an diesem Ort, und ich hatte den Eindruck, dass es klüger sei, nicht immer alle Fragen zu stellen. Nicht gleich, jedenfalls.

Wir liefen weiter, vorbei an alten, verfallenen englischen Herrschaftshäusern und ärmlichen, meist fensterlosen Hütten, deren schiefe Wände aus getrockneten Blättern und Gräsern geflochten waren. Vor einem der wenigen Holzhäuser blieben wir stehen. Es stand auf knapp einen Meter fünfzig hohen Stelzen, war aus fast schwarzem Teak, hatte ein Wellblechdach und eine schmale Veranda. Unter dem Haus wühlte ein Schwein, über den Hof liefen mehrere Hühner.

Wir stiegen die Stufen zur Veranda hoch. U Ba führte mich in einen großen Raum mit vier glaslosen Fenstern. Die Einrichtung sah aus wie eine englische Hinterlassenschaft aus der Kolonialzeit. Ein brauner Ledersessel, auf dessen Sitzkissen sich die Sprungfedern abzeichneten, zwei Sofas mit verschlissenen

Bezügen, ein Kaffeetischchen und ein dunkler Schrank. An der Wand ein Ölbild vom Tower in London.

»Ruhen Sie sich aus, ich mache uns Tee«, sagte U Ba und verschwand.

Ich wollte mich setzen, als ich ein lautes Summen hörte. Ein kleiner Bienenschwarm flog quer durch den Raum, von einem der Fenster zum offenen Schrank und wieder zurück. Im obersten Regal konnte ich ihr Nest hängen sehen, größer als ein Football. Ich ging vorsichtig ans andere Ende des Zimmers, setzte mich und bewegte mich nicht.

»Sie haben hoffentlich keine Angst vor Bienen«, fragte U Ba, als er mit einer Kanne Tee und zwei Tassen zurückkam.

»Nur vor Wespen«, log ich.

»Meine Bienen können nicht stechen.«

»Sie meinen, sie haben noch niemanden gestochen.«

»Ist das ein Unterschied?«

»Was machen Sie mit dem Honig?«

»Welchem Honig?«

»Dem Honig der Bienen.«

U Ba blickte mich an, als höre er zum ersten Mal, dass Bienen Honig produzieren. »Den rühre ich nicht an. Der gehört den Tieren.«

Ich folgte dem Flug der Bienen mit misstrauischem Blick und war mir nicht sicher, ob er das ernst meinte. »Warum lassen Sie das Nest dann nicht entfernen?«

Er lachte. »Warum sollte ich sie vertreiben? Sie tun mir nichts. Im Gegenteil, ich fühle mich geehrt, dass sie sich mein Haus ausgesucht haben. Wir leben seit fünf Jahren friedlich miteinander. Wir Birmanen glauben, dass sie Glück bringen.«

»Und? Stimmt es?«

»Ein Jahr nach dem Einzug der Bienen ist Ihr Vater zurückgekehrt. Nun sitzen Sie mir gegenüber, Julia. Sind da Zweifel noch erlaubt?«

Er lächelte wieder und goss uns Tee ein.

»Wo mussten wir unsere Geschichte unterbrechen? Tin Win war erblindet, und Su Kyi machte sich auf die Suche nach Hilfe, richtig?«

Ich nickte.

Er begann zu erzählen.

2

Der Regen prasselte auf das Wellblechdach, als sollte das Haus in einem Hagel aus Steinen und Erdklumpen untergehen. Tin Win hatte sich in die hinterste Ecke der Küche verkrochen. Er mochte diese Wolkenbrüche nicht, das Trommeln des Wassers auf dem Metall war ihm zu laut, und die Wucht, mit der es vom Himmel stürzte und sich über die Menschen ergoss, machte ihm Angst. Er hörte Su Kyis Stimme, aber der Regen verschlang ihre Worte.

»Wo bist du denn?«, rief sie noch einmal und steckte ihren Kopf durch die Küchentür. »Nun komm schon, wir wollen los. Es hört gleich auf.«

Su Kyi hatte, wie fast immer, wenn es ums Wetter ging, Recht. Sie besaß ein untrügliches Gespür für sich anbahnende Gewitter, für tropische Regenschauer und ihre Dauer. Sie spüre sie im Bauch und vor allem in den Ohren, behauptete sie. Die begännen zu glühen und zu kribbeln, und am Ende, kurz vor den ersten Regentropfen, würden sie ganz schrecklich jucken. Tin Win hatte längst aufgehört, an ihren Vorhersagen zu zweifeln. Keine zwei Minuten später standen sie vor dem Haus, und es regnete nicht mehr. Nun hörte er nur noch, wie das Wasser vom Dach und den Blättern tropfte und wie es im Graben vor dem Haus in einem wilden Strom zu Tal schoss.

Su Kyi hatte ihn an die Hand genommen. Der Boden war glitschig, und bei jedem Schritt quoll der Matsch durch seine Zehen. Es war noch früh, vermutlich kaum später als sieben. Die Sonne war durch die Wolken gebrochen und schien ihm ins Gesicht. Noch war ihre Wärme angenehm, aber schon bald würde ihre Kraft zu stark sein, sie würde auf der Haut brennen, und das Wasser würde verdampfen und in weißen Wolken aufsteigen, und es würde aussehen, als schwitze die Erde. Sie liefen an Hütten vorbei, aus denen die Stimmen des Morgens klangen, Kindergeschrei, Hundegebell, das Geklapper von Blechtöpfen.

Sie hatte ihm gesagt, sie wolle mit ihm ins Kloster unten im Dorf. Dort lebte U May, ein Mönch, den sie schon lange kannte und der ihm, Tin Win, vielleicht helfen könne. U May war einer der wenigen Menschen, streng genommen vielleicht der einzige, dem Su Kyi vertraute, zu dem sie eine Art Seelenverwandtschaft verspürte. Ohne ihn, meinte sie, hätte sie den Tod ihrer Tochter und ihres Mannes nicht überlebt. Er war schon alt, vermutlich über achtzig, genau wusste sie es nicht, und eine Art Abt des Klosters. Seit seiner Erblindung vor einigen Jahren unterrichtete er jeden Morgen ein Dutzend Kinder aus dem Ort, und vielleicht, so hoffte Su Kyi, könnte er sich Tin Wins annehmen, ihn herauslocken aus der Finsternis, die ihn umgab, könnte ihn lehren, was sie ihn gelehrt hatte: dass Leben mit Leid verbunden ist, jedes Leben, ohne Ausnahme; dass Krankheiten unausweichlich sind, dass wir älter werden und dem Tod nicht entrinnen können. Das sind die Gesetze der menschlichen Existenz, hatte U May ihr erklärt. Gesetze, die für jeden gelten, überall auf der Welt, gleichgültig, wie sehr sich die Zeiten auch ändern mögen. Es gibt keine Macht, die einen Menschen von dem Schmerz oder von seiner Trauer über diese Einsicht erlösen kann – es sei denn, er selbst. Und trotz allem, so habe U May ihr immer wieder gesagt, sei das Leben ein Geschenk, das man nicht missachten dürfe. Ein Geschenk voller Rätsel, bei dem Leid und Glück untrennbar miteinander verbunden sind, und jeder Versuch, das eine ohne das andere zu bekommen, müsse scheitern.

Das Kloster lag nicht weit von der Hauptstraße, umgeben von einer halbhohen Mauer aus Stein. Direkt dahinter befanden sich ein halbes Dutzend kleine, weiße Pagoden, die mit bunten Wimpeln und goldenen Glöckchen geschmückt waren. Das Kloster selbst stand auf gut drei Meter hohen Pfählen, die es in der Regenzeit vor Überschwemmungen schützten. Mit den Jahren waren neben der Haupthalle etliche Nebenhäuser entstanden. In der Mitte ragte ein viereckiger Turm empor, der sich in sieben Stufen nach oben verjüngte und dessen goldene Spitze schon von weitem zu sehen war. Die Außenwände bestanden aus Pinienholz, das die Sonne tiefbraun gefärbt hatte, die Dächer waren mit fast schwarzen Holzschindeln gedeckt, die Böden und die kräftigen Balken, die sie zusammenhielten, waren aus Teakholz. Vor dem Hauptgebäude liefen zwei breite Treppen auf eine große Veranda zu, und von dort führten drei weite, offene Türen in eine über dreißig Meter lange Halle. Dem Eingang gegenüber thronte im Halbdunkel ein mächtiger Buddha aus Holz, der ganz mit Blattgold überzogen war und fast bis unter das Dach reichte. Davor standen Tische mit Opfergaben: Tee, Blumen, Bananen, Mangos und Orangen. An der Wand hinter dem Buddha hingen Regale mit Dutzenden kleiner, goldglänzender Buddhafiguren. Manche waren in gelbe Umhänge gewickelt, in anderen steckten rote, weiße oder goldene Schirme aus Papier.

Su Kyi und Tin Win gingen Hand in Hand über den weiten Hof zur Treppe des Haupteingangs. Zwei Mönche fegten mit Reisigbesen die feuchte Erde, an einer Wäscheleine hingen dunkelrote Mönchskutten zum Trocknen. Es roch nach Feuer. Tin Win hörte das Knistern von brennendem Holz.

U May saß auf einem Podest unter einem glaslosen Fenster

am Ende der Halle. Er hatte die Beine verschränkt, seine hageren Hände im Schoß aufeinander gelegt und bewegte sich nicht. Vor ihm stand ein flaches Tischchen, darauf ein Becher und eine Teekanne, daneben ein Teller mit gerösteten Kernen.

Sein Kopf war kahl geschoren, die geschlossenen Augen lagen tief in ihren Höhlen, seine Wangen waren schmal, aber nicht eingefallen. Su Kyi erschrak jedes Mal ein wenig, wenn sie ihn sah. Seine Züge schienen ihr so klar, wie sie es sonst von niemandem kannte. Es war hager, aber nicht ausgemergelt, faltig, aber nicht zerknittert. Sein Gesicht war wohl der Spiegel seiner Seele. Nicht eine Spur von überflüssigem Ballast.

Su Kyi musste an den Tag denken, als sie ihn zum ersten Mal gesehen hatte. Er war mit dem Zug aus der Hauptstadt gekommen und stand vor dem Bahnhof. Das war vor über fünfundzwanzig Jahren. Sie war auf dem Weg zum Markt, er war barfuß und er lächelte sie an. Schon damals hatte sein Gesicht sie berührt. Er fragte nach dem Weg, sie war neugierig und begleitete ihn bis zum Kloster. Dabei kamen sie ins Gespräch, und so begann ihre Freundschaft. In den folgenden Jahren erzählte U May ihr gelegentlich von seiner Kindheit, seiner Jugend und dem Leben, das er geführt hatte, bevor er sich entschloss, Mönch zu werden. Das war nicht oft, und es war nicht viel; es waren Fetzen, die Su Kyi sammelte und aus denen sich ein widersprüchliches Bild ergab.

U May stammte aus einer wohlhabenden Familie, die in Rangun mehrere Reismühlen besaß. Sie gehörte zur indischen Minderheit, die nach der Annektierung des Deltas durch die Engländer im Jahr 1852 von Indien nach Birma gekommen waren und seither einen nicht unwichtigen Teil des Handels in der geschäftigen Hafenstadt kontrollierten. Sein Vater war ein Patriarch, autoritär und jähzornig, von der Familie gefürchtet wegen seiner gewalttätigen Wutausbrüche. Seine Kinder mieden ihn und seine Frau flüchtete in Krankheiten, die auch die britischen

Ärzte in Rangun nicht diagnostizieren, geschweige denn heilen konnten. Nach der Geburt des dritten Kindes hatte der Vater genug von seiner ständig kränkelnden Frau und schickte sie mit den beiden jüngsten Kindern zu Verwandten nach Kalkutta. Dort sei die medizinische Versorgung besser, behauptete er. U May musste beim Vater bleiben; als ältester Sohn sollte er zum Nachfolger erzogen werden und eines Tages das Unternehmen weiterführen. Vermutlich hätte der Vater den Rest der Familie schon nach kurzer Zeit vergessen, wäre nicht alle paar Monate ein Brief aus Kalkutta gekommen, der die erstaunlichen Fortschritte bei der Heilung der Mutter beschrieb und die baldige Rückkehr ankündigte – was U May jedes Mal mit unbeschreiblicher Freude erfüllte. Mit den Jahren wurden die Briefe seltener, und irgendwann begriff U May, dass er als Siebenjähriger auf dem Kai im Hafen Ranguns, dem Schiff nach Indien hinterherblickend, seine Mutter und Geschwister zum letzten Mal gesehen hatte.

Und so zogen ihn die Hausangestellten und Kindermädchen groß, vor allem die Köchin und der Gärtner, deren Nähe er gesucht hatte, seit er laufen konnte. Er war ein stilles und schüchternes Kind, dessen besondere Begabung darin zu liegen schien, dass er die Erwartungen anderer erahnte und alles in seinen Kräften Stehende versuchte, sie zu erfüllen.

Am liebsten spielte er im Garten. Der Gärtner legte ihm in der hintersten Ecke des Grundstücks ein Beet an, das U May mit großer Mühe und Hingabe pflegte. Als sein Vater davon erfuhr, ließ er jede Pflanze einzeln ausreißen und die Erde umgraben. Gartenarbeit sei etwas für Hausangestellte. Oder Mädchen.

U May nahm dies schweigend hin, so wie er alle Anweisungen und Befehle seines Vaters hinnahm und befolgte. Bis zu dem Tag – er war noch keine zwanzig –, als ihm der Vater das Datum der von ihm arrangierten Hochzeit mit der Tochter eines Reeders mitteilte. Die Heirat würde beiden Unternehmen und

Familien nützen. Zwei Tage später erfuhr der Vater vom Verhältnis des Sohnes mit Ma Mu, der Tochter der Köchin. Die Geschichte allein hätte ihn nicht sonderlich in Rage gebracht, so etwas kam vor. Auch für die Schwangerschaft des sechzehnjährigen Mädchens hätte sich eine Lösung gefunden. Unverzeihlich und unentschuldbar aber war die Behauptung seines Sohnes, dass er das Mädchen liebe. Der Vater reagierte auf das Geständnis mit einem minutenlangen Lachanfall, der das ganze Haus erfüllte. Noch Jahre später schwor der Gärtner, dass in dieser Zeit hunderte von Blumen verblühten. U May erklärte, dass er unter keinen Umständen bereit sei, die vom Vater ausgewählte Braut zu ehelichen. Noch am selben Tag verschiffte sein Vater die Köchin samt Tochter zu einem Geschäftspartner nach Bombay und weigerte sich, dem Sohn Auskunft über den Verbleib der beiden zu geben. In derselben Nacht verließ U May das Haus, um sich auf die Suche zu machen. Rastlos zog er in den folgenden Jahren durch die britischen Kolonien in Südostasien. Einmal glaubte er, Ma Mu gesehen oder zumindest ihre Stimme gehört zu haben. Es war im Hafen von Bombay, kurz bevor er einen Dampfer nach Rangun bestieg. Er hatte das Gefühl, jemand habe seinen Namen gerufen, aber als er sich umwandte, sah er nur unbekannte Gesichter und etwas entfernt am Kai eine Ansammlung aufgeregt gestikulierender Männer. Ein Kind war angeblich ins Wasser gestürzt.

Mit jedem Monat, der ohne jede Spur von Ma Mu und ihrer Mutter verging, wurde U May verzweifelter und wütender. Es war eine vage, unbestimmte Wut, die er in sich spürte, sie hatte keinen Namen und kein Gesicht und richtete sich in den meisten Fällen gegen ihn selber. Er begann zu trinken, wurde Stammgast in den Bordellen zwischen Kalkutta und Singapur, verdiente beim Opiumhandel in manchen Monaten mehr als sein Vater in einem Jahr, nur um es darauf bei illegalen Wetten wieder zu verlieren. Auf einer Schiffsfahrt von Colombo nach

Rangun lernte er einen redseligen Reishändler aus Bombay kennen, der ihm eines Abends an Deck von seiner ehemaligen birmanischen Köchin und dem tragischen Tod ihrer Tochter und deren kleinen Sohn erzählte. Sie waren ins Hafenbecken gefallen und ertrunken, als die junge Frau versuchte, einem Mann zu folgen, der an Bord eines Passagierschiffes ging. Laut Zeugenaussagen hatte sie ihn, vermutlich irrtümlich, für einen Bekannten aus Rangun gehalten. Das Essen der Köchin wurde ungenießbar, und er musste sich bedauerlicherweise von ihr trennen.

U May hatte Su Kyi nie gesagt, was in dieser Nacht mit ihm geschehen war. Als das Schiff Rangun erreichte, ließ er sein Gepäck an Bord und begab sich vom Hafen aus direkt in das Shwegyin-Kloster am Fuße der Shwedagon-Pagode. Er verbrachte dort einige Jahre, reiste dann nach Sikkim, Nepal und Tibet und ließ sich von mehreren berühmten Mönchen in die Lehren des Buddhas einweisen. Über zwanzig Jahre lebte er in einem kleinen Kloster im indischen Darjeeling, bis er eines Tages beschloss, nach Kalaw zu gehen, dem Geburtsort von Ma Mu und ihrer Mutter. Von Kalaw hatten sie geträumt, als sie sich heimlich trafen, im Keller, im weitläufigen Garten oder dem Quartier der Hausangestellten. Nach Kalaw wollten sie fliehen mit ihrem Kind. Als er danach rastlos von einem Ort zum anderen reiste, hatte er es nicht gewagt, dorthin zu gehen. Nun hatte er das Gefühl, die Zeit sei reif. Er war über fünfzig, und in Kalaw wollte er sterben.

Tin Win hielt noch immer Su Kyis Hand. Er folgte ihr durch den Raum, und sie knieten sich hin. Er ließ sie los, und sie verneigten sich, bis Hände und Stirn den Holzboden berührten.

Der Alte hörte aufmerksam zu, während Su Kyi die Geschichte Tin Wins erzählte. Zuweilen wippte er ein wenig mit dem Oberkörper oder wiederholte vereinzelte Wörter. Als sie geendet hatte, schwieg er lange. Schließlich wandte er sich an Tin Win, der die ganze Zeit stumm neben Su Kyi gehockt hatte.

U May sprach langsam und in kurzen Sätzen. Er beschrieb das Leben der Mönche, die kein Zuhause kennen und keinen Besitz, abgesehen von ihrer Kutte und ihrer Thabeik, der Schale, die sie beim Betteln mit sich herumtragen. Er erzählte, dass die Novizen jeden Morgen gleich nach Sonnenaufgang durch die Straßen wandern und um Almosen bitten, dass sie dabei schweigend vor einem Haus oder in einer Tür verharren und dankbar entgegennehmen, was immer sie an Spenden bekommen. Er berichtete von seinen Schülern, die er mit Hilfe eines jungen Mönches im Lesen, Schreiben und Rechnen unterrichtete; im Wesentlichen aber versuche er weiterzugeben, was das Leben ihn gelehrt habe: dass der Reichtum eines Menschen die Gedanken seines Herzens sind.

Tin Win kniete regungslos vor dem Alten und hörte konzentriert zu. Es waren nicht die Worte und Sätze, die ihn fesselten, es war die Stimme, die ihn in einen fast magischen Bann zog. Etwas Vergleichbares hatte er noch nie gehört. Weich war sie, ein melodischer Gesang, fein und wohl temperiert wie das Bimmeln der Glöckchen auf dem Klosterturm, die schon ein Luftzug zum Singen brachte. Sie erinnerte ihn an die Laute der Vögel im Morgengrauen und an das ruhige und gleichmäßige Atmen Su Kyis, wenn sie schlafend neben ihm lag. Er hörte die Stimme nicht nur, er spürte sie auf seiner Haut, als ob zwei Hände ihn massierten. Er wünschte sich nichts sehnlicher, als ihnen das Gewicht seines Körpers anzuvertrauen. Das Gewicht seiner Seele. Je länger der alte Mönch sprach, desto mehr füllte ihn diese Stimme aus, und zum ersten Mal geschah etwas, das in Zukunft noch häufiger geschehen würde: Tin Win verwandelte Töne in Bilder. Er sah, wie der Rauch eines Feuers in die Luft stieg und sich im Raum ausbreitete, wie er in sanften Wellen hin und her wogte, von unsichtbarer Hand geführt, wie er

sich kräuselte und tanzte und sich allmählich in nichts auf-
löste.

Auf dem Weg nach Hause sprachen Tin Win und Su Kyi kein
Wort. Er hielt ihre Hand. Sie war warm und weich.

Am nächsten Morgen machten sie sich noch vor Sonnenaufgang auf den Weg zu den Mönchen. Tin Win war aufgeregt,
denn Su Kyi hatte ihm gesagt, er würde für einige Wochen im
Kloster bleiben. Er würde eine Kutte bekommen und mit den
anderen Jungen durch den Ort gehen und um Almosen bitten.
Ihm war nicht wohl bei dem Gedanken, er hatte Angst, und diese
Angst wurde mit jedem Schritt größer. Wie sollte er sich im
Dorf zurechtfinden, er, der selbst auf vertrautem Terrain kaum
ein paar Meter laufen konnte, ohne zu stolpern oder sich zu stoßen? Sie solle ihn allein und in Ruhe lassen, hatte er zu Su Kyi
gesagt; er wollte im Haus bleiben, auf seiner Schlafmatte oder auf
dem Hocker in der Küchenecke, den einzigen beiden Orten, an
denen er eine Ahnung von Sicherheit empfand oder sich zumindest nicht bedroht fühlte.

Sie hatte nicht mit sich reden lassen. Tin Win ging wider-
willig und bewusst langsam neben ihr hinunter ins Dorf. Su Kyi
hatte das Gefühl, ein störrisches Tier hinter sich herzuziehen.
Plötzlich vernahmen sie den Gesang der Kinder im Kloster und
blieben stehen. Die Stimmen beruhigten Tin Win. Als streichle
ihm jemand über das Gesicht und den Bauch. Er verharrte
regungslos und lauschte. Unter den Gesang hatte sich das leise
Rascheln von Blättern gemischt. Sie raschelten nicht einfach
nur im Wind. Tin Win begriff, dass sie, wie menschliche Stimmen, einen eigenen Klang besaßen, dass es auch beim Rascheln
Schattierungen gab, so wie bei Farben. Er hörte dünne Zweige,
die sich aneinander rieben, und Blätter, die sich streichelten. Er
hörte, wie Laub vor ihm zu Boden fiel, und merkte, dass auch
beim Segeln durch die Luft kein Blatt wie das andere klang. Er

hörte es summen und säuseln, zischen und ziepen, rauschen und rumoren. Ihn beschlich eine ungeheuerliche Ahnung. Gab es neben der Welt der Formen und Farben auch eine Welt der Stimmen und Laute, der Geräusche und Töne? Ein verborgenes Reich der Sinne, das uns umgab, ohne dass wir es bemerkten, und das noch aufregender und rätselhafter war als die Welt der Sehenden?

Er hatte die Gabe des Hörens entdeckt.

Viele Jahre später, in New York, sollte er sich wieder an diesen Augenblick erinnern, als er zum ersten Mal in einem Konzertsaal saß und das Orchester zu spielen begann. Er war fast trunken vor Glück, als er die leisen Paukenschläge im Hintergrund vernahm, die das Stück eröffneten, und dann die Violinen einstimmten, die Bratschen und die Celli, die Oboe und die Flöten. Sie fingen an zu singen, so wie die Blätter an jenem Sommermorgen in Kalaw. Jedes Instrument für sich zunächst und dann vereinigten sie sich und überwältigten seine Sinne dermaßen, dass ihm der Schweiß ausbrach und es ihm den Atem raubte.

Su Kyi zog ihn weiter, und er taumelte an ihrer Seite wie trunken von diesen Eindrücken. Nach ein paar Metern war es vorbei, so schnell wie es gekommen war. Tin Win konnte seine eigenen Schritte und Su Kyis schweren Atem vernehmen, den Chor und ein paar krähende Hähne – nicht mehr. Aber zum ersten Mal hatte er eine Ahnung bekommen vom Leben und seinen Wundern, von einer Intensität, die wehtun konnte und manchmal kaum auszuhalten war.

So fing es an, ohne dass es an diesem Tag jemand wirklich begriffen hätte.

3

Es war gerade hell geworden, als sie im Kloster ankamen. U May saß, umgeben von mehreren älteren Mönchen, in der Halle und meditierte. Ein junger Mönch hockte auf einem Schemel unter der Küche und zerbrach trockene Zweige. Um ihn herum tobten zwei Hunde. Neben der Treppe standen in einer Reihe ein Dutzend Novizen in ihren roten Kutten, die Köpfe frisch geschoren. Sie begrüßten Tin Win und gaben Su Kyi eines der dunkelroten Tücher für ihn. Sie legte es ihm um den schmalen Körper. Am Abend zuvor hatte sie ihm den Kopf rasiert, und als sie ihn nun zwischen den anderen Mönchen stehen sah, wurde ihr erneut bewusst, dass er sehr groß war für sein Alter und ein schöner Junge. Er hatte einen ausgeprägten Hinterkopf und einen schlanken Hals, eine kräftige, aber nicht zu lange Nase und Zähne, so weiß wie die Blüten des Birnbaums vor ihrem Haus. Seine Haut hatte die Farbe von hellem Zimt und trotz seiner vielen Stürze und Wunden, waren nur an den Knien zwei große Narben zurückgeblieben. Seine Hände waren schmal, die Finger lang und feingliedrig, und seinen Füßen sah man es nicht an, dass sie keine Schuhe kannten.

Trotz seiner Größe wirkte er auf sie verwundbar wie ein Küken, das verschreckt über den Hof rennt. Sein Anblick rührte sie. Es gab Momente, da kamen ihr die Tränen, wenn sie an seine Einsamkeit, seine Bedürftigkeit dachte. Sie hasste diese sentimentalen Gefühle. Sie wollte kein Mitleid mit ihm haben, sie wollte ihm helfen, und da war Mitleid kein guter Ratgeber.

Es fiel ihr schwer, ihn zurückzulassen, auch wenn es nur für ein paar Wochen sein würde. U May hatte ihr angeboten, Tin Win für eine Weile in seine Obhut zu nehmen; er glaubte, dass die Gesellschaft der anderen Jungen ihm gut tun würde, dass die gemeinsame Meditation und der Unterricht, die Ruhe und der verlässliche Alltag im Kloster ihm Sicherheit und Vertrauen geben könnten.

Die Novizen nahmen ihn in ihre Mitte, drückten ihm eine schwarze Schale in die eine Hand und einen Bambusstock in die andere. Das Ende dieses Stocks klemmte sich der Mönch, der vor ihm stand, unter den Arm; so wollte er Tin Win sicher durch den Ort führen. Bald darauf setzte sich der Zug in Bewegung, in kurzen, behutsamen Schritten, so dass auch der Blinde ohne Mühe folgen konnte. Die Novizen schritten durch das Tor, bogen dann nach rechts und trotteten langsam in Richtung Hauptstraße. Ohne dass Tin Win es bemerkt hätte, passten sie sich seiner Geschwindigkeit an, liefen etwas schneller, wenn er das Tempo forcierte, oder gingen gemächlicher, wenn er unsicher war und seine Schritte langsamer wurden. Vor fast jedem Haus stand ein Mann oder eine Frau mit einem Topf Reis oder Gemüse, das sie bereits in den ersten Stunden des Tages für die Mönche gekocht hatten. Immer wieder hielt die Prozession inne, die Menschen füllten die Schalen der Novizen und verneigten sich in Demut.

Tin Win klammerte sich an seine Thabeik und den Stock. Er hatte es sich angewöhnt, mit einem langen Stab über die Felder zu wandern, wenn er allein unterwegs war. Er schwenkte ihn vor sich hin und her wie einen verlängerten Arm, mit dem er die Erde abtasten und der ihn vor Kuhlen, Ästen oder Steinen warnen konnte. Der Bambusstock in seiner Hand war dafür kein Ersatz, er machte ihn abhängig von dem Mönch, der vor ihm lief. Es irritierte ihn, ohne Su Kyi durch den Ort zu gehen. Er vermisste ihre Hand, ihre Stimme, ihr Lachen. Die Mönche waren so still. Abgesehen von einem leisen »Danke«, wenn jemand etwas in ihre Schalen füllte, sagten sie nichts, und ihr Schweigen verunsicherte ihn nur noch mehr. Es dauerte knapp eine Stunde, bis Tin Win merkte, dass seine nackten Füße auf dem sandigen Boden allmählich Sicherheit gewannen. Er war nicht gestolpert.

Er war nicht gefallen. Weder kleine Unebenheiten noch Löcher in der Straße hatten ihn aus dem Gleichgewicht gebracht. Seine Hände entkrampften sich. Seine Schritte wurden größer und schneller.

Zurück im Kloster half man ihm die Treppe zur Veranda empor. Es war eine steile Treppe ohne Geländer mit schmalen Stufen, und Tin Win wünschte, er könnte sie allein hinaufsteigen. Doch ihn nahmen zwei Mönche an die Hand, ein dritter hielt ihn von hinten fest, und Tin Win tat einen Schritt nach dem anderen. Als würde er laufen lernen.

Sie hockten sich in die Küche auf den Boden und aßen den Reis und das Gemüse. In der Feuerstelle loderten die Flammen, darüber hing ein Kessel, verrußt und verbeult, mit kochendem Wasser. Tin Win saß in ihrer Mitte, er hatte keinen Hunger und war müde. Als hätte er einen Berg bestiegen. Er wusste nicht, was ihn mehr angestrengt hatte, der lange Marsch oder das Vertrauen in den vor ihm gehenden Novizen. Er war so erschöpft, dass er U Mays Unterricht kaum folgen konnte und beim Meditieren am Nachmittag einschlief. Das Lachen der Mönche weckte ihn.

Am Abend lag er lange wach. Erst jetzt erinnerte er sich wieder an die wundersamen Geräusche vom Morgen. Hatte er wirklich all die fremden Töne gehört, oder war es ein Traum gewesen? Wenn ihm seine Sinne keinen Streich gespielt hatten, wo waren die Laute jetzt? Warum konnte er nichts als das Schnarchen der anderen Mönche hören, so sehr er sich auch auf seine Ohren konzentrierte? Er sehnte sich zurück nach jener Intensität, die er ein paar Stunden zuvor empfunden hatte, aber je angestrengter er sich bemühte, desto weniger hörte er, bis am Ende selbst das Schnaufen und Schnarchen, das ihn umgab, nur noch aus weiter Ferne zu ihm drang.

In den folgenden Wochen versuchte Tin Win so gut es ging, den Alltag der Mönche zu teilen. Er vertraute dem Bambusstock mit jedem Tag ein wenig mehr und genoss es, durch den Ort zu gehen, ohne Angst vor einem Sturz oder Unfall zu haben. Er lernte, den Hof zu fegen, Wäsche zu waschen und verbrachte viele Nachmittage mit einem Waschbrett an einem Bottich und knetete die Kutten, bis ihn die Finger vom kalten Wasser schmerzten. Er half beim Abwasch und bewies außergewöhnliches Geschick beim Feuerholzmachen. Er musste ein Holzstück nur einmal kurz befühlen und konnte den anderen sofort sagen, ob sie es über dem Knie oder einem Stein zerbrechen sollten. Bald erkannte er die Mönche nicht nur an ihren Stimmen, sondern an ihrem Schmatzen, ihrem Husten und Rülpsen, an der Art, wie sie über die Bohlen schritten, dem Geräusch ihrer Fußsohlen auf dem Holz.

Am wohlsten fühlte er sich in den Stunden, die er mit U May verbrachte. Die Kinder hockten im Halbkreis um den alten Mönch herum, Tin Win in der ersten Reihe, keine zwei Meter von ihm entfernt. Seine Stimme besaß für Tin Win noch immer jene Kraft, jene Magie, die ihn bei ihrer ersten Begegnung so tief beeindruckt hatte. Und selbst wenn er schwieg und den jungen Mönch sprechen ließ, der ihm assistierte, spürte Tin Win seine Nähe. Sie beruhigte ihn. Sie gab ihm ein Gefühl von Sicherheit, das er sonst nicht kannte. Oft blieb er sitzen, wenn die anderen Kinder aufstanden und gingen, kroch näher an U May heran und bestürmte ihn mit Fragen. Besonders interessierte ihn U Mays Erblindung.

»Warum kannst du nichts sehen?«, fragte Tin Win ihn eines Tages.

»Wer behauptet, dass ich nichts sehen kann?«

»Su Kyi. Sie sagt, du bist blind.«

»Ich? Blind? Ich habe vor vielen Jahren mein Augenlicht verloren, das stimmt. Aber ich bin deshalb nicht blind. Ich sehe nur anders.« Nach einer kurzen Pause fragte er: »Und du? Bist du blind?«

Tin Win überlegte. »Ich kann hell und dunkel unterscheiden, mehr nicht.«

»Hast du keine Nase zum Riechen?«

»Doch.«

»Hände zum Tasten?«

»Sicher.«

»Keine Ohren zum Hören?«

»Natürlich.« Tin Win zögerte. Sollte er U May von seinem Hörerlebnis erzählen? Aber es lag nun schon einige Wochen zurück, und manchmal war er sich nicht mehr sicher, ob er das Ganze nicht phantasiert hatte. Er sagte lieber nichts.

»Was brauchst du sonst?«, fragte U May. »Das Wesentliche ist für die Augen unsichtbar.« Ein langes Schweigen, dann fuhr er fort. »Unsere Sinnesorgane lieben es, uns in die Irre zu führen, und die Augen sind dabei am trügerischsten. Sie verleiten uns, ihnen zu sehr zu vertrauen. Wir glauben, unsere Umwelt zu sehen, und es ist doch nur die Oberfläche, die wir wahrnehmen. Wir müssen lernen, das Wesen der Dinge, ihre Substanz, zu erfassen, und dabei sind die Augen eher hinderlich. Sie lenken uns ab, wir lassen uns gern blenden. Wer sich zu sehr auf seine Augen verlässt, vernachlässigt seine anderen Sinne, und ich meine nicht nur die Ohren oder die Nase. Ich spreche von jenem Organ, das in uns wohnt und für das wir keinen Namen haben. Nennen wir es den Kompass unseres Herzens.«

Tin Win verstand nicht, was U May meinte, und wollte etwas fragen, aber der Alte ließ ihn nicht zu Wort kommen. Er reichte ihm die Hände, und Tin Win war überrascht, wie warm sie waren. »Du musst lernen, dich darauf zu besinnen«, fuhr U May fort. »Wer ohne Augen lebt, muss wach sein. Das klingt einfacher, als es ist. Er muss jede Bewegung und jeden Atemzug spüren. Sobald ich unachtsam werde oder mich ablenken lasse, führen mich meine Sinnesorgane in die Irre, sie spielen mir Streiche wie freche Kinder, die nach Aufmerksamkeit verlangen.

Zum Beispiel, wenn ich ungeduldig bin. Dann möchte ich, dass alles schneller geht, und ich werde zu hastig in meinen Bewegungen, stoße den Tee um oder die Schale mit der Suppe. Ich höre nicht wirklich, was die anderen sagen, weil ich mit meinen Gedanken schon woanders bin. Oder wenn die Wut in mir tobt. Einmal hatte ich mich über einen jungen Mönch geärgert, und kurz darauf trat ich in der Küche ins Feuer. Ich hatte es nicht knistern hören, ich hatte es nicht gerochen. Die Wut hatte meine Sinne verwirrt. Das Problem sind nicht die Augen und die Ohren, Tin Win. Wut macht blind und taub. Angst macht blind und taub. Neid und Misstrauen. Die Welt schrumpft, sie gerät aus den Fugen, wenn du wütend bist oder Angst hast. Für uns genauso wie für jeden, der mit seinen Augen sieht. Er merkt es nur nicht.«

U May versuchte, sich zu erheben. Tin Win sprang auf, um ihm zu helfen. Der Alte stützte sich auf seine Schulter, und langsam gingen die beiden durch die Halle auf die Veranda. Es hatte zu regnen begonnen. Kein leidenschaftlicher Schauer, ein milder, warmer Sommerregen, und das Wasser tropfte vom Dach direkt vor ihre Füße. U May beugte sich vor, und nun regnete es ihm auf den kahlen Schädel, rann den Hals und den Rücken hinab. Er zog seinen Schüler mit hinaus. Tin Win fühlte das Wasser auf seinem Kopf, es lief ihm Stirn, Wangen und Nase hinunter. Er öffnete den Mund und streckte die Zunge so weit heraus, bis es ihm auf die Spitze tropfte.

Es war warm und ein wenig salzig.

»Wovor hast du Angst?«, fragte U May plötzlich.

»Warum glaubst du, dass ich Angst habe?«

»Deine Stimme.«

Tin Win hatte gehofft, sein Zustand wäre U May verborgen geblieben.

Obwohl Tin Win nach Kräften versuchte, sich in den Alltag des Klosters einzufügen, gab es viele schlechte Tage. Sie waren wie Schwindelanfälle, die kamen und gingen, und Tin Win wusste weder, wodurch sie ausgelöst wurden, noch, wie lange sie anhalten würden. Jeder Schritt fiel ihm schwer an solchen Tagen, und seine Ohren und sein Orientierungssinn betrogen ihn ohne Unterlass. Im Unterricht verstand er kaum ein Wort, jedes Geräusch drang so gedämpft zu ihm, als halte er seinen Kopf unter Wasser. Er lief gegen Pfähle und Wände, stieß Wasserkrüge und Teekannen um und hing die Wäsche so ungeschickt auf, dass sie wenig später im Staub lag. Er fühlte sich einsam und unendlich traurig, Gefühle, gegen die er machtlos war. Noch schlimmer war die Angst. Er wusste nicht, wovor er Angst hatte, aber sie war fast immer da, sie verfolgte ihn, wie ein Schatten an einem sonnigen Tag. Manchmal war sie klein, kaum bemerkbar, und er konnte sie in Zaum halten. Dafür rächte sie sich an anderen Tagen, an denen sie ins Unermessliche wuchs, sodass seine Hände vor Angstschweiß klebten und sein Körper zitterte, als hätte ihn Schüttelfrost befallen.

Er wünschte, er hätte auf U Mays Frage eine überzeugende Antwort, aber er hatte nur Bruchstücke, und ob sie zusammen eine Wahrheit ergaben, wusste er nicht. Stumm standen sich die beiden gegenüber. Unter dem Dachsims gurrten Tauben. Nach ein paar Minuten des Schweigens fragte der alte Mönch noch einmal: »Wovor hast du Angst?«

»Ich weiß es nicht«, antwortete Tin Win leise. »Vor der Stille der Nacht. Vor den Stimmen des Tages. Vor dem fetten Käfer, der durch meine Träume kriecht und an mir nagt, bis ich aufwache. Vor Baumstümpfen, auf denen ich sitze und von denen ich falle, ohne je irgendwo aufzuschlagen. Und vor der Angst. Manchmal habe ich einfach nur Angst vor der Angst und kann mich dagegen nicht wehren. Sie ist stärker als ich.«

U May strich ihm mit beiden Händen über die Wangen.

»Jeder Mensch, jede Kreatur hat Angst. Sie umgibt uns, wie die Fliegen den Misthaufen des Ochsen. Tiere schlägt sie in die Flucht, sie reißen aus und rennen oder fliegen oder schwimmen,

bis sie sich in Sicherheit wähnen oder vor Erschöpfung tot um-
fallen. Wir Menschen sind nicht wirklich klüger. Wir ahnen,
dass es auf der Welt keinen Ort gibt, wo wir uns vor der Angst
verstecken können, und trotzdem versuchen wir es. Wir streben
nach Reichtum und Macht. Wir geben uns der Illusion hin, stärker zu sein als die Angst. Wir versuchen zu herrschen. Über
unsere Kinder und unsere Frauen, über unsere Nachbarn und
Freunde. Herrschsucht und Angst haben etwas gemein: Sie kennen keine Grenzen. Aber mit der Macht und dem Reichtum ist
es wie mit dem Opium, das ich in meiner Jugend mehr als einmal probierte. Beide halten ihr Versprechen nicht. Das Opium
brachte mir nicht das ewige Glück, es verlangte nur nach mehr.
Geld und Macht besiegen die Angst nicht. Es gibt nur eine Kraft,
die stärker ist als die Angst. Die Liebe.«

Am Abend lag Tin Win ruhelos auf seiner Bastmatte. Bis auf
U May schliefen alle Mönche in einem großen Raum neben
der Küche. Sie hatten ihre Matten auf den Holzbohlen ausge-
breitet und sich unter ihren Wolldecken vergraben. Durch
die Ritzen im Fußboden kroch die Kälte der Nacht. Tin Win
horchte. Er hörte einen Hund bellen, und ein anderer antwortete ihm. Und ein zweiter und ein dritter. Das Feuer in der
Küche knisterte noch ein wenig, auf dem Dach bimmelten die
kleinen Glocken, bis der leichte Wind sich legte und sie verstummten. Tin Win merkte, wie ein Mönch nach dem anderen
einschlief, hörte ihren Atem ruhiger und gleichmäßiger werden.
Und plötzlich waren alle Geräusche verschwunden, es herrschte
eine Stille, so vollkommen, wie Tin Win sie noch nie erfahren
hatte. Als wäre die Welt versunken. Tin Win stürzte in einen
Abgrund, er drehte sich in der Luft, purzelte, streckte die Arme
aus, suchte Halt, einen Ast, eine Hand, einen Schoß, irgendetwas, das seinen Fall aufhalten konnte. Es gab nichts. Er fiel immer tiefer, bis er plötzlich das Atmen neben sich wieder hörte.

Und die Hunde. Und das Knattern eines Motorrads. War er kurz eingeschlafen und hatte geträumt? Oder war er wach und hatte für ein paar Sekunden nichts gehört? Hatten seine Ohren versagt? Einfach so?

Sollte er nach dem Augenlicht auch noch den Hörsinn verlieren? Angst überfiel ihn, und er dachte an U May. Es gebe nur eine Kraft, die stärker sei als die Angst, die Liebe, hatte U May gesagt, und Tin Win hatte geantwortet, er wisse nicht, was das sei, die Liebe. Der Alte hatte ihn getröstet. Er würde sie finden. Nur suchen könne er danach nicht.

4

Su Kyi ging über den Hof des Klosters. Im Schatten eines Feigenbaumes standen sechs Mönche und grüßten sie mit einer Verneigung. Sie sah Tin Win schon von weitem. Er saß auf der obersten Stufe der Verandatreppe, ein dickes Buch auf den Knien. Seine Finger flogen über die Seiten, er hielt den Kopf leicht geneigt, und seine Lippen bewegten sich, als spreche er mit sich selber. In dieser Haltung traf sie ihn seit fast vier Jahren jeden Mittag an, wenn sie ihn vom Kloster abholte. Was war in dieser Zeit nicht alles geschehen. Gerade in der vergangenen Woche hatte ihr U May noch einmal bestätigt, wie sehr Tin Win sich verändert hätte und wie begabt er sei. Er sei der fleißigste und beste Schüler, besäße eine außergewöhnliche Fähigkeit zur Konzentration und verblüffe ihn oft mit einem Gedächtnis, einer Phantasie und Kombinationsgabe, wie U May sie bei einem bald Fünfzehnjährigen noch nicht erlebt habe. Tin Win konnte den Inhalt von Unterrichtsstunden, die Tage zurücklagen, mühelos und vollständig wiedergeben, er löste Mathematikaufgaben innerhalb weniger Minuten im Kopf, für die andere eine Tafel und eine

124

halbe Stunde Zeit brauchten. Der alte Mönch schätzte ihn so sehr, dass er nach einem Vierteljahr begonnen hatte, ihn am Nachmittag zusätzlich zu unterrichten. Er hatte aus einer Kiste Bücher in Brailleschrift hervorgeholt, die ihm vor vielen Jahren ein Engländer geschenkt hatte, und innerhalb weniger Monate beherrschte Tin Win die Blindenschrift. Er las alles, was sich bei U May über die Zeit angesammelt hatte, und es dauerte nicht lange, da kannte er alle Bücher, die es im Kloster gab; doch dank der Freundschaft U Mays mit einem pensionierten britischen Offizier, dessen Sohn blind geboren worden war und der deshalb eine ganze Braille-Bibliothek besaß, war es möglich, Tin Win mit immer neuen Büchern zu versorgen. Er verschlang Märchen, Biografien, Reisebeschreibungen, Abenteuerromane, Theaterstücke, und sogar philosophische Essays. Fast jeden Tag schleppte er ein neues Buch mit nach Hause, und erst vergangene Nacht war Su Kyi wieder einmal von seinem Murmeln aufgewacht. Tin Win war in der Dunkelheit neben ihr gehockt, im Schoß ein Buch, seine Hände waren über die Seiten geglitten, als streichle er sie. Leise hatte er jeden Satz wiederholt, den seine Finger ertasteten.

»Was machst du?«, hatte sie ihn gefragt.

»Ich reise«, hatte er geantwortet.

Sie hatte lächeln müssen, selbst im Halbschlaf. Vor ein paar Tagen erst hatte er ihr erklärt, dass er Bücher nicht einfach lese, sondern dass er mit ihnen verreise, dass sie ihn mitnehmen würden in andere Länder und auf fremde Kontinente, und dass er mit ihrer Hilfe immer neue Menschen kennen lerne, von denen manche sogar zu Freunden werden würden.

Su Kyi hatte den Kopf geschüttelt, denn im Leben außerhalb der Bücher war er nicht in der Lage, Freundschaft zu schließen. Wie immer er sich durch die Schule verändert hatte, er blieb weltabgewandt und menschenscheu, und trotz seiner Beteiligung am Unterricht hatte er nur oberflächlichen und sporadischen Kontakt zu den anderen Jugendlichen. Er war höflich zu den Mönchen, aber auch distanziert, und Su Kyi hatte mehr und mehr das Gefühl, dass andere ihn nicht wirklich erreichten, ihn nicht berührten. Abgesehen von ihr und U May vielleicht, aber auch da war sie sich nicht sicher. Nein, Tin Win lebte in seiner eigenen Welt, und manchmal ertappte sie sich bei der Frage, ob er sich wohl selbst genüge und andere Menschen womöglich gar nicht brauche.

Su Kyi stand am unteren Ende der Treppe und schnalzte mit der Zunge. Tin Win war so in sein Buch vertieft, dass er sie nicht bemerkte. Sie betrachtete ihn, und ihr wurde zum ersten Mal bewusst, dass er nichts Kindliches mehr hatte. Er war den anderen Mönchen über den Kopf gewachsen, hatte die kräftigen Oberarme und breiten Schultern eines Feldarbeiters, aber die feinen Hände eines Goldschmieds. In seinen Zügen konnte sie den jungen Mann erkennen, der er bald sein würde.

»Tin Win«, rief sie.

Er wandte den Kopf in ihre Richtung.

»Ich muss noch etwas auf dem Markt besorgen, bevor wir nach Hause gehen. Willst du mitkommen oder auf mich warten?«

»Ich bleibe hier.« Er scheute das Gedränge zwischen den Verkaufsständen. Zu viele Menschen. Zu viele unbekannte Geräusche und fremde Gerüche, die ihn verwirrten und stolpern lassen könnten.

»Ich beeile mich«, versprach Su Kyi und machte sich auf den Weg.

Tin Win stand auf. Er zog an seinem neuen, grünen Longy, den er mit einem kräftigen Knoten um den Bauch gebunden hatte und ging über die Veranda in die Klosterhalle. Er war auf dem Weg zur Feuerstelle in der Küche, als er ein Geräusch hörte, das er nicht kannte. Zunächst glaubte er, jemand schlüge im Takt einer Uhr auf ein Stück Holz, aber dazu klang es nicht dumpf und hart genug. Ein ganz eigener, monotoner Rhythmus.

Tin Win blieb stehen, bewegte sich nicht. Er kannte jeden Raum, jede Ecke, jeden Balken des Klosters, und so einen Laut hatte er noch nie gehört. Weder hier, noch sonst irgendwo. Wo kam das her? Aus der Mitte der Halle?

Er lauschte. Stille. Er machte einen Schritt und blieb erneut stehen. Horchte. Da war es wieder, lauter und deutlicher als zuvor. Es klang wie ein Klopfen, wie ein leises, sanftes Pochen. Nach ein paar Sekunden kamen die schlurfenden Schritte der Mönche hinzu. Er hörte ihr Rülpsen und Furzen aus der Küche. Er hörte das Knacken der Holzdielen und die knarrenden Fensterläden. Die Tauben unter dem Dach. Das Knistern des Feuers. Über ihm raschelte es. Er dachte an eine Kakerlake oder einen Käfer, der über das Dach kroch. Was war das für ein Zirpen an der Wand? Fliegen, die sich die Hinterbeine rieben? Von oben segelte etwas herab. Eine Vogelfeder. In den Balken unter ihm schmatzten Holzwürmer. Auf dem Hof hob ein Windhauch Sandkörner in die Luft und ließ sie wieder fallen. In weiter Ferne hörte er das Schnaufen der Ochsen auf den Feldern und das Stimmengewirr auf dem Markt. Ihm war, als würde sich langsam ein Vorhang öffnen, und dahinter käme jene Welt zum Vorschein, die er schon einmal für einige Sekunden entdeckt und dann wieder verloren hatte. Das verborgene Reich der Sinne, nach dem er sich so sehr gesehnt hatte. Die Gabe des Hörens. Er hatte sie wieder entdeckt.

Und durch all das Knistern, durch das Knarren, Flüstern und Gurren, das Tropfen, Rieseln und Fiepen, klang dieses unverkennbare, unüberhörbare Pochen. Langsam, ruhig und gleichmäßig. Als läge darin der Ursprung, die Quelle aller Laute, Töne und Stimmen auf Erden. Es war kräftig und zart zugleich. Tin Win wandte sich in die Richtung, aus der es kam, und zögerte. Sollte er sich trauen, darauf zuzugehen? Würde er es verscheuchen? Behutsam hob er einen Fuß. Hielt den Atem an. Lauschte. Es war noch da. Er wagte einen Schritt und einen zweiten. Er setzte einen Fuß vor den anderen, vorsichtig, als könnte er es zertreten. Nach jeder Bewegung verharrte er für einige Sekunden, um sich zu vergewissern, dass er es nicht verloren hatte. Es wurde mit jedem Schritt deutlicher. Dann blieb er stehen. Es musste unmittelbar vor ihm sein.

»Ist da jemand?«, flüsterte er.

»Ja. Direkt vor deinen Füßen. Gleich fällst du über mich.«

Es war die Stimme eines Mädchens. Sie war ihm nicht vertraut. Er versuchte vergeblich, sie sich vorzustellen.

»Wer bist du? Wie heißt du?«

»Mi Mi.«

»Hörst du es klopfen?«

»Nein.«

»Es muss hier irgendwo sein.« Tin Win kniete sich hin. Nun war es fast direkt neben seinem Ohr. »Ich höre es immer klarer. Es ist ein leises Pochen. Hörst du es wirklich nicht?«

»Nein.«

»Mach die Augen zu.«

Mi Mi schloss die Augen. »Nichts«, sagte sie und lachte. Tin Win beugte sich vor und fühlte ihren Atem in seinem Gesicht. »Ich glaube, es kommt von dir.« Er kroch noch näher an sie heran und hielt seinen Kopf direkt vor ihre Brust.

Da war es. Ihr Herzschlag.

Sein eigenes Herz begann zu rasen. Er ahnte, dass er etwas hörte, dass sich ihm etwas offenbarte, was er eigentlich nicht wissen durfte. Er bekam es mit der Angst zu tun, bis sie ihre Hand auf seine Wange legte. Er spürte, wie die Wärme durch seinen Körper floss, und wünschte, dass diese Hand ihn nie wieder loslassen sollte. Er hockte sich aufrecht hin. »Dein Herz, ich höre dein Herz schlagen.«

»Aus so großer Entfernung?« Sie lachte wieder, aber sie lachte ihn nicht aus. Er hörte es an ihrer Stimme. Es war ein Lachen, dem er sich anvertrauen konnte.

»Du glaubst mir nicht?«, fragte er.

»Ich weiß nicht. Vielleicht. Wie klingt es denn?«

»Wunderschön. Nein, noch schöner. Es klingt wie ...«, Tin Win stammelte und suchte nach Worten. »Ich kann es nicht beschreiben. Es ist einmalig.«

»Du musst gute Ohren haben.«

Er hätte glauben können, sie verspotte ihn. Ihr Ton verriet ihm, dass sie es nicht tat.

»Ja. Nein. Ich bin mir nicht sicher, ob es die Ohren sind, mit denen wir hören.«

Sie schwiegen. Er wollte sie etwas fragen, irgendetwas, nur um ihre Stimme wieder zu hören. »Bist du zum ersten Mal hier?«, fragte er nach einer Pause.

»Nein.«

Er wusste nicht, was er sagen sollte. Er hatte Angst, sie könnte aufstehen und verschwinden. Vielleicht sollte er einfach erzählen und erzählen und hoffen, seine Stimme würde sie fesseln. Mi Mi würde zuhören und nicht gehen, solange er spräche.

»Ich habe dich im Kloster noch nie, noch nie ...« er überlegte, wie er sich ausdrücken sollte, »bemerkt«, sagte er schließlich.

»Ich weiß. Ich habe dich schon oft gesehen.«

Eine laute Frauenstimme unterbrach sie. »Mi Mi, wo steckst du?«

»In der Halle, Mama.«

»Wir müssen nach Hause.«

»Ich komme schon.«

Tin Win merkte, dass sie sich aufrichtete, aber nicht aufstand, ihre Hand ausstreckte und ihm einmal kurz über die Wange strich.

»Ich muss fort, bis bald«, sagte sie, und er hörte, wie sie sich entfernte. Sie ging nicht. Sie kroch auf allen Vieren davon.

Tin Win saß auf dem Boden, die Beine an den Körper gezogen, den Kopf auf den Knien. Am liebsten wäre er den Rest des Tages sitzen geblieben und die Nacht und den nächsten Tag. Als könnte jede Bewegung zerstören, was er erlebt hatte. Mi Mi war fort, aber das Pochen ihres Herzens war bei ihm geblieben, er erinnerte es, er hörte es, als säße sie neben ihm. Was war mit den anderen Tönen und Lauten? Er hob den Kopf, drehte ihn von einer Seite zur anderen und hörte sich um. Es raschelte noch immer leise auf dem Dach, es zirpte weiter an der Wand und schmatzte im Holz. Das Schnaufen der Wasserbüffel auf den Feldern, das Gelächter der Gäste in den Teehäusern – Tin Win war sich sicher, dass er es deutlich hörte. Er stand vorsichtig auf und konnte es kaum glauben: Er hatte die Gabe des Hörens nicht wieder verloren. Die Geräusche, ob vertraut oder fremd, waren noch da, manche lauter, andere leiser, aber an ihrer Kraft und ihrer Intensität hatte sich nichts geändert. Würde er sich damit in der Welt besser zurechtfinden?

Tin Win ging zur Tür, stieg die Verandatreppe hinunter und lief über den Hof. Er wollte durch den Ort gehen, die Hauptstraße auf und ab, er wollte das Dorf erkunden, es sich erhören. Aus allen Richtungen flogen ihm neue, unbekannte Geräusche zu. Es pochte, bollerte, knisterte und raschelte, es zischte und gluckste, quietschte und krächzte, ohne dass ihm diese Flut von Eindrücken Angst gemacht hätte. Er merkte, dass Ohren kaum anders funktionierten als Augen. Er erinnerte sich, wie er früher auf den Wald geblickt hatte und dabei Dutzende von Bäumen mit ihren Hunderten von Ästen und Tausenden von Nadeln und Blättern gleichzeitig sah, und dazu auch noch die Wiese davor mit ihren Blumen und Büschen, und das alles ihn dennoch nicht im Geringsten verwirrte. Die Augen konzentrierten sich nur auf einige Details des Bildes, der Rest befand sich am Rand. Aber mit einer winzigen Bewegung der Pupillen konnte er den Fokus verändern und neue Details betrachten, ohne dass deshalb die anderen im Nichts verschwunden wären. Genauso erging es ihm jetzt. Er vernahm eine solche Vielzahl von Geräuschen, dass er sie nicht zu zählen vermochte, aber sie verschmolzen nicht. So wie er früher seinen Blick auf einen Grashalm, eine Blüte oder einen Vogel gerichtet hatte, so konnte er nun seine Ohren auf einen bestimmten Laut lenken, ihn sich in Ruhe anhören und immer neue Töne darin entdecken.

Er ging an der Klostermauer entlang, blieb immer wieder stehen und horchte. Er konnte nicht genug bekommen von all den Geräuschen, die in der Luft lagen. Aus einem Haus auf der anderen Seite der Straße hörte er das Lodern eines Feuers. Jemand schälte und hackte Knoblauch und Ingwer in winzige Stückchen, schnitt Frühlingszwiebeln und Tomaten, schüttete Reis in kochendes Wasser. Er kannte diese Laute von zu Hause, wenn Su Kyi kochte, er hörte sie deutlich, obgleich das Haus mindestens fünfzig Meter entfernt sein musste; und in seinem Kopf entstand das Bild einer jungen, schwitzenden Frau in ihrer Küche, wie es seine Augen deutlicher nicht hätten sehen können.

Neben ihm schnaufte ein Pferd, und ein Mann spuckte den Saft zerkauter Betelnüsse auf die Straße. Was war mit den vielen anderen Geräuschen, die er vernahm? Dem melodischen Ziepen, dem Knirschen und Räuspern? Selbst wenn er die Art des Tons erkannte, wusste er nicht, zu wem oder was er gehörte. Er hörte das Knacken eines Zweiges, aber war es der Ast einer Pinie, eines Avocadobaumes, einer Feige oder einer Bougainvillea, der zerbrach? Und das Rascheln zu seinen Füßen? War es eine Schlange, eine Maus, ein Käfer oder etwas, von dem er sich nicht einmal vorstellen konnte, dass es einen Laut von sich gab? Tin Win begriff, dass ihm seine außergewöhnliche Fähigkeit allein nicht viel nützte. Er brauchte Hilfe. Diese Töne waren wie Vokabeln einer neuen Sprache, die er erst lernen musste, um zu verstehen, was die Welt ihm erzählte. Er brauchte einen Übersetzer, einen Menschen, der mit ihm auf Entdeckungsreisen gehen, ihn mit dem Leben vertraut machen würde. Es müsste jemand sein, der Geduld hatte und ihn nicht auslache, wenn er sagte, er höre ein Herz pochen. Ein Mensch, dem er vertrauen, dem er sich ausliefern konnte, der ihm die Wahrheit sagen würde und keinen Spaß daran hätte, ihn in die Irre zu führen. Su Kyi, wer sonst, würde ihm helfen.

Er war nun auf der Hauptstraße angelangt, und das Erste, was ihm auffiel, war ein fortwährendes Pochen, das ihn umgab. Es waren die Herzen der Leute, die an ihm vorbeiliefen. Zu seiner Verwunderung stellte er fest, dass kein Herz wie das andere klang, so wenig wie zwei Stimmen identisch sind. Manche klangen hell und leicht wie Kinderstimmen, andere schlugen wild wie ein hämmernder Specht. Es gab welche, die glichen dem aufgeregten Piepen eines ganz jungen Kükens, und solche, die pochten so ruhig und gleichmäßig, dass sie ihn an die Wanduhr erinnerten, die Su Kyi im Haus des Onkels jeden Abend aufzog.

»Tin Win, was machst du allein auf der Hauptstraße?« Es war Su Kyi, die ihn abholen wollte. Sie war erschrocken, er hörte es an ihrer Stimme.

»Ich wollte dir entgegenkommen und an der Ecke auf dich warten«, antwortete er.

Sie nahm seine Hand, und sie gingen die Straße hinunter, an den Teehäusern und der Moschee vorbei, bogen hinter einer kleinen Pagode ab und stiegen langsam den Hügel hinauf, auf dem sie wohnten. Su Kyi erzählte ihm etwas, aber Tin Win achtete nicht auf ihre Worte, er hörte auf ihr Herz. Zunächst klang es fremd, es schlug unregelmäßig, ein heller Ton folgte einem dunklen, und der Gegensatz zur vertrauten Stimme verwirrte ihn. Nach ein paar Minuten jedoch hatte er sich an dieses Pochen gewöhnt und fand, dass es sowohl zu Su Kyi, deren

Launen und Stimmungen zuweilen abrupt umschlugen, als auch zu ihrer Stimme passte.

Zu Hause angekommen, konnte er es kaum erwarten, Su Kyi um ihre Hilfe zu bitten. Er setzte sich auf einen Hocker in die Küche und lauschte. Er hörte Su Kyi vor der Tür Holz hacken. Um sie herum liefen gackernde Hühner. Die Pinien wiegten sich im Wind. Ein paar Vögel sangen. Geräusche, die er kannte und einordnen konnte. Dann fiel ihm ein leises Rascheln auf, oder war es mehr ein Summen, ein merkwürdiges Ziepen? War es ein Käfer, eine Biene? Wenn Su Kyi für ihn die Quelle dieses Lautes entdecken könnte, hätte er seine erste neue Vokabel gelernt.

»Su Kyi, komm, bitte«, rief er aufgeregt.

Sie legte das Beil weg und kam in die Küche. »Was möchtest du?«

»Erkennst du dieses Summen?«

Beide schwiegen und horchten. Er hörte es an ihrem Herzschlag, wie sie sich anstrengte und konzentrierte, es pochte etwas schneller und kräftiger. So wie vor ein paar Minuten, als sie bergauf gingen.

»Ich höre kein Summen.«

»Es kommt von da oben, dort, über der Tür. Siehst du da etwas?«

Su Kyi ging zur Tür und starrte an die Decke. »Nein.«

»Schau genau hin. Was ist da?«

»Nichts außer Holzlatten und Staub und Dreck. Was soll da sein?«

»Ich weiß es nicht, aber von dort kommt dieses Geräusch. Aus der Ecke, glaube ich, wo die Wand an das Dach stößt.«

Su Kyi betrachtete die Wand genauer. Sie konnte nichts Ungewöhnliches entdecken.

»Kannst du dir einen Hocker holen? Vielleicht siehst du dann besser?«

Sie stieg auf einen Hocker und musterte das alte Holz. Zugegeben, ihre Augen waren nicht mehr die besten, und Gegenstände direkt vor ihrer Nase büßten zunehmend ihre Konturen ein, aber so viel konnte sie deutlich erkennen: In dieser schmutzigen Ecke ihrer Küche gab es beim besten Willen nichts, was summte oder sonst irgendeine Art von Geräusch verursachte. Eine fette Spinne saß da und spann an ihrem Netz. Das war alles.

»Hier ist nichts. Glaub mir.«

Tin Win stand auf. Er war verunsichert. Sollte er Su Kyi oder seinen Sinnen trauen?

»Kommst du mit auf den Hof«, bat er sie.

Sie standen vor der Hütte, er nahm ihre Hand und versuchte, sich auf einen Laut zu konzentrieren, der ihm nicht vertraut war: ein saugendes, schlürfendes Geräusch.

»Hörst du es schlürfen, Su Kyi?«

Sie wusste, wie wichtig es ihm war, dass auch sie es hörte. Aber sie hörte niemanden etwas trinken oder schlürfen.

»Wir sind allein, Tin Win. Niemand trinkt auf unserem Hof etwas.«

»Ich sage nicht, dass jemand etwas trinkt. Ich höre ein Geräusch, das klingt wie Saugen oder Schlürfen. Es ist nicht weit weg von uns.«

Su Kyi machte ein paar Schritte.

»Weiter, noch etwas weiter«, dirigierte er sie.

Sie ging weiter, fast bis zum Gartenzaun, kniete sich auf die Erde und sagte kein Wort.

»Hörst du es jetzt?« Das war keine Frage, es war eine Bitte, und sie hätte sie ihm um ihr Leben gern erfüllt. Aber sie hörte nichts.

»Nein.«

»Was siehst du?«

»Unseren Zaun. Gras. Erde. Blumen. Nichts, was einen schlürfenden Ton von sich geben könnte.« Sie blickte auf die gelben Orchideen und auf die Biene, die aus einer der Blüten kroch, und stand wieder auf.

6

Der Sand bedeckte sein Gesicht, er spürte ihn auf den Lippen und zwischen den Zähnen. Tin Win lag im Straßenstaub und fühlte sich so hilflos wie ein Käfer auf dem Rücken. Ihm war zum Weinen zu Mute. Nicht, weil er sich wirklich wehgetan hätte, mehr aus Scham und Wut. Heute wollte er zum ersten Mal allein vom Kloster nach Hause gehen, er hatte Su Kyi gesagt, sie solle ihn nicht abholen. Er war sich sicher gewesen, dass er den Weg auch ohne sie finden würde. Nach all den Jahren.

Er wusste nicht, ob er über einen Stein, eine Wurzel oder ein Loch, das der Regen in die Erde gespült hatte, gestolpert war, er wusste nur, dass er den dümmsten aller Fehler begangen hatte: Er hatte sich zu sicher gefühlt. Er hatte nicht Acht gegeben. Er hatte einen Fuß vor den anderen gesetzt, ohne sich zu konzentrieren, ohne bei der Sache zu sein. Er wusste nicht, ob die Sehenden wirklich mehrere Dinge gleichzeitig und mit gebührender Sorgfalt machen konnten oder ob sie es nur behaupteten, er wusste nur, dass er es nicht konnte. Zudem war er auch noch verärgert gewesen, und dieses Gefühl brachte seit jeher Unordnung in seine Welt. U May hatte Recht. Wut und Angst machen blind und taub. Sie verwirrten ihm jedes Mal aufs Neue die Sinne, ließen ihn stolpern oder gegen Bäume und Wände laufen. Tin Win erhob sich, wischte sich mit dem Longy den Dreck aus dem Gesicht und ging weiter. Seine Bewegungen waren unsicher, er blieb stehen nach jedem Schritt und ertastete mit seinem Stock den Weg. Als durchquere er feindliches Territorium.

Er wollte nach Hause, so schnell wie möglich. Eigentlich hatte er vorgehabt, sich von seinen Ohren leiten zu lassen, den Ort weiter zu erkunden, neue Geräusche zu entdecken und ihnen nachzuspüren, ja, vielleicht sogar so wagemutig zu sein und über den Markt zu gehen, von dem Su Kyi so oft erzählt hatte. Nun empfand er die Geräuschkulisse, die ihn umgab, nur noch als etwas Bedrohliches. Es zirpte, zischte, knirschte und knatterte, und jeder einzelne Ton machte ihm Angst. Das Kläffen der Hunde ließ ihn zusammenfahren. Er fühlte sich eingeschüchtert vom Geplapper und Gemurmel der Passanten, das mit jedem Schritt lauter wurde.

Er war auf der Flucht, und am liebsten wäre er gerannt, so schnell er konnte. Stattdessen musste er sich vorantasten, Schritt für Schritt die Mauer entlangkriechen, die Hauptstraße hinunterschleichen und sich dabei an seinen Stock klammern wie ein Schiffbrüchiger an eine Planke. Er bog nach rechts ab und merkte, dass die Steigung begann. Plötzlich rief eine fremde Stimme seinen Namen.

»Tin Win. Tin Win.«

Er atmete tief durch, versuchte, sich zu konzentrieren.

»Tin Win.«

Allmählich kam ihm der Klang bekannt vor.

»Mi Mi?«, fragte er.

»Ja.«

»Was machst du hier?«

»Ich sitze neben der kleinen weißen Pagode und warte auf meinen Bruder.«

»Wo ist er?«

»Wir verkaufen jede Woche auf dem Markt Kartoffeln. Jetzt bringt er einer kranken Tante, die auf dem Hügel wohnt, Reis und ein Huhn. Er holt mich nachher wieder ab.«

Tin Win tastete sich vorsichtig zur Pagode vor. Er war auf dem Weg so oft gestolpert, als hätte man ihm fortwährend Steine und Stöcke vor die Füße geworfen, und so konnte er nur hoffen, dass ihm die Schmach erspart bliebe, vor Mi Mis Augen in den Dreck zu fallen. Er hörte am Klang seines Stockes, dass er die Pagode erreicht hatte, und setzte sich neben sie. Dann hörte er ihr Herz pochen, und mit jedem Schlag wurde er ruhiger. Einen schöneren Laut konnte er sich nicht vorstellen. Es klang anders als die anderen Herzen, weicher, melodisch. Es schlug nicht, es sang.

»Dein Hemd und dein Longy sind schmutzig. Bist du hingefallen?«, fragte sie.

»Ja. Es ist nicht schlimm.«

»Hast du dir wehgetan?«

»Nein.«

Tin Win fühlte sich wieder sicherer. Langsam kehrte jeder Stein auf seinen Platz zurück, schrumpfte jedes Geräusch auf seine eigentliche Lautstärke. Mi Mi rückte etwas näher an ihn heran. Ihr Geruch erinnerte ihn an den Duft der Pinien nach dem ersten Schauer zu Beginn der Regenzeit. Süß, aber nicht schwer, ganz fein, als bestünde er aus vielen hauchdünnen Schichten. Früher hatte er sich nach dem ersten Regen immer auf den Waldboden gelegt, sich voll gesogen mit diesem Duft und so lange tief ein- und ausgeatmet, bis ihm schwindlig wurde.

Sie schwiegen eine Weile, und Tin Win wagte es, wieder zu horchen. Er hörte eine Art leises Trommeln oder Tropfen. Es kam von der anderen Seite der Pagode. Sollte er Mi Mi fragen, ob sie es auch hörte? Und wenn ja, ob sie nachschauen könnte, was es war, so dass er es in Zukunft zuordnen könnte. Er zögerte. Und wenn sie nichts hörte und nichts sah? Dann würde er sich noch einsamer fühlen, so wie gestern mit Su Kyi. Außerdem wollte er sich vor Mi Mi nicht lächerlich machen. Am liebsten hätte er nicht gefragt, aber die Versuchung war zu groß. Er beschloss, sich von Frage zu Frage voranzutasten, je nachdem was und wie sie antworten würde.

»Hörst du es tropfen?«, fragte er vorsichtig.

»Nein.«

»Vielleicht ist es kein Tropfen. Es klingt mehr wie ein ganz feines Hämmern.« Er schlug mit einem Fingernagel ganz schnell auf seinen Stock. »Ungefähr so.«

»Ich höre nichts.«

»Könntest du für mich einmal hinter die Pagode schauen?«

»Da sind nur Büsche.«

»Und in den Büschen?« Tin Win fiel es schwer, seine Aufregung zu verbergen. Wenn sie ihm doch helfen könnte, wenigstens dieses eine Rätsel zu lösen.

Mi Mi drehte sich um und kroch hinter den kleinen Tempel. Dort wuchs dichtes Gestrüpp, und die spitzen Zweige zerkratzten ihr Gesicht. Sie konnte nichts entdecken, was ein Geräusch machte, wie Tin Win es beschrieb. Ein Vogelnest war alles, was sie sah. »Hier ist nichts.«

»Sag mir genau, was du siehst«, bat Tin Win.

»Äste. Blätter. Ein altes Vogelnest.«

Tin Win überlegte. »Was ist in dem Nest?«

»Ich weiß es nicht, aber es sieht verlassen aus.«

»Das Geräusch kommt bestimmt aus dem Nest. Kannst du nachschauen?«

»Das geht nicht. Es ist zu hoch. Ich kann mich hier nicht aufrichten.«

Warum stellte sie sich nicht hin und schaute nach, was im Nest lag? Er war so kurz davor, ein Blick würde genügen, ein kurzer Blick nur, und er hätte Gewissheit, ob er seinen Ohren trauen konnte.

Sie kam wieder um die Ecke gekrochen. »Was soll da drin sein?«

Er schwieg. Würde sie ihm glauben? Würde sie ihn auslachen? Hatte er eine Wahl?

»Ein Ei. Ich glaube, das Trommeln ist der Herzschlag eines Kükens.«

Mi Mi lachte. »Du machst Spaß. So hellhörig ist kein Mensch.«

Tin Win schwieg. Was sollte er darauf antworten.

»Wenn du mir hilfst, kann ich nachsehen, ob du Recht hast«, sagte Mi Mi nach einer Pause. »Kannst du mich auf deinem Rücken tragen?«

Tin Win ging in die Hocke, und Mi Mi legte ihre Arme um seinen Hals. Tin Win richtete sich langsam auf. Er stand unruhig und wankte hin und her.

»Bin ich zu schwer?«, fragte sie.

»Nein, gar nicht.« Es waren nicht die Pfunde. Es war das ungewohnte Gefühl, das Gewicht eines Menschen auf dem Rücken zu spüren, das ihn verunsicherte. Sie schlang ihre Beine um seine Hüften, und er verschränkte beide Arme hinter dem Rücken, um ihr mehr Halt zu geben. Nun hatte er keine Hand frei für seinen Stock, und er kannte den Boden vor sich nicht. Seine Knie wurden weich.

»Keine Angst. Ich leite dich.« Sie hatte seine Aufregung gespürt.

Tin Win machte einen kleinen Schritt.

»Gut. Und noch einen. Vorsicht, gleich kommt ein Stein, erschrick nicht.«

Tin Win tastete mit dem linken Fuß nach dem Stein, befühlte ihn und setzte den Fuß auf die Erde dahinter. Mi Mi dirigierte ihn um den kleinen Tempel herum. Mit einer Hand versuchte sie, ihm die Zweige aus dem Gesicht zu halten.

»Da ist es. Noch einen Schritt. Noch einen.« Er fühlte, wie sie sich mit ihren Händen auf seine Schultern stützte, sich reckte und nach vorn beugte. Sein Herz raste, und nur mit Mühe konnte er das Gleichgewicht halten.

»Eines. Nicht groß.«

»Bist du sicher?«

Tin Win gab sich keine Mühe, seine Freude zu verbergen. Sie hockten wieder am Straßenrand, und er konnte kaum still sitzen. Mi Mi hatte die Tür einen Spaltbreit geöffnet, sie hatte einen Lichtstrahl in seine Dunkelheit gelassen, und am liebsten wäre er mit ihr losgelaufen, jetzt und sofort. Hätte jedem Ton, jedem Laut, jedem Geräusch, das er finden konnte, nachgespürt. Er hatte seine erste Vokabel gelernt. Er wusste nun, wie das Herzpochen von Vogelküken klingt, und nach und nach würde er herausfinden, woran er den Flügelschlag eines Schmetterlings erkennen konnte, warum es um ihn herum gluckste, auch wenn kein Wasser in der Nähe war, warum auch bei Windstille ein Rauschen zu vernehmen war. Mit Mi Mis Hilfe würde er ein Rätsel nach dem anderen lösen, und vielleicht würde sich daraus am Ende eine Welt ergeben, in der er sich zurechtfinden konnte. In der er einen Platz hatte.

Wie konnte er Mi Mi danken? Sie hatte ihn nicht ausgelacht. Sie hatte ihm vertraut und an ihn geglaubt. Weshalb nur hatte sie zunächst gezögert, als sie hinter dem Tempel war? »Mi Mi«, fragte Tin Win, »warum wolltest du nicht allein ins Nest schauen?«

Sie nahm seine Hände und legte sie auf ihre Waden. Noch nie hatte Tin Win so zarte Haut gespürt. Weicher noch als das Moos im Wald, mit dem er früher so gern seine Wangen gestreichelt hatte. Langsam glitten seine Finger ihre Beine hinab zu den Knöcheln, die schlank waren, aber sich plötzlich seltsam verformten. Ihre Füße bewegten sich nicht. Sie waren steif und nach innen gewachsen.

7

Yadana erinnerte die Geburt ihrer Tochter, als wäre es gestern gewesen. Sie nannte sie oft den schönsten Moment ihres Lebens, und das war gewiss nicht gegen die fünf älteren Söhne gerichtet. Vielleicht war es so, weil sie sich eigentlich schon viel zu alt gefühlt hatte für eine weitere Schwangerschaft und sich doch immer ein Mädchen gewünscht hatte. Oder weil sie nun, mit achtunddreißig Jahren, die Geburt und ihr Kind als das empfinden konnte, was sie waren: ein einmaliges und unvergleichliches Geschenk. Vielleicht war es so, weil sie in den neun Monaten, in denen das Kind in ihr heranwuchs, keine körperlichen Beschwerden gehabt hatte und kein Tag vergangen war, an dem sie sich nicht auf dem Feld aufgerichtet, innegehalten, die Augen geschlossen, über ihren Bauch gestrichen und sich gefreut hatte. Nachts lag sie oft wach und fühlte, wie das Kind in ihr gedieh, sich rollte und kugelte oder strampelte und gegen die Bauchdecke klopfte. Es gab für sie keine schöneren Augenblicke. Hätte sie einen Hang zur Sentimentalität gehabt, hätte sie geweint. Oder lag es daran, dass sie den ersten Blick ihrer Tochter aus diesen großen, tiefbraunen, fast schwarzen Augen nicht vergessen konnte? Wie schön sie war! Ihre braune Haut war noch viel weicher als die von Yadanas anderen Kindern. Das Köpfchen war rund und nicht von den Strapazen der Geburt verformt, das Gesicht ebenmäßig. Selbst die Hebamme sagte, sie habe noch nie ein so schönes Neugeborenes in den Händen gehalten. So lag sie in Yadanas Armen und musterte ihre Mutter, die sich in diesem Augenblick noch mehr eins mit ihrem Kind fühlte, als in den neun Monaten zuvor. Und dann lächelte das Kind. Ein Lächeln, wie Yadana es weder vorher noch seitdem je wieder gesehen hatte. Und so war es Moe, ihr Mann, der die verformten Glieder als Erster bemerkte. Er stieß vor Schreck einen kurzen Schrei aus und zeigte seiner Frau die winzigen, verkrüppelten Füße.

»Jedes Kind ist anders«, antwortete sie ihm. Damit war das Thema für Yadana erledigt. Was waren verwachsene Füßchen im Vergleich zu dem Wunder, das auf ihrer Brust lag.

Daran änderten auch die Gerüchte nichts, die in den nächsten Wochen im Dorf kursierten. Ihre Tochter sei die Reinkarnation des Esels eines Schotten, der sich ein paar Monate zuvor beide Vorderläufe gebrochen hatte und erschossen werden musste. Ihr werde kein langes Leben beschert sein, hieß es. Die Nachbarn glaubten, das arme Kind sei der Preis für die guten Ernten, die die Familie in den vergangenen Jahren eingefahren hatte und von deren Erlös sie sich ein Holzhaus auf Stelzen und mit Blechdach hatten bauen können. So viel Glück musste ja bestraft werden. Andere waren sich sicher, dass das Mädchen Unheil über den Ort bringen würde, und es gab so manchen, der hinter vorgehaltener Hand forderte, sie im Wald auszusetzen. Die Familie ihres Mannes bedrängte Yadana, den Rat des Astrologen einzuholen. Er könne mit Sicherheit sagen, welches Leid der Kleinen noch bevorstünde, und ob es nicht besser sei, sie ihrem Schicksal zu überlassen. Yadana dachte nicht daran. Immer schon hatte sie ihren Instinkten mehr getraut als den Sternen, und ihre Instinkte ließen keine Zweifel zu: Sie hatte ein ganz besonderes Kind mit außergewöhnlichen Fähigkeiten geboren.

Es dauerte fast ein Jahr, bis auch ihr Mann davon überzeugt war. Zunächst wagte er kaum, seine Tochter zu berühren. Er hielt sie am liebsten am ausgestreckten Arm und verbot seinen Söhnen, ihr zu nahe zu kommen. Bis seine Frau ihn eines Abends anschnauzte: »Verkrüppelte Füße sind nicht ansteckend.«

»Ich weiß, ich weiß«, versuchte er abzuwiegeln.

»Warum hast du dir deine Tochter dann in bald einem Jahr nicht einmal angeschaut?«, rief sie wütend und riss Mi Mi mit ein paar schnellen Handbewegungen die Tücher vom Leib.

»Warum?«

Moe schaute abwechselnd auf seine Tochter und auf seine Frau. Mi Mi lag nackt vor ihm. Es war kalt, ein Schauer überlief sie, aber sie schrie nicht, sondern blickte ihn erwartungsvoll an.

»Warum?«, wiederholte Yadana.

Er streckte seine Arme aus und berührte den kleinen Bauch. Er streichelte über die dünnen Schenkel, die Knie, seine Finger glitten hinunter, bis er die Füßchen in den Händen hielt. Mi Mi lächelte ihn an.

Ihre Augen erinnerten ihn an den Blick seiner Frau, als er ihr zum ersten Mal begegnete, und auch ihr Lächeln hatte diesen Zauber, dem er bis heute nicht widerstehen konnte. Moe schämte sich.

Yadana hüllte ihr Kind wieder in die Tücher, entblößte ihre Brust und stillte Mi Mi.

Bald war Moe klar, dass seine Tochter nicht nur die schönen Augen ihrer Mutter geerbt hatte, sondern auch deren zufriedenes, ausgeglichenes und fröhliches Wesen. Sie weinte nie, schrie selten, schlief die Nächte durch und machte auf ihn den Eindruck eines Menschen, der im Einklang mit sich und der Welt lebte.

Daran änderte sich auch nichts, als sie sich nach gut einem Jahr zum ersten Mal aufrichten wollte. Sie war zum Geländer der kleinen Veranda vor dem Haus gekrabbelt. Moe und Yadana standen im Hof, fütterten die Hühner und die Sau und sahen, wie ihre Tochter sich an den Gitterstäben der Brüstung hochzog. Wie sie versuchte, sich auf ihre nach innen gewachsenen Füße zu stellen, wie sie für einen kurzen Augenblick stand, erschrocken ihre Eltern anstarrte und dann umfiel. Sie versuchte es noch einmal und noch einmal, und Moe wollte zu ihr eilen, ihr helfen, ohne zu wissen wie. Yadana hielt ihn fest. »Ihre Füße tragen sie nicht. Sie muss es lernen«, sagte sie und wusste, dass niemand ihrer Tochter das abnehmen konnte.

Mi Mi weinte nicht. Sie rieb sich die Augen und musterte das Geländer, als läge es an den Holzstangen. Sie versuchte es wieder und bemühte sich, die Balance zu halten. Nachdem sie aber auch beim sechsten Mal wieder auf den Brettern gelandet war, gab sie auf, kroch zur Treppe, setzte sich auf, schaute ihre Eltern an und lächelte. Es war das erste und einzige Mal, dass sie versuchte, aufzustehen und einen Schritt zu machen. Fortan eroberte sie das

Haus und den Hof auf allen vieren. Sie krabbelte die Veranda-treppe so flink hinauf und hinunter, dass ihre Eltern ihr kaum folgen konnten. Sie jagte den Hühnern hinterher und liebte es, an heißen Sommertagen, wenn ein Regenschauer die Erde im Hof aufgeweicht hatte, im Matsch zu wühlen. Sie spielte mit ihren Brüdern Fangen und Verstecken und kroch dabei in die entlegensten Winkel des Hofes, in denen sie selten jemand fand.

Wie es schien, verlor Mi Mi ihren Gleichmut auch später nicht, als sie begriff, wie nützlich Füße sind. Als sie auf der Ve-randa saß und beobachtete, wie die Nachbarskinder über den Hof tobten oder auf den wuchtigen Eukalyptusbaum kletter-ten, der die Grundstücke trennte. Yadana hatte das Gefühl, dass ihre Tochter die Grenzen akzeptierte, die die Natur ihr gesetzt hatte, was allerdings nicht bedeutete, dass sie sich vom Leben abwandte und zurückzog, im Gegenteil. Ihre Bewegungsfreiheit war eingeschränkt, ihre Neugierde hingegen und ihre Talente in anderen Dingen des Lebens kannten oft keine Grenzen.

Am erstaunlichsten war ihre Stimme. Als Säugling verbrachte Mi Mi die meiste Zeit festgebunden auf dem Rücken ihrer Mutter, und Yadana hatte es sich zur Gewohnheit gemacht, ihrer Tochter während der Feldarbeit etwas vorzusingen. Bald konnte Mi Mi die meisten Lieder auswendig, und Mutter und Tochter sangen im Chor. Mi Mis Stimme wurde immer schöner, und wenn abends dann die Siebenjährige ihrer Mutter beim Kochen half und dabei sang, versammelten sich die Nachbarn vor dem Haus, hockten sich auf die Erde und lauschten schweigend. Von Woche zu Woche wurden es mehr, bald füllten sie den ganzen Hof, standen auf dem Weg, der am Haus vorbeiführt, und saßen auch noch in den Wipfeln der Bäume, die das Grundstück um-gaben. Die Abergläubischsten unter ihnen behaupteten sogar, dass Mi Mis Stimme magische Kräfte besäße. Sie erzählten gern die Geschichte von der alten, kranken Witwe, die in Hörweite wohnte und zwei Jahre ihre Hütte nicht verlassen hatte, und die sich eines Tages in der Dämmerung unter das Publikum mischte und zu tanzen begann. Nur dem Eingreifen Moes war es zu verdanken, dass sie sich nicht auch noch entkleidete. Oder der Junge, der in einer Hütte auf der anderen Seite des Weges lebte und den sie den Fisch nannten. Seine Haut war trocken und über und über mit weißen Flechten und Schuppen bedeckt; keine sechs Monate, nachdem Mi Mis Gesang zum ersten Mal durch die Abenddämmerung klang, war auch die letzte Pustel verschwunden.

Auf dem Markt, wo sie mit ihrer Mutter Kartoffeln und Reis verkaufte, verursachten ihre Lieder einen solchen Menschenauflauf, dass zwei Polizisten kamen und sie baten, mit dem Singen aufzuhören. Im Interesse der öffentlichen Sicherheit und Ordnung. Ein irischer Trunkenbold, der es in der Armee ihrer Majestät immerhin zu einem Major gebracht hatte und nun in Kalaw seinen Lebensabend verbrachte, wünschte sich, dass sie auf seinem Totenbett sänge. Mi Mi wurde zu Hochzeiten und Geburten eingeladen und die Familie im Gegenzug dafür reichlich mit Tee, Hühnern oder Reis belohnt. Gerade als Moe sich ernsthaft mit dem Gedanken beschäftigte, seine Felder zu verpachten, teilte Mi Mi ihren Eltern mit, dass sie nicht beabsichtige weiterzusingen.

Sie saßen auf einem Balken im Hof, die Dämmerung war noch nicht angebrochen, aber die Kühle des Abends bereits deutlich zu spüren. Yadana legte eine dicke Jacke um die Schultern ihrer Tochter. Mi Mi zerrieb die Rinde des Thanakhabaumes in einem Mörser, ihre Mutter wusch Tomaten und Frühlingszwiebeln. Das Schwein grunzte unter dem Haus, und der Wasserbüffel schiss direkt vor die Gartenpforte. Es stank bis zu ihnen herüber. Moe glaubte an einen Scherz.

»Warum willst du nicht mehr singen?«

»Weil es mir keinen Spaß mehr macht.«

»Was heißt das, es macht dir keinen Spaß mehr? Was ist passiert?«

»Nichts ist passiert. Es ist mir zu viel. Es ist nichts Besonderes mehr. Es macht keinen Spaß.«

»Aber deine Stimme klingt mit jedem Tag schöner.«

»Vielleicht, nur ich mag sie nicht mehr. Ich kann sie nicht mehr hören.«

»Du meinst, du willst nie wieder singen?«

»Ich möchte mir meine Stimme bewahren, ich möchte sie mir aufheben. Eines Tages werde ich wieder singen.«

»Aufheben? Wofür?« Moe war voller Misstrauen.

»Das weiß ich nicht. Wenn es so weit ist, werde ich es merken.«

Moe wusste, dass es zwecklos war, mit seiner Tochter zu streiten. Sie hatte die Sturheit ihrer Mutter; es kam selten vor, dass sie auf etwas beharrte, aber wenn sie sich zu etwas entschlossen hatte, war es unmöglich, sie davon wieder abzubringen. Insgeheim bewunderte er sie dafür.

Moe und Yadana blickten ihre Tochter an, und in ihren Augen lag Wehmut. Es war vor allem Yadana bewusst, wie sehr sich Mi Mi in letzter Zeit verändert hatte. Sie war gerade vierzehn geworden, und ihr Körper nahm langsam die Formen einer jungen Frau an. Nicht nur ihre Stimme wurde von Tag zu Tag schöner. Zwar beherrschten ihre Augen das Gesicht nicht mehr ganz so stark, aber in ihnen lag noch immer dasselbe Strahlen. Ihre Haut hatte die Farbe von gemahlener Tamarinde, und ihre Hände waren, obschon sie sie zum Abstützen und Fortbewegen brauchte, nicht kräftig, hart oder voller Hornhaut, sie waren lang und schmal. Mit ihren Fingern war sie so geschickt, dass Yadana kaum mit den Augen folgen konnte, wenn Mi Mi ihr beim Kochen half, eine Ingwerwurzel schälte und in kleine Scheiben oder Würfel schnitt. Vor zwei Jahren hatte sie ihr das Weben beigebracht, und es dauerte nicht lange, da hatte Mi Mi ihre Mutter überflügelt. Am meisten jedoch bewunderte Yadana die Si-

cherheit, mit der sich ihre Tochter bewegte. Früher hatte sie Alb-
träume gehabt. Da sah sie Mi Mi wie ein Tier durch den Dreck
oder über den Markt kriechen, während die Passanten sie verspotteten. Manchmal träumte sie noch davon, dass Mi Mi mit
dem Zug nach Thazi fahren wollte, auf dem Bahnhof zum Wa-
gon kroch und die Dampflok sich in Bewegung setzte. Mi Mi
versuchte schneller und schneller zu kriechen, den Zug erreichte
sie nicht.

Und selbst am Tage ertappte sie sich bei der Vorstellung,
wie Mi Mi als erwachsene Frau Gäste in ihrem Haus begrüßen
würde: Auf allen Vieren musste sie ihnen entgegenkriechen.
Wie beschämend!

Und nun konnte sie kaum fassen, wie viel Selbstbewusstsein
ihre Tochter besaß und mit welcher Sicherheit sie sich fortbewegte. In ihrer Art des Kriechens lag nichts Tierisches oder De-
mütigendes. Sie trug nur die schönsten selbst gewebten Longys,
und obgleich sie damit über den dreckigen Fußboden rutschte,
waren sie niemals unansehnlich. Wenn sie sich fortbewegte, behutsam eine Hand, ein Knie vor das andere setzend, strahlte sie
dabei so viel Würde aus, dass die Menschen auf dem Markt zur
Seite wichen und sie mit großem Respekt behandelten.

8

Die Julia, die ich bisher kannte und von der ich dachte, sie sei
mir vertraut, wäre jetzt aufgestanden. Sie wäre empört gewesen.
Sie hätte schmale Lippen bekommen. Sie hätte U Ba mit einem
wütenden und durchdringenden Blick angeschaut und wortlos
ihren kleinen Rucksack geschnappt. Oder sie hätte ihn ausgelacht und erklärt, dass sie das alles für albernes Geschwätz hielt.
Sie wäre gegangen. Verärgert, weil sie ihre Zeit vergeudet hatte.

Ich blieb sitzen. Ich verspürte den Impuls aufzustehen, aber er hatte keine wirkliche Kraft. Er war wie ein Reflex aus einer anderen Zeit. Auch wenn ich in diesem Moment nicht fähig war, klar zu denken oder das Gehörte zu analysieren, so ahnte ich doch, dass es nicht um ein Märchen ging, es sei denn, man hält die Liebe überhaupt für ein Märchen. Und zu diesen Menschen hätte ich mich vor ein paar Stunden noch gezählt. Nun war ich mir nicht mehr sicher. Ich wusste nicht, was ich von U Bas Erzählungen halten sollte, sie überforderten mich. Mein Vater soll als Jugendlicher nicht nur blind gewesen sein, sondern auch noch sein Herz an einen Krüppel verloren haben? Diese Frau soll der Grund sein, warum er uns, seine Familie, nach fast fünfunddreißig Jahren im Stich gelassen hat? Kann eine Liebe fünfzig Jahre Trennung überdauern? Es schien mir absurd. Gleichzeitig musste ich an einen Satz meines Vaters denken: Es gibt nichts, im Guten wie im Bösen, zu dem der Mensch nicht fähig ist. Es war sein Kommentar, als wir erfuhren, dass ein Cousin meiner Mutter, ein gläubiger Katholik, eine Affäre mit der sechzehnjährigen Babysitterin hatte. Meine Mutter konnte es nicht fassen: Das passt doch gar nicht zu Walter, sagte sie immer wieder. Mein Vater hielt dies für einen Irrtum; er schien jedem Menschen alles zuzutrauen, wollte zumindest nichts ausschließen, nur weil er glaubte, jemanden zu kennen. Und er bestand darauf, dass dies nicht die Weltsicht eines verbitterten Pessimisten wiedergebe. Im Gegenteil, hatte er gesagt. Viel schlimmer sei es, von den Menschen Gutes zu erwarten und dann enttäuscht zu sein, wenn sie den hohen Erwartungen nicht entsprächen. Das würde zu Verbitterung und Menschenverachtung führen.

U Bas Erzählung hatte eine Kraft bekommen, der ich mich nicht mehr entziehen konnte. Mein Vater hatte in der Tat auch im Alter noch ein phänomales Gedächtnis und eine Art siebten Sinn, was die menschliche Stimme betraf. In manchen Eigenschaften und Verhaltensweisen, die U Ba beschrieb, konnte ich allmählich Züge meines Vaters erkennen. Ich hatte das Gefühl, in mir zwei Stimmen zu vernehmen, die miteinander im Streit lagen. Die eine war die der Rechtsanwältin. Sie blieb misstrauisch, sie wollte Fakten sehen. Beweise. Zeugen. Sie suchte nach Schuldigen und einem Richter, der verurteilen konnte oder mit seiner Autorität dem Spuk ein Ende machen würde. Die andere war eine Stimme, die ich bisher noch nicht vernommen hatte. Halt, rief sie, lauf nicht weg. Wende dich nicht ab. U Ba sagt die Wahrheit, auch wenn du sie im ersten Moment nicht erkennst und sie dir fremd und unglaubwürdig erscheint. Hab keine Angst.

»Sie müssen hungrig sein«, unterbrach U Ba meine Gedanken. »Ich habe eine Kleinigkeit vorbereiten lassen.« Er rief einen Namen, den ich nicht verstand, und kurz darauf kam aus der Küche eine junge Frau mit einem Tablett. Sie verneigte sich und deutete einen Knicks an. U Ba stand auf und reichte mir zwei verbeulte Teller. Auf dem einen lagen drei dünne, runde Fladenbrote, der andere enthielt Reis, braune Soße und Fleischstückchen. Dazu gab er mir eine ausgefranste weiße Stoffserviette und einen verbogenen Löffel aus dünnem Blech.

»Birmanisches Hühnercurry. Sehr mild. Wir essen es mit indischem Fladenbrot. Ich hoffe, es schmeckt Ihnen.«

Mein Blick muss sehr skeptisch gewesen sein. U Ba lachte und versuchte, mich zu beruhigen. »Ich habe meine Nachbarin ausdrücklich gebeten, beim Kochen auf Sauberkeit zu achten. Ich weiß, dass unser Essen unseren Gästen nicht immer gut bekommt. Aber selbst wir sind dagegen nicht immun. Glauben Sie mir, auch ich war in meinem Leben unzählige Stunden an die Toilette gefesselt.«

»Das ist nicht gerade ein Trost«, meinte ich und biss in eines der Brote. In meinem Reiseführer hatte ich gelesen, dass man sich vor allem vor Salaten, rohen Früchten, unbehandeltem Wasser und Eis hüten solle. Brot und Reis hingegen seien vergleichsweise unbedenklich. Ich probierte etwas Reis mit Soße. Sie war ein wenig bitter, schmeckte fast erdig, aber nicht schlecht. Das Huhn war so zäh, dass ich es kaum kauen konnte.

»Wo ist mein Vater?«, fragte ich, nachdem wir eine Weile schweigend gegessen hatten. Es klang strenger und fordernder, als es meine Absicht war. Die Stimme der Rechtsanwältin.

U Ba schaute auf und blickte mich lange an. Er wischte mit dem letzten Stück des Fladenbrotes den Teller sauber. »Sie kommen ihm immer näher, merken Sie das nicht?«, sagte er und strich sich mit der alten Serviette über den Mund. Er trank einen Schluck Tee und lehnte sich in seinem Sessel zurück. »Ich könnte Ihnen mit einem Satz sagen, wo er ist. Aber nun haben Sie so lange gewartet, über vier Jahre, kommt es da auf ein paar Stunden mehr oder weniger an? Sie werden nie wieder die Gelegenheit haben, so viel über Ihren Vater zu erfahren. Möchten Sie nicht wissen, wie es mit ihm und Mi Mi weiter ging? Wie sie sein Leben veränderte? Warum sie ihm so viel bedeutete? Warum sie auch Ihr Leben verändern wird?«

U Ba wartete meine Antwort nicht ab. Er räusperte sich einmal kurz und erzählte weiter.

9

Su Kyi merkte sofort, dass mit Tin Win etwas Außergewöhnliches geschehen sein musste. Sie hatte vor der Gartenpforte gesessen und auf ihn gewartet und gerade angefangen, sich Sorgen zu machen. Der Weg war in einem erbärmlichen Zustand. Heftiger, lang anhaltender Regen hatte vor zwei Tagen die Erde aufgeweicht, und die Ochsenkarren hatten dann im Matsch tiefe Spuren hinterlassen. Die Sonne hatte den Schlamm getrocknet, und nun war die Oberfläche hart und verkrustet und übersät mit Kuhlen und Rillen, selbst für einen Sehenden voller Tücken. Sie fragte sich, ob es eine gute Idee gewesen war, ihn ausgerechnet heute allein gehen zu lassen, da sah sie ihn den Berg heraufkommen. Sie erkannte seinen rotgrünen Longy und sein weißes Hemd, aber sein Gang wirkte anders als sonst. Er hatte nichts Zaghaftes oder Zögerliches. Sie traute ihren Augen nicht. War das wirklich Tin Win, der da fast beschwingt den Weg herauflief? In der Hand hielt er seinen Stock, aber er tastete sich nicht behutsam vorwärts, er ließ ihn vor seinen Füßen tanzen. So leichtfüßig hatte sie ihn noch nicht laufen sehen.

Am Abend war er redselig wie nie. Er berichtete ausführlich von U May und wie aufgeregt er, Tin Win, gewesen sei, als er ganz allein aus dem Tor des Klosters auf die Straße trat, wie er wegen seiner Unachtsamkeit stürzte und sich darüber ärgerte, aber dass er von nun an immer versuchen wolle, den Weg ohne ihre Hilfe zu bewältigen. Er erzählte von Geräuschen, von Vogelfedern und Bambusblättern, die er zur Erde segeln hörte, von pochenden Herzen, die wie Gesänge klangen. Su Kyi freute sich über seine Phantasie und seine Lust, sich mitzuteilen, die alles andere als selbstverständlich war. Auch wenn sie wusste, dass sie davon natürlich kein Wort glauben konnte.

Von Mi Mi sagte er nichts, und so konnte die arme Su Kyi sich auch nicht erklären, was in den folgenden Tagen mit Tin Win geschah. Ihm, der gewöhnlich stundenlang stumm in einer Ecke hockte, war es kaum möglich, still zu sitzen. Ruhelos lief er durch Haus und Garten. Er interessierte sich plötzlich für den Markt, wollte wissen, warum er nur alle fünf Tage abgehalten werde und fragte mehrmals, wann es wieder so weit sei. Sein Appetit nahm von Mahlzeit zu Mahlzeit ab, bis er am dritten Tag nur noch Tee trank. Su Kyi wusste nicht, was sie machen sollte. Tin Win wurde krank, so viel war sicher, aber er klagte nicht über Schmerzen. Langsam waren ihr seine Erzählungen von den Geräuschen, die er hörte, nicht mehr geheuer. War er dabei, seinen Verstand zu verlieren?

Tin Win zählte die Tage, nein, es waren die Stunden bis zum nächsten Markttag, die er zählte. Er hatte nicht geahnt, wie lang ein Tag sein konnte. Warum dauerte es eine Ewigkeit, bis die Erde sich einmal um die eigene Achse drehte? Die Zeit kroch so langsam dahin wie eine Schnecke auf dem Waldboden. Konnte er nichts tun, damit sie schneller verging? Er fragte U May, der lachte nur.

»Setz dich und meditiere. Dann verliert die Zeit ihre Bedeutung«, riet er ihm.

Tin Win war ein junger Meister der Meditation, und diese Fähigkeit hatte ihm in den vergangenen drei Jahren vor allem im Kampf gegen seine Angst gute Dienste erwiesen. Aber jetzt half es nicht. Ob er sich im Kloster zwischen die Mönche setzte, auf eine Wiese oder den Baumstumpf vor dem Haus, ob er die verschiedensten Atemtechniken versuchte und sich mit aller Kraft konzentrierte, es nützte nichts. Was immer er anstellte, wo immer er war, er dachte an Mi Mi. Er hörte ihr Herz. Er hörte ihre Stimme. Er fühlte ihre Haut. Er spürte sie auf seinem Rücken. Er hatte ihren Geruch in der Nase, diesen weichen, süßlichen, unverwechselbaren Duft.

In der Nacht vor dem nächsten Markttag schlief er nicht. Er hörte, wie Su Kyi sich auf der Matte neben ihm niederließ, sich zur Seite drehte und die dicke Decke bis zu den Ohren hochzog. Kurz darauf hatte sich auch ihr Herz zur Nachtruhe begeben. Es schlug so langsam und gleichmäßig, als würde es niemals aufhören. Sein Herz raste. Ein wildes, ungezähmtes Pochen. Er wusste nicht einmal, was ihn so aufregte, er spürte nur, dass es etwas sein musste, das stärker war als er. Er hatte das Gefühl, dass er dabei war, eine andere, eine neue Welt zu entdecken. Eine

Welt, in der man nicht mit den Augen sah. Eine Welt, in der man keine Füße brauchte, um sich fortzubewegen.

Tin Win überlegte, wie er Mi Mi am Morgen zwischen all den Ständen und Menschen finden sollte. Nach Su Kyis Beschreibungen stellte er sich den Markt vor wie einen Vogelschwarm, der über ein Feld hereinbricht. Ein Gewirr von Stimmen, Geräuschen und Gerüchen. Eng wird es sein, dachte er, und sie werden drängeln und schieben, und niemand wird Rücksicht nehmen. Seltsamerweise machte dieser Gedanke ihm, dem sonst so Menschenscheuen, keine Angst. Er war sich sicher, dass er Mi Mi bald finden würde. Er würde sie am Ton ihres Herzschlags erkennen. Er würde ihrem Geruch folgen. Er würde ihre Stimme hören, selbst wenn sie ihrem Bruder nur etwas ins Ohr flüsterte.

Tin Win wartete einige Minuten am Straßenrand ohne sich zu bewegen. Dann knotete er seinen Longy neu. Der Schweiß stand ihm in kleinen Perlen auf Stirn und Nase. Die Stimmen des Marktes waren viel lauter und aufdringlicher, als er gedacht hatte. Es klang wie das Rauschen des Baches in der Regenzeit, wenn er sich in einen bedrohlichen Fluss verwandelte, den niemand durchqueren konnte. Tin Win überlegte, woran er sich orientieren sollte. Er kannte die Wege zwischen den Ständen nicht. Er kannte die Fallen des Bodens nicht. Ihm war keine Stimme vertraut. Er wusste nur, dass er keine Angst haben durfte. Angst machte alles nur noch schlimmer. Er musste sich auf seine Ohren, seine Nase, seine Instinkte verlassen, wenn er Mi Mi finden wollte. Er musste Vertrauen haben.

Er setzte einen Fuß vor den anderen, langsam, aber nicht zaudernd. Er wollte sich vom Strom der Menschen tragen und führen lassen. Jemand rempelte ihn von hinten. Er spürte einen Ellenbogen in den Rippen. »Pass auf, wo du hintrittst«, brüllte ein Mann im Gedränge. Er hörte die Betelnusskauer schmatzen und den roten Saft auf die Straße spucken. Er hörte das Wimmern eines Säuglings. Er hörte die Stimmen und die Herzen, das Schnaufen und Stöhnen, Husten und Röcheln der Menschen um ihn herum, und das Rumoren ihrer Gedärme, und es waren so viele, und es war so laut, dass er sie nicht zu unterscheiden vermochte. So wenig, wie ein Sehender einen einzelnen Wassertropfen in einer Pfütze erkennt. Er wusste, dass es kein Zurück gab, er konzentrierte sich auf jeden Schritt und spürte, wie er mit jeder Bewegung ruhiger wurde. Nicht einmal der Gedanke, dass Mi Mi ihn in diesem Gewühl nicht sehen konnte und er sie erkennen musste, machte ihm Angst. Er würde sie finden. Nur die Hitze machte ihm zu schaffen. Er hatte im Kloster zu wenig getrunken und schwitzte mehr als sonst. Sein Hemd war nass, sein Mund trocken. Er merkte, dass die Menge sich in zwei Richtungen zerteilte, und wollte stehen bleiben, aber der Druck von hinten war zu stark. Er folgte jenen, die nach rechts abbogen.

»Vorsicht«, schrie eine Frau. Er hörte es knacken und spürte etwas Weiches, Feuchtes an den Füßen und zwischen den Zehen. Er war in Eier getreten.

»Bist du blind?«

Er wandte ihr den Kopf zu, sie sah das milchige Weiß in seinen Augen und murmelte erschrocken eine Entschuldigung. Tin Win wurde weitergetragen. Hier mussten die Fischstände sein. Er erkannte den salzigen Geruch der getrockneten Fische. Gleich darauf hatte er den bitteren Duft des Koriander in der Nase. Dann den der scharfsäuerlichen Gelbwurzel, der ihm direkt in den Kopf stieg und beim Einatmen auf den Schleimhäuten brannte. Es roch nach Zimt und nach Curry und nach Chilipfeffer. Nach Zitronengras und Ingwer. Dazwischen immer wieder der satte, schwere und süßliche Duft von überreifen Früchten.

Als er es dann hörte, rempelte ihn niemand mehr. Die hinter ihm Gehenden machten einen Bogen, als ahnten sie, dass nun kein Drängeln und kein Schieben mehr helfen würde. Tin Win horchte. Da war es. So zart und zerbrechlich und so stark zugleich. Er würde es aus allen Geräuschen dieser Welt heraushören. Wie er sich danach gesehnt hatte. Er fühlte ihre Haut in seinen Händen. Ihre Arme um seinen Hals.

Tin Win folgte dem Pochen, das aus einem abgelegenen Winkel des Marktes kam.

10

Mi Mi saß am Rande des Marktes neben einem Berg Kartoffeln. In der linken Hand hielt sie einen kleinen, runden Schirm aus Papier, der sie vor der Sonne schützte. Er hatte die dunkelrote, fast braune Farbe der Mönchskutten. Sie trug ihren schönsten Longy, rot mit einem grünen Muster; gestern Abend erst hatte sie ihn fertig gewebt. Die schwarzen Haare waren zu einem Zopf gebunden. Sie hatte ihre Mutter am Morgen gebeten, ihr zwei runde gelbe Kreise auf die Wangen zu malen. Alle älteren Mädchen und Frauen schminkten sich auf diese Weise, doch Mi Mi hatte das bisher immer abgelehnt. Ihre Mutter hatte gelächelt und keine Fragen gestellt. Zum Abschied, als Mi Mi schon auf dem Rücken ihres Bruders saß, hatte Yadana ihrer Tochter einen Kuss auf die Stirn gegeben. Das machte sie jedes Mal, ehe sie sich trennten, aber dieser Kuss war anders gewesen. Mi Mi hatte es gespürt, ohne sagen zu können, was es war.

Nun hockte sie auf ihrer roten, selbst gewebten Decke und wartete. Eigentlich tat sie seit vier Tagen nichts anderes. Ob sie über den Hof kroch und Hühnereier einsammelte oder hinter dem Haus Erdbeeren pflückte, ihrer Mutter beim Kochen half, Kartoffeln sortierte oder webte. Sie wartete. Auf den Markttag. Auf Tin Win.

Sie wartete, ohne dabei unruhig zu sein. Warten machte ihr nichts aus. Sie hatte früh gelernt, dass für einen Menschen, der nicht laufen kann, der auf die Hilfe anderer angewiesen ist, Warten etwas Natürliches ist. Geduld war für sie selbstverständlich, und sie staunte über Menschen, denen nie etwas schnell genug gehen konnte. Warten gehörte so sehr zu ihrem Lebensrhythmus, dass es sie verstörte, wenn etwas sofort geschah. Die Zeit des Wartens waren Augenblicke, Minuten oder auch Stunden der Ruhe, des Stillstandes, in denen sie in der Regel mit sich allein war. Und sie brauchte diese Pausen, um sich auf etwas Neues, eine Veränderung vorzubereiten. Sei es der Besuch bei der Tante auf der anderen Seite des Dorfes, oder ein Tag auf dem Feld. Oder der Markt. Sie verstand nicht, warum es ihre Brüder nicht überforderte, mit schnellen Schritten von einem Ort, von einem Menschen zum anderen zu eilen. Wenn es doch einmal geschah, dass sie unverhofft und ohne zu warten zu Freunden auf die nächste Bergkuppe getragen wurde, dauerte es immer eine Weile, bis sie wirklich ankam. Die ersten Minuten saß sie schweigend am neuen Ort. Als würde ihre Seele langsamer durch das Tal reisen. Sie hatte das Gefühl, alles und jeder brauchte seine Zeit, so wie die Erde ihre vierundzwanzig Stunden benötigte, um sich einmal um die eigene Achse zu drehen, oder dreihundertfünfundsechzig Tage, um die Sonne zu umrunden.

Ihre Brüder nannten sie Schneckchen.

Am unheimlichsten waren ihr die Züge und die Automobile, mit denen einige der Engländer durch Kalaw und angeblich sogar bis in die Hauptstadt fuhren. Sie fürchtete sich nicht vor dem schrecklich lauten Knattern, mit dem sie durch das Dorf rumpelten, sodass die Hühner die Flucht ergriffen und Pferde und Ochsen scheuten. Auch der Gestank, den sie hinter sich herzogen wie ein Büffel seinen Pflug, machte ihr nichts aus. Es war die Geschwindigkeit, die ihr Angst machte. Konnte man wirklich die Zeit, derer es bedurfte, um von einem Ort, von einem Menschen zum anderen zu gelangen, einfach so verkürzen?

Mi Mi war froh gewesen, dass vier Tage vergehen würden bis zum Markt, auch wenn sie Tin Win am liebsten gleich am nächsten Morgen wieder gesehen hätte. So konnte sie in Ruhe an ihn denken und hatte Zeit, sich an jede Einzelheit ihres letzten Treffens zu erinnern. Auch das war ein Vorteil des Wartens; es gab ihr Gelegenheit, sich zu besinnen. Wie immer, wenn sie ihre Gedanken schweifen ließ, entstanden Bilder in ihrem Kopf, die sie mit einer Sorgfalt betrachtete, als wären es Rubine oder Smaragde, die man auf ihre Echtheit prüfen muss. Sie sah, wie Tin Win auf sie zukam. Wie sie auf seinen Rücken kletterte. Wie er später neben ihr saß und vor Aufregung und Freude zitterte. Sie hatte das Gefühl gehabt, dass er sie auf seinen Rücken nehmen und loslaufen wollte. Den unbekannten Lauten und Tönen auf der Spur.

Sie hatte zu Hause dann lange mit geschlossenen Augen auf der Veranda gesessen und versucht, es Tin Win gleichzutun. Sie lauschte. Sie hörte das Schwein unter dem Haus grunzen. Sie hörte den Hund schnarchen. Sie hörte die Vögel und die Stimmen der Nachbarn, aber nicht ihre pochenden Herzen. Sie wollte Tin Win fragen, ob es einen Trick gäbe und ob er ihr die Kunst des Hörens beibringen könne. Ein bisschen wenigstens.

Ihrem jüngsten Bruder hatte sie die Geschichte von dem Vogelnest erzählt, aber der hatte sie ausgelacht. Wie sie nur glauben könne, dass irgendjemand ein derart empfindliches Gehör besäße. Vermutlich hatte ihm jemand zuvor gesagt, dass in dem Nest ein Ei lag. Tin Win habe ihr nur imponieren wollen.

Mi Mi hatte sich darüber geärgert. Mehr über sich als über ihren Bruder. Sie hätte es wissen müssen. Es gab Dinge, die verstanden Menschen, die auf zwei gesunden Füßen durch die Welt liefen, einfach nicht. Sie glaubten, dass man mit den Augen sieht. Sie glaubten, dass man Entfernungen mit Schritten überwinden kann.

11

Die Mittagssonne stand fast senkrecht über dem Marktplatz. Tin Win und Mi Mi suchten Schutz unter dem kleinen Schirm und rückten näher zusammen. Mi Mis Bruder packte die restlichen Kartoffeln in einen Sack. Er wollte vorausgehen und seine Schwester später holen.

»Ich kann Mi Mi nach Hause tragen, dann musst du nicht zweimal laufen«, sagte Tin Win.

Der Bruder blickte seine Schwester an, als wolle er sagen: Wie soll dich der Blinde denn den Berg hinaufbringen. Mi Mi nickte ihm zu: »Mach dir keine Sorgen.«

Ihr Bruder schulterte den Sack Kartoffeln, murmelte etwas Unverständliches und machte sich auf den Weg.

»Hast du etwas dagegen, wenn wir einen Umweg durch das Dorf machen?«, fragte Tin Win.

»Wohin du willst«, sagte Mi Mi. »Du musst mich tragen, nicht umgekehrt.« Sie lachte und schlang einen Arm um seinen Hals. Er stand langsam auf. Sie gingen durch eine Seitengasse, in der mehrere Ochsenkarren und Pferdekutschen abgestellt waren. Dazwischen liefen Männer und Frauen, die die Fuhrwerke mit Reis- und Kartoffelsäcken und Körben voller Gemüse beluden. Die Tiere waren unruhig. Die Pferde wieherten und scharrten oder stampften mit den Hufen, die Ochsen schnauften und schüttelten sich, dass das Gebälk ihrer Gespanne ächzte. Sie sind müde von der Sonne und vom Warten, und Hunger haben sie auch, dachte Tin Win. Er hörte ihre Mägen knurren. Die Wagen standen kreuz und quer auf der Straße, und zusammen mit den vielen unvertrauten Geräuschen schienen sie ihm wie eine Mauer, gegen die er jeden Augenblick stoßen musste. Wo war sein Stock, mit dem er sich sonst den Weg ertastete? Der ihm half, die schlimmsten Unfälle zu vermeiden. Der ihn vor

Löchern und Gruben, vor Steinen und Zweigen, Häusern und Bäumen warnte, zumindest, wenn er Acht gab. Jetzt hatte er das Gefühl, durch ein Labyrinth zu schleichen, in dem meterhohe Wände ihm den Weg versperrten. In dem Ecken und Kanten lauerten, um ihn zu Fall zu bringen. Ein Irrgarten, in dem er sich nur verlaufen konnte. Wie konnte er Mi Mi heil nach Hause bringen?

Noch nie hatte ihn seine Blindheit so sehr belastet. Seine Knie gaben nach, und er wankte. Er hatte die Orientierung verloren. Wo war er? Drehte er sich im Kreis? Lief er auf einen Abgrund zu? Woher sollte er wissen, dass nicht der nächste Schritt der letzte sein würde? Gleich würde er keinen Boden mehr unter einem Fuß verspüren, er würde das Gleichgewicht verlieren, nach vorne fallen und in die Tiefe stürzen. Die Tiefe, vor der er sich immer gefürchtet hatte. Die Tiefe, die endlose.

»Vorsicht. Noch zwei Schritte, und du stößt gegen einen Korb mit Tomaten.« Mi Mis Stimme war neben seinem Ohr. Sie flüsterte.

»Ein kleines Stück nach links. Gut. Geradeaus. Halt.« Sie drückte seine Schultern sanft nach rechts. Er zögerte einen Moment und drehte sich um neunzig Grad. Direkt vor ihnen musste ein Ochse stehen. Er hörte das kräftige Herz schlagen. Es klang wie die dumpfe Trommel, die die Mönche manchmal im Kloster schlugen. Er spürte den feuchten Atem des Tieres auf seiner Haut.

»Weiter?«, fragte er.

»Weiter«, sagte sie.

Er schlurfte, als wagte er nicht, die Füße zu heben. Nach ein paar Schritten zog sie behutsam an seiner linken Schulter, und er bog nach links. Er stieß sich an einem Stück Holz und zuckte zusammen.

»Entschuldigung, der Karren. Ich dachte, wir wären schon daran vorbei. Tut es weh?«

Er schüttelte den Kopf und ging langsam weiter, bis sie wieder an einer Schulter zog und er vorsichtig die Richtung änderte.

»Fuß hoch, da liegt ein Sack Reis.«

Er hob das Bein, ertastete den Sack mit den Zehen und machte einen großen Schritt.

»Gut«, sagte sie und drückte ihn kurz.

Sie gingen weiter. Mi Mi dirigierte ihn mit ihren sanften Bewegungen durch die Straßen, als würde sie ein Boot durch Stromschnellen steuern. Mit jedem Bogen, jeder Wendung, jedem überwundenen Hindernis, wurden Tin Wins Schritte fester und sicherer. Ihre Stimme, so nah an seinem Ohr, beruhigte ihn. Er begann ihren Anweisungen zu vertrauen. Er, der oft nicht einmal seinen eigenen Sinnesorganen glauben konnte, verließ sich auf ihre Augen.

Mit ihrem Longy trocknete sie ihm den Nacken.

»Bin ich zu schwer?«, fragte sie.

»Nein, überhaupt nicht.« Wie hätte Tin Win ihr erklären können, dass er sich mit ihr auf dem Rücken leichter fühlte?

»Hast du Durst?«

Er nickte.

»Dort drüben gibt es frischen Zuckerrohrsaft.« Sie wusste, dass er teuer war, aber ihre Mutter hatte ihr erlaubt, einmal im Monat nach dem Markt einen Saft zu trinken, und sie würde bestimmt nichts dagegen haben, wenn sie Tin Win einlud. Er merkte, wie sie in den Schatten eines großen Baums traten. »Bleib stehen«, sagte sie. »Lass mich runter.«

Er ging in die Knie. Sie glitt langsam von seinem Rücken auf die Erde und ließ sich auf einen Holzschemel nieder, der zu dem Saftstand gehörte. Sie stellte einen zweiten Hocker hinter Tin Win und zog an seiner Hand. Er setzte sich, ohne zu zögern.

Sie saßen unter einem weit ausladenden Banyanbaum, und Mi Mi bestellte zwei Säfte. Er hörte, wie die Zuckerrohrstangen in der Presse zerbrachen und wie ihr Saft in einen Becher floss. Es erinnerte ihn an das Knacken, wenn er in der Küche auf eine Kakerlake trat. Hatte Mi Mi seine Angst bemerkt? War es wichtig? Sie hatte ihn durch das Labyrinth geführt. Sie waren nicht gegen eine Wand gelaufen und in keinen Abgrund gefallen. Sie hatte Brücken gebaut und Mauern eingerissen. Sie war eine Magierin.

Mi Mi trank einen Schluck von ihrem Saft. Sie konnte sich nicht vorstellen, dass irgendetwas besser schmecken könnte. Sie blickte Tin Win an. Sie hatte nicht geahnt, dass ein Gesicht mit Augen, die nicht sehen können, so viel Glück auszudrücken vermag. Sie lächelte, und er lächelte zurück. Sie merkte nicht einmal, wie seltsam das war.

»Tin Win, was hörst du jetzt? Mein Herz?«, fragte Mi Mi.

»Das auch.«

»Kannst du es mir beibringen?«

»Was?«

»Das Herzenhören.«

»Ich glaube nicht.«

»Bitte, versuch es.«

»Ich weiß nicht, wie es geht.«

»Aber du kannst es doch.«

Tin Win überlegte. »Mach deine Augen zu.« Mi Mi schloss die Augen. »Was hörst du?«

»Stimmen. Schritte. Das Bimmeln von Pferdeschellen.«

»Mehr nicht?«

»Doch, natürlich. Ich höre Vögel und jemanden husten und ein Kind schreien, aber ich höre keine Herzen schlagen.«

Tin Win schwieg. Mi Mi horchte weiter. Nach einigen Minuten verschmolzen die Geräusche, sie wurden so undeutlich wie Bilder, die vor einem tränenden Auge verschwimmen. Sie hörte das Blut in ihren Ohren rauschen, aber nicht ihr Herz, und noch viel weniger das von Tin Win oder das eines Passanten.

»Vielleicht ist es zu laut hier«, sagte Tin Win nach einer langen Pause. »Mag sein, dass wir mehr Ruhe brauchen. Wir machen uns auf den Weg und wenn wir einen Platz finden, wo wir nichts hören bis auf Vögel, den Wind und unseren Atem, dann versuchen wir es noch einmal.« Er kniete sich vor Mi Mi. Sie hielt sich fest, er stand auf, und sie verschränkte die Beine vor seinem Bauch.

Sie liefen eine ruhigere Straße entlang. Ihr Atem in seinem Nacken. Wie leicht sie war. Fast wäre er auf einen schlafenden Hund getreten, der im Schatten eines Hauses Schutz vor der Sonne gesucht hatte.

»Den habe ich nicht gesehen, entschuldige«, sagte sie.

»Ich auch nicht«, sagte er. Sie lachten.

Kurz hinter dem Bahnhof dirigierte Mi Mi ihn von der Straße weg. »Ich kenne eine Abkürzung«, sagte sie. Nach ein paar Metern standen sie an einem kleinen Abhang, umgeben von Hibiskusbüschen. Tin Win erkannte sie an ihrem leicht süßlichen Geruch. Er streckte einen Fuß aus und merkte, dass es bergab ging. Nicht steil, aber genug, um das Gleichgewicht zu verlieren.

»Vielleicht ist es rückwärts einfacher«, schlug Mi Mi vor. Sie war es gewohnt, solche Hügel auf den Rücken ihrer Brüder in ein paar schnellen Sprüngen hinunterzusausen. Er drehte sich um und begann vorsichtig hinabzusteigen. Mi Mi hatte mit einer Hand in die Büsche gegriffen und hielt sich an den Zweigen fest. Zusammen glitten sie langsam den Hang hinunter. Und bald hatte Tin Win Steine unter den Füßen.

»Wo sind wir?«, fragte er.

»Auf dem Bahndamm«, erklärte sie ihm. »Wir können auf den Holzbalken zwischen den Schienen laufen. Das machen meine Brüder immer.«

Tin Win blieb stehen. Sie hätte auch Mandalay sagen können. Oder Rangun. Oder London. Der Bahndamm war für ihn bisher in unerreichbarer Ferne gewesen. Er kannte ihn nur aus den

Erzählungen der Kinder in der Schule. Sie hatten oft damit geprahlt, wie sie auf den Gleisen tobten, während sie die schwarze Dampflok erwarteten. Wie sie Pinienzapfen oder einen der seltenen Kronkorken auf die Schienen legten oder ihren Mut maßen, indem sie so nah wie möglich an die vorbeifahrenden Züge herankrochen. Zunächst hatte Tin Win davon geträumt, dabei zu sein, später nicht mehr. Der Bahndamm war nicht seine Welt. Er gehörte den Sehenden.

Jetzt ging er selbst zwischen den Schienen und bald hatte er den Rhythmus gefunden, der seine Füße zielsicher mit jedem Schritt auf einen Holzbalken treten ließ. Hier musste er keine Angst haben, gegen einen Baum oder einen Busch zu laufen oder über etwas zu stolpern. Er hatte das Gefühl, eine Leiter hinaufzuklettern, und mit jeder Stufe würde es heller. Und wärmer. Als kröche er aus einer kalten, feuchten Höhle heraus. Er ging schneller, und bald übersprang er einen Balken und fing an zu laufen. Mi Mi sagte nichts. Sie hatte die Augen geschlossen, hielt sich fest und wippte im Rhythmus seiner Schritte wie eine Reiterin. Tin Win machte große, weite Sätze und rannte, so schnell er konnte. Längst achtete er nicht mehr auf den Abstand der Bohlen und hörte nichts als das ungezähmte Pumpen seines Herzens. Ein Trommelwirbel, der ihn anfeuerte. Lauter und immer heftiger, mächtig, wild und gefährlich. Ein Klang, der durch das Tal und über die Berge hallte. Lauter, dachte er, konnte auch eine Dampflokomotive nicht sein.

Als er endlich zum Stehen kam, hatte er das Gefühl, aus einem Traum zu erwachen. »Entschuldige«, sagte er völlig außer Atem.

»Wofür?«, fragte Mi Mi.

»Hattest du keine Angst?«

»Wovor?«

Sie lagen im Gras, und Mi Mi schaute in den Himmel. Es war spät geworden, und die Sonne würde bald untergehen. Neben den Morgenstunden war das für Mi Mi die schönste Zeit des Tages. Das Licht war anders, klarer, und die Konturen der Bäume und Berge und Häuser traten schärfer hervor als zur Mittagszeit. Sie mochte die Stimmen des Abends und den Geruch der Feuer, die vor Einbruch der Dunkelheit vor den Häusern brannten.

»Weißt du überhaupt, wie ein Herz klingt?«, fragte Tin Win.

Mi Mi überlegte, ob sie schon einmal ein Herz hatte schlagen hören. »Einmal habe ich den Kopf an den Busen meiner Mutter gedrückt, weil ich wissen wollte, was da so pocht. Aber das ist schon lange her.« Damals hatte sie geglaubt, in der Brust ihrer Mutter säße ein Tier, das gegen die Knochen klopfe und heraus möchte. An mehr konnte sie sich nicht erinnern.

Tin Win nahm ihren Kopf und legte ihn auf seine Brust.

12

Er fand keinen Schlaf. Nicht nach einem solchen Tag, nicht in dieser Nacht. Auch nicht in der nächsten oder der darauf folgenden. Er lag neben Su Kyi und dachte an Mi Mi. Er hatte drei Nächte durchwacht, dennoch war er nicht müde. Er fühlte sich wacher, seine Sinne, seine Gedanken, seine Erinnerungen waren klarer als jemals zuvor. Einen Nachmittag hatten sie miteinander verbracht. Einen Nachmittag, den er mit sich trug wie ein Kleinod, wie einen Talisman, der ihn beschützen sollte. Er erinnerte jedes Wort, das sie gewechselt hatten, jede Färbung ihrer Stimme, jedes Pochen ihres Herzens.

An diesem Nachmittag, mit Mi Mi auf dem Rücken, ihre Stimme in seinem Ohr, ihre Schenkel um seine Hüften, hatte er zum ersten Mal so etwas wie Leichtigkeit, einen Anflug von Freude empfunden. Ein Gefühl, das ihm so unbekannt war, dass er nicht einmal wusste, wie er es nennen sollte. Glück, Frohmut,

Spaß, das waren für ihn Vokabeln ohne Inhalt, Worte ohne Bedeutung. Ihm wurde bewusst, wie viel Kraft ihn jeder Tag kostete. Das Erwachen im milchig weißen Nebel. Das Tasten durch eine ihm abgewandte Welt. Er empfand die Einsamkeit, in der er lebte, plötzlich als unerträglich, obwohl es Su Kyi gab und U May. Beide verehrte er, beiden vertraute er. War ihnen unendlich dankbar für die Aufmerksamkeit, die Zuneigung, die sie ihm schenkten. Und dennoch fühlte er eine seltsame Distanz zu ihnen, wie zu allen Menschen, denen er begegnete. Wie oft hatte er im Kloster zwischen den Schülern oder mit den anderen Mönchen um das Feuer gesessen und sich gewünscht dazuzugehören, Teil einer Gruppe, einer Ordnung zu sein. Etwas zu empfinden für die anderen, Sympathie, Wut oder wenigstens Neugierde. Irgendetwas. Er fühlte kaum etwas, außer einer Leere, und er wusste nicht, woran das lag. Selbst wenn sie ihn berührten, einen Arm um seine Schultern legten oder ihn an die Hand nahmen, ließ ihn das gleichgültig. Als hätte sich der Nebel nicht nur vor seine Augen, sondern zwischen ihn und die Welt geschoben.

In Mi Mis Gegenwart war das anders. Die Taubheit in seinem Inneren war wie aufgelöst. Ihre Nähe hatte ihm Sicherheit verliehen. Ihre Augen hatten für ihn gesehen. Nicht ein Mal hatte er ihren Anweisungen und Beschreibungen misstraut. Mit ihrer Hilfe hatte er sich nicht wie ein Fremder im eigenen Leben gefühlt. Mit ihr gehörte er dazu. Zum Treiben auf dem Markt. Zum Dorf. Zu sich selbst.

Als hätte er sich dem Leben zugewandt.

In den folgenden Monaten verbrachten Mi Mi und Tin Win jeden Markttag zusammen, und sie erkundeten Kalaw und seine Umgebung, als hätten sie eine unbekannte Insel entdeckt. Mit der Akribie zweier Wissenschaftler erforschten sie den Ort, Straße für Straße, Haus für Haus. Oft blieben sie stundenlang am Wegrand hocken. Auf den meisten ihrer Entdeckungsreisen schafften sie kaum mehr als eine Straße, ein Stück Wiese oder Feld.

Mit der Zeit entwickelten sie ein festes Ritual, um die Geheimnisse dieser neuen Welt zu entschlüsseln. Sobald sie ein paar Schritte gegangen waren, blieben sie stehen und verharrten stumm und regungslos. Ihr Schweigen konnte ein paar Minuten dauern, eine halbe Stunde oder auch länger. Es war, als würde sich Tin Win vollsaugen mit Lauten, Tönen und Geräuschen. Anschließend beschrieb er ausführlich, was er hörte, und Mi Mi erzählte ihm, was sie sah. Wie ein Maler skizzierte sie das Bild für ihn, zunächst grob, dann immer genauer und detaillierter. Wenn Bilder und Töne nicht zueinander passten, begab sie sich auf die Suche nach den Quellen der unbekannten Laute. Sie kroch durch Hecken und Büsche, robbte über Beete und unter Häuser, nahm Steinmauern auseinander und setzte sie wieder zusammen. Sie durchwühlte Holzstapel oder grub mit ihren Händen in Wiesen und Feldern, bis sie fand, was Tin Win hörte: schlafende Schlangen und Schnecken, Regenwürmer, Motten oder Mücken. Mit jedem Tag wurde Tin Win die Welt vertrauter. Dank Mi Mis Beschreibungen konnte er Töne und Geräusche zuordnen und mit Gegenständen, Pflanzen oder Tieren verbinden. Er lernte, dass der Flügelschlag eines Schwalbenschwanz-Schmetterlings heller klingt als der eines Monarch; dass die Blätter eines Maulbeerbaumes ganz anders im Wind rauschen als die der Guave; dass das Schmatzen eines Holzwurmes nicht mit dem einer Raupe zu verwechseln ist; dass das Reiben der Hinterbeine bei jeder Fliege anders tönt. Er lernte das Alphabet des Lebens neu.

Schwieriger war es mit den Tönen, die die Menschen von sich gaben. Tin Win hatte gleich nach seiner Erblindung begonnen, Stimmen zu studieren, sie zu unterscheiden und deuten gelernt. Sie waren für ihn zu einer Art Kompass geworden, der ihn durch die Welt der menschlichen Gefühle führte. Wenn Su Kyi wü-

tend oder traurig war, hörte er es an ihrer Stimme. Ob seine Mitschüler ihm seine Erfolge neideten oder er den Mönchen auf die
Nerven ging, ob sie ihn mochten oder nicht, der Ton, in dem sie
mit ihm sprachen, verriet es ihm.

Jede Stimme barg eine Vielzahl an Ausdrucksformen und dasselbe galt auch für den Herzschlag. Es bereitete Tin Win keine
Probleme, einen Fremden beim zweiten oder dritten Wiedersehen an seinem Herzen zu erkennen, auch wenn dieses Pochen
nie absolut gleich war. Es verriet viel über Körper und Seele
und veränderte sich mit der Zeit oder je nach Situation. Herzen
konnten jung oder verbraucht klingen, langweilig, monoton oder
geheimnisvoll. Was hatte es zu bedeuten, wenn die Stimme und
das Herz eines Menschen nicht zueinander passten, wenn beide
eine andere, sich widersprechende Geschichte erzählten? Wie
bei U May zum Beispiel. Seine Stimme hatte seit jeher kräftig
und stark geklungen, als wäre sie über das Alter erhaben. Tin Win
hatte ihn sich immer als große, alte Pinie vorgestellt, mit einem
mächtigen Stamm, der selbst die Stürme, die gelegentlich über
das Shan-Plateau fegten, nichts anhaben konnten. Einen dieser
Bäume, unter denen er früher so gern gespielt und sich geborgen
gefühlt hatte. Das Herz aber klang nicht kräftig und nicht stark.
Es klang brüchig und schwach, erschöpft und sehr müde. Es erinnerte ihn an die ausgemergelten Ochsen, die er als Kind gesehen hatte, wenn sie an ihrem Haus vorbeizogen, hinter sich eine
schwere Karre, beladen mit Reissäcken oder Holzbalken; und er
hatte ihnen nachgeblickt, überzeugt, sie würden tot zusammen-
brechen, noch bevor sie die Kuppe des Berges erreichten. Warum
klang U Mays Stimme anders als sein Herz? Wem sollte er trauen?
Der Stimme oder dem Herzen? Fragen, auf die er keine Antwort
wusste. Doch mit Mi Mis Hilfe würde er sie enträtseln. Manche
zumindest.

13

Mi Mi erinnerte sich genau, wann sie das erste Mal von Tin Win gehört hatte. Einer ihrer Brüder war vor zwei Jahren für einige Monate als Novize ins Kloster gegangen. Als sie ihn mit der Mutter besuchte, hatte er von einem blinden Jungen erzählt, der am Morgen mit der Thabeik in den Händen gestürzt war. Er hatte, aus Angst das Essen zu verschütten, die Schale nicht losgelassen und war deshalb hart mit dem Gesicht auf die Erde geschlagen, hatte aus Nase und Mund geblutet und auch noch den Reis eines ganzen Tages im Dreck verloren. Äußerst ungeschickt sei er, ein Blinder eben, aber in der Schule erstaunlicherweise der Beste. Die Geschichte hatte sie traurig gemacht, ohne dass sie verstanden hätte, warum. Erinnerte dieses Missgeschick sie an ihre Versuche, ein paar Schritte auf ihren krummen Füßen zu gehen, hinter dem Haus, wo keiner sie sehen konnte? An die Schmerzen und die zwei Schritte, die sie machte, bevor sie auf den staubigen Boden fiel? Sie überlegte, weshalb Tin Win wohl gestolpert war, ob das häufiger geschah und wie er sich überhaupt fortbewegte. Wie mochte er sich gefühlt haben? Im Dreck liegend, das Essen der anderen vergeudet. Sie musste an jenen Tag denken, als sie mit ihren Freundinnen vor dem Haus Murmeln gespielt hatte. Die anderen Kinder bestaunten ihre gläsernen Kugeln, die sie von einem Engländer geschenkt bekommen hatte. Sie rollten sie in kleine Kuhlen, und Mi Mi war stolz gewesen, den anderen zeigen zu können, wie es geht. Plötzlich war ein Mädchen aufgesprungen und hatte gerufen, ihr sei langweilig; sie sollten lieber um die Wette laufen: Wer zuerst beim Eukalyptusbaum ist, hat gewonnen. Sie rannten los. Mi Mi hatte ihre Murmeln eingesammelt und sich nichts anmerken lassen. Sie ließ sich nie etwas anmerken. Die Frage nach dem Warum hatte sie sich nur einmal gestellt und gewusst, dass es darauf nie eine Antwort geben würde. Ihre Füße waren eine Laune der Natur. Es wäre albern gewesen, nach den Gründen zu suchen oder sich dagegen aufzulehnen. Sie haderte nicht mit ihrem Schicksal. Weh tat es trotzdem.

Schlimmer als der Schmerz war die Distanz, die sie in solchen Momenten ihrer Familie gegenüber fühlte. Sie liebte ihre Eltern und Brüder über alles, doch dass sie nicht wirklich verstanden, was in ihr vorging, quälte Mi Mi fast so sehr wie ihre Füße. Die Brüder sorgten rührend für sie. Abwechselnd trugen sie ihre Schwester aufs Feld oder zu den Seen, schleppten sie durchs Dorf, auf den Markt oder zu Verwandten auf einen entfernten Hof in den Bergen. Das waren keine Opfer für sie, sondern etwas Selbstverständliches, so wie Holzhacken am Morgen, Wasserschleppen oder die Kartoffelernte im Herbst. Sie erwarteten dafür keine Dankbarkeit, natürlich nicht. Wenn Mi Mi dennoch einmal traurig war, wenn sie weinte ohne erkennbaren Grund, was selten, aber manchmal eben doch geschah, standen sie stumm und ratlos daneben. Mit fragenden Blicken. Als wollten sie sagen: Wir tun doch alles, damit es dir gut geht. Warum genügt das nicht? Sie wollte nicht undankbar sein und erstickte ihre Tränen, so gut sie konnte. Mit der Mutter erging es Mi Mi ähnlich. Yadana bewunderte ihre Tochter, das wusste Mi Mi. Sie war stolz auf die Kraft und die Ruhe, mit der ihr Schneckchen die Behinderung ertrug. Und Mi Mi wollte stark sein, schon um ihre Mutter nicht zu enttäuschen. Und sehnte sich doch nach Augenblicken, in denen sie schwach sein konnte, niemandem etwas beweisen musste. Ihren Eltern nicht. Ihren Brüdern nicht. Sich selber nicht.

Ein paar Tage später saß sie auf der Veranda des Klosters, und ihr Bruder zeigte auf Tin Win, der den Hof fegte.

Mi Mi konnte die Augen nicht von ihm lassen. Sie staunte über die Gewissenhaftigkeit, mit der er einen Platz säuberte, den er selbst nicht sehen konnte. Zuweilen hielt er inne und hob den Kopf. Als röche oder höre er etwas Bestimmtes.

In den folgenden Tagen dachte sie oft an ihn, und beim nächsten Besuch wartete sie so lange auf der Treppe, bis sie ihn wiedersah. Er kam mit einem Arm voll Feuerholz, stieg die Stufen direkt neben ihr hinauf und ging, ohne dass er sie bemerkt hätte, in die Küche. Sie folgte ihm und beobachtete ihn aus der Entfernung. Er zerbrach einige Stöcke und legte sie in die Flammen. Er füllte Wasser in einen Kessel und hängte ihn über das Feuer. Es wirkte so mühelos. Mi Mi fand Tin Win den schönsten Jungen, den sie je gesehen hatte. Er hatte ein schmales Gesicht und eine feine, nicht zu spitze Nase. Mi Mi mochte volle Lippen, und Tin Wins Mund war kräftig, ohne wulstig zu sein. Die kurz geschorenen Haare betonten die hohe Stirn und die schöne Form seines Kopfes. Am meisten aber beeindruckte Mi Mi die ruhige, bedächtige Art, mit der er sich bewegte, die stille Würde, die er ausstrahlte. Als wäre er dankbar für jeden Schritt, den er tat, ohne zu stürzen, für jede Bewegung, ohne sich zu verletzen. Fiel ihm das Leben ohne Augenlicht so leicht, wie es für Mi Mi den Anschein hatte? Oder kostete es ihn genauso viel Kraft, wie sie der Alltag ohne Füße? Würde er verstehen, was in ihr vorgeht, wenn die anderen Kinder zum Eukalyptusbaum rennen? Wenn die Mutter sie voller Stolz anblickt, und Mi Mi sich alles andere als stark fühlt? Wenn ihre Brüder sie vorbeitragen an den Nachbarsmädchen, die mit jungen Männern am Wegrand sitzen. Lieder singend, verschämt Händchen haltend?

Könnte aus ihm ein Seelenverwandter werden? Mehrmals wollte sie ihn ansprechen oder ihm in den Weg kriechen, so dass er über sie stolpern und auf sie aufmerksam werden würde. Sie ließ es bleiben. Nicht aus Schüchternheit, sie war überzeugt, dass es nicht nötig sei. Sie würden sich begegnen, irgendwann. Jedes Leben hatte sein eigenes Tempo, seinen eigenen Rhythmus, und Mi Mi glaubte nicht, dass es möglich war, darauf entscheidend Einfluss auszuüben.

Als Tin Win an jenem Nachmittag im Kloster auf dem Weg

zur Küche abrupt stehen blieb, eine halbe Drehung machte, als würde er eine Spur aufnehmen, auf sie zukam und sich vor sie hockte, wunderte sie sich nicht. Sie schaute ihm ins Gesicht und sah milchverhangene Augen, in denen sie mehr lesen konnte als in denen ihrer Eltern und Brüder. Sie sah, dass er wusste, was Einsamkeit war; dass er verstand, warum es in einem regnen konnte, wenn die Sonne schien, dass Trauer keinen Anlass brauchte. Sie war nicht einmal überrascht, als er ihr vom Pochen ihres Herzens erzählte. Sie glaubte ihm jedes Wort.

Sie lebte von Markttag zu Markttag, war zum ersten Mal in ihrem Leben ungeduldig, zählte die Stunden und Minuten, konnte es nicht abwarten, bis sie sich wiedersahen. Ihre Sehnsucht war so groß, dass sie nach ein paar Monaten Tin Win nach dem Unterricht vom Kloster abholen wollte. Würde er sich freuen oder würde sie ihm zur Last fallen? Sie könnte so tun, als sei sie zufällig mit ihrem Bruder vorbeigekommen. Als er sie auf der Veranda warten hörte, kam er sofort zu ihr. Sein Lächeln zerstreute ihre Zweifel. Er freute sich mindestens so sehr wie sie, setzte sich wortlos zu ihr und nahm ihre Hand. Von nun an sahen sie sich jeden Tag.

Unermüdlich schleppte er sie durch das Dorf und über die Felder, die Berge hinauf und wieder hinunter. Er schleppte sie in der sengenden Mittagshitze und im heftigsten Regensturm. Auf seinem Rücken, in seiner Nähe, verschwanden die Grenzen ihrer kleinen Welt. Sie wanderten und wanderten, als wollte sie all die Jahre nachholen, an denen ihr Horizont aus dem Gartenzaun bestand.

In den Monaten des Monsun, an Tagen, an denen sie im Schlamm zu versinken drohten, blieben sie im Kloster und suchten Zuflucht bei Tin Wins Büchern. Seine Finger flogen über die Seiten, und nun war es an ihm, vor ihren Augen Bilder entstehen zu lassen. Er las vor, sie lag neben ihm und ergab sich seiner Stimme, die so eindringlich war.

Sie reiste mit Tin Win von Kontinent zu Kontinent, sie, die es auf eigenen Füßen nicht bis ins Nachbardorf schaffen würde, umrundete die Welt. Er trug sie die Gangways der Ozeandampfer hinauf, von Deck zu Deck bis zur Brücke des Kapitäns. Beim Einlaufen in die Häfen von Colombo, Kalkutta, Port Said oder Marseille regnete es Konfetti, und es spielte die Bordkapelle. Er trug sie durch den Hyde Park, und auf dem Piccadilly Circus drehten sich die Menschen nach ihnen um. In New York hätte sie beinahe ein Auto überfahren, behauptete Tin Win, weil Mi Mi fortwährend nach oben blickte, anstatt auf den Verkehr zu achten und ihn durch die Straßenschluchten zu dirigieren. Sie lernte, dass ihre Phantasie nur jene Grenzen kannte, die sie ihr selber setzte. In diesen Momenten begriff Mi Mi, dass sie nicht mehr allein war und es nie wieder sein würde. Sie war keine Last. Sie wurde gebraucht.

Tin Win brachte ihr mit großer Geduld das Hören bei. Natürlich waren ihre Ohren nicht so empfindlich wie seine. Sie konnte kein Herz schlagen hören, es sei denn, sie legte ihren Kopf auf seine Brust. Sie konnte auch nicht Libellen an ihrem Summen oder Frösche an ihrem Quaken unterscheiden, aber er lehrte sie, Laute und Stimmen aufmerksam wahrzunehmen, sie nicht nur zu hören, sondern ihnen Beachtung zu schenken.

Wenn jetzt jemand mit ihr sprach, achtete sie zunächst auf den Klang, sie nannte es die Farbe der Stimme. Der Ton war oft vielsagender als die Worte, die gesprochen wurden. Auf dem Markt wusste sie sofort, ob ein Kunde zum Handeln aufgelegt war oder ob sie sich auf ihren Preis für die Kartoffeln einigen würden. Ihre Brüder verblüffte Mi Mi, weil sie am Abend schon nach wenigen Sätzen wusste, wie ihr Tag gewesen war, ob sie froh waren, gelangweilt oder verärgert. Aus Schneckchen wurde Schneckchen, unsere Hellseherin.

Als Mi Mi eines Mittags nicht auf der Treppe vor dem Kloster auf ihn wartete, war Tin Win sofort beunruhigt. Sie hatten sich seit über einem Jahr jeden Tag gesehen, und am Abend zuvor hatte sie nichts davon gesagt, dass sie heute nicht da sein würde. War sie krank? Warum war keiner ihrer Brüder hier, um ihn zu benachrichtigen? Er machte sich sofort auf den Weg zu ihrem Hof. In der Nacht hatte es heftig geregnet, und der Boden war nass und glitschig. Tin Win versuchte gar nicht erst, die Pfützen zu hören, er watete hindurch, überquerte den leeren Marktplatz und eilte den Berg hinauf. Er rutschte mehrmals aus, stürzte und stand auf, ohne sich um seinen durchweichten und verdreckten Longy zu kümmern. Er rannte eine alte Bauersfrau um; in der Aufregung hatte er weder ihre Stimme noch ihr Herzpochen gehört.

Das Haus war leer. Selbst der Hund war weg. Die Nachbarn wussten von nichts.

Tin Win versuchte sich zu beruhigen. Was sollte schon passiert sein? Vermutlich waren sie auf dem Feld und würden bald kommen. Aber sie kamen nicht. Mit der Dämmerung kehrte die Angst zurück. Tin Win hörte sich rufen. Mi Mi. Er rüttelte am Geländer der Treppe, bis es abbrach. Er glaubte, wieder sehen zu können. Ein Riesenfalter stürzte vom Himmel herab wie ein Raubvogel, landete auf der Wiese und kroch auf ihn zu. Tin Win flüchtete auf einen Baumstamm. Rote Punkte kamen auf ihn zugeschossen. Bei jedem Treffer durchzuckte ihn ein elender Schmerz. Er versuchte ihnen auszuweichen, rannte über den Hof, schlug sich Stirn und Kinn blutig. Drei Nachbarsjungen brachten ihn nach Hause.

14

Es war ein Schrei, wie Su Kyi noch nie einen gehört hatte. Er war laut, aber nicht die Lautstärke war das Fremde und Furchterregende daran. Es war kein jämmerlicher Klagelaut, es war ein gewaltiges Aufbäumen, ein Schrei voller Wut und Verzweiflung. Er tat in der Seele weh, nicht in den Ohren.

Sie war sofort wach und drehte sich um. Neben ihr saß Tin Win, den Mund weit aufgerissen und laut brüllend. Sie rief seinen Namen, aber er reagierte nicht. Sie war sich nicht einmal sicher, ob er wach war. Sie packte seine Schultern und schüttelte ihn. Sein Körper war angespannt, fast steif. »Tin Win. Tin Win«, rief sie, strich ihm durch das Gesicht und nahm seinen Kopf in ihre Hände. Das beruhigte ihn. Nach ein paar Sekunden sank er langsam zurück auf die Schlafmatte. Dort krümmte er sich, zog die Beine bis an die Brust und schlief weiter, seinen Kopf in ihre Hände gebettet.

Als Su Kyi im Morgengrauen aufwachte, lag Tin Win wimmernd neben ihr. Sie flüsterte seinen Namen, aber er antwortete nicht. Sie schlüpfte in ihren Longy, zog eine Bluse und einen Pullover über den Kopf und legte ihre Decke über ihn. Vielleicht hat er sich erkältet, dachte sie. Er war am Abend erst nach Einbruch der Dunkelheit nach Hause gekommen, drei junge Männer hatte ihn gebracht. Tin Win hatte schrecklich ausgesehen, verdreckt, blutig, den Kopf voller Schrammen; er hatte nichts gesagt und sich gleich hingelegt.

Sie ging in die Küche und machte Feuer. Die heiße Hühnersuppe von gestern und Reis mit etwas Curry würden ihm gut tun.

Sie hatte das Würgen und Röcheln nicht sofort gehört. Als sie ins Schlafzimmer kam, kniete er vor dem offenen Fenster und erbrach sich, und es klang, als wollte sein Körper mit Gewalt alles wieder los werden, was er jemals zu sich genommen hatte. Der Brechreiz kam in Wellen, und je weniger er ausspuckte, desto heftiger packten sie ihn, und Su Kyi konnte sehen, wie sie am Ende seinen ganzen Körper erfassten. Als müsse er sich für immer entleeren. Bis dann schließlich nur noch grünliche, übel riechende Flüssigkeit aus seinem Mund kam. Sie schleppte ihn zur Schlafstätte zurück und deckte ihn zu. Er tastete nach ihrer Hand. Sie setzte sich neben ihn und nahm seinen Kopf in ihren Schoß. Seine Lippen zuckten. Er atmete schwer.

Tin Win wusste nicht, ob er träumte oder wach lag. Er hatte jedes Gefühl für Zeit oder Raum verloren, seine Sinnesorgane hatten sich nach innen gerichtet. Der Nebel vor seinen Augen war einer unheimlichen Finsternis gewichen. In seiner Nase lag ein säuerlicher Gestank, der Geruch seiner Eingeweide. Seine Ohren vernahmen nichts als die Laute seines Körpers. Das Rauschen des Blutes. Ein Glucksen und Blubbern im Magen, Gurgeln im Darm. Das Herz. Über allem schwebte die Angst. Sie hatte keinen Namen und keine Stimme. Sie war einfach da. Überall. Wie die Luft, die er atmete. Sie beherrschte seinen Körper, sie beherrschte sein Denken und seine Träume. Im Schlaf hörte er das Schlagen von Mi Mis Herz, und er rief ihren Namen, aber sie antwortete nicht. Er fing an zu suchen, lief in die Richtung, aus der das Pochen kam, aber erreichte sie nicht. Er rannte immer schneller, ohne ihr näher zu kommen. Er rannte, bis er vor Erschöpfung zusammenbrach. Oder er sah Mi Mi auf einem Schemel sitzen, ging auf sie zu, und plötzlich öffnete sich die Erde und verschluckte ihn. Es wurde dunkel, und er fiel, und es gab nichts, woran er sich festhalten konnte. Ihm wurde immer heißer, bis er merkte, dass er in einem glühenden Sumpf gelandet war und versank. Dann hörte der Traum auf und begann von vorn. Warum konnte er seinen eigenen Tod nicht träumen?

Aber es war nicht das Sterben, wovor er Angst hatte. Er fürchtete sich vor allem anderen. Jeder Berührung. Jedem Wort. Jedem Gedanken. Jedem Herzschlag. Dem nächsten Atemzug.

Er konnte sich nicht bewegen. Er konnte nichts essen, den Tee, den Su Kyi ihm einflößte, spuckte er wieder aus. Er hörte ihre Stimme, aber sie war weit weg. Er fühlte ihre Hand und war sich doch nicht sicher, ob sie ihn wirklich berührte.

Immer wieder gingen ihm U Mays Worte durch den Kopf. »Die einzige Kraft, die gegen die Angst hilft, Tin Win, ist die Liebe.« Aber was hilft gegen die Angst vor der Liebe, U May?

Auch am dritten Tag zeigte er keinerlei Anzeichen einer Besserung. Su Kyi hatte ihn stundenlang massiert, sie hatte ihn mehrfach mit Kräutern eingerieben und war in den vergangenen zweiundsiebzig Stunden nicht von seiner Seite gewichen. Er klagte nicht über Schmerzen, er hustete nicht, und sein Körper schien ihr eher zu kalt als zu heiß. Sie wusste nicht, was ihn plagte, aber sie war sicher: Was immer ihn bewegte, es war eine Frage auf Leben und Tod. Sie überlegte, bei wem sie Rat suchen konnte. Den Schwestern und Ärzten im kleinen Krankenhaus misstraute sie ebenso wie den Astrologen oder den Medizinmännern der Danus, Paos und Palongs. Wenn überhaupt einer helfen konnte, dann war es U May. Vielleicht, dachte sie, war es gar keine Krankheit, unter der er litt, vielleicht waren Gespenster und Dämonen geweckt worden, die, so viel wusste Su Kyi, in uns allen wohnen und nur darauf warten, aus ihren Verstecken zu kriechen oder ihre Masken fallen zu lassen.

Sie stellte etwas Tee neben den schlafenden Tin Win und eilte hinunter ins Kloster.

Als sie zurückkehrte, lag Tin Win noch immer im Bett und regte sich nicht. U May hatte ihr nicht wirklich helfen können. Sie hatte ihm die vergangenen drei Tage und Nächte in allen Einzelheiten geschildert, und er schien nicht sonderlich beeindruckt. Er murmelte etwas von einem Virus, dem Virus der Liebe, den, wenn sie ihn richtig verstanden hatte, jeder in sich

176

trüge, der aber nur bei wenigen wirklich ausbrechen würde. Sollte dies aber geschehen, sei es zu Beginn mit erheblicher Angst verbunden, mit tumultartigen Zuständen, die Körper und Seele völlig durcheinander brächten. In den meisten Fällen würde sich das mit der Zeit legen.

In den meisten Fällen, hatte er gesagt, und Su Kyi musste an die Geschichte ihres Großonkels denken, der siebenunddreißig Jahre lang seine Schlafstätte nicht verlassen hatte, die ganzen Jahre über reglos auf seiner Matte lag und an die Decke starrte, keinen Ton von sich gab, sich weigerte selber zu essen und nur überlebte, weil seine Verwandten ihn mit Engelsgeduld täglich dreimal fütterten. Und das alles, weil die Nachbarstochter, die er in seiner Jugend begehrt hatte, von ihren Eltern an einen anderen Mann verheiratet worden war. Oder ihr Neffe, der sein Herz an ein Mädchen im Dorf verloren hatte und jeden Abend in der Dämmerung vor dem Haus ihrer Familie saß und Liebeslieder sang. Das allein war nichts Ungewöhnliches, ein Brauch, den die meisten jungen Paare in Kalaw pflegten; aber ihr Neffe hörte nicht auf zu singen, auch als unmissverständlich klar wurde, dass die Familie des Mädchens sein Begehren nicht billigte. Nach einiger Zeit sang er nicht nur in den Abendstunden, sondern den ganzen Tag über, und als er begann, auch in der Nacht zu singen, mussten seine Brüder kommen und ihn, da er sich weigerte zu gehen, forttragen. Er war zu Hause in einen Avocadobaum geklettert und hatte nicht aufgehört zu singen, bis ihm nach drei Wochen und sechs Tagen die Stimme für immer versagte. Fortan bewegte er den Mund im Rhythmus der Melodie, und seine Lippen formten die Worte des Liedes, das von seiner ewigen Liebe erzählte. Je länger sie nachdachte, umso mehr Geschichten fielen ihr ein von Bauern und Mönchen, von Kaufleuten und Händlern, Goldschmieden und Fuhrleuten, ja sogar von manchen Engländern, die aus Leidenschaft ihren Verstand verloren hatten.

Vielleicht, so dachte Su Kyi, hatte dies etwas mit Kalaw zu tun, vielleicht handelte es sich hier um einen außergewöhnlichen Erreger, vielleicht lag es an der Höhenluft oder am Klima? Gab es in diesem unscheinbaren Ort in Hinterindien etwas, das den Virus besonders virulent machte?

Einen Anlass zur Sorge sehe er nicht, hatte U May gesagt.

Su Kyi zerrieb Eukalyptusblätter in ihrem Mörser und hielt sie Tin Win unter die Nase in der Hoffnung, sie würden seinen Geruchssinn stimulieren. Sie versuchte es mit einem Strauß Hibiskusblüten und Jasmin. Sie massierte ihm die Füße und den Kopf, aber Tin Win zeigte keine Reaktion. Sein Herz schlug und er atmete, mehr Lebenszeichen gab er nicht von sich. Er hatte sich zurückgezogen in eine Welt, in der sie ihn nicht erreichte.

Am Morgen des siebten Tages stand ein junger Mann vor dem Haus. Auf seinem Rücken trug er Mi Mi. Su Kyi kannte sie vom Markt und wusste, dass Tin Win die Nachmittage und Wochenenden mit ihr verbrachte.

»Ist Tin Win zu Hause?«, fragte Mi Mi.

»Ja, er ist krank«, antwortete Su Kyi.

»Was fehlt ihm?«

»Ich weiß es nicht. Er spricht nicht. Er isst nichts. Er ist wie von Sinnen.«

»Darf ich zu ihm?«

Su Kyi zeigte ihr den Weg durch die Küche ins Schlafzimmer. Tin Win lag reglos da, sein Gesicht war eingefallen, die Nase spitz und die Haut, trotz der braunen Farbe, fahl und leblos. Der Tee und der Reis waren unberührt. Mi Mi rutschte vom Rücken ihres Bruders und kroch zu Tin Win. Su Kyi konnte den Blick nicht von ihr wenden. Dieses Mädchen bewegte sich mit einer Anmut, wie Su Kyi es selten gesehen hatte. Als ob die seltsam verformten Füße ihr ein anderes, ein intensiveres Gefühl für ihre Glieder und Bewegungen gegeben hätten.

Mi Mi nahm Tin Wins Kopf in ihre Hände und legte ihn in

ihren Schoß. Sie beugte sich hinab, und sein Gesicht verschwand unter ihren langen, schwarzen Haaren. Sie flüsterte in sein Ohr. Ihr Bruder wandte sich ab und ging hinaus, Su Kyi folgte ihm. Sie machte Tee für die Gäste und holte aus einer alten Büchse geröstete Melonen- und Sonnenblumenkerne.

Sie ging in den Garten und setzte sich in den Schatten des Avocadobaums. Sie blickte über den Hof, betrachtete das gehackte und an der Hauswand ordentlich gestapelte Holz, den Baumstumpf, auf dem sie zuweilen ein Huhn schlachtete, ihren Gemüsegarten, die langsam zerfallende Bank, die Tin Wins Vater noch gebaut haben musste. Ihre sechs Hühner liefen herum und pickten in der Erde. Sie spürte, wie sie traurig wurde und wie dieses Gefühl in ihr wuchs. Su Kyi kannte diese Stimmung; sie verabscheute sie und versuchte immer, sich nach Kräften dagegen zu wehren. In den allermeisten Fällen mit Erfolg, aber jetzt merkte sie, wie das Gefühl größer und mächtiger wurde. Sie konnte keinen Grund sehen, und grundlose Trauer war für sie nichts als Selbstmitleid, etwas, dem sie sich Zeit ihres Lebens nicht hatte hingeben wollen. War es Tin Wins rätselhafte Krankheit, die ihr so zu schaffen machte? Die Angst, ihn zu verlieren? Oder die in großen Abständen wiederkehrende Erkenntnis, wie verlassen, verloren und einsam sie war. Wie auch Tin Win. Wie auch ihre Schwester. Jeder letztlich. Der eine spürte es, der andere nicht.

In diesem Augenblick hörte sie den Gesang. Er kam aus dem Haus und war so leise, als würde er von der anderen Seite des Tales zu ihr dringen. Eine feine und zarte Mädchenstimme sang ein Lied, das Su Kyi nicht kannte, nicht einmal den Text verstand sie oder auch nur einzelne Wörter. Es waren die Melodie und der Klang, die sie so berührten.

Dieser Gesang kann Gespenster und Dämonen bändigen, dachte Su Kyi. Er stillte Schmerzen und machte ihre Trauer erträglich. Sie verharrte wie erstarrt unter dem Baum. Als könnte jede Bewegung zerstören, was sie fühlte. Mi Mis Stimme füllte das Haus und den Hof, sie war wie ein Duft, der in alle Winkel drang. Su Kyi hatte das Gefühl, als würden alle Geräusche, das Singen der Vögel, das Zirpen der Zikaden, das Quaken der Kröten, langsam verebben, bis sie nur noch den Gesang hörte. Er hatte die Macht einer Droge, er öffnete jede Pore, jeden Sinn ihres Körpers. Sie dachte an Tin Win. Sie musste keine Angst um ihn haben. Nicht mehr. Dieser Gesang war stärker als alles, was er zum Schutz um sich errichtet haben mochte, diese Stimme würde ihn in jedem Versteck erreichen. War es wirklich nur Zufall, dass dieser Virus, von dem U May gesprochen hatte, so häufig in Kalaw ausbrach?

Sie blieb unter dem Avocadobaum sitzen, bis ihr die Augen zufielen.

Die Kälte des Abends weckte sie. Es war dunkel und sie fror. Die Stimme sang noch immer, genauso zart, genauso schön. Su Kyi stand auf und ging ins Haus. In der Küche brannte eine Kerze und auch im Schlafzimmer. Mi Mi saß neben Tin Win, seinen Kopf in ihrem Schoß. Sein Gesicht wirkte voller, die Haut weniger blass. Ihr Bruder war gegangen. Su Kyi fragte, ob sie hungrig sei oder sich hinlegen wolle. Mi Mi schüttelte kurz den Kopf.

Su Kyi aß etwas kalten Reis und eine Avocado. Sie war müde und hatte nicht das Gefühl, dass sie im Augenblick etwas tun konnte. Sie ging zurück ins Schlafzimmer, richtete für Mi Mi eine Schlafstätte, gab ihr eine Jacke und eine Decke und legte sich hin.

Als sie am Morgen erwachte, war es still. Sie blickte sich um, als müsse sie sich vergewissern, dass sie nicht mehr träumte. Mi Mi und Tin Win lagen neben ihr und schliefen. Sie stand auf und merkte, wie wohl und leicht sie sich fühlte, ohne zu wissen warum. Fast allzu leicht, dachte sie und ging in die Küche. Sie machte Feuer und Tee, putzte Frühlingszwiebeln und Tomaten und kochte Reis fürs Frühstück.

Tin Win und Mi Mi erwachten am späten Vormittag. Es war warm, aber nicht zu heiß, und Su Kyi arbeitete in ihrem Gemüsegarten, als sie Tin Win in der Tür erblickte, auf seinem Rücken Mi Mi. Er sah älter aus, als wäre er in den vergangenen Tagen erwachsen geworden. Vielleicht war es aber auch nur die Erschöpfung und die Anstrengung, die ihn zeichneten. Mi Mi schien ihm den Weg zu beschreiben, denn er ging um das Kleinholz, einen Schemel, einen Eimer und das Beil herum, als könne er alles sehen. Sie setzten sich auf die Bank an der Küchenwand. Su Kyi ließ ihre Harke fallen und lief zu ihnen.

»Habt ihr Hunger?«, fragte sie.

»Ja, ziemlich«, sagte Tin Win. Seine Stimme klang etwas tiefer als sonst, fast ein wenig fremd. »Und Durst.«

Su Kyi holte Reis und Curry und Tee. Sie aßen langsam, und mit jedem Bissen schien er wacher zu werden und zu Kräften zu kommen.

Nach dem Essen erklärte Tin Win, er wolle mit Mi Mi eine Wanderung machen und sie anschließend nach Hause bringen. Er fühle sich gut und ganz und gar nicht mehr müde. Su Kyi solle sich keine Sorgen machen, seine Beine würden ihn tragen, und er wäre bei Einbruch der Dunkelheit zurück. Versprochen.

Tin Win und Mi Mi liefen den holprigen Weg hinauf zur Kuppe und weiter über den Bergkamm. Er konzentrierte sich ganz aufs Gehen, wollte sehen, ob es ihm wieder gelänge, sich ihr anzuvertrauen, ob sie ihn auch heute wieder so geschickt um Hindernisse steuern würde.

»Erinnerst du dich an die vergangenen Tage?«, fragte Mi Mi, nachdem sie eine Weile geschwiegen hatten.

»Kaum«, sagte er. »Ich muss viel geschlafen haben. Ich wusste nie, ob ich wach lag oder ob ich träumte. Ich hörte nichts als Rauschen und ein dumpfes Gurren oder Gurgeln.«

»Was war mit dir?«

»Ich weiß es nicht. Ich war besessen.«

»Wovon?«

»Von der Angst.«

»Wovor hattest du Angst?«

»Dich zu verlieren. Als ich zu eurem Hof kam und niemand da war und die Nachbarn nicht wussten, wo ihr seid, bekam ich Angst. Ich versuchte mich zu beruhigen, aber die Furcht wurde mit jeder Minute schlimmer. Ich dachte, ich würde dich nie wiedersehen. Wo warst du?«

»Wir waren bei unseren Verwandten oben in den Bergen. Eine Tante ist gestorben, und wir mussten im Morgengrauen los.« Sie hielt ihren Mund ganz nah an sein Ohr. »Du musst keine Angst haben. Du kannst mich gar nicht mehr verlieren. Ich bin ein Teil von dir so wie du von mir.«

Tin Win wollte etwas antworten, da trat sein linker Fuß ins Leere. Das Loch in der Erde war mit Gras überwachsen, und Mi Mi hätte es vermutlich selbst dann nicht gesehen, wenn sie darauf geachtet hätte. Tin Win hatte das Gefühl, als würde er mitten im Schritt angehalten und würde sich fortan nur noch zeitverzögert weiterbewegen. Sein Fuß tastete nach dem Boden, und es schien eine Ewigkeit zu dauern, bis er ihn wieder berührte. Tin Win taumelte, verlor das Gleichgewicht und merkte, wie er stürzte, wie er seine Hände instinktiv nach vorn reißen und sein Gesicht schützen wollte, doch stattdessen Mi Mis Körper fester an sich zog. Er wusste nicht, wie tief er fallen, wann und wo er aufschlagen würde, ob er im Gras landen oder ein Stein oder ein Busch ihm das Gesicht verletzen würde. Der Sturz schien kein Ende zu nehmen, und die Ungewissheit, was ihn erwartete, war das Schlimmste. Er drehte den Kopf zur Seite und zog das Kinn an die Brust. Mi Mi klammerte sich fest an ihn. Sie

182

überschlugen sich fast kopfüber, Tin Win merkte, wie er Mi Mi unter sich begrub und sie dann seitwärts wie ein Baumstamm die Wiese hinunterrollten.

Er war gestürzt, aber er war auch aufgeschlagen. Die Tiefe war nicht endlos gewesen.

In einer Senke kamen sie zum Liegen. Mi Mi lag auf ihm. Erst jetzt bemerkte Tin Win, wie sehr sie sich aneinander festhielten. Er wollte nicht loslassen. Ihr Herz schlug schnell, er hörte es nicht nur, es klopfte auf seiner Brust. Auf ihm liegend fühlte Mi Mi sich ganz anders an. Sie war noch leichter als auf seinem Rücken, und er spürte nicht nur die Arme um seinen Hals. Ihre Brust lag auf seiner, ihr Bauch auf seinem Bauch, ihre Longys waren verrutscht und ihre nackten Beine ineinander verschlungen. In ihm wuchs ein Gefühl, das er nicht kannte, ein Verlangen nach mehr. Er wollte Mi Mi haben und sich ihr geben, er wollte eins sein mit ihr, ihr gehören. Tin Win erschrak über sein Begehren und drehte sich zur Seite.

»Hast du dir wehgetan?«, fragte sie.

»Nicht sonderlich. Du?«

»Nein.«

Mi Mi machte ihm das verdreckte Gesicht sauber. Sie strich über seine Stirn und entfernte die Erde von seinen Mundwinkeln. Für den Bruchteil einer Sekunde berührten sich ihre Lippen. Tin Win erschauderte.

»Kannst du weiterlaufen?«, fragte sie. »Ich glaube, es fängt gleich an zu regnen.«

Tin Win stand auf und nahm Mi Mi wieder auf seinen Rücken. Sie liefen das Feld hinunter. Schon bald hörten sie den Fluss rauschen. Es klang wild und voll, weil er durch den Regen der vergangenen Wochen mehr Wasser führte als sonst. Er hatte hier eine kleine Schlucht in die Erde gefressen; weiter unten gab es eine Brücke, die aber von hier aus schwer zu erreichen war. Tin Win versuchte, mit Hilfe des tosenden Wassers unter ihnen die Tiefe zu schätzen. Es mussten ungefähr drei Meter sein. »Wie breit ist er hier?«, fragte er.

»Zwei, vielleicht etwas mehr.«

»Wie kommen wir hinüber?«

Mi Mi reckte sich und schaute umher. »Da drüben liegt ein Baumstamm quer über den Fluss.« Sie dirigierte Tin Win an einem kleinen Felsen vorbei zu dem Stamm. Es war eine Pinie, schmaler, als Mi Mi gedacht hatte, und nicht umfangreicher als ihre Oberschenkel. Der Baum war entrindet, und jemand hatte die Äste dicht am Stamm abgeschlagen. Mi Mi zögerte.

»Was ist?«, fragte er.

»Es ist tief«, sagte sie.

»Nur wenn du hinschaust. Für mich nicht.«

Er tastete sich vor bis zum Stamm und setzte einen Fuß darauf. Seine Sohle wölbte sich um das Holz. Mi Mi wollte ihn mit den Schultern lenken, aber er schüttelte den Kopf. »Vertrau meinen Füßen.«

Er hatte sich ein wenig seitwärts gewandt und setzte einen Fuß vor den anderen. Er machte keine richtigen Schritte, sondern schob jeweils einen Fuß ein paar Zentimeter vor, glitt mit den Zehen über das Holz, streichelte es, bis es ihm vertraut war und er sich sicher fühlte, verlagerte dann das Gewicht und zog den anderen Fuß nach. Er hörte Mi Mis Herz. Es trommelte. Gleichzeitig vernahm er jetzt das Rauschen des Wassers noch lauter und klarer, sie mussten direkt über dem Fluss sein. Das Holz bog sich unter ihrem Gewicht, knackte bedrohlich.

Tin Win ging langsam, wankte aber nicht. Nicht ein Mal. Ihr wurde schwindlig, und sie machte die Augen zu. Er hatte Recht, mit geschlossenen Augen war es einfacher; sie musste nur vergessen, wo sie war.

Tin Win schlich weiter vorwärts, bis der Fluss sich wieder einen Deut leiser anhörte. Sie hatten die andere Seite erreicht. Mi Mi wippte vor Erleichterung auf seinem Rücken und küsste ihn auf die Wangen und den Hals. Seine Knie knickten vor Aufregung ein, er stolperte und gewann nur mit Mühe sein Gleichgewicht wieder. Nach ein paar Schritten hörten sie einen gewaltigen Donner, er kam von ziemlich nah. Tin Win erschrak, Gewitter waren ihm noch immer nicht geheuer.

»Etwas weiter unten im Tal steht eine Hütte«, rief Mi Mi. »Vielleicht schaffen wir es bis dahin, ehe es richtig losgeht. Lauf einfach am Fluss entlang.«

Tin Win ging, so schnell er konnte. Wenn er zu nah an den Fluss kam oder sich zu sehr vom Ufer entfernte, zog sie ihn an der jeweiligen Schulter. Dann fing es an zu regnen. Das Wasser war angenehm warm, es rann über ihre Gesichter, tropfte von den Nasen und lief Nacken und Bäuche hinunter. Mi Mi hatte sich an ihn geschmiegt. Zum ersten Mal spürte er ihre Brüste. Sie waren weich und hatten zwei harte Spitzen, die er auf seinem feuchten Rücken auf und ab gleiten fühlte.

Die Hütte war ein fensterloser Unterstand aus Holzbalken und Brettern, nicht größer als zwei oder drei Schlafmatten, und der Boden war mit mehreren Schichten trockenem Gras ausgelegt. Der Regen hämmerte auf das Blechdach, als würden tausend Fäuste darauf trommeln, er fiel so dicht, dass Mi Mi kaum den nur wenige Meter entfernten Fluss sehen konnte. Das Gewitter tobte jetzt genau über ihnen, und Tin Win zuckte bei jedem Blitz zusammen; aber zum ersten Mal während eines Unwetters war ihm nicht unheimlich. Es donnerte so laut, dass Mi Mi sich die Ohren zuhielt. Tin Win erschrak, hatte aber keine Angst.

In der Hütte war es noch heißer und feuchter als draußen. Ihre Körper waren nass und warm, und das Regenwasser mischte sich auf der Haut allmählich mit Schweiß.

Mi Mi hatte sich auf dem Gras ausgestreckt. Tin Win lag nicht wie sonst in ihrem Schoß, sondern hatte sich hingehockt, die Beine verschränkt und ihren Kopf zwischen seine Schenkel genommen. Seine Hände fuhren durch ihr Haar, sie glitten über ihre Stirn, fühlten die Augenbrauen, die Nase und den Mund, streichelten die Wangen und den zarten Hals.

Mi Mi spürte seine Fingerspitzen. Sie streichelten sie nicht nur, sie elektrisierten sie, und mit jeder Bewegung fing ihr Herz stärker an zu flattern. Er beugte sich hinab, küsste ihre Stirn, die Nase. Seine Zunge lief über ihren Hals und ihre Ohren. Mi Mi konnte kaum glauben, wie sehr sie ihren Körper genoss, jede Stelle, die Tin Win berührte. Seine Hände glitten über ihr Gesicht, die Schläfen, den Nasenrücken. Sie zeichneten ihre Lippen nach, strichen ihr über die Augen und den Mund. Sie öffnete ihn ein wenig, und es war, als wenn er sie noch nie berührt hätte.

Er bettete ihren Kopf auf ein Büschel Gras und zog sein Hemd aus. Mi Mi schloss die Augen und atmete tief ein und aus.

Er streichelte ihre Füße. Seine Finger ertasteten ihre Zehen, glitten über die Nägel und die kleinen Knochen, auf denen sich die Haut spannte, über die Fesseln. Die Waden hoch bis zum Longy – und wieder zurück. Einmal. Zweimal. Mi Mis ganzer Körper begann zu zittern. Sie hob ihre Hüfte und schob ihr Hemd ein wenig nach oben, nahm seine Hand und legte sie auf ihren nackten Bauch. Sein Herz klopfte, nicht schnell, aber laut und kräftig.

Er fühlte ihren Atem unruhiger werden. Er suchte ihren Nabel. Seine Finger glitten über ihren Körper, berührten ihn kaum. Zwischen seinen Fingerspitzen und ihrer Haut entstand eine Spannung, die aufregender war als jede Berührung. Er tastete sich vor, langsam immer tiefer unter den Longy, bis er den Ansatz ihrer Schamhaare fühlte. Er kniete sich hin, sie sah, wie sich sein Longy um die Hüfte zu einem kleinen Zelt spannte und erschrak. Nicht über den Anblick, nicht über seine Finger, sondern über ihre Lust, über ihren Atem und ihr Herz, das immer schneller und heftiger schlug. Vorsichtig zog er die Hand zurück. Sie wollte mehr und hielt ihn fest, aber er legte seinen Kopf auf ihre

Brust und bewegte sich nicht. Er wartete. Es dauerte lange, bis sich ihr Herzschlag beruhigte.

Es war ein Laut, an den er sich nicht gewöhnen konnte, und er verspürte vor jedem Pochen eine Ehrfurcht und einen Respekt, dass ihm schauderte. Da schlug es, nur Zentimeter von seinem Ohr entfernt. Ihm war, als könne er durch einen Spalt in den Schoß der Welt spähen. Ihr Herzschlag. Unheimlich. Betörend schön.

Der Gesang des Lebens. Und des Todes. Der Gesang der Liebe.

15

Der Wind hatte aufgefrischt. Er kräuselte das Wasser, und Mi Mi hörte winzige Wellen an die Steine zu ihren Füßen schwappen. Sie hockte am Ufer des kleinen Sees und beobachtete Tin Win. Er war kein schlechter Schwimmer. Er hatte einen ganz eigenen Stil entwickelt, lag seitwärts im Wasser und schob immer eine Hand vor seinen Körper, so dass er Hindernisse fühlen konnte. Er war vorsichtig und blieb am liebsten in der Nähe des Ufers, wo die Füße noch auf den Grund reichten. Aber er hatte Ausdauer, und er konnte sehr gut tauchen. Mi Mi liebte das Wasser. Schon als kleines Mädchen hatten ihre Brüder sie mitgenommen zu den vier Seen, etwa eine Stunde Fußmarsch von Kalaw entfernt. Sie hatten sie abwechselnd getragen und ihr früh Schwimmen beigebracht. Diese Ausflüge gehörten zu Mi Mis schönsten Erinnerungen. Im Wasser konnte sie sich mit ihren Brüdern messen und mit anderen Kindern toben. Sie war schnell und gewandt, die beste Taucherin von allen. Im Wasser spielten Füße keine Rolle.

Sie hatte Tin Win im Sommer des vergangenen Jahres zu den Seen geführt, und es gab kaum einen Ort, an den sie sich lieber zurückzogen. Sie gingen immer zum kleinsten der vier Teiche, der etwas abseits und hinter einer kleinen Pinienschonung versteckt lag, angeblich die meisten Wasserschlangen beherbergte und deshalb von den anderen Kindern und Jugendlichen gemieden wurde. Zweimal hatte sie eine Schlange beobachten können. Als sie Tin Win fragte, ob er Angst vor ihnen habe, lachte er und meinte, er hätte noch nie eine gesehen.

Tin Win war in die Mitte des Sees geschwommen, dort ragte ein Stein aus dem Wasser, auf dem man sitzen konnte. Er kletterte hinauf und ließ sich vom Wind und der Sonne trocknen. Mi Mi spürte, wie sie Sehnsucht bekam. Fast vier Jahre waren vergangen, seit sie Tin Win im Kloster begegnet war, und es gab, von den ersten Wochen abgesehen, keinen Tag, an dem sie sich nicht gesehen hätten. Sie wartete nach der Schule auf ihn, oder er kam nach dem Unterricht auf den Markt, und an den Wochenenden holte er sie schon morgens zu Hause ab. Ihr seid ja unzertrennlich, hatte ihre Mutter einmal halb im Scherz gesagt. Unzertrennlich. Mi Mi hatte, wie es ihre Art war, lange über das Wort nachgedacht. Sie hatte es im Kopf hin und her gewendet, um zu sehen, ob der Klang ihr gefiel, ob es passte, und nach ein paar Tagen kam sie zu dem Schluss, dass es keine bessere Beschreibung gebe. Sie waren unzertrennlich. Sie bekam Herzklopfen, sobald sie ihn sah, und ihr fehlte etwas, wenn Tin Win nicht bei ihr war. Als wäre die Welt nur in seinem Beisein rund. Sie spürte seine Abwesenheit am ganzen Körper. Der Kopf tat ihr weh. Die Beine und Arme waren schwer und lahm. Es zog im Bauch und in der Brust. Selbst das Atmen war mühsamer ohne ihn. Die Beschwerden verschwanden erst, wenn sie auf seinem Rücken saß, ihre Hände um seinen Hals legte und seine Schultern spürte. Es gab keinen Ort, an dem sie sich sicherer und wohler fühlte.

Mi Mi musste an jenen Nachmittag denken, als über ihnen das Gewitter getobt und sie in der Hütte Schutz gefunden hatten. Damals hatte er sie zum ersten Mal wirklich berührt, und mit dieser Berührung war eine Lust in ihr erwacht, die manchmal stärker war als alle anderen Gefühle zusammen. Sie war sich nicht sicher, ob alles, was sie in solchen Momenten empfand, in ihr schlummerte und Tin Win es nur zum Leben erweckte, oder ob es von irgendwo anders herkam. Verzauberte er sie? Was küsste er wach, wenn seine Lippen ihre Haut berührten? Wenn seine Finger über ihren Hals, ihre Brüste, ihren Bauch und ihre Schenkel strichen, hatte sie das Gefühl, er schenke ihr ihren Körper jedes Mal aufs Neue. Tin Win reagierte auf ihre Hände, auf ihre Lippen nicht anders. Sie konnte seinen Körper aufwühlen, ihn liebkosen und streicheln, bis er hemmungslos zuckte und sich aufbäumte vor Lust. In Augenblicken wie diesen fühlte sie sich so lebendig, dass sie nicht wusste, wohin mit ihrem Glück. Der Wind schien sie zu tragen, und sie war leicht und schwerelos, wie sonst nur im Wasser. Sie spürte eine Kraft, von der sie nicht geahnt hatte, dass sie in ihr steckt. Und die nur Tin Win wecken konnte.

Er hatte sie gelehrt zu vertrauen, ihr die Möglichkeit gegeben schwach zu sein, ihm musste sie nichts beweisen. Er war der Erste und Einzige, dem sie erzählte, wie erniedrigend sie es gefunden hatte, auf allen Vieren zu kriechen. Dass sie manchmal davon träumte, auf zwei gesunden Füßen durch Kalaw zu laufen und in die Luft zu hüpfen, so hoch sie konnte. Einfach so. Er versuchte nicht, sie zu trösten in solchen Momenten. Er nahm sie in die Arme, sagte nichts. Mi Mi wusste, dass er verstand, was sie meinte und wie sie sich fühlte. Je häufiger sie darüber sprachen, desto seltener wurde der Wunsch, auf eigenen Füßen zu laufen. Und sie glaubte ihm, wenn er sagte, es gäbe auf der ganzen Welt keinen schöneren Körper als ihren.

Es gab keinen Schritt, den sie mit ihm nicht wagen würde.

Mi Mi schaute ihn an, und obwohl er kaum mehr als fünfzehn Meter weit weg saß, konnte sie die Entfernung nicht ertragen. Sie zog ihr Hemd und ihren Longy aus, glitt ins Wasser und machte ein paar kräftige Schwimmzüge. Die Sonne hatte den See aufgeheizt, aber das Wasser war noch kühl genug, um zu erfrischen. Es prickelte auf ihrer nackten Haut. Wenn sie sich zwischen seine Beine setzen und sich an ihn lehnen würde, hätten sie beide Platz auf dem Stein. Sie schwamm zu ihm hinüber. Er streckte eine Hand aus und half ihr aus dem Wasser. Sie lehnte sich an ihn, er legte seine Arme um ihren Bauch und hielt sie fest. Mi Mi schloss die Augen.

»Ich habe es nicht ausgehalten ohne dich«, flüsterte sie.

»Ich bin doch da.«

»Ich wollte dich spüren. Außerdem war ich traurig.«

»Worüber?«

»Dass du so weit weg warst, dass ich dich nicht berühren konnte«, antwortete sie, erstaunt über ihre eigenen Worte. »Über jede Stunde, die wir nicht zusammen verbringen. Jeden Weg, den ich ohne dich zurücklegen muss. Über jeden Schritt, den du machst und ich nicht auf deinem Rücken sitzen kann. Jede Nacht, die wir nicht nebeneinander einschlafen und jeden Morgen, den wir nicht nebeneinander aufwachen.«

Sie drehte sich um und kniete vor ihm. Sie nahm seinen Kopf in ihre Hände, und er konnte hören, dass Tränen über ihre Wangen liefen. Sie küsste ihn auf die Stirn und auf die Augen. Sie küsste ihn auf den Mund und den Nacken. Ihre Lippen waren weich und feucht, ihre Küsse bedeckten seine Haut. Er zog sie zu sich heran, und sie schlang ihre Beine um seine Hüfte. Er hielt sie fest, ganz fest. Als könnte sie sonst davonfliegen.

16

Das Pochen erinnerte ihn an das gleichmäßige Tropfen einer Regenrinne. Plopp... Plopp... Plopp... Plopp... In den vergangenen Tagen waren die Abstände immer größer geworden. Es war eine Quelle, die langsam versiegte.

Tin Win hatte es kommen hören. Schon seit Wochen. U Mays Herz hatte in seinen Ohren seit jeher müde und erschöpft geklungen, aber in letzter Zeit waren die Schläge noch matter als sonst gewesen. Seit zwei Wochen schon unterrichtete ein junger Mönch die Schüler allein, U May lag auf seinem Bett, zu schwach, sich zu erheben. Er aß nichts und trank auch trotz der tropischen Temperaturen kaum etwas.

Mi Mi und Tin Win hatten die letzten Tage und Nächte an seinem Bett verbracht. Tin Win hatte ihm vorgelesen, bis seine Fingerspitzen fast wund waren vom Ertasten der Seiten. Mi Mi hatte sich erboten, für ihn zu singen, doch U May hatte abgelehnt. Er wisse um die magische Kraft in ihrer Stimme, und er wolle nichts unternehmen, was sein Leben künstlich verlängern würde, hatte er gesagt und den Mund zu einem kurzen Lächeln verzogen.

Jetzt gönnten sie sich eine Pause, saßen in einem Teehaus auf der Hauptstraße und tranken frischen Zuckerrohrsaft. Es war heiß, Kalaw lag seit zwei Wochen unter einer Hitzeglocke, und es gab keine Anzeichen für eine Linderung. Die Luft stand still. Sie schwiegen. Selbst die Fliegen leiden unter der Hitze, dachte Tin Win. Ihr Summen klang träge und viel behäbiger als sonst. Neben ihnen hockten Händler und Marktfrauen, und alle klagten sie unaufhörlich über das Wetter. Für Tin Win war das unbegreiflich. U May lag im Sterben, keine zweihundert Meter entfernt, und die Menschen tranken einfach ihren Tee. Gingen ihren Geschäften nach. Redeten über so Banales wie das Wetter.

Er hörte den Mönch schon von weitem kommen und erkannte ihn auch sofort an seinem ungleichmäßigen Gang. Es war Zhaw, dessen linkes Bein ein winziges Stück kürzer war als das rechte, und der deshalb hinkte, wenn auch nicht sichtbar. Bis auf Tin Win war das noch nie jemandem aufgefallen. Zhaw hatte schlechte Nachrichten, Tin Win hörte es an seinem wimmernden Herzschlag. Der klang fast so elend wie der des verletzten Kalbs, das Mi Mi vor kurzem gefunden hatte und das in ihren Händen gestorben war.

»U May hat das Bewusstsein verloren«, rief Zhaw völlig außer Atem.

Tin Win stand auf, kniete sich vor Mi Mi, die kletterte auf seinen Rücken, und sie liefen los. Er rannte so schnell er konnte die Hauptstraße hinunter, Mi Mi lenkte ihn zwischen den Passanten hindurch und an einem Ochsenkarren vorbei, sie bogen in den Weg, der zum Kloster führte, eilten über den Hof die Treppe hinauf.

Alle Mönche und viele Dorfbewohner hatten sich um U May geschart; sie saßen auf dem Boden und füllten die große Meditationshalle fast zur Hälfte aus. Als sie Tin Win und Mi Mi sahen, bildeten sie eine schmale Gasse, die zu U Mays Bett führte. Mi Mi erschrak bei seinem Anblick. Sein Gesicht war in der vergangenen Stunde noch stärker eingefallen. Seine Augen lagen so tief, als wollten sie ganz im Schädel versinken. Die Nase stach heraus, die Lippen waren fast völlig verschwunden. Über den Wangenknochen spannte sich die Haut, so blass und leblos wie ein Stück Leder. Die Hände lagen gefaltet auf seinem Bauch.

Sie hockten sich neben das Bett. Mi Mi blieb hinter Tin Win sitzen und legte ihre Arme um seine Brust.

Tin Win wusste, dass es nicht mehr lange dauern würde. Das Herz klang kaum lauter als der Flügelschlag eines Schmetterlings. Wie hatte er diesen Augenblick gefürchtet. Ein Leben ohne U May hatte er sich lange Zeit nicht vorstellen können.

Ohne seine Stimme. Ohne seinen Rat. Ohne seine Ermun-
terung. Er war der erste Mensch gewesen, dem er sich hatte öffnen können, so weit es damals in seinen Möglichkeiten lag. Und
U May hatte versucht, ihm die Angst zu nehmen. »In jedem Leben liegt die Saat des Todes«, hatte er ihm in den ersten Jahren
ihrer Freundschaft wieder und wieder erklärt. Dass der Tod zum
Leben gehöre wie die Geburt, dass niemand ihm entkommen
könne und es deshalb auch sinnlos sei, sich dagegen zu wehren.
Je früher man ihn als natürlichen Teil des Lebens akzeptiere, anstatt ihn zu fürchten, umso besser.

Tin Win hatte die Logik des Arguments eingesehen, aber es
hatte ihn nicht wirklich erreicht. Die Angst war geblieben. Die
Angst vor U Mays Tod, aber auch vor seinem eigenen. Dabei
hätte er nicht einmal sagen können, dass er am Leben hing oder
es als besonders lebenswert ansah. Und dennoch war da eine
Angst gewesen, die zuweilen an Panik grenzte. Sie hatte etwas
Animalisches, und er musste zuweilen an das Ferkel denken, das
sein Vater in seinem Beisein geschlachtet hatte. Nie würde er
diesen Anblick vergessen. Die weit aufgerissenen Augen. Das ent-
setzliche Quieken, das panische Strampeln, das Zucken des ganzen Körpers. Vermutlich ist Todesangst ein Überlebensinstinkt,
dachte Tin Win später, vermutlich gehört sie zu uns, zu jeder
Kreatur. Gleichzeitig müssen wir sie überwinden, um in Frieden
Abschied nehmen zu können. Er fand dies einen unlösbaren Wi-
derspruch. Nicht ein Mal hatte er in den vergangenen zwei Jahren über das Sterben nachgedacht, und nun, da er im Angesicht
des nahen Todes von U May dazu gezwungen war, entdeckte er
in sich eine unerwartete Gelassenheit. Zum ersten Mal hatte er
etwas zu verlieren, und dennoch fürchtete er sich nicht mehr davor. Zu gern hätte er U May nach einer Erklärung gefragt, aber
es war zu spät. Plötzlich bewegte U May die Lippen.

»Tin Win, Mi Mi, seid ihr da?« Er sprach nicht, er hauchte die
Worte.

»Ja«, sagte Tin Win.

»Erinnerst du dich, wie ich sterben wollte?«

»Ohne Angst und mit einem Lächeln auf den Lippen«, antwortete Tin Win.

»Angst habe ich nicht«, flüsterte U May. »Mi Mi wird dir verraten, ob mir auch das Lächeln gelingt.«

Tin Win nahm U Mays Hand und bat ihn, nicht mehr zu sprechen. »Schone dich.«

»Wofür?«

Es klang wie sein letztes Wort. Tin Win hoffte, er würde noch etwas sagen. Kein Leben sollte mit einer Frage enden. Wofür?

Das klang nach vergeblicher Anstrengung. Nach Zweifeln. Nach etwas Unerfülltem. Tin Win zählte die Sekunden zwischen den Herzschlägen. Es dauerte jeweils mehrere Atemzüge, bis es wieder pochte.

Noch einmal öffnete U May den Mund. Tin Win beugte sich vor.

»Die Liebe«, sagte der Alte. »Die Liebe.« Mehr nicht.

Tin Win war überzeugt, dass er dabei lächelte.

Dann wurde es still. Tin Win wartete. Stille. Eine maßlose, alles verschlingende, jedes Geräusch übertönende Stille.

Er hörte Mi Mis Herz und dann sein eigenes, und mit jedem Schlag glich sich ihr Takt mehr an, kamen sie sich näher, und für einige Sekunden, die ihm wie eine lange Zeit erschienen, hörte er nur ein Herz schlagen.

17

Es gab Augenblicke in ihrem Leben, magische Momente nannte Yadana sie, die würde sie bis zum Tage ihres Todes nicht
vergessen. Dazu gehörte die Sekunde, in der sie Tin Win zum
ersten Mal sah. Noch Jahre später hatte sie diese Begegnung
deutlich vor Augen. Sie saß auf der Veranda ihres Hauses und
war dabei, aus getrocknetem Gras einen Korb zu flechten. Es war
später Nachmittag, sie konnte bereits das Feuer der Nachbarn
riechen und hören, wie sie mit ihren Töpfen und dem Blech-
geschirr klapperten. Sie war allein, ihr Mann und die Söhne waren noch auf dem Feld. Plötzlich stand Tin Win im Hof. Auf
dem Rücken trug er Mi Mi. Bis heute hätte sie nicht sagen können, was sie damals so berührt hatte. War es Tin Wins junges Gesicht, in dem, obschon er Probleme mit seinen Augen zu haben
schien, eine Ausstrahlung lag, wie sie sie selten bei Erwachsenen
gesehen hatte? Oder sein Lachen, nachdem ihm Mi Mi etwas
ins Ohr geflüstert hatte? Die Art, wie er behutsam die Verandatreppe hinaufstieg, sich von Stufe zu Stufe vorantastete, sich hin-
hockte und Mi Mi von seinem Rücken gleiten ließ? Oder einfach das Gesicht ihrer Tochter, das vor Glück zu glühen schien,
ihre Augen, die sie so freudig anstrahlten und leuchteten, wie
zwei Sterne in der Nacht. Sie hatte sofort gewusst, dass dieser
Junge der Grund dafür war.

Seit diesem Tag hatte Tin Win Mi Mi Abend für Abend
nach Hause gebracht. Zunächst war er ausgesprochen still gewesen, hatte Mi Mi abgesetzt und sich kurz darauf sehr höflich ver-
abschiedet. Doch nach einigen Wochen fing er an, Mi Mi beim
Kochen zu helfen und zum Abendessen zu bleiben.

Yadana hatte bald begonnen, ihn »meinen jüngsten Sohn«
zu nennen. Je länger sie ihn kannte, desto mehr mochte sie ihn.
Seinen Takt, die Fürsorge und Zärtlichkeit, mit der er Mi Mi be-

handelte. Seinen Humor und seine Bescheidenheit. Sein Ein-
fühlungsvermögen. Oft schien er zu wissen, wie es Yadana und
ihrer Familie ging, ehe sie auch nur ein Wort gewechselt hatten.
Sie hatte auch nicht das Gefühl, dass er sich vom Verlust seiner Augen sonderlich behindern ließ, schon gar nicht, wenn Mi
Mi auf seinem Rücken saß. Manchmal, wenn sie die beiden den
Berg hinauflaufen sah, rührte der Anblick sie so sehr, dass ihr die
Tränen kamen. Tin Win ging, trotz seiner Last, aufrecht und mit
wippendem Schritt, fast federnd, und sie konnte sich des Gefühls
nicht erwehren, dass seine Schritte ohne diese Last unsicherer
und schwerer wären. Er schleppte Mi Mi nicht, er trug sie wie
ein Geschenk, glücklich und stolz. Sie saß auf seinem Rücken,
sang oder flüsterte ihm etwas ins Ohr, und oft erkannte sie die
beiden schon an ihrem Lachen, bevor sie sie sah. Als würden ge-
sunde Augen und Füße im Leben keine Rolle spielen.

Ihr Mann hatte die beiden nach einigen Monaten »Bruder und
Schwester« getauft, und so nannte er sie noch heute, fast vier
Jahre später. Yadana fragte sich manchmal, ob er einfach nach-
lässig war in seiner Wortwahl oder ob er wirklich nicht bemerkte, was da vor seinen Augen geschah; und je länger sie darüber nachdachte, desto sicherer war sie, dass er meinte, was er
sagte, und dass ihm, wie wohl den meisten Männern, der Sinn
für gewisse Dinge fehlte, ein Gespür, das ihm geholfen hätte,
mehr zu sehen, als für die Augen erkennbar war.

Mi Mi und Tin Win waren schon lange nicht mehr Bruder
und Schwester. Mi Mi war zur Frau geworden, ihr Körper hatte
Formen bekommen. Die Freude, die sie ausstrahlte, hatte nichts
Kindliches mehr. Es waren das Glück und die Leidenschaft eines
Menschen, der begehrt und geliebt wird. Tin Win war noch immer sehr still, höflich und voller Respekt, aber aus seiner Stimme, aus seinen Gesten und Bewegungen sprachen nun nicht
mehr nur Fürsorge und Zärtlichkeit; dazu hatten sich Leiden-

schaft und Begehren gemischt. Zwischen ihnen herrschte eine Nähe, auf die Yadana fast ein wenig neidisch war. Sie selbst hatte dergleichen mit ihrem Mann nie erlebt, und wenn sie ehrlich war, kannte sie auch sonst keine zwei Menschen, die so vertraut miteinander waren.

Yadana überlegte, ob es jetzt, da sie beide achtzehn Jahre alt waren, an der Zeit sei, über eine Heirat zu sprechen. Aber da Tin Win offenbar eine Waise war, war ihr nicht klar, an wen sie sich wenden sollte, und immer wenn sie mit ihrem Mann reden wollte, erzählte er wieder von »Bruder und Schwester«. Vielleicht, dachte sie, sollten sie einfach warten, bis Mi Mi oder Tin Win sie fragen würden. Auf ein paar Monate oder auch ein Jahr würde es nicht ankommen. Sie war überzeugt, dass sie sich weder um ihre Tochter noch um Tin Win Sorgen machen musste. Sie hatten ein Geheimnis des Lebens entdeckt, das Yadana verborgen geblieben war, auch wenn sie immer geahnt hatte, dass es existiert.

18

Es war kurz nach Einbruch der Dunkelheit, als Tin Win nach Hause kam. Er hatte den Nachmittag mit Mi Mi am See verbracht und fühlte sich wohlig erschöpft vom Schwimmen und dem langen Marsch. Es war ein milder Abend nach einem heißen Tag, die Luft war trocken und noch angenehm warm, im nahe gelegenen Tümpel quakten die Frösche so laut, dass sie alle anderen Geräusche übertönten. Sicher wartete Su Kyi bereits mit dem Abendessen auf ihn. Er öffnete die Gartenpforte und hörte plötzlich zwei unbekannte Stimmen. Männer, die sich mit Su Kyi unterhielten. Sie saßen am Feuer vor dem Haus. Er hörte, dass Su Kyi aufstand und ihm entgegenkam. Sie nahm ihn bei der Hand und führte ihn zu den beiden Fremden. Die Männer machten es kurz. Sie hätten den ganzen Nachmittag auf Tin Win gewartet. Su Kyi sei ausgesprochen gastfreundlich gewesen und habe sie mit Tee und Nüssen bewirtet. Jetzt seien sie müde von der langen Reise und wollten in ihr Hotel. Zumal ihnen morgen eine weitere anstrengende Fahrt bevorstehe. Sie kämen aus Rangun, sein Onkel, der ehrwürdige U Saw, schicke sie mit dem Auftrag, ihn, Tin Win, auf dem schnellsten Weg in die Hauptstadt zu bringen. Alles Weitere werde er von seinem Onkel persönlich erfahren. Man werde morgen früh mit der Bahn nach Thazi reisen, dort nach ein paar Stunden Aufenthalt in den Nachtexpress aus Mandalay steigen und am Morgen danach Rangun erreichen. Die Fahrkarten seien bereits gekauft, Plätze reserviert. Der erste Zug verlasse Kalaw um sieben Uhr, sie würden ihn abholen, er möge bitte ab sechs Uhr auf sie warten. Reisefertig.

Tin Win verstand nicht gleich, was sie sagten. Er hatte, wie er es zunächst bei Unbekannten immer tat, auf ihre Herzen und Stimmen gehört, nicht auf die Worte, die sie sprachen. Der Herzschlag hatte ihm nicht viel verraten. Er klang seltsam ausdruckslos. Was immer sie in Kalaw machten und ihm gerade erzählten, es berührte sie nicht.

Erst Su Kyis tiefer Seufzer ließ ihn aufhorchen. Und ihr Herz. Es schlug unangemessen schnell. Als sei sie zutiefst erschrocken oder habe gerade einen Berg erklommen. Tin Win hatte mit Mi Mis Hilfe gelernt, dass nicht nur körperliche Anstrengung ein Herz heftig zum Pochen bringen kann. Menschen konnten untätig auf dem Boden hocken, äußerlich vollkommen ruhig erscheinen und dabei gleichzeitig ein Herz in ihrer Brust haben, das raste wie ein Tier, das durch den Wald hetzt. Aus eigener Erfahrung wusste er, dass Phantasien und Träume viele Menschen oft mehr verängstigen und bedrohen als die Wirklichkeit, dass der Kopf das Herz schlimmer belasten kann als selbst die schwerste Plackerei.

Worüber sorgte sich Su Kyi? Die Männer waren gegangen, und sie wiederholte Satz für Satz, was die beiden gesagt hatten, und ganz allmählich erreichten ihn ihre Worte. Mit dem Zug. In die Hauptstadt. Allein.

»Warum? Was will mein Onkel von mir?«, fragte Tin Win, nachdem er endlich begriffen hatte, was Su Kyi ihm erzählte.

»Ich weiß es nicht«, antwortete sie. »Im Dorf sagt man, er sei sehr vermögend und habe gute und einflussreiche Freunde unter den Engländern. Angeblich sogar bis hinauf zum Gouverneur. Ich bin sicher, er kann dir helfen.«

»Ich brauche keine Hilfe.« Tin Win lachte bei dem Gedanken, jemand könnte ihm aus Mitleid Hilfe anbieten. »Ich vermisse nichts. Mir kann es gar nicht besser gehen.«

»Vielleicht hat er von deinem Augenleiden erfahren und möchte, dass dich ein britischer Arzt untersucht. Auf jeden Fall müssen wir nun schauen, was du mitnehmen kannst.« Sie wandte sich ab und wollte ins Haus gehen.

»Su Kyi, was denkst du wirklich?« Tin Win wusste, dass sie ihm nicht die Wahrheit sagte. Ihr Herzschlag passte nicht zu ihren Worten, die ihn beruhigen sollten.

»Ach, es ist nur … Ich werde dich vermissen. Aber was rede ich da, ich altes, selbstsüchtiges Weib. Wer hat schon das Privileg, einmal in die Hauptstadt reisen zu dürfen? Mein Leben lang träume ich davon, es einmal bis nach Taunggyi zu schaffen. So eine Reise ist etwas ganz Besonderes, und du wirst viel erleben und lernen. Ich sollte mich freuen für dich.«

»Su Kyi!« Seine Stimme klang mahnend. Er hörte genau, dass sie ihm nicht sagte, was sie wirklich dachte.

»Und außerdem wirst du ja spätestens in ein paar Wochen wieder zurück sein«, fuhr sie fort, als hätte sie ihn gar nicht gehört.

Tin Win erschrak bei diesem Satz. Bis jetzt war die Idee des Reisens etwas Abstraktes gewesen. Er war noch nie verreist und hatte keine Vorstellung, was das wirklich bedeutete. Er würde Kalaw verlassen müssen. Er würde an einem neuen, ihm fremden und also unheimlichen Ort ankommen, und er wusste nicht, was ihn dort erwartete. Er würde sich trennen müssen von Su Kyi, vom Kloster und den Mönchen, vom Haus, von den vertrauten Geräuschen und Gerüchen. Von Mi Mi.

Das war so unvorstellbar, dass er bis zu diesem Augenblick daran nicht gedacht hatte. Sie war ein so selbstverständlicher Teil seines Lebens, ein Teil von ihm, dass es ihm nicht in den Sinn gekommen war, sich jemals und auch nur für einen Tag wieder von ihr trennen zu müssen. Nun sollte er in ein paar Stunden fort und wusste nicht einmal, wann er zurückkehren durfte. In wenigen Wochen oder ein paar Monaten? Ob überhaupt? Er spürte, wie die Dämonen und Gespenster in ihm wach wurden. »Ich muss zu Mi Mi«, sagte er und drehte sich um.

Tin Win nahm den holprigen Pfad über den Bergkamm. Er kannte jeden Stein, jede Kuhle auf dem Weg und ging schneller, fing an zu laufen. Zunächst noch etwas vorsichtig, dann in immer größeren Sätzen, bis er rannte, so schnell er konnte. Es gab eine Kraft in ihm, die ihn vorwärts trieb, die keine Angst vor einem Sturz kannte und ihn jede Vorsicht vergessen ließ. Er raste an dem Tümpel vorbei und bog am Bambushain ab, er flog die Wiese hinunter und auf der anderen Seite wieder hinauf. Er rannte, ohne zu stolpern, und spürte kaum noch die Erde unter seinen Füßen. War es die Erinnerung, sein Instinkt oder die Sehnsucht, die ihn so sicher zu Mi Mis Haus leitete?

Auf den letzten Metern ging er wieder langsamer und verschnaufte für einen Augenblick hinter der Hecke aus Hibiskusbüschen, die das Haus vom Weg abgrenzte. Er trat in den Hof, der Hund kam ihm entgegen und sprang an ihm hoch. Tin Win streichelte und beruhigte ihn. Er hörte das Schwein unter der Veranda schnarchen. Im Haus war alles ruhig. Langsam stieg er die Treppe hinauf. Die Tür war nicht verschlossen, sie knarrte beim Öffnen. An ihrem Herzschlag konnte er hören, wo Mi Mi schlief, und vorsichtig tastete er sich durch den Raum zu ihrer Matte. Fast wäre er über einen Blechtopf gefallen, der mitten im Zimmer stand. Er kniete sich neben sie und legte eine Hand auf ihr Gesicht.

Sie erwachte und erkannte ihn sofort. »Tin Win, was machst du hier?«

»Ich muss dir etwas erzählen, komm mit«, flüsterte er. Tin Win schob einen Arm unter ihren Hals, den anderen unter ihre Knie und hob sie hoch, ihre Gesichter berührten sich fast. In seinen Armen hatte er sie noch nie getragen. Sie gingen zur Treppe, stiegen die Stufen hinunter und liefen über den Hof.

Sie streichelte sein Gesicht und den Hals. »Du schwitzt.«

»Ich bin den ganzen Weg gerannt. Ich musste dich sehen.«

»Wo wollen wir hin?«, fragte sie.

»Ich weiß nicht. Wo wir niemanden wecken und allein sein können.«

Mi Mi überlegte. Ein paar Häuser entfernt begannen die Felder, und auf einem stand eine Regenhütte. Sie wies ihm den Weg, und ein paar Minuten später waren sie beim Unterstand und krochen hinein. Die Wände waren aus geflochtenem Gras, und Mi Mi konnte durch die Löcher im Dach den Himmel sehen. Er war klar und voller Sterne. Es war eine ungewöhnlich warme Nacht, und Mi Mi merkte, dass ihr Herz vor Erwartung schneller schlug. Sie nahm seine Hand und legte sie auf ihren nackten Bauch.

»Mi Mi, ich fahre morgen früh nach Rangun. Mein Onkel, der dort lebt, hat zwei Männer geschickt, die mich abholen und begleiten.«

Nie sollte sie diesen Satz vergessen, noch Jahrzehnte später würde er ihr in den Ohren klingen, würde sie seine Stimme hören und sein Gesicht dazu sehen. Stunden zuvor, am See, hatte

201

sie von der Zukunft geträumt, von einer Hochzeit, hatte sich vorgestellt, wie sie mit Tin Win in einem Haus lebt und von Kindern, die über den Hof toben, mit Füßen zum Laufen und Augen zum Sehen. Sie hatte in seinen Armen gelegen und ihm die Szene beschrieben. Sie hatten beschlossen, in den nächsten Wochen mit Mi Mis Eltern über eine Heirat zu reden. Und nun würde er in die Hauptstadt fahren. Mi Mi wusste, was das bedeutete. Rangun war das andere Ende der Welt. Dahin reist man selten, und noch seltener kehrt man zurück. Sie wollte ihn fragen, was der Onkel von ihm wolle und wie lange er fortbleiben würde und warum sie sich trennen müssten, aber gleichzeitig ahnte sie, dass Worte ihr nicht helfen konnten, nicht jetzt, und sie spürte, wie ihr ganzer Körper nach Tin Win verlangte. Sie nahm seine Hände und zog ihn zu sich hinab. Ihre Lippen berührten sich. Sie zog ihr Hemd über ihren Kopf, und er küsste ihre Brust. Sein warmer Atem auf ihrer Haut. Sein Mund glitt an ihr hinab, er löste ihren Longy, sie waren beide nackt. Er küsste ihre Beine und ihre Schenkel, seine Zunge spielte mit ihr, sie spürte ihn, wie sie ihn noch nie gespürt hatte. Und sie spürte sich. Mehr und tiefer und schöner denn je. Als würden alle Versprechen dieser Welt auf einmal eingelöst. Mit jeder Bewegung schenkte er ihr ihren Körper aufs Neue, keine Kraft auf dieser Welt konnte sie halten, und sie sah sich fliegen, über Kalaw, über die Wälder und Berge und Täler, von einem Gipfel zum anderen. Die Erde schrumpfte zu einer winzigen Kugel, auf der Rangun und Kalaw und alle übrigen Städte und Länder nur einen Finger breit voneinander entfernt lagen. Auf der es keine Dämonen und Gespenster gab. Sie hatten jede Kontrolle über ihre Körper verloren. Es war, als würden alle ihre Gefühle auf einmal explodieren, die Wut und die Angst und die Verzweiflung, das Verlangen, die Zärtlichkeit und ihre Begierde. Für einen kurzen Augenblick, für die Dauer eines Herzschlags oder zwei, machte alles in ihrem Leben Sinn.

19

Zu packen gab es nicht viel. Tin Win besaß nichts außer etwas Unterwäsche, drei Longys, vier Hemden und einem Pullover. Den Pullover würde er im Delta nicht brauchen, entschied Su Kyi. In der Hauptstadt war es das ganze Jahr über heiß und feucht. Sie packte die Sachen in eine alte Stofftasche, die sie einmal in der Nähe des britischen Clubs gefunden hatte. Für die Reise hatte sie ihm Reis und sein Lieblingscurry aus getrockneten Fischen gekocht. Sie füllte das Essen in einen Blechnapf mit verschließbarem Deckel und steckte ihn zwischen die Longys. Ganz nach unten legte sie den Tigerknochen, den Tin Win von seinem Vater bekommen hatte. Und das Schneckenhaus und die Vogelfeder, die Mi Mi ihm vor einigen Monaten geschenkt hatte. Su Kyi schaute aus dem Fenster, es musste kurz nach halb sechs sein, noch war es dunkel, aber die Vögel sangen bereits und es dämmerte allmählich. Tin Win war erst vor wenigen Minuten nach Hause gekommen. Er saß vor der Küche.

Die ganze Nacht über war Su Kyi wach gelegen. Zum ersten Mal seit langer Zeit machte sie sich wieder Sorgen um Tin Win. Er hatte sich seit dem Beginn der Freundschaft mit Mi Mi auf eine Weise verändert, wie sie es nicht für möglich gehalten hatte. Er hatte das Leben entdeckt, und wenn sie morgens gemeinsam aßen, hatte sie oft das Gefühl, neben einem Kind zu sitzen, so sehr strotzte er vor Freude und Energie. Als wollte er nachholen, was er all die Jahre über versäumt hatte. Sie konnte sich nicht vorstellen, dass er sich in einer fremden Umgebung ohne Mi Mis Hilfe zurechtfinden würde. Eine solche Symbiose zweier Menschen hatte sie noch nie erlebt, und es gab Augenblicke, da dachte sie beim Anblick der beiden, ob am Ende der Mensch vielleicht doch nicht allein ist, ob die kleinste menschliche Einheit vielleicht doch Zwei ist und nicht Eins. Warum mussten die beiden jetzt auseinander gerissen werden? Vielleicht, so hoffte sie, hatte der Onkel wirklich nur das Beste für seinen Neffen im Sinn. Vielleicht können die Ärzte in der Hauptstadt ihn heilen. Vielleicht würde er in ein paar Monaten zurückkehren.

Sie trat aus dem Haus und sah ihm ins Gesicht. Und obwohl sie schon einige Menschen hatte sterben sehen und Angehörige, die deshalb trauerten, konnte sie sich nicht erinnern, jemals ein Gesicht gesehen zu haben, das so voller Schmerz und Verzweiflung war. Sie nahm ihn in den Arm. Er weinte, untröstlich. Er weinte, bis die beiden Männer durch das Gartentor traten. Sie wischte ihm die Tränen ab und fragte, ob sie die drei zum Bahnhof begleiten dürfe. Selbstverständlich, sagte einer der Männer. Der andere nahm die Tasche.

Den ganzen Weg über sprachen sie kein Wort. Sie hatte Tin Wins Hand genommen. Er zitterte, sein Gang war unsicher und unbeholfen. Ängstlich tastete er sich voran, mehr stolpernd als gehend. Als wäre er erst vor kurzem erblindet. Su Kyis Beine wurden mit jedem Schritt schwerer, sie verfiel in eine Art Trance und nahm ihre Umwelt nur noch bruchstückhaft wahr. Sie hörte das Keuchen der Lokomotive, die bereits im Bahnhof wartete. Sie sah weiße Wolken aus einem schwarzen Krater aufsteigen. Es wimmelte von Menschen, die ihr in die Ohren brüllten. Ein Kind schrie. Eine Frau stürzte. Tomaten rollten auf die Gleise. Tin Wins Finger glitten ihr aus der Hand. Die Männer führten ihn fort. Er verschwand in einer Tür.

Das letzte Bild verschwamm in einem Schleier aus Tränen. Tin Win saß am offenen Fenster, den Kopf in den Händen vergraben. Sie rief seinen Namen, aber er reagierte nicht. Mit einem schrillen Pfeifton setzte sich die Lok in Bewegung. Su Kyi ging neben dem Fenster her. Der Zug wurde schneller, das Keuchen lauter und heftiger. Sie begann zu laufen. Stolperte. Rempelte einen Mann um, sprang über einen Korb mit Früchten. Dann war der Bahnsteig zu Ende. Die zwei roten Rücklichter leuchteten wie Tigeraugen in der Nacht. Langsam verschwanden sie hinter einer lang gestreckten Kurve. Als Su Kyi sich umdrehte, war der Bahnsteig leer.

20

U Ba hatte stundenlang und ohne Pause erzählt. Sein Mund stand halb offen, seine Augen blickten an mir vorbei. Er rührte sich nicht, nur seine Brust bewegte sich gleichmäßig. Ich hörte meinen eigenen Atem und die Bienen. Meine Hände hielten die Armlehnen des Sessels umklammert. So angespannt saß ich sonst in Flugzeugen, wenn sie in Turbulenzen gerieten oder zur Landung ansetzten. Ich ließ langsam los und versank in den weichen Kissen hinter mir.

Je länger wir schwiegen, desto mehr füllte sich das Haus mit verstörenden Geräuschen. Es knackte im Holz, es knisterte zu meinen Füßen. Unter der Decke gurrte etwas. Irgendwo spielte der Wind mit einem Fensterladen. In der Küche tropfte ein Wasserhahn. Oder bildete ich mir ein, U Bas Herz schlagen zu hören?

Ich versuchte mir meinen Vater vorzustellen. Die Einsamkeit, in der er gelebt hatte, seine Bedürftigkeit, die Dunkelheit, die ihn umgeben hatte, bis er Mi Mi traf. Wie musste er sich gefühlt haben bei dem Gedanken, dass er all das, was er sich mit Mi Mis Hilfe erobert hatte, wieder verlieren könnte. Ich merkte, wie mir die Tränen kamen. Ich wollte sie unterdrücken, aber das machte alles nur noch schlimmer. Ich weinte, als hätte ich ihn eben selber zum Zug nach Rangun gebracht. U Ba stand auf und kam zu mir. Er legte eine Hand auf meinen Kopf. Ich konnte mich nicht beruhigen. Vielleicht war es das erste Mal, dass ich um meinen Vater wirklich weinte. Es gab Tage nach seinem Verschwinden, da vermisste ich ihn sehr, war niedergeschlagen und verzweifelt. Vermutlich habe ich auch geweint, genau erinnere ich mich nicht. Aber um wen ging es da? Um ihn? Um mich, weil ich meinen Vater verloren hatte? Oder waren es Tränen der Wut und Enttäuschung, weil er uns hatte sitzen lassen?

Sicher, er hatte uns nie etwas über die ersten zwanzig Jahre erzählt und uns damit auch nicht die Möglichkeit gegeben, mit ihm oder für ihn zu trauern. Aber hätte ich es wissen wollen? Wäre ich in der Lage gewesen, für ihn zu fühlen? Wollen Kinder ihre Väter und Mütter als unabhängige Menschen kennen? Können wir sie sehen, wie sie waren, bevor es uns gab?

Ich holte ein Tuch aus meinem Rucksack und trocknete mir das Gesicht.

»Haben Sie Hunger?«, fragte U Ba.

Ich schüttelte den Kopf.

»Durst?«

»Ja, ein wenig.«

Er verschwand in der Küche und kam mit einem Becher kalten Tee zurück. Er schmeckte nach Ingwer und Limone und tat gut.

»Sind Sie müde? Soll ich Sie zurück ins Hotel bringen?«

Ich war erschöpft, aber ich wollte nicht allein sein. Bei dem Gedanken an mein Zimmer fürchtete ich mich. In meiner Vorstellung erschien es mir noch größer als der leere Speisesaal, und mein Bett war breiter als die Wiese vor dem Hotel. Ich sah mich darin liegen, klein und verloren. »Ich würde mich gern etwas ausruhen. Könnte ich mich unter Umständen bei Ihnen für ein paar Minuten...?«

U Ba unterbrach mich: »Selbstverständlich, Julia. Legen Sie sich auf die Couch, ich bringe Ihnen eine Decke.«

Ich kam aus dem Sessel kaum heraus, so schwach war ich. Das Sofa war bequemer, als es aussah, ich kauerte mich auf die Kissen und spürte noch, wie U Ba eine leichte Decke über mich breitete. Fast sofort glitt ich in einen Halbschlaf. Ich hörte die

Bienen. Ihr gleich bleibendes Summen beruhigte mich. U Ba lief durch den Raum. Hunde bellten. Ein Hahn krähte. Schweine grunzten. Der Speichel rann mir aus dem Mund.

Als ich wieder erwachte, war es dunkel und still. Es dauerte einige Sekunden, bis ich wusste, wo ich lag. Es war kühl. U Ba hatte eine zweite, dickere Decke auf mich gelegt und ein Kissen unter meinen Kopf geschoben. Auf dem Tisch vor mir standen ein Glas Tee, ein Teller mit Keksen und eine Vase mit frischen Jasminblüten. Es roch nach Kaffee und Zimtschnecken. Ich hörte eine schwere alte Holztür ins Schloss fallen, drehte mich zur Seite, zog die Knie ganz eng an den Körper, die Decken bis ans Kinn und schlief wieder ein.

21

Es war hell, als ich die Augen öffnete. Vor mir stand ein Glas Wasser, aus dem heißer Dampf aufstieg. Daneben lagen eine Tüte Nescafé, ein Stück Würfelzucker, Dosenmilch und frische Kekse. Durch eines der beiden Fenster fielen Sonnenstrahlen, und vom Sofa aus konnte ich ein Stück Himmel sehen. Sein Blau war dunkler und kräftiger als das, wie ich es aus New York kannte. Es roch nach Morgen, und ich musste plötzlich an unsere Sommerwochenenden in den Hamptons denken, wenn ich als Kind frühmorgens wach im Bett lag, durch die offenen Fenster das Meer rauschen hörte, die kühle Luft im Zimmer roch, in der trotz der Kälte schon die Hitze des Tages zu ahnen war.

Ich stand auf und streckte mich. Erstaunlicherweise hatte ich keine Rückenschmerzen wie sonst, wenn ich in einem fremden Bett übernachtete. Ich musste gut geschlafen haben auf dem alten Sofa mit seinen verschlissenen Bezügen. Ich ging zu einem der Fenster. Eine dichte Bougainvilleahecke wuchs um das

Haus. Der Hof war sauber gefegt, zwischen zwei Bäumen lag sorgfältig gestapeltes Feuerholz, daneben ein Haufen Reisig. Ein Hund, dessen Rasse ich nicht kannte, streunte umher, unter mir wühlte das Schwein. Wo war U Ba?

Ich ging in die Küche. In einer Ecke kokelte ein kleines Feuer, darüber hing ein Kessel. Der Rauch zog senkrecht nach oben und verschwand in einem Loch im Dach. Trotzdem brannten mir die Augen. An der Wand stand ein offener Schrank mit ein paar weiß emaillierten Blechnäpfen und Tellern, Gläsern und verrußten Töpfen. Im untersten Regal lagen Eier, Tomaten, ein großes Bund Frühlingszwiebeln, eine Ingwerwurzel und Limonen.

»Julia?« Seine Stimme kam aus dem nächsten Zimmer.

U Ba saß an einem Tisch, umgeben von Büchern. Der ganze Raum war voll davon, er glich einer aus den Fugen geratenen Bibliothek. Sie standen in Regalen, die vom Boden bis zur Decke reichten, sie lagen in Stapeln auf den Holzbohlen und in einem Sessel und türmten sich auf einem zweiten Tisch. Manche waren fingerdünn, andere hatten den Umfang von Lexikas. Es waren Taschenbücher darunter, aber die meisten hatten einen festen Einband, manche sogar in Leder. U Ba beugte sich über ein aufgeschlagenes Buch, dessen vergilbte Seiten aussahen wie eine Lochkarte. Daneben lagen verschiedene Pinzetten, Scheren, ein Gefäß mit weißem zähen Klebstoff. Zwei Petroleumlampen auf dem Tisch gaben zusätzliches Licht. U Ba blickte mich über den Rand einer dicken Brille an.

»U Ba, was machen Sie hier?«

»Ich vertreibe mir die Zeit.«

»Womit?«

»Ich restauriere Bücher. Mein Hobby, wenn Sie es so nennen wollen.« Er nahm mit einer dünnen, langen Pinzette einen winzigen Fetzen Papier, tupfte ihn kurz in den Kleber und platzierte ihn auf eines der kleinen Löcher im Buch. Mit einem feinen schwarzen Stift zeichnete er dann darauf die obere Hälfte eines o nach. Ich versuchte den Text zu lesen, zu dem der Buchstabe gehörte.

We s al not cease fr m exp orati n
and t e end of al our expl ring
wi l b to a rive w er we starte
and kno th pl ce fo   he fir t   im .

U Ba schaute mich an.

We shall not cease from exploration
and the end of all our exploring
will be to arrive where we started
and know the place for the first time.

Er hatte auswendig zitiert.

»Aus einer Sammlung von Eliot-Gedichten. T. S. Eliot. Ich schätze ihn sehr.« Er lächelte zufrieden und zeigte mir die ersten Seiten des Buches. Sie waren übersät mit aufgeklebten Papierschnitzeln. »Ich will nicht behaupten, dass es wie neu aussieht, aber es ist wieder lesbar.«

Ich blickte abwechselnd auf ihn und das Buch. Meinte er das im Ernst? Es hatte noch mindestens zweihundert zerlöcherte Seiten. »Wie lange brauchen Sie für einen Band?«

»Heute ein paar Monate, früher ging es schneller. Jetzt machen die Augen nicht mehr richtig mit, und nach ein paar Stunden klagt das Kreuz über das gebeugte Sitzen. An anderen Tagen zittert meine Hand zu sehr. Das Alter, Julia.« Er blätterte durch die restlichen Seiten und seufzte. »Dieses Buch ist aber auch wirklich in einem erbärmlichen Zustand. Selbst die Würmer scheinen Eliot zu schätzen.«

»Es muss doch einen effizienteren Weg geben, diese Bücher zu restaurieren. So schaffen Sie es nie.«

»Keinen, der in meiner Macht steht, fürchte ich.«

»Ich könnte Ihnen einige der Bücher, die Ihnen sehr viel bedeuten, als Neuausgaben aus New York schicken«, schlug ich vor.

»Bemühen Sie sich nicht. Die wichtigsten habe ich gelesen, als sie noch in besserem Zustand waren.«

»Warum restaurieren Sie sie dann?«

Er lächelte. »Es macht mir Spaß. Es lenkt mich ab.«

»Wovon?«

Er überlegte. »Eine gute Frage. Sie werden die Antwort wissen, sobald ich Ihnen unsere Geschichte zu Ende erzählt habe.«

Wir schwiegen eine Weile, und ich schaute mich weiter um. Ich stand in einem Holzhaus ohne Strom und fließendes Wasser und war von tausenden von Büchern umgeben. »Wo haben Sie die alle her?«, fragte ich.

»Von den Engländern. Ich war schon als Junge in Bücher vernarrt. Nach dem Krieg sind viele Briten nicht zurückgekehrt und nach unserer Unabhängigkeit zogen Jahr für Jahr mehr fort. Was sie an Büchern nicht mitnehmen wollten, gaben sie mir.« Er stand auf, ging zu einem Regal, zog ein ledergebundenes Buch heraus und schlug es auf. Die Seite wirkte wie perforiert. »Sie sehen, leider ist es vielen so ergangen wie dem Eliot-Band. Das Klima. Die Würmer und das Ungeziefer.« U Ba ging zu einem kleinen Schrank hinter seinem Schreibtisch. »Die hier habe ich schon fertig.« Er zeigte auf ein paar Dutzend Bücher, nahm eines davon und reichte es mir. Es hatte einen kräftigen Einband aus Leder und fühlte sich schön an. Ich schlug es auf. Schon die erste Seite war gesprenkelt mit Papierpunkten. THE SOUL OF A PEOPLE stand dort in großen Buchstaben. London, 1902.

»Falls Sie mehr über unser Land wissen wollen, ist dies ein guter Anfang.«

»Es ist schon etwas älter«, sagte ich ein wenig irritiert.

»Die Seele eines Volkes ändert sich nicht so schnell«, meinte er.

U Ba zog an seinem Ohrläppchen und blickte umher, als

suche er etwas. Er nahm ein paar Bücher aus einem unteren Regal. Sie standen zweireihig. Aus einer roten Lackdose auf seinem Schreibtisch nahm er einen Schlüssel und öffnete eine Schublade. »Ich hatte es weggeschlossen, das habe ich mir gedacht«, sagte er und zog ein Buch heraus. »Es ist in Braille. Su Kyi gab es mir kurz vor ihrem Tod. Es ist der erste Band von einem von Tin Wins Lieblingsbüchern. Sie hatte vergessen, es ihm für seine Reise nach Rangun einzupacken.«

Es war schwer und unhandlich, mehrere Klebestreifen hielten den Rücken notdürftig zusammen. »Setzen Sie sich. Kommen Sie mit, trinken Sie einen Kaffee und schauen es sich in Ruhe an.«

Wir gingen ins Wohnzimmer. U Ba goss aus einer Thermoskanne heißes Wasser in ein Glas und machte mir einen Nescafé. Ich legte das Buch auf meine Knie und schlug es auf. Die Seiten waren ähnlich zerfressen wie die der anderen Bücher. Ich strich mit dem Zeigefinger über ein Blatt, beiläufig, als würde ich den Fleiß meiner Putzfrau prüfen und über ein leicht angestaubtes Regal streichen. Das Buch war mir unheimlich. Ich klappte es zu und legte es auf den Tisch. Als berge es bösartige Viren und ich könnte mich infizieren. Es machte mir Angst.

In der Ferne hörte ich jemanden singen. Es waren mehrere Stimmen, schwach und kaum vernehmbar, so leise, als würden sie verklingen, bevor sie mein Ohr erreichten. Eine Welle, die am Strand versandet, noch ehe sie meine Füße umspült.

Ich horchte in die Stille, hörte aber nichts, vernahm den Gesang wieder, dann wieder nicht, hielt den Atem an und bewegte mich nicht, bis ich die Töne wieder hörte, nun etwas lauter. Laut genug, dass ich diese Spur nicht noch einmal verlieren würde. Es musste ein Chor von Kindern sein, die ohne Unterlass ein melodisches Mantra wiederholten.

»Sind das die Kinder aus dem Kloster?«, fragte ich.

»Aber nicht die aus dem Kloster im Dorf. Es gibt eines in den Bergen, und wenn der Wind günstig steht, erreicht uns der Gesang am Morgen. Sie hören, was Tin Win und Mi Mi gehört haben. Es hat vor fünfzig Jahren nicht anders geklungen.«

Ich schloss die Augen, ein Schauder überlief mich. Die Kinderstimmen schienen über meine Ohren in meinen Körper zu dringen und mich zu berühren, wo kein Wort, kein Gedanke und kein Mensch mich bisher berührt hatten.

Woher kam dieser Zauber? Ich verstand kein Wort von dem, was sie sangen. Was war es, das mich so bewegte? Warum rührt uns etwas zu Tränen, das wir nicht sehen, nicht fassen und nicht festhalten können, das, kaum erklungen, schon wieder verschwunden ist?

Musik, hatte mein Vater oft gesagt, sei der einzige Grund, warum er manchmal an einen Gott oder eine himmlische Macht glauben könne.

Jeden Abend, bevor er ins Bett ging, saß er im Wohnzimmer, mit geschlossenen Augen und Kopfhörer, und hörte Musik. Wie sonst soll meine Seele Ruhe finden für die Nacht, hatte er mir erklärt.

Ich konnte mich an kein Konzert, an keine Oper erinnern, in der er nicht geweint hätte. Die Tränen strömten ihm übers Gesicht wie Wasser aus einem See, der lautlos, aber mit Macht über seine Ufer tritt. Dabei lächelte er. Hatte ich ihn je glücklicher gesehen?

Einmal fragte ich ihn, was er auf eine einsame Insel mitnehmen würde, wenn er sich zwischen Musik und Büchern entscheiden müsste.

Musik natürlich, hatte er geantwortet. Ich hatte nie verstanden warum. Jetzt ahnte ich etwas.

Ich wünschte, der Gesang der Kinder möge nicht aufhören. Er sollte mich durch den Tag begleiten. Durch das Leben.

Hatte ich mich meinem Vater je so nah gefühlt? Vielleicht hatte U Ba Recht. Vielleicht war er in der Nähe, und ich musste ihn nur sehen.

DRITTER TEIL

1

Ich war ihnen auf der Spur. Ich hörte den Atem meines Vaters nur wenige Meter von mir entfernt. Er japste nach Luft. Er schleppte Mi Mi den Berg hoch. Sie war schwerer geworden, er älter. Das Tragen erschöpfte ihn. Ich hörte ihr Flüstern. Ihre Stimmen. Ein paar Schritte noch, und ich würde sie einholen.

Ich wollte das Haus sehen, in dem mein Vater seine Kindheit und Jugend verbracht hatte. Vielleicht versteckte er sich dort mit Mi Mi?

Ein paar Schritte noch.

U Ba zögerte, als ich ihn bat, mit mir dorthin zu gehen. Hatte mein Vater ihm das untersagt?

»Die Häuser sind in einem trostlosen Zustand. Sie brauchen viel Phantasie, um dort Spuren seiner Kindheit zu entdecken«, warnte er mich.

»Das macht nichts.«

»Su Kyi ist lange tot.«

»Das habe ich mir gedacht. Trotzdem.«

»Ich muss noch etwas erledigen. Wollen Sie schon vorgehen?«

»Wenn es sein muss.«

Er wies mir den Weg, sagte, dass er im Dorf noch etwas einkaufen wolle und nachkäme.

Ich lief über den Bergkamm. U Ba hatte ihn sehr genau beschrieben, den Pfad aus Lehm mit den tiefen Kuhlen und Rillen. Er war mir seltsam vertraut. Ich schloss die Augen und versuchte mir vorzustellen, wie mein Vater den Weg entlanggelaufen war. Ich erschrak über die vielen verschiedenen Geräusche, die ich plötzlich hörte. Vögel. Heuschrecken. Zikaden. Ein unangenehm lautes Fliegensummen, fernes Hundegebell. Meine Füße taten sich schwer mit den Löchern und Rissen in der Erde, ich stolperte, fiel aber nicht. Es roch nach Eukalyptus und Jasmin. Ein Ochsenkarren überholte mich, die Tiere sahen in der Tat jämmerlich aus. Die Haut klebte an ihren Rippen, und ihre Augen stachen aus dem Schädel, als würden sie vor Anstrengung gleich platzen.

Hinter der Kuppe sah ich das Haus. Wollte ich dort wirklich hin? Meine Schritte wurden langsamer. Ich stand an der Gartenpforte, mutlos und eingeschüchtert. Zu ängstlich, um das Grundstück zu betreten.

Das Tor war aus dem unteren Scharnier gebrochen und hing schief. Aus den Rissen in den gemauerten Pfeilern wuchs Gras. Der Holzzaun war von Büschen überwuchert, jede zweite oder dritte Latte fehlte. Das Gras auf der Wiese war graubraun, von der Sonne verbrannt. Das vordere Haus, eine gelbe, zweistöckige Villa im Tudorstil, wies im ersten Stock eine große Veranda auf, von der man einen Blick über das Dorf und die Berge haben musste. Ihre Stützpfeiler, der Dachsims und die Fensterrahmen waren mit Holzschnitzereien dekoriert. Es gab einen Wintergarten und mehrere Erker. Aus dem Schornstein wuchs ein Baum. Da an mehreren Stellen Dachziegel fehlten, lag das dünne Gebälk des Dachstuhls teilweise frei. Die Verandabrüstung hatte etwa die Hälfte ihrer Gitterstäbe eingebüßt, und der Regen hatte die Farbe der Fassade ausgebleicht. Ein Teil der Fenster war eingeschlagen.

Leer stehende Häuser deprimierten mich selbst in New York. Als Kind hatte ich jedes Mal die Straßenseite gewechselt, wenn ich an einem vorbeikam. Geisterhäuser nannte ich sie. Ich war überzeugt, dass hinter ihren zugenagelten Fenstern Gespenster lebten, die nur auf mich warteten. Im Beisein meines Vaters traute ich mich an ihnen vorbei, aber auch nur an seiner der Straße zugewandten Hand.

Diese Villa war mir ähnlich unheimlich. Warum kümmerte sich niemand darum? Der einstige Glanz war noch gut zu erkennen, es hätte nicht vieler Mühe bedurft, sie zu pflegen. Hätte.

Was wäre gewesen, wenn? Was lauerte darin? Gespenster? Zwei ungelebte Leben?

Etwas unterhalb des Hauses lag die Hütte, in der Su Kyi und mein Vater gewohnt haben müssen. Sie war kleiner als unser Wohnzimmer in New York. Ich konnte keine Fenster sehen, nur einen Türrahmen ohne Tür. Das braune Wellblechdach war vom Rost zerfressen, und der Lehm bröckelte aus den Wänden. Ich entdeckte die Feuerstelle, einen Reisighaufen und die Holzbank. Zwei junge Frauen saßen darauf mit Säuglingen auf dem Schoß. Sie blickten mich an und lächelten dieses Wie-schön-dass-du-da-bist-Lächeln, das mich jedes Mal von neuem irritierte. Neben der Hütte hingen vier Longys in der Sonne. Zwei junge Hunde streunten über den Hof, ein dritter krümmte den Rücken und kackte. Er sah mich leidend an.

Ich atmete zweimal tief ein und trat durch die Pforte. Vor mir auf der Wiese entdeckte ich den Baumstumpf. Es muss eine sehr alte und große Pinie gewesen sein. Über die dicke Borke liefen Ameisen, das Holz war an mehreren Stellen weich und zerfressen, aber der Kern war auch nach so vielen Jahren noch kräftig. Ich konnte ohne Mühe hinaufklettern. Er war feucht und hart. Den Blick ins Tal verstellten mehrere große Büsche. Ich wusste jetzt, warum ich diesen Ort unbedingt sehen wollte und ihn gleichzeitig gefürchtet hatte. Er war der Schlüssel zu U Bas Erzählung. Seit ich heute Morgen die Kinder im Kloster singen hörte, war seine Geschichte kein Märchen mehr. Sie klang in meinen Ohren, ich konnte sie riechen und mit den Händen greifen. Ich saß auf dem Baumstumpf, auf dem mein Vater vergeblich auf seine Mutter, meine Großmutter, gewartet hatte. Auf dem er sich fast zu Tode gehungert hatte. In diesem Garten verlor er sein Augenlicht, und er lebte in diesem seltsamen Dorf, in dem sich in den vergangenen fünfzig Jahren offensichtlich kaum etwas geändert hatte. Er und Mi Mi. U Ba war dabei, mich zu ihnen zu führen. Ich hörte ihr Flüstern. Ihre Stimmen. Ein paar Schritte noch.

Was wäre, wenn sie im nächsten Moment vor mir stünden? Panik überfiel mich. Vielleicht verbargen sich Mi Mi und mein Vater in dieser verfallenen Villa? Hatten sie mich bereits durchs Fenster erspäht? Würden sie sich verstecken, vor mir weglaufen oder aus dem Haus kommen und auf mich zugehen? Was sollte ich sagen? Hallo Papa? Warum hast du uns verlassen? Warum hast du mir nie etwas von Mi Mi erzählt? Ich hatte Sehnsucht nach dir?

Wie würde er reagieren? Würde er mir böse sein, dass ich mich auf die Suche nach ihm gemacht habe und ihn fand, obwohl er doch offensichtlich spurlos verschwinden wollte? Hätte ich seinen Wunsch respektieren und in New York bleiben sollen? Würde er mich trotz allem in den Arm nehmen? Würde ich dieses Strahlen in seinen Augen sehen, das ich so vermisste? Ich war mir seiner Reaktion nicht sicher, und das verletzte mich. Warum zweifelte ich daran, dass er sich freuen würde, mich zu sehen?

»Machen Sie sich keine Sorgen, Mi Mi und Ihr Vater wohnen hier nicht.« Es war U Ba. Ich hatte ihn nicht kommen sehen.

»U Ba, Sie haben mich erschreckt.«

»Das tut mir Leid. Das wollte ich nicht.«

»Woher wussten Sie, dass ich daran gedacht habe?«

»Woran sonst?«

»Gäbe es für mich einen Grund zur Sorge, wenn Mi Mi und mein Vater in diesem Haus wären?«

Er lächelte und neigte den Kopf zur Seite. Es war ein zärtlicher Blick, mit dem er mich anschaute, ein Blick, der mir Zutrauen gab. Ich wollte die Hand nach ihm ausstrecken. Er sollte mich an dem Geisterhaus vorbeiführen, nach Hause bringen. In Sicherheit.

»Wovor fürchten Sie sich?«

»Ich weiß es nicht.«

»Es gäbe für Sie keinen Grund zur Sorge. Sie sind seine Tochter, warum zweifeln Sie an seiner Liebe?«

»Er hat uns verlassen.«

»Schließt das eine das andere aus?«

»Ja!«, sagte ich. Die Stimme der Anklage.

»Warum? Die Liebe kennt so viele unterschiedliche Formen, Julia, sie hat so viele eigenartige Gesichter, dass unsere Phantasie nicht ausreicht, sich alle vorzustellen. Die Kunst besteht darin, sie zu erkennen, wenn sie vor uns steht.«

»Weshalb soll das so schwierig sein?«

»Weil wir nur sehen, was uns bekannt ist. Wir trauen dem anderen immer nur zu, wozu wir selbst in der Lage sind, im Guten wie im Bösen. Deshalb erkennen wir als Liebe vor allem, was unserem Bild von ihr entspricht. Wir wollen geliebt werden, so wie wir selbst lieben. Jede andere Art ist uns unheimlich. Wir begegnen ihr mit Zweifel und Misstrauen, wir missdeuten ihre Zeichen, wir verstehen ihre Sprache nicht. Wir klagen an. Wir behaupten, der andere liebt uns nicht. Dabei liebt er uns vielleicht nur in einer, seiner Weise, die uns nicht vertraut ist. Sie werden, so hoffe ich, verstehen, was ich meine, wenn ich meine Geschichte zu Ende erzählt habe.«

Ich verstand nicht, was er meinte. Aber ich vertraute ihm.

»Ich habe auf dem Markt Obst gekauft. Wenn Sie nichts dagegen haben, setzen wir uns unter den Avocadobaum, und ich erzähle weiter.« Er eilte mit seinen flinken Schritten voraus, hinüber zu den beiden jungen Frauen, die ihn offensichtlich gut kannten. Sie lachten zusammen, schauten zu mir herüber, nickten und standen auf. U Ba nahm die Holzbank unter den Arm und brachte sie zum Baum, in dessen Schatten ich auf ihn wartete.

»Wenn ich mich nicht täusche, hat Ihr Großvater die gezimmert. Teakholz. Hält hundert Jahre, mindestens. Wir haben sie nur einmal ausbessern müssen.« Er holte eine Thermoskanne und zwei kleine Gläser aus einer Tüte und goss uns Tee ein.

Ich schloss die Augen. Mein Vater war auf dem Weg nach Rangun, und ich ahnte, dass es eine schreckliche Reise werden würde.

2

Sich tot stellen. Nicht bewegen. Hoffen, dass die Zeit vergeht.

Keinen Laut von sich geben. Essen und Trinken verweigern. Das Atmen auf wenige Stöße reduzieren. Hoffen, dass es nicht wahr ist.

So hatte Tin Win die Reise nach Rangun überstanden. In den Zügen saß er zusammengekauert, nicht ansprechbar, als hätte er das Bewusstsein verloren. Die Fragen der beiden Männer ignorierte er, bis sie aufgaben und ihn in Ruhe ließen. Die Gespräche, die Herztöne seiner Mitreisenden, zogen so spurenlos an ihm vorbei wie die Nachtlandschaft an den Augen der anderen Passagiere.

Die Stille im Haus des Onkels machte es ihm leichter. Er musste keine Züge wechseln und keine Fragen überhören. Er war allein. Reglos lag er auf einem Bett, die Beine gespreizt, die Arme weit von sich gestreckt.

Sich tot stellen. Es gelang nicht immer.

Er fing an zu weinen, es waren Krämpfe, die ihn überfielen, ein paar Minuten anhielten, langsam verebbten. Wie Wasser, das im Sand versickert.

»Bitte«, sagte er halblaut, als säße im Zimmer jemand, der ihn erhören könnte, »bitte, mach, dass dies nicht wahr ist. Bitte, lass mich erwachen.« Er stellte sich vor, dass er auf seiner Matte in

Kalaw lag und Su Kyi neben ihm schlief. Dass er liegen blieb, als sie aufstand. Ihr Gepolter in der Küche. Den herbsüßen Geruch von frischen Papayas. Er hörte Mi Mi vor sich sitzen und an einem Mangokern lutschen. Rangun war nichts als ein schlechter Traum. Ein Missverständnis. Weit, weit weg, wie Gewitterwolken am Horizont, die in eine andere Richtung ziehen.

Er spürte die unermessliche Erleichterung, die er fühlen würde. Doch schon war sie verschwunden, verflogen wie Rauch, den der Wind auseinander treibt.

Es klopfte. Als Tin Win nicht antwortete, klopfte es ein zweites Mal, die Tür ging auf und jemand trat ein. Ein Junge, dachte Tin Win. Er hörte es am Gang. Die Schritte von Männern klangen anders als die von Frauen. Sie waren plumper, kamen mit mehr Nachdruck daher, traten mit dem ganzen Fuß auf, während Frauen oft abrollten und weicher tönten. Sie streichelten den Boden mit ihren Sohlen. Der Junge war vermutlich etwas jünger, auf jeden Fall kleiner und leichter als Tin Win, seine Schritte waren sehr flink. Er stellte ein Tablett auf einen Tisch neben das Bett. Geruch nach Reis und Gemüse. Der Junge goss aus einer Karaffe Wasser in ein Glas. Tin Win solle viel trinken, sagte er. Schließlich käme er aus den Bergen und sei die Hitze der Hauptstadt nicht gewöhnt. Nach einigen Wochen der Anpassung würde es ihm besser gehen. Tin Win solle sich ausruhen und rufen, falls er etwas brauche. Der Onkel sei aus dem Haus und werde zum Abendessen zurück erwartet.

Tin Win, wieder allein, richtete sich im Bett auf und nahm das Tablett. Er aß ein paar Löffel. Das Curry schmeckte, aber er hatte keinen Appetit. Das Wasser tat gut.

Einige Wochen der Anpassung. Der Satz sollte tröstlich sein und klang wie ein Fluch. Er konnte sich nicht vorstellen, auch nur einen Tag länger ohne Mi Mi zu verbringen.

Tin Win hörte über sich etwas summen, ein ganz und gar abscheulicher Laut, ohne jeden Rhythmus und mit einer abstoßenden Monotonie. Es machte keine Pause, wurde weder leiser noch lauter, nicht einmal schwächer. Gleichzeitig kam ihm von oben ein schwacher Luftzug entgegen. Erst daran merkte er, wie warm es war. Der leichte Wind kühlte nicht, die Luft war zu heiß, es fehlte nicht viel, und sie würde auf der Haut brennen.

Er stand auf, um sein Zimmer zu erkunden. Er hielt die Luft an und horchte. An der Wand vor ihm liefen ein paar Ameisen. Unter dem Bett saß eine Spinne, in deren Netz sich gerade eine Fliege verfangen hatte. Er hörte, wie sie zappelte, wie das verzweifelte Summen schwächer wurde. Die Spinne kroch ihrer Beute entgegen. Unter der Decke klebten zwei Geckos, die abwechselnd mit ihren Zungen schnalzten. Keines der Geräusche erleichterte ihm die Orientierung. Er ruderte mit den Armen und machte einen Schritt.

Stühle klingen nicht, und sie riechen nicht. Sein Handrücken schlug gegen die Holzkante, und er schrie kurz auf. Der Schmerz zog hoch bis zur Schulter. Er ließ sich auf die Knie nieder und kroch auf allen Vieren durch den Raum.

Tische klingen nicht und sie riechen nicht. Es würde eine kräftige Beule auf der Stirn geben.

Er betastete jeden Winkel seines Zimmers, als wolle er es vermessen, Karten anfertigen, damit er sich nicht wieder verletzen würde. Neben Tisch und Stuhl gab es an der Wand einen großen Schrank, neben dem Bett zwei hohe, aber kleine runde Tischchen mit Lampen darauf. Über dem Tisch hing ein Bild. Die zwei langen, halb geöffneten Fenster reichten fast bis zum Boden. Die Fensterläden waren geschlossen. Tin Win klopfte auf den Fußboden. Altes Teakholz, es hatte diesen unverwechselbaren dunklen Klang. Er überlegte, ob er das Haus erkunden sollte, beschloss, erst einmal auf seinen Onkel zu warten, und legte sich wieder hin.

Das Klopfen an der Tür weckte ihn. Es war derselbe Junge wie am Mittag. Der Onkel erwarte ihn zum Abendessen.

Tin Win setzte zögernd einen Fuß vor den anderen, als er die Treppe hinabstieg, die in einem lang gezogenen Bogen ins Erdgeschoss führte. Der Hall seiner Schritte verriet ihm die Größe des Raumes. Er musste riesig sein, eine Art Vorhalle, die bis unter das Dach reichte. Tin Win hörte den Jungen neben sich gehen. Auf der letzten Stufe nahm er Tin Wins Arm und führte ihn durch zwei weitere große Räume zum Esszimmer.

U Saw hatte sich, während er auf seinen Neffen wartete, ein Sodawasser mit Limonensaft gemischt, war auf die Terrasse getreten und inspizierte den Garten hinter dem Haus. An einer der Palmen hing ein großes braunes Blatt, ein Gärtner musste es übersehen haben. Eine Nachlässigkeit, die U Saw nicht tolerieren konnte, und er überlegte, ob es wieder einmal an der Zeit war, einen der Hausangestellten zu entlassen. Es gab keine bessere Methode, den anderen für einige Monate ihren Schlendrian auszutreiben. Er trat auf den Rasen, bückte sich und kontrollierte, ob das Gras gleichmäßig geschnitten war. Einige Halme standen weit heraus. Er war empört. Morgen würde er das Nötige veranlassen.

U Saw gehörte zu den wenigen Birmanen, die es unter britischer Herrschaft zu mehr als bescheidenem Wohlstand gebracht hatten. Zählte man seine Unternehmen, seine Liegenschaften im Ausland und sein Bargeld zusammen, war er einer der reichsten Männer des Landes, abgesehen von manchen Engländern und einigen anderen Europäern natürlich, die in ihrer eigenen Welt lebten, einer Welt, die mit dem Rest Birmas wenig zu tun hatte und deshalb Vergleiche nicht gestattete. Sein Anwesen in der Halpin Road konnte sich mit den prachtvollsten Villen der Kolonialherren messen. Ein Haus mit mehr als zwei Dutzend Zimmern, einem Swimmingpool und einem Tennisplatz stand nicht an jeder Straßenecke, auch nicht in den Vierteln der Weißen. Da U Saw kein Tennis spielte, mussten seine Angestellten die Anlage nutzen. Jeden Morgen kurz nach Sonnenaufgang schlugen sich zwei der fünf Gärtner für eine Stunde die Bälle zu, damit der Platz den Eindruck erweckte, als nutze ihn der Hausherr regelmäßig. Nachbarn und Besucher hielten ihn für außerordentlich sportlich. Neben den Gärtnern beschäftigte U Saw zwei Köche, zwei Fahrer, mehrere Putzfrauen, drei Nachtwächter, einen Hausjungen, einen Butler und eine Art Haushaltsvorsteherin, die für die Einkäufe verantwortlich war.

Über den Ursprung seines Reichtums hatte es vor Jahren zahlreiche Spekulationen gegeben, doch mit wachsendem Vermögen war das Gerede verstummt. Es gibt einen gesellschaftlichen Status, der über jedes Gerücht erhaben ist.

Über seine Vergangenheit wusste man in der Hauptstadt nur, dass er als junger Mann zu Beginn des Jahrhunderts in der deutschen Gemeinde Ranguns verkehrt hatte, fließend Deutsch sprach und in jener Zeit zum Manager einer großen Reismühle aufgestiegen war, die einem Deutschen gehörte. Der Erste Weltkrieg zwang diesen Mann, wie auch die meisten seiner Landsleute, die britische Kolonie zu verlassen. Angeblich überschrieb er U Saw sein Unternehmen unter dem Vorbehalt, dass es bei seiner Rückkehr nach Kriegsende wieder in seinen Besitz übergehe. Zwei weitere Reismühlenbesitzer sollen sich ihm angeschlossen und ihre Firmen für einen symbolischen Preis von wenigen Rupien an U Saw verkauft haben. Keiner von ihnen wurde je wieder in Rangun gesehen. U Saw selbst verlor über diese glückliche Fügung des Schicksals kein Wort.

Seine Firmen expandierten in den Zwanzigerjahren, und die Weltwirtschaftskrise Anfang der Dreißigerjahre, von der auch Hinterindien nicht verschont blieb, nutzte er geschickt zu seinem Vorteil. Er kaufte Reisfelder und finanziell angeschlagene Mühlen auf, übernahm das Geschäft eines indischen Reisexporteurs, so dass er nun den Handel von der Saat bis zur Ausfuhr kontrollierte. Er pflegte sowohl zu seinen indischen Konkurrenten als auch zu den Engländern und der chinesischen Minderheit gute Kontakte. Beziehungen, das hatte er früh gelernt, schadeten nur dem, der sie nicht hatte, und so wie es sich für einen Mann seines Standes gehörte, bedachte er die beiden größten Klöster in Rangun großzügig mit Spenden; er hatte in seinem Namen bereits drei Pagoden errichten lassen, und in der Eingangshalle seines Hauses stand ein imposanter buddhistischer Altar.

Kurz gesagt, U Saw war ein Mensch, der im Alter von fünfzig Jahren mit sich und dem Leben mehr als zufrieden war. Selbst der tragische Tod seiner Frau vor zwei Jahren hatte ihn darin nicht erschüttert. Die kinderlose Ehe war für ihn ohnehin nur eine zwecklose Zweckgemeinschaft gewesen. Seine Frau war die Tochter eines Reeders, und U Saw hatte angenommen, durch die Heirat die Transportkosten für seinen Reis senken zu können. Wie hätte er ahnen sollen, dass die angesehene Reederei kurz vor dem Bankrott stand? Die Ehe wurde geschlossen, aber selten vollzogen.

U Saw konnte nicht sagen, dass er seine Frau sonderlich vermisst hätte, ihn beunruhigten mehr die Umstände, unter denen sie zu Tode kam. Ein Astrologe hatte ihm zuvor dringend von einer Geschäftsreise nach Kalkutta abgeraten. Sollte er die Fahrt antreten, würde seiner Familie ein großes Unglück widerfahren. U Saw machte sich dennoch auf den Weg. Zwei Tage später wurde seine Frau tot in ihrem Bett aufgefunden. Eine Kobra lag zusammengerollt auf dem Bettlaken und schlief. Sie musste durch das Fenster in das Schlafzimmer gekrochen sein.

Seither traf U Saw keine wichtige Entscheidung, ohne zuvor einen Astrologen oder Wahrsager zu befragen. Vor zwei Wochen hatte ihm ein Sterndeuter eine persönliche und geschäftliche (den Unterschied hatte U Saw nicht wirklich verstanden, aber auch nicht weiter nachgefragt) Katastrophe prophezeit, die nur dadurch abzuwenden sei, dass er einem Familienmitglied in großer Not helfe. Diese Warnung hatte ihn einige schlaflose

Nächte gekostet. Er kannte keinen Verwandten, der besonders bedürftig gewesen wäre. Arm waren sie alle, Geld wollten sie immer, deshalb hatte er den Kontakt zur Familie auch schon vor Jahren abgebrochen. Aber große Not? Schließlich erinnerte er sich vage an einen entfernten Verwandten seiner Frau, von dessen Schicksal er einmal gehört hatte. Sein Vater war gestorben, er selbst hatte über Nacht das Augenlicht verloren, seine Mutter hatte ihn verlassen. Angeblich lebte er bei einer Nachbarin, die sich auch um seine, U Saws Villa in Kalaw kümmerte. Was könnte die Sterne günstiger stimmen, als einem blinden Jungen zu helfen? Er hatte beim Astrologen vorsichtig nachgefragt, ob nicht auch eine Spende, eine großzügige wohlgemerkt, an ein Kloster besagtes Unglück verhindern könnte. Es wäre mit weniger Umständen verbunden. Nein? Der Bau einer weiteren Pagode vielleicht? Oder zwei? Nein. Die Sterne waren eindeutig.

Tags darauf sandte U Saw zwei seiner zuverlässigsten Assistenten nach Kalaw.

Er hörte Stimmen im Esszimmer und ging ins Haus zurück. Er blieb überrascht stehen, als er Tin Win sah. Er hatte einen Krüppel erwartet, einen verkümmerten, zurückgebliebenen Jungen, dessen Elend Mitleid erweckte. Doch dieser Neffe war ein kräftiger, gut aussehender junger Mann, der mindestens zwei Köpfe größer war als er selbst und eine sonderbare Selbstsicherheit ausstrahlte. Er trug ein weißes Hemd und einen sauberen, grünen Longy. Hilfsbedürftig wirkte er nicht. U Saw war mehr als enttäuscht.

»Mein lieber Neffe, willkommen in Rangun. Es freut mich, dich endlich bei mir zu haben.«

Die Stimme des Onkels irritierte Tin Win schon nach dem ersten Satz. Er konnte sie nicht deuten, sie fand keinen Widerhall in ihm. Sie war freundlich, nicht zu laut, nicht zu tief, aber etwas fehlte ihr, ohne dass Tin Win gleich hätte sagen können, was es war. Sie erinnerte ihn an das Summen unter seiner Zimmerdecke. Und das Pochen des Herzens war noch seltsamer. Es klang ausdruckslos und eintönig. Wie das Ticken der Wanduhr im Flur.

»Ich hoffe, die lange Reise war nicht zu anstrengend für dich«, fuhr U Saw fort.

»Nein«, antwortete Tin Win leise.

»Wie geht es deinen Augen?«

»Gut.«

»Gut? Ich dachte, du seist blind.«

Tin Win hörte die Verwirrung in der Stimme. Er ahnte, dass dies nicht der richtige Augenblick war für ein Gespräch über Blindheit und die Fähigkeit des Sehens.

»Das stimmt. Ich wollte nur sagen, dass sie nicht wehtun.«

»Das ist schön. Ich habe leider erst vor kurzem durch Zufall von einem Bekannten in Kalaw von deiner Erkrankung erfahren. Andernfalls hätte ich selbstverständlich früher versucht, dir zu helfen. Ein guter Freund von mir, Dr. Stuart McCrae, ist Chefarzt im größten Krankenhaus von Rangun, er leitet die Augenabteilung. Ich habe veranlasst, dass er dich in der kommenden Woche untersuchen wird.«

»Deine Großzügigkeit beschämt mich«, sagte Tin Win. »Ich weiß nicht, wie ich dir danken soll.«

»Schon gut. Die Medizin macht große Fortschritte. Vielleicht kann dir eine Brille oder eine Operation helfen«, sagte U Saw, dessen Laune sich spürbar besserte. Ihm gefiel der unterwürfige Ton seines Neffen, in dem die zu erwartende Dankbarkeit bereits anklang. »Möchtest du etwas trinken?«

»Ein wenig Wasser vielleicht.«

U Saw goss Wasser in ein Glas und stellte es, unsicher, wie er es seinem Neffen geben sollte, mit einem lauten Geräusch auf den Tisch, der neben ihnen stand. Tin Win tastete nach dem Glas und trank einen Schluck.

»Ich habe eine Hühnersuppe und ein Fischcurry mit etwas Reis vorbereiten lassen. Ich denke, es wird dir schmecken.«

»Ganz bestimmt.«

»Brauchst du Hilfe beim Essen?«

»Nein, danke.«

U Saw klatschte in die Hände und rief einen Namen. Der Junge kehrte zurück und führte Tin Win zu seinem Stuhl. Er setzte sich und befühlte das Gedeck vor ihm auf dem Tisch: ein flacher Teller mit einer tiefen Schale, daneben eine Serviette, ein Löffel, ein Messer und eine Gabel. U May hatte ihm im Kloster einmal diese Werkzeuge in die Hände gegeben und ihm erklärt, dass die Engländer mit derartigem Besteck und nicht mit den Fingern äßen. Tin Win hatte sein Curry am Mittag schon mit einem Löffel probiert und erstaunt festgestellt, wie einfach das war.

U Saw sah mit Erleichterung, dass Tin Win mit Besteck umgehen konnte und dass seine Erblindung ihn nicht daran hinderte, manierlich zu essen. Nicht einmal die Suppe bereitete ihm Probleme. Voller Grauen hatte er sich vorgestellt, dass sein Neffe jeden Abend gefüttert werden müsste, womöglich sabberte oder sein Essen auf dem Tisch verschüttete.

Die beiden Männer schwiegen. Tin Win dachte an Mi Mi. Er überlegte, wie sie seinen Onkel beschreiben würde. Hatte er Wurstfinger? War er dick, hatte er ein Doppelkinn, wie der Zuckerrohrverkäufer in Kalaw, dessen Herzton ebenfalls so flach klang? Strahlten seine Augen? Oder war sein Blick genauso ausdruckslos wie das Pochen in seiner Brust? Wer sollte ihm, Tin Win, helfen, die neue Welt, die er betreten hatte, zu enträtseln? Die Ärzte? Was würde der Freund des Onkels mit ihm machen? Und darf er, sobald festgestellt war, dass ihm nicht zu helfen ist, wieder zurück nach Kalaw? Mit etwas Glück könnte er gegen Ende der nächsten Woche wieder bei Mi Mi sein.

Und wenn die Ärzte seine Augen heilten? An diese Möglichkeit hatte Tin Win bisher nicht gedacht. Weder in den vergangenen Jahren noch seitdem er in Rangun war. Warum auch? Er vermisste nichts.

Tin Win versuchte sich auszumalen, was eine erfolgreiche Operation bedeuten würde. Augen zum Sehen. Scharfe Konturen. Gesichter. Würde er die Gabe des Hörens behalten? Er stellte sich vor, wie er Mi Mi betrachtete: Sie lag nackt vor ihm. Ihr schlanker Körper, ihr kleiner, fester Busen. Er sah ihren flachen Bauch und die Schamhaare. Ihre zarten Schenkel, ihr Geschlecht. Es war sonderbar, aber das Bild reizte ihn nicht. Es konnte nichts Schöneres geben, als mit der Zunge über ihre Haut zu streichen, mit den Lippen ihre Brust zu berühren und dabei zu hören, wie ihr Herz immer wilder tanzte.

Die Stimme des Onkels unterbrach ihn in seinen Gedanken.

»Ich habe in den kommenden Tagen viel zu tun und werde kaum Zeit mit dir verbringen können«, sagte U Saw, nachdem er aufgegessen hatte. »Aber Hla Taw, einer der Hausjungen, steht dir jederzeit zur Verfügung. Er wird dich im Garten herumführen oder auch in der Stadt, wenn du möchtest. Sag ihm, was immer du brauchst. Wenn ich es einrichten kann, werden wir am Wochenende zusammen essen. Der Termin mit Doktor McCrae ist am Dienstag.« U Saw zögerte. Hatte der Astrologe ihm vorgeschrieben, wie viel Zeit er mit dem in Not geratenen Familienmitglied verbringen sollte? Er konnte sich an nichts dergleichen erinnern. Um sicher zu gehen, wollte er ihn am Nachmittag wieder aufsuchen.

»Ich danke dir, U Saw«, antwortete Tin Win. »Ich habe deine Großzügigkeit nicht verdient.«

U Saw stand auf. Er war mehr als zufrieden. Sein Neffe wusste, was sich gehört. Der Gedanke, dass er, U Saw, ihm das Augenlicht schenken könnte, gefiel ihm, gefiel ihm ganz außerordentlich. Eine solche Geste der Großzügigkeit, die alles andere als selbstverständlich war, würde belohnt werden. Davon war er überzeugt.

3

Tin Win lag nachts wach und schlief am Tage. Er hatte sich einen Durchfall zugezogen. Der Weg zum Badezimmer wurde immer länger, und er verbrachte Stunden auf den Fliesen vor der Toilette aus Angst, er könnte es nicht rechtzeitig schaffen.

Überall wimmelte es von Geräuschen, die ihn verspotteten oder ihm Angst machten. Im Bad röchelte und gluckste es in den Wänden und im Boden. Die Spinne unter seinem Bett war gefräßig geworden. Der Todeskampf der Fliegen, das Brechen ihrer Beinchen, die saugenden und schmatzenden Geräusche der Spinne ekelten ihn. Eines Morgens hörte er eine Schlange in seinem Zimmer lautlos über den Boden schleichen. Ihr Herzklopfen verriet sie. Er hörte, wie sie näher kam. Wie sie in sein Bett kroch. Über die Beine. Er spürte ihren kalten, feuchten Körper durch das dünne Laken. Sie zischte neben seinem Kopf. Als wolle sie ihm eine Geschichte erzählen. Stunden später verschwand sie durch das halb offene Fenster. Die Geckos an den Wänden lachten ihn aus. Mehr als einmal hielt er sich die Ohren zu und schrie um Hilfe.

Hla Taw schob es auf das fremde Essen und die Hitze. Tin Win wusste es besser. Er saß auf einem Baumstumpf. Wartete. Bald, hatte sie gesagt.

Er holte tief Luft und hielt den Atem an. Zählte die Sekunden. Vierzig. Sechzig. Der Druck in seiner Brust wuchs. Neunzig. Hundertzwanzig. Ein Schwindel überkam ihn. Sein Körper gierte nach Sauerstoff. Tin Win gab nicht nach. Er hörte sein eigenes Herz stottern. Er wusste, dass er die Kraft besaß, es zum Stillstand zu bringen.

In der Ferne sah er den Tod auftauchen. Mit weiten Schritten kam er auf ihn zu. Wurde größer und größer, bis er vor ihm stand.

»Du hast mich gerufen.«

Tin Win empfand Angst. Nicht vor der Nähe des Todes, nicht vor seiner Stimme. Angst vor sich selbst. Er hatte ihn gerufen, aber er wollte nicht sterben. Nicht jetzt. Nicht hier. Er war nicht mehr der kleine Junge, der sich aus Furcht verkroch, der keinen anderen Wunsch hatte, als sich aufzulösen, einfach im Nichts zu verschwinden. Er wollte leben. Er wollte zu Mi Mi. Er wollte sie noch einmal spüren, ihren Atem auf seiner Haut, ihre Lippen an seinem Ohr.

Den Gesang ihres Herzens.

Er atmete tief ein.

Er würde herausfinden, was sein Onkel von ihm wollte, er würde tun, was man von ihm verlangte, und dann auf dem schnellsten Wege nach Kalaw zurückkehren.

Vier Tage später stand Tin Win in der Terrassentür und lauschte. Es hatte zu regnen begonnen. Kein Wolkenbruch, eher ein gleichmäßiges, etwas behäbiges Rascheln und Klopfen. Tin Win mochte den Regen, er empfand ihn als Verbündeten. In ihm hörte er Mi Mi flüstern, ihre Stimme, die so zärtlich sein konnte. Dem Garten und dem Haus verlieh er Konturen, lüftete einen Schleier vom Anwesen des Onkels. Zeichnete Bilder. Das Plätschern klang an jeder Stelle des Gartens anders. Neben Tin Win schlug das Wasser mit einem hohlen Krachen auf das Blechdach, das die Küche mit dem Haupthaus verband. Vor ihm prasselte es auf die Steine der Terrasse, deren Größe er dank des Schauers genau abschätzen konnte. Auf dem Gras klangen die Tropfen viel weicher. Er hörte den Weg zwischen den Beeten, den Büschen und dem Rasen, die sandige Erde verschluckte das Wasser fast ohne einen Laut. Tin Win hörte, wie es auf die gro-ßen Palmenblätter fiel und dann die Stämme hinunterströmte, wie es sich über die Blumen ergoss und an den Blüten rupfte und zerrte. Er stellte fest, dass der Garten nicht eben war, das Wasser floss kaum hörbar zur Straße hin ab. Ihm war, als wäre er in seinem Zimmer an das Fenster getreten, hätte die Läden ge-öffnet und zum ersten Mal über das Grundstück geblickt.

Der Regen wurde stärker. Das Trommeln auf dem Blechdach schwoll an, und Tin Win trat auf die Terrasse hinaus. Das Was-ser war viel wärmer als in Kalaw. Er breitete die Arme aus, die Tropfen waren groß und fett geworden. Sie massierten seine Haut. Er spürte Mi Mi auf seinem Rücken, wollte ihr den Gar-ten zeigen, machte ein paar Schritte und lief los. Er rannte über die Terrasse auf den Rasen, wich einer Palme aus, lief um den Tennisplatz, hüpfte über zwei kleine Büsche, raste in einem gro-ßen Bogen zur Hecke, die das Grundstück begrenzte, und wie-der zurück zur Terrasse. Und noch einmal. Ein drittes Mal. Das Laufen befreite ihn. Es setzte Kräfte frei, die in den vergangenen Tagen verkümmert waren.

Der Regen hatte ihn aus seiner Angst gerissen, und mit je-dem Tropfen wurde er wacher. Mi Mi war bei ihm. Sie hatte ihn zum Leben erweckt und würde ihn nicht wieder loslassen. Er wusste, dass sie auf ihn wartete. Das Einzige, was Fremdheit schuf zwischen ihnen, war seine Furcht und seine Trauer. U May hatte es ihm gesagt: Angst macht blind und taub. Wut macht blind und taub. Neid und Misstrauen. Es gab nur eine Kraft, die stärker war als die Angst.

Tin Win lief zur Terrasse. Außer Atem, triefend vor Glück.

»Tin Win.« Die Stimme des Onkels. Warum war er früh-zeitig aus dem Büro gekommen?

»Doktor McCrae hat Bescheid gegeben. Seine Termine haben sich geändert. Wir sollen schon heute kommen. Jetzt gleich.«

U Saw schwieg einen Moment und betrachtete seinen Nef-fen. »Ich habe dich rennen sehen. Bist du wirklich blind?«

So nah kann man der Wahrheit kommen, ohne es zu ahnen.

Die Untersuchung dauerte nur wenige Minuten. Eine Kranken-schwester hielt ihm den Kopf, ein Arzt mit kräftigen Händen zog die Haut um seine Augen auseinander. Stuart McCrae saß direkt vor ihm und beugte sich weit nach vorn. Sein Atem roch nach Tabak.

Während der Untersuchung sagte McCrae kein Wort. Tin Win konzentrierte sich auf das Schlagen dieses Herzens und überlegte, ob er daraus wohl die Diagnose erkennen könnte. Das Pochen veränderte sich nicht. Es war nicht unangenehm, nur fremd. Es klang gleichmäßig, zuverlässig. So auch die Stimme. McCrae sprach in kurzen Sätzen, die irgendwo begannen und genauso abrupt endeten, die keine Höhen und keine Tiefen kannten. Nicht unangenehm, nur frei von jedem Gefühl.

Die Diagnose war schnell gestellt. (Tin Win war blind, zur Beruhigung U Saws.) Grauer Star. Äußerst ungewöhnlich in diesem Alter. Vermutlich eine Erbkrankheit. Operabel. Wenn sie wollten, gleich morgen.

Das Schlimmste waren die Spritzen. Mit langen, fetten Nadeln stachen sie ihm über und unter die Augen und in die Nähe der Ohren. Das kalte Metall drang tiefer und tiefer in sein Fleisch. Als wollten sie ihn aufspießen. Dann entfernten sie die Linsen. Tin Win fühlte die Schnitte, aber keinen Schmerz. Sie verlangten nach Nadel und Faden und flickten die Haut wieder zusammen. Wie ein Stück Stoff. Die nächsten zwei Tage trug er einen Verband um den Kopf.

Jetzt klapperten Ärzte und Krankenschwestern mit Scheren und Pinzetten und gaben einander Anweisungen, die Tin Win nicht verstand. Sie würden ihm sein Augenlicht wieder geben, hieß es. Er würde sich wie neugeboren fühlen. Behaupteten sie.

Sie würden ihm die Augenbinden abnehmen, und er würde Licht wahrnehmen, warmes, strahlendes Licht. Er würde Schemen und Konturen erkennen, und in einigen Tagen, wenn seine Starbrille fertig sei, würde er wieder sehen können. Besser, als je zuvor in seinem Leben.

Tin Win war nicht sicher, ob er ihnen glauben sollte. Nicht, dass er ihnen misstraute oder den Verdacht hatte, sie würden ihm wissentlich die Unwahrheit erzählen. Sie meinten, was sie sagten, aber sie sprachen über andere Dinge. »Was gibt es Kostbareres als die Augen?«, hatte Stuart McCrae vor der Operation gefragt und auch gleich eine Antwort gegeben. »Nichts. Man weiß nur, was man sieht.«

Sie taten, als befreiten sie ihn aus einem Gefängnis. Als ob es nur eine Wahrheit gäbe. Tin Win überlegte, ob sie wohl schon einmal den Gesang eines Herzens gehört hatten? Würden Sie ihn erkennen? Was würde ihnen ein Regenschauer sagen? Dass sie Regenschirme brauchen?

Die Schwestern baten um ein wenig Geduld.

Tin Win wollte ihnen erklären, dass er nicht aufgeregt war. Niemand musste sich seinetwegen beeilen. Wenn er ungeduldig war, dann nur, weil er zurück wollte zu einer jungen Frau, die sich auf allen Vieren fortbewegte. Die wusste, dass man nicht nur mit den Augen sah und Entfernungen nicht in Schritten maß. Würden sie das verstehen? Er zog es vor zu schweigen.

»Wir sind soweit.« McCrae löste den Verband. Er rollte ihn auf, und mit jeder Windung wuchs die Spannung im Raum. Selbst McCraes Herz schlug einen Takt schneller als gewöhnlich.

Tin Win öffnete die Augen. Es traf ihn mit der Wucht eines Schlages. Licht. Grelles, gleißendes Licht. Nicht dämmrig, nicht milchig, sondern weiß und hell. Richtig hell.

Das Licht tat weh. Es brannte in den Augen, und er fühlte einen stechenden Schmerz im Kopf. Er kniff die Augen zusammen. Flüchtete in die Dunkelheit.

»Siehst du mich?«, rief der Onkel. »Siehst du mich?«

Nein, das tat er nicht. Musste er auch nicht, er hörte das Herz. Es klang, als würde U Saw sich selber Beifall klatschen. Das zufriedene Gesicht seines Onkels konnte er sich vorstellen.

»Siehst du mich?«, wiederholte U Saw.

Tin Win blinzelte. Als könnte er so die Schmerzen aus dem Licht filtern.

Als gäbe es ein Zurück.

4

Die Brille passte auf Anhieb. Auf der Nase, hinter den Ohren.

Er sollte die Augen öffnen. Als wäre das so einfach. Nach acht Jahren.

Tin Win wollte warten.

Bitte die Augen öffnen. Er wollte warten, bis Mi Mi vor ihm sitzen würde. Sie, und nur sie, wollte er als Erstes sehen.

DIE AUGEN ÖFFNEN. Ungeduldige Stimmen.

Er musste sie aufstemmen. Mit ganzer Kraft an den Lidern ziehen und zerren, bis sie sich ein winziges Stück öffneten. Einen Spalt breit, nicht mehr. Einen Spalt billigte er ihnen zu. Er lugte daraus hervor wie aus einem Versteck.

Der Schleier war fort. Weggeblinzelt.

Der milchiggraue Nebel war verschwunden.

Alles, was er sah, war deutlich und klar. Seine Sehschärfe versetzte ihm einen Stich, der von den Augäpfeln über die Stirn bis in den Nacken zog. Doktor McCrae und U Saw standen vor ihm. Sie starrten ihn an, stolz und gespannt. Als hätten sie die Welt neu erschaffen, nur für ihn.

Das Gesicht seines Onkels. Ja, er sah ihn.

Die Augen schlugen wieder zu. Rums, rums. Türen, die ins Schloss fielen. In der Dunkelheit fühlte er sich sicherer.

Nein, es tat nichts weh. Nein, ihm war nicht schwindlig. Nein, er wollte sich nicht hinlegen. Es war nur zu viel. Zu viel Licht. Zu viele Augen, die ihn anglotzten. Zu viele Erwartungen. Zu viele Farben. Sie irritierten ihn. Das cremige Weiß der Zähne U Saws und ihre braunen Ränder. Das silbrige Glitzern der Chromlampe auf dem Schreibtisch des Arztes. Seine rötlichen Haare und Augenbrauen. Die dunkelroten Lippen der Krankenschwester. Tin Win hatte in einer schwarzweißen Welt gelebt. Farben klingen nicht. Sie glucksen nicht, zirpen nicht, quietschen nicht. Die Erinnerungen an sie waren mit den Jahren verblasst, wie Schriftzeichen auf einem Blatt Papier.

Bitte die Augen noch einmal öffnen. Tin Win schüttelte den Kopf. Nicht einen Spalt.

»Irgendetwas fehlt ihm«, sagte U Saw zum Arzt.

»Das glaube ich nicht. Es ist die Umstellung. Er wird sich daran gewöhnen«, antwortete McCrae.

Sie hatten beide Recht, ohne es zu wissen.

Tin Win saß auf einer roten Backsteinmauer am Ufer des Rangunflusses. Vor ihm lag der Hafen.

Die Augen öffnen. Er musste sich selber ermahnen. Zehn Tage waren vergangen, seit die Welt wieder Konturen bekommen hatte. Zehn lichterfüllte Tage. Zehn Tage voller Bilder. Gestochen scharf. Kunterbunt. Gewöhnt hatte er sich nicht daran.

Tin Win blickte umher. Flussabwärts standen blattlose Bäume aus Stahl, die auf Schienen hin und her polterten. Ihre Haken verschwanden in den Bäuchen der Frachtschiffe und tauchten bald darauf mit Dutzenden von zusammengeschnürten Säcken wieder auf. Gestern hatten sie einen Elefanten an Bord gehievt. Er hatte an Seilen in einem roten Tuch gehangen und mit den Beinen gerudert. Hilflos, wie ein Käfer auf dem Rücken. Vor den Lagerschuppen stapelten sich Kisten und Fässer. Mit schwarzer Farbe stand darauf geschrieben, wohin die Reise ging. Kalkutta. Colombo. Liverpool. Marseille. Port Said. New York.

Im Hafen kreuzten Hunderte von Booten. Einige hatten Segel, andere Motoren, in manchen saß ein einsamer Ruderer. Viele

Schiffe waren bis zum Rand voll beladen mit Menschen, Körben und Fahrrädern, so dass bei jeder Welle Wasser über Bord schwappte. Flussaufwärts dümpelten Hausboote, auf denen ganze Sippen lebten. Zwischen den Masten hing Wäsche zum Trocknen, an Deck spielten Kinder. Ein alter Mann lag in einer Hängematte.

Tin Win beobachtete Möwen, die ohne Flügelschlag durch die Luft glitten. Er hatte noch nie so elegante Vögel gesehen. Trotz der leichten Brise, die über das Wasser wehte, war es feucht und heiß.

Tin Win schloss die Augen. Er hörte den Kolbenschlag eines Schiffsmotors. Die Holzwürmer in der Wand des Lagerschuppens neben ihm. Den japsenden Herzschlag der Fische in einem Korb zu seinen Füßen. Das Klatschen der Wellen gegen die Rümpfe. Er konnte am Klang erkennen, ob ein Boot aus Metall oder Holz gebaut war, sogar die Holzart, aus der die Planken gefertigt waren, erkannte er. Die Geräusche machten den Hafen lebendiger als alles, was seine Augen wahrnahmen, es gekonnt hätten. Mit ihnen registrierte er Bilder, eine Flut von Bildern. Jede Sekunde, jede Bewegung der Pupille, jede Drehung des Kopfes brachte ein neues davon. Er betrachtete sie, ohne dazuzugehören, er war ein neugieriger Beobachter, nicht mehr.

Seine Augen konnten für Minuten auf demselben Fleck verharren, auf einem Segel, einem Anker, einem Kutter oder einer Blüte im Garten des Onkels. Er tastete den Gegenstand mit seinen Blicken ab, befühlte ihn, jede Krümmung, jede Kante, jeden Schatten, als könne er ihn in Einzelteile zerlegen und wieder zusammensetzen und dabei hinter die Fassade, unter die Oberfläche schauen. Zum Leben erwecken. Es gelang ihm nicht. Dass er etwas sah – einen Vogel, einen Menschen, ein Fischerboot –, machte diesen Gegenstand weder lebendiger noch brachte es ihm irgendetwas näher. Die Bilder gerieten in Bewegung und blieben dennoch Bilder. Tin Win empfand einen merkwürdigen

Abstand allem gegenüber, was er sah. Die Brille war kein Ersatz für Mi Mis Augen. Mit ihnen hatte er mehr als nur Bilder gesehen.

Er kletterte von der Mauer und ging am Hafen entlang. War er undankbar? Was hatte er erwartet? Die Augen halfen ihm im Alltag. Er bewegte sich unbeschwerter, musste keine Angst mehr haben, gegen Stühle oder Wände zu laufen, über schlafende Hunde oder Baumwurzeln zu stolpern. Sie waren Werkzeuge, die er bald beherrschen würde, Werkzeuge, die sein Leben sicherer, bequemer, einfacher machen würden.

Vielleicht war die Distanz, die sie bewirkten, der Preis dafür. Er dachte an U May. Das Wesentliche ist für die Augen unsichtbar, hatte er ihn gewarnt. Lerne, das Wesen der Dinge zu erfassen. Dabei sind die Augen eher hinderlich. Sie lenken uns ab, wir lassen uns gern blenden. Tin Win erinnerte jedes Wort.

Er ging den Rangun-Fluss entlang, an Booten und Kränen vorbei. Um ihn herum schleppten Männer Reissäcke vom Pier in einen Lagerschuppen. Sie gingen gebückt, trugen die Last auf dem Rücken. Ihre Longys hatten sie oberhalb der Knie zusammengeknotet, der Schweiß verklebte ihre Augen. Ihre dunklen Beine waren dürr wie Stöcke, und die Muskeln spannten sich unter dem Gewicht bei jedem Schritt. Kulis bei der Arbeit. Erst als Tin Win die Augen schloss, berührte ihn das Bild. Sie stöhnten. Leise, aber jammervoll. Ihre Mägen winselten vor Hunger. Ihre Lungen gierten nach Luft. Die Herzen klangen ausgelaugt und kraftlos. In manchem Pochen erkannte er das nahe Ende.

Die Fähigkeit des Hörens hatte er behalten. Sobald er sich in der Finsternis versteckte, entging seinen Ohren nichts. Er wollte die Augen als zusätzliche Hilfe benutzen. Schaden würden sie nicht, so lange er U Mays Warnung beherzigte.

Tin Win lief weiter flussabwärts und bog dann in eine Seitengasse. Dort war die Luft fast unerträglich. Keine Brise vom Hafen, keine Großzügigkeit von Alleen, auf denen Europäer flanieren. Die meisten der dicht aneinander gebauten Häuser waren aus Holz, die Fenster standen weit offen. Er hatte das Gefühl, in den Keller der Stadt hinabgestiegen zu sein. Es war dreckig, eng und laut, es stank nach Schweiß und Pisse. Im Rinnstein lagen verfaultes Obst, Essensreste, Lumpen und Papier. Überall hockten Menschen auf Schemeln und Bänken auf den viel zu schmalen Bürgersteigen, viele waren bis auf die Straße ausgewichen. Die Erdgeschossläden waren bis unter die Decke mit Waren voll gestopft, mit Stoffballen, Tee, Kräutern, Gemüse, Nudeln und vor allem mit Reis. Tin Win hatte nicht gewusst, dass es so viele verschiedene Sorten gab und dass jede anders roch. Die Passanten lachten und redeten in einer Sprache, die er nicht verstand. Manche starrten ihn an, als wäre er ein Eindringling. Kein willkommener.

Tin Win überlegte, ob er umkehren sollte. Er machte die Augen zu. Was er hörte, war nicht bedrohlich. In den Küchen brutzelte Fett. Frauen kneteten Teig oder hackten Fleisch und Gemüse. In den oberen Stockwerken lachten und kreischten Kinder. Die Stimmen auf der Straße klangen nicht feindselig.

Auch die Herzen nicht.

Er ging weiter. Packte die Geräusche ein, die Gerüche, die Bilder. Alles bekam seinen Platz. Als könnte er die Eindrücke verschnüren und verstauen, um sie später mit Mi Mi zu teilen. Sie sollte nichts versäumen.

Nach ein paar Häuserblocks war er vom chinesischen Viertel in ein indisches gelangt. Die Menschen waren größer, ihre Haut dunkler. Doch die Luft war nicht besser, die Straßen genauso überfüllt. Ein anderer Kellerraum. Die Essensgerüche waren vertrauter. Curry. Ingwer. Zitronengras. Roter Pfeffer. Die Passanten beachteten ihn nicht. Tin Win stellte fest, dass er an den Herztönen nicht erkennen konnte, ob er durch eine chinesische oder eine indische Straße ging, ob er sich unter Engländern oder Birmanen befand. Sie klangen von Mensch zu

Mensch verschieden, verrieten Alter oder Jugend, Freude, Trauer, Angst oder Mut, doch bei Rassen oder Nationalitäten gab es keinen Unterschied.

Der Fahrer wartete wie verabredet am frühen Abend in der Nähe der Sule-Pagode auf ihn. Sie fuhren an den Seen vorbei, auf denen sich die Wolken in der Dämmerung in einem hellen Rosa spiegelten.

Zu Hause wartete U Saw auf ihn. Seit der Operation aßen Onkel und Neffe jeden Abend gemeinsam. Beim ersten Mal fühlte sich Tin Win so unwohl, dass er weder den Reis noch das Curry anrührte. Er entschuldigte sich und schob es auf die Hitze. U Saw bemerkte den mangelnden Appetit nicht. Er wollte wissen, was der Neffe am ersten Tag mit seinem, U Saws, Geschenk gemacht hatte. Was hast du gesehen? Wo bist du gewesen?

Tin Win waren die Fragen unangenehm. Er wollte seine Erlebnisse nicht teilen. Nicht mit U Saw. Sie waren für Mi Mi bestimmt. Andererseits wollte er auch nicht unhöflich oder gar undankbar sein. Er versuchte, seine Eindrücke so kurz wie möglich zu schildern. Am fünften Abend bemerkte Tin Win, dass der Onkel gar nicht reagierte, als er ihm die Geschichten vom Vorabend wiederholte. Er hörte nicht zu, oder es interessierte ihn nicht, vermutlich beides. Das machte die Sache einfacher. Dieselben Fragen, dieselben Antworten. Und so entstand Abend für Abend eine flüssige Unterhaltung, die der Onkel jedes Mal mit dem letzten Bissen und nach genau zwanzig Minuten mitten im Satz beendete. Er erhob sich, erklärte, dass er noch zu arbeiten hätte, wünschte Tin Win eine gute Nacht und einen schönen nächsten Tag und verschwand.

Heute aber war alles anders. U Saw stand in der Halle und begrüßte einen Besucher. Sie verneigten sich mehrmals und redeten in einer Sprache, die Tin Win fremd war. Als der Onkel ihn kommen sah, winkte er ihn durch in sein Büro. Tin Win hockte sich auf die Kante eines Ledersessels und wartete. Der Raum war dunkel, an den Wänden stapelten sich Bücher bis unter die Decke. Auf dem lederbezogenen Schreibtisch stand ein Ventilator, der heiße Luft durch das Zimmer blies. Nach ein paar Minuten kam U Saw. Er setzte sich hinter den Schreibtisch und blickte Tin Win an.

»Du hast in Kalaw die Klosterschule besucht. Richtig?«

»Ja.«

»Du kannst rechnen?«

»Ja.«

»Lesen?«

»Ja. Braille. Früher ... «

»Und schreiben?«

»Bevor ich erblindete, konnte ich schreiben.«

»Du wirst es schnell wieder lernen. Ich möchte, dass du in Rangun eine Schule besuchst.«

Tin Win hatte auf das Bahnticket nach Kalaw gehofft. Vielleicht nicht morgen, aber in den nächsten Tagen. Die Aussicht darauf hatte ihm die Kraft gegeben, die Tage zu überstehen und die Stadt zu entdecken. Er sollte zur Schule. In Rangun. Er wollte schreien und biss sich auf die Lippen. Er wusste, dass dies kein Vorschlag war. U Saw machte keine Vorschläge. Er teilte mit, was zu tun war. Der Respekt vor dem älteren Familienmitglied verbot es Tin Win, etwas anderes als Demut und Dankbarkeit zu zeigen. Fragen stellte in diesem Haus nur einer.

»Ich bin deine Großzügigkeit nicht wert, Onkel.«

»Schon gut, schon gut. Ich kenne den Direktor der St. Pauls High School. Du wirst ihn morgen früh besuchen. Der Fahrer bringt dich hin. Eigentlich bist du zu alt, aber er will dich testen. Ich bin sicher, er kann uns helfen.«

U Saw stand auf. »Ich muss mich jetzt um meinen Gast kümmern. Morgen Abend wirst du mir berichten, wie es bei St. Pauls war.«

U Saw ging in den Salon, wo der japanische Konsul auf ihn wartete. Er dachte kurz darüber nach, ob Tin Wins Dankbarkeit echt war. Sein Gesicht hatte heftig gezuckt, als er ihn von seinen Plänen unterrichtet hatte. Warum? War es wichtig? Der Astrologe hatte ihm ohnehin keine Wahl gelassen. Die großzügige Spende an das Krankenhaus in Rangun würde nicht helfen. Ein Verwandter musste es sein, und es durfte sich nicht um eine einmalige Tat handeln. Er musste sich seiner annehmen. Und außerdem: Hatten die Warnungen des Astrologen und U Saws Barmherzigkeit nicht schon erste Erfolge gebracht? Hatte er nicht zwei Tage nach der Operation den lang ersehnten Vertrag über den Verkauf von Reis an die Regierung unterschrieben? Aßen nicht bald alle britischen Garnisonen in der Hauptstadt seinen Reis? Auch die Verhandlungen über den Kauf der Baumwollfelder am Ufer des Irawadi liefen seit der Ankunft Tin Wins sehr vielversprechend.

Vielleicht, so dachte U Saw, habe ich mir einen Glücksbringer ins Haus geholt. Für die nächsten zwei Jahre jedenfalls sollte er in Rangun bleiben. Möglicherweise würde er in seinem ständig wachsenden Unternehmen Verwendung für ihn finden. Warum sollte aus Tin Win nicht ein brauchbarer Assistent werden? Im Haus störte er nicht. Außerdem erzählte er beim Abendessen immer neue und recht unterhaltsame Geschichten.

5

Geliebte Mi Mi,
hast du die Vögel gehört heute Morgen? Waren sie lauter oder leiser, haben sie schöner gesungen als sonst? Haben sie dir verraten, worum ich sie bat? Ich bin gestern Abend durch den Garten gegangen und habe ihnen zugeflüstert, wie sehr ich

dich liebe, und sie haben versprochen, es weiterzutragen, von Busch zu Busch und durch die Nacht von Baum zu Baum, durch das Delta und den Sittang hinauf, die Berge hinauf bis nach Kalaw. In den Bäumen vor eurem Haus wollten sie sitzen und dir erzählen, von meiner Liebe, meiner Sehnsucht.

Und du, geliebte Mi Mi? Ich wünsche mir nichts mehr, als dass es dir gut geht. Oft stelle ich mir vor, was du machst am Tag, ich sehe dich auf dem Markt sitzen, auf dem Rücken eines deiner Brüder durch Kalaw gehen oder zu Hause in der Küche das Essen vorbereiten. Ich höre dich lachen und höre den Klang deines Herzens, den schönsten Laut, den ich je vernommen habe. Ich sehe dich leiden, aber nicht entmutigt. Ich sehe dich traurig, aber nicht ohne Freude und Glück. Ich hoffe, ich täusche mich nicht. Eine Stimme in mir sagt, dass es dir ähnlich geht wie mir.

Sei nicht böse, aber ich muss jetzt Schluss machen, Hla Taw wartet. Er nimmt meinen Brief jeden Morgen mit zur Post, und ich möchte nicht, dass ein Tag vergeht, an dem du nichts von mir hörst. Bitte grüße Su Kyi, deine Eltern und Brüder von mir. Ich denke viel an sie.

Ich umarme und küsse dich,
dein dich über alles liebender
Tin Win

Geliebte Mi Mi,
wenn ich nachts in den Himmel über Rangun schaue, sehe ich Tausende von Sternen, und es ist für mich ein tröstlicher Gedanke, dass es etwas gibt, das wir jeden Abend teilen können. Wir sehen dieselben Sterne. Ich stelle mir vor, dass sich jeder unserer Küsse in einen Stern verwandelt hat. Sie stehen am Himmel und wachen über uns. Mir leuchten sie den Weg in der Dunkelheit. Der größte aller Planeten bist du, meine Sonne …

U Saw las nicht weiter. Er schüttelte den Kopf, legte den Brief zur Seite und zog eine Hand voll neuer Umschläge aus dem Haufen, der vor ihm lag.

Geliebte Mi Mi,
warum steht die Zeit still, wenn du nicht bei mir bist? Die Tage sind endlos. Selbst die Nächte haben sich gegen mich verschworen. Ich kann nicht schlafen. Ich liege wach und zähle die Stunden. Ich habe das Gefühl, dass ich allmählich die Fähigkeit des Hörens verliere. Seit ich wieder mit meinen Augen sehe, werden die Ohren schlechter.
Hören gegen Sehen? Ein entsetzlicher Gedanke. Es wäre ein schlechter Tausch. Ich traue meinen Ohren mehr als meinen Augen. Sie sind mir bis heute fremd. Vielleicht bin ich von ihnen enttäuscht. Noch nie habe ich die Welt mit ihnen so klar und deutlich, so schön und intensiv gesehen, wie mit deinen Augen. Mit ihnen ist der Halbmond nur der Halbmond und keine Melone, von der du die Hälfte gegessen hast. Mit ihnen ist ein Stein nichts als ein Stein und kein verzauberter Fisch, und am Himmel ziehen keine Wasserbüffel, Herzen oder Blumen vorbei. Nur Wolken.
Aber ich will nicht klagen. U Saw ist gut zu mir, ich konzentriere mich auf die Schule und glaube, dass ich am Ende des Schuljahres wieder bei dir sein kann.
Vergiss nicht die Grüße an Su Kyi, die Gute. Ich küsse und umarme dich,
für immer dein
Tin Win

Geliebte Mi Mi,
über sieben Monate ist es jetzt her, dass U Saw mich in die Schule geschickt hat. Gestern haben sie mich zum dritten Mal einen Jahrgang höher gestuft, nun bin ich da angelangt,

wo ich vom Alter her hingehöre, sagen sie. Niemand versteht, wie ein Blinder in einer Klosterschule in Kalaw so viel lernen konnte. Sie kannten U May nicht...

Geliebte Mi Mi,
verzeih mir, falls die Briefe der vergangenen Wochen zu traurig klangen. Ich möchte dich mit meiner Sehnsucht nicht belasten. Mach dir bitte keine Sorgen um mich. Manchmal ist es einfach schwer, nicht zu wissen, wie lange ich noch stark sein muss, wann ich dich endlich wiedersehe. Aber es ist nicht Sehnsucht oder Angst, die ich fühle, wenn ich an dich denke. Es ist eine grenzenlose Dankbarkeit. Du hast mir die Welt geöffnet, und du bist ein Teil von mir geworden. Ich sehe die Welt mit deinen Augen. Du hast mir geholfen, meine Angst zu überwinden. Mit deiner Hilfe habe ich gelernt, sie zu ertragen. Meine Gespenster überwältigen mich nicht mehr. Mit jedem Mal, wenn du mich berührt hast, mit jeder Stunde, die ich deinen Körper auf meinem Rücken, deine Brüste auf meiner Haut, deinen Atem in meinem Nacken spüren durfte, sind sie kleiner geworden. Geschrumpft. Gebändigt. Ich wage es, ihnen in die Augen zu schauen. Du hast mich befreit. Ich bin dein.
In Liebe und Dankbarkeit
Tin Win

U Saw faltete die Briefe wieder zusammen. Er hatte genug gelesen. Wo hört die Liebe auf, und wo fängt der Wahnsinn an, fragte er sich, während er die Papierbögen wieder in ihre Umschläge steckte. Gab es überhaupt einen Unterschied?

Warum schrieb Tin Win fortwährend von der Dankbarkeit und Achtung, die er dieser Frau gegenüber empfand? Selbst bei längerem Nachdenken fiel U Saw kein Mensch ein, vor dem er besondere Achtung hatte. Er respektierte einige der Reismühlenbesitzer, sicher. Vor allem jene, die erfolgreicher waren als er. Vor manchen Engländern hatte er Respekt, obwohl das in der letzten Zeit immer mehr abnahm. Und dankbar? Er kannte niemanden, dem er Dankbarkeit schuldete. Seiner Frau war er dankbar gewesen, wenn sie beim Abendessen nicht zu viel redete und ihn in Ruhe ließ.

Er blickte auf den Stapel Briefe, der vor ihm auf dem Schreibtisch lag. Seit einem Jahr schrieb sein Neffe dieser Mi Mi in Kalaw jeden Tag einen Brief. Seit einem Jahr! Jeden Tag! Ohne Ausnahme. Und das, obwohl er bisher nicht einmal eine Antwort erhalten hat. U Saw blickte auf den Stapel Briefe, der seinen Schreibtisch füllte. Er war froh, dass es in diesen schwierigen Zeiten Hauspersonal gab, auf das man sich verlassen konnte. Jeden Abend gab ihm der gute Hla Taw Tin Wins Brief, den er hätte zur Post bringen sollen. Selbstverständlich sortierte er auch Mi Mis Brief aus, der täglich mit der späten Post kam. Sie hören und lesen nichts voneinander und hören dennoch nicht auf, einander Briefe zu schreiben. U Saw musste laut lachen über so viel Irrsinn. Er versuchte sich zu beherrschen, prustete aber los, verschluckte sich, hustete und rang nach Luft. Als er sich dann beruhigt hatte, legte er die Umschläge zurück in die oberste Schublade und öffnete die unterste. Mi Mis Briefe hatte er bisher ungelesen dort hineingelegt. Wahllos nahm er einige von ihnen heraus.

Mein kleiner, geliebter Tin Win,
ich hoffe, du hast jemanden gefunden, der dir meine Briefe vorliest. Gestern hat sich meine Mutter zu mir auf die Veranda gesetzt, sie hat meine Hände genommen, mich angeschaut und gefragt, ob es mir gut geht. Und sie sah dabei aus, als wollte sie mir sagen, dass sie dem Tod nahe ist. Danke, Mama, mir geht es gut, habe ich geantwortet. Wie hältst du es ohne Tin Win aus? Er ist schon mehr als einen Monat fort, wollte

sie wissen. Ich habe versucht, ihr zu erklären, dass ich nicht ohne dich bin, dass du bei mir bist von dem Moment, an dem ich erwache, bis zu dem Augenblick, in dem ich einschlafe, dass du es bist, den ich spüre, wenn der Wind mich streichelt, dessen Stimme ich in der Stille höre, den ich sehe, wenn ich die Augen schließe, der mich zum Lachen bringt und mich singen lässt, wenn ich niemanden in meiner Nähe weiß. Ich habe das Mitleid in ihren Augen gesehen und geschwiegen. Es war eines dieser Missverständnisse, bei dem Worte nichts ausrichten können.

Meine ganze Familie bemüht sich rührend um mich. Meine Brüder fragen mich ständig, ob ich irgendwohin möchte, und sie tragen mich in ganz Kalaw herum. Ich denke an dich und summe auf ihren Rücken vor mich hin. Meine Freude ist ihnen rätselhaft, manchmal vielleicht auch unheimlich. Wie soll ich ihnen erklären, dass das, was du mir bedeutest, was du mir gibst, nicht davon abhängt, an welchem Ort der Welt du bist? Dass man nicht die Hand des anderen spüren muss, um einander zu berühren?

Gestern haben wir Su Kyi besucht. Ihr geht es gut. Sie würde sich freuen, wenn du ihr eine Nachricht zukommen ließest. Ich habe ihr gesagt, wir werden von dir hören oder lesen, wir werden dich wiedersehen, wenn die Zeit dafür gekommen ist. Aber du kennst sie. Sie macht sich Sorgen. Jetzt muss ich aufhören, damit mein Bruder den Brief noch mit zur Post nehmen kann. Sei lieb gegrüßt von Su Kyi, von meiner Mutter und meinen Brüdern und ganz besonders von mir,
deine dich vermissende und mit jedem Tag mehr liebende
Mi Mi

Mein großer und starker, mein kleiner, geliebter Tin Win,
vor einigen Wochen habe ich angefangen, Cheroots zu rollen.
Meine Mutter meinte, ich sollte etwas lernen, womit ich eines

Tages Geld verdienen und für mich selber sorgen kann. Ich habe das Gefühl, sie glaubt nicht, dass du zurückkommst. Sie sagt das aber nicht. Weder ihr noch meinem Vater geht es sonderlich gut. Beide klagen über Schmerzen in den Beinen und im Rücken, und mein Vater wird immer kurzatmiger. Er arbeitet kaum noch auf dem Feld. Er hört auch immer schlechter. Es rührt mich zu sehen, wie sie alt werden. Beide sind sie weit über fünfzig, und die meisten Menschen in Kalaw erreichen dieses Alter gar nicht. Meine Eltern haben dieses Glück. Sie werden sogar gemeinsam alt. Was für ein Geschenk. Wenn ich einen Wunsch habe, so den, dass wir dieses Glück teilen. Ich möchte mit dir alt werden. Davon träume ich, wenn ich Cheroots rolle. Von dir und unserem Leben.

Die Arbeit ist viel leichter, als ich gedacht hatte. Mehrmals in der Woche kommt ein Mann aus dem Dorf und bringt einen Stapel getrocknete Thanatblätter, alte Zeitungen und Maisblätter (die benutze ich als Filter) und einen Sack mit der Tabakmischung. Ich sitze jeden Nachmittag zwei bis drei Stunden auf der Veranda, lege eine Hand voll Tabak in ein Blatt, presse es ein wenig, rolle es zwischen den Händen hin und her, bis es fest, aber nicht zu hart ist, stopfe den Filter hinein, falte das Blatt und schneide das eine Ende ab. Der Mann sagt, er habe noch nie eine Frau gesehen, die so schnell und mühelos Cheroots rollen kann. Seine Kunden sind ganz begeistert und behaupten, meine Cheroots hätten einen besonderen Geschmack, der sich von den Zigarren der anderen Frauen unterscheidet. Sollten sie sich weiterhin so gut verkaufen, müssen wir uns um unsere Zukunft keine Sorgen machen.

Gerade fängt es an zu regnen. Noch immer überläuft mich eine Gänsehaut bei jedem Schauer.

In Liebe,

deine Mi Mi

Mein Tigerchen,

den Schmetterling habe ich vor einigen Wochen tot auf unserer Veranda gefunden. Ich habe ihn gepresst. Es ist einer von denen, deren Flügelschlag du am liebsten mochtest. Er würde dich an das Pochen meines Herzens erinnern, hast du mir einmal gesagt. Keiner klänge zarter ...

U Saw ließ den Brief fallen. Er stand auf und ging ans Fenster. Es regnete. Die Tropfen bildeten dicke Blasen auf den Pfützen, die aber schnell zerplatzten.

Tin Win und Mi Mi waren von Sinnen, daran bestand für ihn kein Zweifel. Nicht ein bitteres Wort, selbst nach einem Jahr des Schweigens. Nicht die Andeutung eines Vorwurfs. Warum schreibst du mir nicht? Wo bleiben deine Antworten? Ich schreibe jeden Tag, und du? Liebst du mich nicht mehr? Gibt es jemand anderen?

Er war froh, dass die Liebe keine ansteckende Krankheit war. Sonst müsste er jetzt alle Hausangestellten entlassen und die Villa und den Garten gründlich reinigen. Womöglich hätte er sich selbst schon infiziert, wäre einer der Frauen im Haus verfallen. Ein törichter Gedanke, dem er sich nicht weiter hingeben wollte.

U Saw dachte darüber nach, ob die Briefe an seinen Plänen irgendetwas änderten. Vermutlich nicht. Der Liebeswahn würde vorüber gehen, davon war er überzeugt. Es gab kein Gefühl, das stark genug war, der zersetzenden Kraft der Zeit zu widerstehen. An der Entfernung und den Jahren würde auch diese Liebe zerbrechen.

Davon abgesehen hatte sich Tin Win seit seiner Ankunft als außerordentlich tüchtig und nützlich erwiesen. Er hatte die vom Astrologen prophezeite Katastrophe verhindert. Die Geschäfte liefen besser denn je, und das, obwohl die Zeiten immer schwieriger wurden. Außerdem hielten ihn die Lehrer der St. Pauls

High School, immerhin die bei weitem angesehenste Schule in Birma, für hoch begabt. Ihm stünde eine glänzende Zukunft bevor. Nach seinem Abschluss in einem Jahr würde ihn jede Universität in England aufnehmen und ihm mit Sicherheit ein Stipendium anbieten, glaubte der Direktor. Begabte Einheimische seien in Zukunft gefragt.

U Saw hatte sich geschmeichelt gefühlt, aber der Krieg in Europa machte ihm Sorgen. Er würde sich ausweiten. Die Japaner rückten in Asien weiter vor, und es konnte sich nur noch um Monate, vielleicht Wochen handeln, bis sie das britische Kolonialreich angreifen würden. Wie lange würden die Engländer dann in Europa den Deutschen standhalten können? Für ihn war es nur eine Frage der Zeit, bis über Big Ben die deutsche Flagge wehen würde. Die Epoche, in der London die Hauptstadt der Welt war, ging unwiderruflich zu Ende.

U Saw hatte andere Pläne.

6

Tin Win hatte sich die Abfahrt eines Passagierdampfers sehr feierlich vorgestellt. Die Mannschaft an Deck und in weißen Uniformen. Musik. Wimpel und Fahnen im Wind. Ein paar Worte des Kapitäns vielleicht. Stattdessen liefen Matrosen in ölverschmierten Anzügen an ihm vorbei. Es spielte keine Kapelle. Es regnete keine Luftschlangen und kein Konfetti. Er lehnte an der Reeling und blickte hinunter auf den Kai. Im Schatten eines Lagerschuppens standen ein Pferdewagen und mehrere Rikschas, deren Fahrer in ihren Kutschen lagen und schliefen. Die Brücke war längst eingezogen; vor dem Schiff warteten noch einige Männer von der Hafenbehörde in Uniform. Ein paar Angehörige von Passagieren starrten die schwarze Schiffswand hoch und winkten. Sie reckten ihre Hälse wie junge Vögel, dachte Tin Win. Er sah niemanden, den er kannte. Hla Taw war auf Geheiß von U Saw zu Hause geblieben. Ein Fahrer hatte Tin Win zum Hafen gebracht. Zwei Gepäckträger hatten ihm seinen Koffer abgenommen und an Bord geschleppt. Sie waren längst fort.

U Saw hatte er gestern Abend zuletzt gesehen. Sie hatten zusammen gegessen, anschließend hatte er ihm die Reiseunterlagen gegeben. Den Pass mit dem Visum für die Vereinigten Staaten von Amerika. Ein Ticket für die Fahrt nach Liverpool, ein zweites für die Überquerung des Atlantiks. Einen Brief an den Geschäftspartner, einen indischen Reisimporteur in New York, der sich in den ersten Monaten um Tin Win kümmern sollte. Einen Umschlag mit Geld. Noch einmal hatte er ihm erklärt, was er von ihm erwartete. Mindestens sechs Briefe pro Jahr mit detaillierten Berichten. Ein abgeschlossenes Studium. Mit Auszeichnung. Hatte ihm noch einmal ausgemalt, was für eine Zukunft ihm nach seiner Rückkehr bevorstünde. Zum Manager würde er ihn machen, später zum Partner. Er würde zu den einflussreichsten Männern der Stadt gehören. Ihm würde es an nichts fehlen.

Er hatte ihm alles Gute gewünscht. Für die Reise, für das Studium. Dann hatte er sich umgedreht und war ins Büro gegangen. Sie hatten einander nicht berührt.

Tin Win hatte ihm nachgeschaut und überlegt, wie lange ein junger Baum wohl brauche, um Wurzeln zu schlagen, wenn man ihn verpflanzt. Ein paar Monate? Ein Jahr? Zwei? Drei? Zwei Jahre hatte er nun in Rangun gelebt und sich bis zuletzt unwohl gefühlt. Er war in der Stadt ein Fremder geblieben. Ein Baum, den ein Windstoß erfassen und forttragen konnte.

In der Schule war er von den Lehrern für seine Leistungen geachtet worden, seine Mitschüler hatten ihn wegen seiner Hilfsbereitschaft respektiert. Freunde hatte er keine gefunden. Es gab niemanden, der Tin Win in Rangun hielt.

Er blickte über den Hafen und die Stadt. In der Ferne leuchtete die goldene Spitze der Shwedagon-Pagode in der späten Nachmittagssonne. Der Himmel war blau, ohne eine Wolke. Im Dezember konnte man es in Rangun gut aushalten, dachte er. Die Tage waren warm, aber nicht zu heiß, die Nächte angenehm mild. Der Dezember gönnte den Menschen einige Wochen der Ruhe zwischen der feuchten Hitze des Monsuns und dem Frühjahr, wenn die Sonne kein Erbarmen kennt, wenn sie jedem Menschen, jedem Tier Zügel anlegt, wenn die Hitze den Gestank nach Schweiß und Kot in den Hinterhöfen und Hausfluren hält, die Temperaturen auf 40 Grad klettern und die Luft zu heiß zum Atmen scheint. Der Dezember lockte die Bewohner aus ihren Häusern.

Tin Win war in den Wochen vor seiner Abreise abends oft durch die Stadt gewandert. Dabei hatte er von den Gerüchten erfahren, die über die Stadt hergefallen waren wie ein Schwarm Heuschrecken über ein Reisfeld. Hinter jeder vorgehaltenen Hand, an jedem Suppenstand gab es ein neues. Als würden sich die Menschen von nichts anderem ernähren. In der Bucht von Bengalen braue sich ein Jahrhunderttaifun zusammen, hieß es. Ein Tiger habe das Hafenbecken durchschwommen und eine fünfköpfige Familie samt Hausschwein verspeist. Was nicht nur für sich genommen schon eine Tragödie bedeutete, sondern, wie jeder Mensch weiß, der einem Wahrsager vertraut, darüber hinaus auch ein deutliches Zeichen für ein bevorstehendes Erdbeben. Deutsche Kriegsschiffe blockierten die englischen Häfen, hieß es, und schlimmer noch: Die Japaner bereiteten einen Angriff auf Birma vor. Die Sterne meinten es nicht gut mit den Briten, weder in Europa, noch in Asien. Birma sei so gut wie verloren, sollte der Einmarsch auf einen Mittwoch oder Sonntag fallen.

Tin Win hatte die Gerüchte zur Kenntnis genommen und in bescheidenem Maß zu ihrer Weiterverbreitung beigetragen.

Nicht weil er ihnen Glauben schenkte, sondern eher im Sinn einer Art Bürgerpflicht. Ihn berührte das Gerede nicht. Zwar würde ihn seine Reise durch den Golf von Bengalen und in englische Häfen führen, doch er fürchtete sich nicht. Weder vor Erdbeben, noch den Japanern. Nicht vor Taifunen. Nicht vor deutschen U-Booten.

Er fragte sich, wann die Angst ihn verlassen hatte. War es an dem Abend, an dem sein Onkel ihm mitteilte, dass er, Tin Win, nach Abschluss der Schule im Ausland studieren würde? Oder ein paar Tage später, als U Saw erklärte, dass Tin Win nach seiner Rückkehr die Tochter eines Baumwollplantagenbesitzers heiraten würde? Oder geschah es in jenem Moment, als er mit Hla Taw beim britischen Maßschneider in den Spiegel blickte? Einen Spiegel, den zwei Verkäufer für ihn hielten und in dem er einen weißen Anzug sah. Mit Weste. Feinste Baumwolle. Weißes Hemd, Manschettenknöpfe, Krawatte. Hla Taw wusste, wie man sie bindet. Er hatte sich umgedreht, um zu sehen, ob jemand hinter ihm stand. Dies konnte nicht sein Spiegelbild sein. Drei Anzüge hatten sie gekauft, Schuhe und Unterwäsche und Hemden. Einen ganzen Schrankkoffer voll. Nur für die Überfahrt nach Amerika.

Nein, es war keiner dieser Augenblicke gewesen. Die Angst hatte sich ganz allmählich davongeschlichen. Tin Win wusste nicht, wann oder wie es begonnen hatte, es war ein langsamer Prozess. Eine Mango reift nicht über Nacht.

Er erinnerte sich an jenen Nachmittag im Juli, als es ihm bewusst geworden war. Es war einer dieser unerträglich heißen Sommertage, aber die Hitze machte ihm nicht viel aus. Er saß im Park am Königlichen See, in Schweiß gebadet. Vor ihm hockten ein paar Tauben, die Köpfchen eingezogen, zu erschöpft zum Turteln. Er schaute aufs Wasser und träumte von Mi Mi. Zum ersten Mal fühlte er bei dem Gedanken an sie nicht diese lähmende, jede Lebenslust zermürbende, alles verschlingende

Sehnsucht. Keine Angst. Nicht einmal Trauer. Er wusste, dass er Mi Mi mehr liebte denn je, aber seine Liebe zehrte ihn nicht auf. Nicht mehr. Sie fesselte ihn nicht. Nicht ans Bett, nicht an einen Baumstumpf. Sie machte ihn nicht schwächer.

Als es zu regnen begann, schloss er die Augen. Ein kurzer, aber heftiger Schauer. Als er die Augen wieder öffnete, war die Dämmerung hereingebrochen. Er stand auf, ging ein paar Schritte und spürte am ganzen Körper, dass sich etwas verändert hatte. Als wäre er gewachsen. Eine Last war von ihm gefallen, er war frei. Er erwartete nichts mehr vom Leben. Nicht weil er enttäuscht war oder verbittert. Er erwartete nichts, weil es nichts Wichtiges mehr gab, das ihm hätte zufallen können. Alles Glück, das ein Mensch finden kann, besaß er. Er liebte, und er wurde geliebt. Bedingungslos.

Er sprach den Satz aus, leise, seine Lippen bewegten sich kaum: Ich liebe und werde geliebt.

Das war alles. So einfach war es, so kompliziert.

Er war sich seiner und Mi Mis Liebe so sicher, wie er sich seines Körpers sicher war. Niemand würde ihm dieses Glück je nehmen können. So lange er atmete, würde er sie lieben und von ihr geliebt werden. Auch wenn Mi Mi zwei Tagesreisen entfernt lebte. Auch wenn sie seine Briefe nicht beantwortete und er jede Hoffnung aufgegeben hatte, sie in den kommenden Jahren wiederzusehen. Auch wenn sie ihre Liebe nicht im Alltag teilen und sich nicht jeden Tag bestätigen konnten. Was er hatte, war mehr, als die meisten Menschen je in ihrem Leben finden würden. Er musste nur aufhören, noch mehr zu wollen. Er durfte nicht gierig sein. Gier macht blind und taub. Er schämte sich, dass er seinem Glück gegenüber so blind gewesen war.

Seit er das begriffen und akzeptiert hatte, wusste er, wie reich er beschenkt worden war. Er lebte nicht mehr in der Vergangenheit und nicht in der Zukunft. Er genoss jeden Tag, als wache er neben Mi Mi auf und schliefe neben ihr ein.

»Leinen los.« Die Stimme eines jungen Offiziers auf der Brücke riss Tin Win aus seinen Gedanken.

»Leinen los«, wiederholten zwei Männer auf dem Pier. Krachend fielen die Taue ins Wasser. Aus den Schloten stieg schwarzer Qualm. Das Schiff vibrierte, das Tuten war tief und laut. Es kitzelte Tin Win im Magen.

Er wandte sich um. Ein alter Mann neben ihm blickte auf Rangun und hob kurz seinen Hut. In seinen Augen lag eine sonderbare Melancholie. Als verabschiede er sich nicht nur von Menschen und einer Stadt. Hinter ihm standen zwei junge Engländerinnen, sie winkten mit weißen Taschentüchern und weinten.

Tin Win wischte sich über das Gesicht. Nicht einmal ein Schweißtropfen lief seine Wangen hinab.

7

Die Müdigkeit war ihm während des Erzählens ins Gesicht gekrochen, ohne dass ich es bemerkt hatte. Die Falten um den Mund und auf der Stirn waren tiefer geworden, die Wangen wirkten eingefallen. U Ba rührte sich nicht und blickte an mir vorbei.

Ich wartete.

Nach ein paar Minuten des Schweigens griff er in seine Tasche und zog wortlos ein altes Briefkuvert hervor. Es war zerknittert und eingerissen und in seinem Leben wohl schon oft gefaltet worden. Der Brief trug einen Poststempel aus Rangun und war an Mi Mi adressiert. Die Anschrift war ein wenig verblichen, aber die blaue Tinte, die großen Buchstaben und eine ungewöhnlich geschwungene Handschrift waren noch deutlich zu erkennen. Auf der Rückseite des Umschlags der Absender: 7, Halpin Road, Rangun.

Es war unmöglich die Schrift meines Vaters. Sie war zu kräftig, sie nahm sich zu wichtig, als dass sie zu ihm gepasst hätte. Ich öffnete das Kuvert.

Rangun, den 14. Dezember 1941

Sehr geehrte Mi Mi,
mein Neffe Tin Win hat mich gebeten, Ihnen mitzuteilen, dass er vor einigen Tagen das Land verlassen hat. Er befindet sich zurzeit auf dem Weg nach Amerika, wo er nach seiner Ankunft in New York das Studium der Rechtswissenschaften aufnehmen wird.

Da er in den Wochen vor seiner Abfahrt mit den Reisevorbereitungen außerordentlich beschäftigt war, ist es ihm verständlicherweise nicht möglich gewesen, sich mit Ihnen persönlich in Verbindung zu setzen oder Ihnen zumindest ein paar Zeilen zu schreiben. Sie werden dafür Verständnis haben. Er hat mir aufgetragen, Ihnen in seinem Namen für die zahlreichen Briefe zu danken, die Sie ihm in den vergangenen zwei Jahren geschrieben haben. Seine schulischen und privaten Verpflichtungen in Rangun ließen ihm bedauerlicherweise keine Zeit, Ihnen zu antworten.

Da mit seiner Rückkehr frühestens nach Abschluss des Studiums in einigen Jahren zu rechnen ist, möchte er Sie bitten, in Zukunft das Schreiben weiterer Briefe zu unterlassen.

Er wünscht Ihnen weiterhin alles Gute.

Hochachtungsvoll

U Saw

Ich las den Brief ein zweites und ein drittes Mal. U Ba schaute mich an, als erwarte er eine Reaktion. Er sah wieder wacher und entspannter aus. Als hätte die Erinnerung nur für einen langen Augenblick einen Schatten auf sein Gesicht geworfen.

Ich wusste nicht, was ich sagen sollte. Unvorstellbar, wie sehr der Brief Mi Mi verletzt haben musste, wie verraten und verloren sie sich fühlen musste. Mehr als zwei Jahre lang hatte sie nichts von meinem Vater gehört. Sie hatte Hunderte von Briefen geschrieben, und diese Zeilen waren die einzige Antwort, die sie je erhielt. Sie saß in Kalaw, drehte Zigarren, träumte von meinem Vater, von einem Leben mit ihm und wusste nicht einmal, ob sie ihn je wiedersehen würde. Sie war auf ihre Brüder angewiesen, die sie nicht wirklich verstanden. Ihre Einsamkeit bedrückte mich. Ich glaube, es war das erste Mal, dass ich etwas für sie empfand.

Zu Beginn meiner Reise war sie ein Name gewesen, eine erste Station auf der Suche nach meinem Vater, mehr nicht. Mit der Zeit bekam sie ein Gesicht und einen Körper: Sie war ein Krüppel, der mir meinen Vater stahl und auf den ich eifersüchtig war. Und jetzt? Sie wurde belogen und hintergangen. U Saws Brief empörte mich. Ich empfand Mi Mi weder als Bedrohung noch war sie mir gleichgültig. Sie war mehr als nur eine Station. War sie das Ziel?

»Wie hat sie auf den Brief reagiert?«, fragte ich.

U Ba holte einen zweiten Brief aus der Tasche, der noch zerknitterter war als der erste. Poststempel Kalaw, 26. 12. 1941.

Adressat: U Saw, 7, Halpin Road, Rangun.

Absender: Mi Mi

Hochverehrter U Saw,
wie kann ich Ihnen danken, dass Sie die Umstände auf sich genommen haben, mir zu schreiben. Ihre Mühe beschämt mich. Es wäre nicht nötig gewesen.
Ihr Brief hat mich mit schwer zu beschreibender Freude erfüllt. Tin Win ist auf dem Weg nach Amerika. Ihm geht es gut. Sie hätten mir kaum eine schönere Nachricht übermitteln können. Trotz aller Verpflichtungen und der sehr aufwändigen Reisevorbereitungen fand er noch die Zeit, Sie zu bitten,

mir zu schreiben. Wenn Sie wüssten, wie glücklich mich das macht. Noch einmal möchte ich Ihnen sagen, wie dankbar ich bin, dass Sie seinem Wunsch entsprochen haben.

Selbstverständlich werde ich Tin Wins Bitte respektieren.

Ihre Ihnen stets ergebene

Mi Mi

U Ba steckte den Brief wieder ins Kuvert. Wir lächelten uns an. Ich hatte Mi Mi unterschätzt. Ich hatte in ihr ein hilfloses Opfer gesehen, das sich gegen U Saws Komplott nicht wehren konnte. Sie war klüger und stärker, als ich geglaubt hatte. Dennoch tat sie mir Leid. Wie einsam musste sie sich fühlen? Wie kam sie ohne Tin Win zurecht, wie überlebte sie die lange Trennung von meinem Vater?

»Die erste Zeit war nicht leicht«, sagte U Ba, ohne dass ich ihn gefragt hatte. »Im Jahr darauf starben ihre Eltern. Zunächst der Vater, zwei Monate später die Mutter. Ihr jüngster Bruder schloss sich der Unabhängigkeitsbewegung an und ging kurz danach als Guerilla in den Dschungel. Sie sah ihn nie wieder. Die Japaner sollen ihn zu Tode gefoltert haben. Die Familie ihres ältesten Bruders kam 1945 bei einem Bombenangriff der Engländer ums Leben. Es waren schwierige Zeiten. Und trotzdem, ich mag es kaum sagen, Julia, trotzdem wurde sie mit jedem Jahr schöner. Sie trauerte um ihre Familie, keine Frage, sie sehnte sich nach Tin Win, aber sie litt nicht an einem gebrochenen Herzen. Diesen Schmerz, der ein Gesicht für immer zeichnet, kannte sie nicht. Ihre Züge waren nicht verhärtet, selbst im Alter nicht. Auch wenn das für uns schwer zu verstehen ist, Julia, räumliche Distanz oder Nähe, das war für sie nicht wirklich bedeutsam.

Ich habe mich oft gefragt, was die Quelle ihrer Schönheit, ihrer Ausstrahlung war. Es ist ja nicht die Größe unserer Nase, die Farbe unserer Haut, die Form unserer Lippen oder Augen, was uns schön oder hässlich macht. Was ist es dann? Können Sie als Frau es mir verraten?«

Ich schüttelte den Kopf.

»Ich werde es Ihnen sagen: Es ist die Liebe. Sie macht schön. Kennen Sie einen Menschen, der liebt und geliebt wird, der um seiner selbst willen geliebt wird und gleichzeitig hässlich ist? Sie brauchen nicht zu überlegen. Es gibt ihn nicht.«

Er goss uns Tee ein und nippte an seinem Glas.

»Ich glaube, es lebte in jenen Jahren in ganz Kalaw kein Mann, der sie nicht zur Frau genommen hätte. Ich übertreibe nicht. Nach dem Krieg kamen Junggesellen aus allen Teilen der Shan-Staaten, manche sollen sogar aus Rangun und Mandalay angereist sein, so weit hatte sich der Ruf ihrer Schönheit verbreitet. Sie brachten Geschenke mit, Schmuck aus Silber und Gold, Edelsteine und kostbare Stoffe, die Mi Mi später im Dorf verschenkte. Sie lehnte alle Anträge ab. Auch später, als Tin Win bereits zehn, dann zwanzig, dann dreißig Jahre fort war.

Es gab Männer, die wollten sterben in der Hoffnung, im nächsten Leben als Schwein, Huhn oder Hund auf die Welt zu kommen und eines ihrer Haustiere zu werden.

Mi Mi lebte im Haus der Eltern mit einem Verwandten, der für sie sorgte. Sie kümmerte sich um die Tiere, die Hühner, die zwei Schweine, den alten klapprigen Wasserbüffel und den Hund. Sie verließ das Grundstück nur selten. Jeden Nachmittag saß sie auf der Veranda und rollte Cheroots, wippte dabei sanft mit dem Oberkörper, die Augen geschlossen. Ihre Lippen bewegten sich, als erzähle sie jemandem eine Geschichte. Wer sie dabei beobachten durfte, wird ihre Anmut, die Eleganz, mit der sie sich bewegte, nicht vergessen.

Ihre Cheroots hatten in der Tat einen ganz eigenen Geschmack. Sie waren süßer, wie mit einer Spur von Vanille, die noch lange im Mund anhielt. Einige Jahre nach der Unabhängigkeit entstand das Gerücht, dass ihre Zigarren nicht nur außergewöhnlich schmecken würden, sondern auch magische Kräfte besäßen. Das wird Sie nicht überraschen, Julia. Sie wissen ja mittlerweile, wie abergläubisch wir Birmanen sind.

Ein Witwer hatte eines Abends eine ihrer Cheroots geraucht. In der Nacht erschien ihm seine verstorbene Frau und gab ihren Segen zu der von ihm schon lange ersehnten Hochzeit mit der Tochter eines Nachbarn. Die hatte sein Begehren bisher strikt abgelehnt, doch als er sich am folgenden Morgen wie jeden Tag vor ihre Veranda hockte und ein Lied für sie sang, kam sie aus dem Haus, setzte sich zu ihm, und sie verbrachten den Tag und den Abend zusammen. Außer sich vor Glück, rauchte der Mann in der folgenden Nacht eine weitere Zigarre von Mi Mi und glaubte, im aufsteigenden Rauch das Gesicht seiner Frau zu sehen, die ihm aufmunternd zulächelte. Auch am nächsten Morgen setzte sich die junge Frau wieder zu ihm, und eine Woche später gab sie seinem Werben nach. Der Witwer führte sein Glück auf Mi Mis Cheroots zurück, und seitdem gab es in Kalaw keinen Mann mehr, der nicht vor einem Spaziergang mit seiner Angebeteten mindestens eine von ihren Cheroots geraucht hätte. Bald wurden sie als Heilmittel gegen allerlei Krankheiten eingesetzt, und besonders wirksam waren sie angeblich bei Haarausfall, Verstopfung, Durchfall, Kopfschmerzen, Bauchschmerzen, streng genommen, bei jeder Art von Schmerzen.

Mit den Jahren wurde Mi Mi zu einer Art weisen Frau von Kalaw, und sie genoss mehr Ansehen als der Bürgermeister, die Astrologen und Medizinmänner zusammen. Menschen, die sich nicht nur auf den Rat der Sterndeuter verlassen wollten, baten sie um ihre Hilfe, sie musste Streit schlichten zwischen Eheleuten, Geschwistern und Nachbarn.«

U Ba stand auf, faltete die Briefumschläge sorgfältig zusammen und steckte sie in den Bund seines Longys. Ich überlegte, wie sie wohl in seine Hände gelangt waren. Welche Rolle spielte er in der Geschichte?

Woher kannte er den Inhalt des Briefwechsels zwischen Mi Mi und Tin Win? Nicht von meinem Vater, der wusste ja nicht einmal von Mi Mis Briefen. Es gab viele Details in U Bas Schilderungen, die er nicht von ihm erfahren haben konnte.

»Erlauben Sie mir, dass ich Ihnen eine Frage stelle?«, sagte ich. »Wer hat Ihnen die Geschichte von Mi Mi und Tin Win so ausführlich erzählt?«

»Ihr Vater.«

»Er kann nicht Ihre einzige Quelle sein. In Ihren Beschreibungen gibt es so viele Einzelheiten, Sie schildern so viele Eindrücke und Gefühle, die mein Vater gar nicht kennen konnte. Wer hat Ihnen den Rest erzählt?«

»Das ist ein berechtigter Einwand. Ich verstehe Ihre Neugier. Bitte erlauben Sie mir, mit der Antwort noch etwas zu warten. Wenn ich Ihnen das Ende der Geschichte erzählt habe, werden Sie keine Fragen mehr haben.«

»Woher haben Sie die beiden Briefe?«, insistierte ich.

»Von Su Kyi. U Saw hatte zu Beginn der Fünfzigerjahre Kalaw besucht. Er hatte nach dem Krieg viel Pech gehabt, oder sollte ich sagen, das Glück hatte ihn verlassen, was ja nicht dasselbe ist. Er hatte nach der Besatzung mit den Japanern kollaboriert, was ihm sowohl die Engländer als auch die für die Unabhängigkeit kämpfenden Birmanen sehr übel nahmen. Nachdem die Briten das Land zurückerobert hatten, brannten einige seiner Reismühlen ab, die Brandursachen wurden nie geklärt. In den Jahren nach der Unabhängigkeit kam es in unserem Land zu zahlreichen politischen Morden und endlosen Fraktionskämpfen. U Saw stand dabei häufiger auf der Seite der Verlierer und büßte dabei einen Großteil seines Vermögens ein. Angeblich hatte er versucht, sich ein Ministeramt zu kaufen. Er kam zweimal für ein paar Tage nach Kalaw. Wir vermuteten, dass es in der Hauptstadt zu gefährlich für ihn war. Er hatte jedes Mal viel Gepäck dabei, vor allem Dokumente, Ordner und Unterlagen, die er in seinem Haus zurückließ. Seinen dritten Besuch überlebte er nicht. Su Kyi fand die Briefe in seinem Nachlass.«

»Wie starb er? Wurde er ermordet?«

»Manche, die ihn kannten, haben es später so formuliert. Er wurde beim Golf vom Blitz erschlagen.«

»Kannten Sie ihn persönlich?«

»Ich habe ihn in Rangun einmal kurz getroffen.«

»Sie waren in Rangun?«

»Ich bin dort eine Zeit lang zur Schule gegangen. Ich war ein sehr guter Schüler. Ein Freund unserer Familie war so großzügig und finanzierte mir einige Jahre lang den Besuch der St. Pauls High School. Ich hatte sogar schon ein Stipendium für ein Physikstudium an einer Universität in Großbritannien. Naturwissenschaften lagen mir.«

»Sie haben in England studiert?«

»Nein. Ich musste zurück nach Kalaw.«

»Warum?«

»Meine Mutter wurde krank.«

»Schlimm?«

»Nein. Das Alter. Sie hatte keine Schmerzen, aber der Alltag fiel ihr zunehmend schwerer.«

»Haben Sie keine Geschwister?«

»Nein.«

»Gab es keine anderen Verwandte?«

»Doch.«

Ich schüttelte verständnislos den Kopf. »Warum haben die sich nicht um Ihre Mutter gekümmert?«

»Das war meine Aufgabe. Ich war ihr Sohn.«

»Aber U Ba! Ihre Mutter war nicht schwer krank. Sie hätten sie nach dem Studium zu sich holen können.«

»Meine Mutter brauchte mich in jenen Jahren.«

»War sie ein Pflegefall?«

»Nein, wie kommen Sie darauf?«

Wir redeten aneinander vorbei. Ich wurde mit jeder Antwort aufgebrachter und musste gleichzeitig einsehen, dass ich mit meiner Logik nicht weiterkam.

»Wie lange haben Sie für ihre Mutter gesorgt?«

»Dreißig Jahre.«

»Wie lange?«

»Dreißig Jahre«, wiederholte er. »Sie ist für unsere Verhältnisse sehr alt geworden.«

Ich rechnete. »Sie haben im Alter zwischen zwanzig und fünfzig nichts anderes gemacht, als sich um Ihre Mutter zu kümmern?«

»Damit war ich gut beschäftigt.«

»Ich meine nicht, dass Sie gefaulenzt haben. Ich, ich... Ein Studium in England. Sie hätten doch alle Möglichkeiten dieser Welt gehabt.«

Jetzt war er es, der mich nicht verstand.

»Sie hätten als Physiker in der Forschung arbeiten können. Oder mit etwas Glück an einer der berühmten Universitäten in Amerika.« Ich wusste nicht, worüber ich mich mehr aufregte. Über U Bas Familie und eine Gesellschaft, die ihm zumutete, seine Begabungen in einem Dorf in den Bergen Birmas zu vergeuden, oder über seine Passivität.

»Ich bin mit meinem Leben mehr als zufrieden, Julia. Aber meine Frau, die ich sehr geliebt habe, ist zu jung gestorben. Doch das hätte mir an jedem Ort der Welt passieren können.«

Wir verstanden uns nicht. Begriff er wirklich nicht, was ich meinte? Mit jeder meiner Fragen entfernten wir uns mehr voneinander. Ich wurde zunehmend empörter, und er blieb gelassen. Als wäre ich es, die ihr Leben geopfert hatte, und nicht er.

»Haben Sie es manchmal bereut, nach Kalaw zurückgegangen zu sein?«

»Bereuen kann ich nur eine Entscheidung, die ich bewusst und freiwillig getroffen habe. Bereuen Sie, dass Sie mit der linken Hand schreiben? Was ich gemacht habe, war selbstverständlich. Jeder Birmane an meiner Stelle hätte dasselbe getan.«

»Warum sind Sie nach dem Tod Ihrer Mutter nicht nach Rangun zurückgekehrt? Vielleicht hätte es doch noch eine Möglichkeit gegeben, nach England auszuwandern.«

»Wozu? Muss man die Welt gesehen haben? Alle Gefühle, zu denen wir Menschen fähig sind, die Liebe und den Hass, die Angst und die Eifersucht, den Neid und die Freude, finden Sie in diesem Dorf, in jedem Haus, in jeder Hütte. Sie müssen nicht einmal danach suchen, Sie müssen sie nur sehen.«

Ich blickte ihn an, und was ich sah, rührte mich: ein kleiner Mann, in Lumpen gekleidet, mit Zahnstummeln im Mund, der mit etwas Glück jetzt ebenso gut als Professor in einer luxuriösen Wohnung in Manhattan oder einem Haus in einem Londoner Vorort sitzen könnte. Einer von uns beiden schien mir maßlos. War ich es mit meinen Ansprüchen, oder war er es in seiner Bescheidenheit? Ich war mir nicht sicher, was ich für ihn empfand. Mitleid war es nicht. Es war eine sonderbare Art der Zuneigung. Ich wollte ihn beschützen und wusste doch, dass er meinen Schutz nicht brauchte. Gleichzeitig fühlte ich mich in seiner Gegenwart sicher, fast geborgen. Als hielte er die Hand über mich. Ich vertraute ihm. Bisher hatte ich geglaubt, man müsse einen Menschen kennen und verstehen, um ihn zu mögen oder sich ihm nah zu fühlen.

8

Ich dachte an meinen Vater. Wir stehen auf der Brooklyn Bridge in New York. Ich bin acht oder neun Jahre alt. Ein Herbsttag mit einem frischen Wind, in dem bereits die Kälte des Winters liegt. Ich bin zu dünn angezogen und friere. Mein Vater legt mir sein

Jackett um die Schultern. Die Ärmel sind viel zu lang, ich versinke darin, aber es wärmt. Durch die Ritzen der Bretter zu meinen Füßen sehe ich tief unter mir Sonnenstrahlen auf dem Wasser des East River hüpfen. Könnte mein Vater mich retten, wenn die Brücke jetzt einstürzen würde? Ich schätze den Abstand zum Ufer, er ist ein guter Schwimmer, und ich habe keine Zweifel. Ich weiß nicht, wie häufig wir dort zusammenstanden. Oft wortlos.

Mein Vater liebte diese Orte in New York, die eigentlich nur von Touristen aufgesucht werden. Die Schiffe der Circle Line, die Manhattan umrunden. Das Empire State Building. Die Freiheitsstatue, die Brücken. Als ob er auf der Durchreise wäre. Am häufigsten zog es ihn auf die Fähre nach Staten Island. Manchmal lief er nach dem Büro noch hinunter an die Anlegestelle und fuhr mit dem Boot hin und zurück. Ich erinnere mich, dass wir einmal an der Reeling über den Autos standen und er sagte, dass er nicht begreifen könne, wie sehr sich der Hafen und die Skyline der Stadt verändert hätten. Wenn er die Augen schließe, sehe er noch immer dasselbe Bild wie an jenem bitterkalten Morgen im Januar 1942, an dem der Wind so eisig war, dass es außer ihm kaum jemand an Deck ausgehalten hatte.

Ich habe damals nicht verstanden, was ihn an diese Orte zog, die jeder New Yorker mied, es sei denn, er hatte Besuch aus der Provinz. Später war es mir langweilig, als Teenager wurde es mir peinlich, und ich begleitete ihn nicht mehr. Jetzt meine ich, dass er unter den Touristen die nötige Distanz fand zwischen sich und der Stadt, zu der er nie wirklich gehörte. Ich vermute, es waren seine Fluchtpunkte, wenn er es vor Sehnsucht kaum mehr aushielt. Fühlte er sich dort Mi Mi am nächsten? Sah er sich mit dem Schiff oder Flugzeug New York verlassen? Träumte er sich davon?

U Ba und ich liefen den Ochsenpfad hinauf bis zur Kuppe. Es war Nachmittag geworden. Die ersten Feuer brannten vor den

Hütten, und der Wind verteilte den Rauch über den Höfen. Der Geruch von brennendem Holz am Abend war mir mittlerweile vertraut geworden.

Ich wusste nicht, wohin wir gingen. U Ba hatte gesagt, es gäbe nur einen Ort, an dem er mir die Geschichte zu Ende erzählen könnte. Er war aufgestanden, hatte die Thermoskanne und die Becher in seine Tasche gepackt, die Bank zurückgebracht und mir ein Zeichen gegeben, ihm zu folgen. Er schaute auf seine Armbanduhr und verlangsamte seinen Schritt. Als hätten wir eine Verabredung und wären zu früh.

Ich war nervös und unruhig. Wer erwartete uns? Waren wir auf dem Weg zu meinem Vater und Mi Mi?

»Viel kann ich Ihnen nicht mehr erzählen«, sagte U Ba und blieb kurz stehen. »Über die Zeit in Amerika wissen Sie mehr.«

Da war sie wieder, die Frage, die ich in den vergangenen zwei Tagen verdrängt hatte. Was wusste ich wirklich?

Ich hatte Erinnerungen. Viele schöne und zärtliche Erinnerungen, für die ich dankbar war, aber was waren sie wert, wenn es darum ging, meinen Vater zu verstehen? Es war die Welt aus der Sicht eines Kindes. Die Fragen, die mir durch den Kopf gingen, beantworteten sie mir nicht. Warum ist mein Vater nach dem Krieg nicht nach Kalaw zurückgekehrt?

Weshalb hat er meine Mutter geheiratet? Liebte er sie? Betrog er sie mit Mi Mi oder Mi Mi mit ihr?

»U Ba, warum ist mein Vater nach dem Studium in New York geblieben?« Ich erschrak über meinen Ton. Es war der Ton meiner Mutter, wenn sie erbost war und versuchte, ihre Wut zu unterdrücken.

»Was vermuten Sie, Julia?«

Ich wollte nichts vermuten. Ich wollte Antworten. Die Wahrheit. »Ich weiß es nicht.«

»Hatte Ihr Vater eine Wahl? Wäre er nach Birma zurückgekehrt, hätte er sich den Wünschen seines Onkels fügen müssen.

Er stand in seiner Schuld. U Saw hatte die Rolle des Vaters übernommen, dessen Willen sich ein Sohn nicht widersetzt. In Rangun wartete nicht Mi Mi auf ihn, sondern ein verplantes Leben. Eine junge Braut. Ein großes Unternehmen. New York war seine einzige Chance, all dem zu entkommen.« Er schaute mich an, als könnte er in meinen Augen sehen, ob er mich überzeugte. »Vergessen Sie nicht«, fuhr er fort, »es ist fünfzig Jahre her. Was Familien betrifft und die Verpflichtungen, die wir ihnen gegenüber haben, sind wir ein sehr konservatives Land, damals wie heute.«

Ich dachte an U Bas Entscheidung, seine Mutter zu pflegen anstatt zu studieren. Vielleicht musste ich einfach akzeptieren, dass ich weder seine Wahl noch die meines Vaters mit meinen Maßstäben messen durfte. Stand mir ein Urteil zu? War ich hier, um meinen Vater zu finden, ihn zu verstehen oder ihn zu richten?

»Nach U Saws Tod hätte er zurückkommen können.« Es war ein Vorschlag, eine versteckte Frage, keine Anklage mehr.

»U Saw starb im Mai 1958.«

Drei Monate vor der Geburt meines Bruders. War das der Grund, weshalb mein Vater zu seinem Sohn nie ein besonders gutes Verhältnis entwickelt hatte? Hatte er seinetwegen meine Mutter nicht verlassen?

»Warum hat er meine Mutter geheiratet? Warum hat er nicht U Saws Tod abgewartet und ist dann zu Mi Mi zurückgekehrt?«

»Ich fürchte, dass ich Ihnen diese Frage nicht beantworten kann.«

Es war das erste Mal, dass ich eine Irritation in U Bas Stimme bemerkte. Er war nicht böse, eher ratlos. Ich dachte an die Zeilen meiner Mutter, die sie mir kurz vor meiner Abreise geschrieben hatte. Mein Vater hatte sich lange geweigert, sie zu heiraten, er hatte sie vor einer Hochzeit gewarnt. Warum hat er am Ende doch nachgegeben? War er einsam nach all den Jahren allein in

New York? Suchte er Trost? Hatte er gehofft, bei ihr Mi Mi vergessen zu können? Nach allem, was ich jetzt weiß, sehr unwahrscheinlich. Liebte er sie? Ich konnte diesen Satz nicht klar denken. Er klang nicht wahr. Nicht aus der Sicht meiner Mutter. Hat er gehofft, er würde sie eines Tages lieben? War die Sehnsucht nach einer eigenen Familie am Ende zu groß und er deshalb schwach geworden?

Vielleicht liebte er sie, und sie konnte es nicht sehen, nicht glauben, weil es nicht ihre Art der Liebe war.

Meine Mutter tat mir Leid. Ich hatte sie vor Augen, ihr hartes, verbittertes Gesicht bei unserem Mittagessen. Ich hörte ihre kühle, schneidende Stimme, wenn mein Vater spät nach Hause kam, weil er wieder einmal die Fähre nach Staten Island genommen hatte. Mir kamen die Tage in den Sinn, die sie in regelmäßigen Abständen in ihrem abgedunkelten Zimmer verbrachte. Ans Bett gefesselt von einer mysteriösen Krankheit, deren Namen wir Kinder nie erfuhren. Niemand außer unser Hausarzt durfte sie besuchen, selbst mein Vater nicht. Heute weiß ich, dass sie unter Depressionen litt. Meine Eltern wären jeder ohne den anderen glücklicher gewesen, und sie haben es zu spät bemerkt.

Sie taten mir beide Leid. Was immer mein Vater für meine Mutter empfunden hat, wie sehr er manche Stunden mit uns, seinen Kindern, genossen haben mag, er war nicht dort, wo er hingehörte. Er lebte nicht bei Mi Mi.

War es seine Schuld, weil er dem Drängen meiner Mutter nachgegeben hatte? War es ihre, weil sie etwas von ihm verlangte, was er nicht geben konnte? Waren es unglückliche Umstände, falsche Vorstellungen vom anderen, gekränkte Eitelkeit? Die Unfähigkeit zu vergessen und zu verzeihen? Spielte die Frage der Schuld eine Rolle?

Wir gingen schweigend weiter. Der Weg fiel sanft ab und machte vor einer wild wuchernden Hecke einen scharfen Bogen. Wir gingen geradeaus, zwängten uns durch die Büsche, kreuzten die Bahngleise, liefen eine Wiese hinauf und bogen dann auf einen Pfad, der uns zu einem etwas abseits gelegenen Teil Kalaws brachte. U Ba führte mich an mehreren Höfen vorbei, in denen Kinder spielten. Vor einer Gartenpforte blieben wir stehen. Der Hof war sehr gepflegt, jemand hatte ihn vor kurzem gefegt. In einem Trog lag frisches Hühnerfutter, unter der Veranda ein Stapel Feuerholz und ein Reisighaufen. Das Haus war nicht groß, aber in sehr gutem Zustand. Auf der Veranda sah ich Blechtöpfe und Essgeschirr. Wir setzten uns auf die obersten Stufen der Treppe und warteten.

Ich blickte über den Hof. Ein Eukalyptusbaum bildete die Grenze zum Nachbargrundstück. Vor dem Hühnerstall konnte ich einen Holzbalken zum Sitzen erkennen, davor lag ein Mörser aus Stein. Ich betrachtete die breiten Gitterstäbe der Veranda – ein Kind hätte sich gut an ihnen aufrichten können. Es dauerte ein paar Sekunden, bis die Einzelteile ein Bild ergaben. Ich wusste, wo wir uns befanden. Ich sprang auf und drehte mich um.

Ich hörte den Atem meines Vaters im Haus. Ich hörte Mi Mi über den Boden kriechen. Ich hörte ihr Flüstern. Ihre Stimmen. Ich hatte sie eingeholt.

U Ba begann zu erzählen.

9

Es wurde still im Teehaus, nachdem der Fremde seine Geschichte zu Ende erzählt hatte. Man hörte das Flackern der Kerzen und das gleichmäßige Atmen der Gäste. Niemand bewegte sich. Selbst das Summen der Fliegen war verstummt. Sie saßen auf ihren klebrigen Zuckerkeksen und rührten sich nicht.

Tin Win hatte erzählt, was er erzählen musste. Nun versagte seine Stimme. Seine Lippen formten Worte, aber sie klangen nicht mehr. Würde er je wieder etwas sagen? Er stand auf, trank einen Schluck kalten Tee, streckte sich kurz und ging zur Tür. Es war an der Zeit. Er wandte sich noch einmal um und verabschiedete sich. Ein Lächeln war das Letzte, was sie von ihm sahen.

Auf der Straße stand ein Lastwagen voller Soldaten. Kinder in grünen Uniformen. Die Menschen schienen sie nicht zu beachten und machten gleichzeitig einen großen Bogen um den Wagen. Es war spät geworden.

Tin Win zog den Knoten seines Longys fester und ging mit langsamen Schritten die Hauptstraße hinunter. Zu seiner Rechten lag das Kloster. An mehreren Stellen waren Bretter aus den Wänden gebrochen, und das verrostete Wellblechdach sah nicht so aus, als würde es viel Schutz vor Regen bieten. Nur die Glöckchen der Pagoden bimmelten wie früher. Ihm kamen einige junge barfüßige Mönche entgegen. Der Staub hatte ihre rotbraunen Kutten grau gefärbt. Er lächelte ihnen zu, sie lächelten zurück.

Er lief am leeren Marktplatz vorbei und am kleinen Bahnhof, er überquerte die Gleise und schritt langsam den Hügel hinauf, auf dem ihr Hof lag. Er war sicher, dass sie im Haus ihrer Eltern lebte. Immer wieder blieb er stehen und schaute sich um. Er hatte es nicht eilig. Nicht nach fünfzig Jahren. Er war nicht einmal aufgeregt. Seit der Sekunde, in der die Thai Air Boeing 737 in Rangun aufgesetzt hatte, war alle Nervosität gewichen, und er erlaubte sich stattdessen den Luxus der Freude. Eine Freude, die maßlos war, die keine Angst und keine Vorsicht mehr kannte, die mit jeder Stunde wuchs. Er hatte sich ihr hingegeben, und jetzt war sie so groß, dass er die Tränen kaum zurückhalten konnte. Ein halbes Jahrhundert war vergangen. Er war am Ziel.

Der Anblick Kalaws faszinierte ihn. Fremd und vertraut zugleich. Tin Win erinnerte die Gerüche. Er wusste, wie das Dorf im Winter roch und im Sommer, an Markttagen und an Feiertagen, wenn der Duft der Räucherstäbchen die Gassen und Häuser füllte. Tin Win kannte die Geräusche des Ortes. Sein Kalaw stöhnte und schnaufte, es quietschte und schepperte, es konnte singen und weinen. Wie es aussah, wusste er nicht. Gesehen hatte er es zuletzt als Kind, und selbst da nur mit getrübtem Blick. Er entdeckte den englischen Club, in dessen leeren Swimmingpool junge Bäume wuchsen, dahinter sah er den Tennisplatz liegen, darüber das Kalaw-Hotel, weiß mit rotem Dach, im Tudorstil. Wie Mi Mi es beschrieben hatte. Irgendwo hinter dem nächsten Hügel musste er mit Su Kyi gelebt haben.

Er stand an einer Weggabelung und wusste nicht wohin. Geradeaus oder nach links, den steileren Anstieg? Vier Jahre lang hatte er Mi Mi diesen Pfad hinaufgetragen, ohne ihn je mit eigenen Augen zu sehen. Er machte die Augen zu. Sie würden ihm jetzt nicht von Nutzen sein, seine Beine würden sich erinnern müssen, seine Nase, seine Ohren. Es zog ihn geradeaus. Mit geschlossenen Augen ging er weiter. Es roch nach reifen Mangos und Jasmin. Tin Win erkannte den Duft. Hier musste der flache Felsen liegen, auf dem sie sich manchmal ausgeruht hatten. Er fand ihn sofort.

Er hörte das Lachen und Kreischen spielender Kinder in den Höfen. Es waren nicht mehr die Stimmen seiner Kindheit, aber ihr Klang hatte sich nicht verändert. Er staunte, wie sicher er sich mit geschlossenen Augen bewegte. In New York war er, wenn er es versucht hatte, gegen Passanten gelaufen, hatte sich an Laternenpfählen und Bäumen gestoßen. Einmal hätte ihn fast ein Taxi überfahren.

Hier stolperte er nicht einmal.

Vor einer Gartenpforte blieb er stehen.

Der Geruch des Eukalyptus. Wie häufig hatte er an diesen Baum gedacht. Wie viele Stunden hatte er in New York nachts wach gelegen und diesen Duft in der Nase gespürt.

Er öffnete das Tor. Wie oft hatte er sich diesen Augenblick vorgestellt.

Er trat ein. Zwei Hunde streunten um seine Beine. Die Hühner waren im Stall.

Tin Win hörte Stimmen im Haus. Er zog die Sandalen aus. Seine Füße erinnerten die Erde. Diese weiche, warme Erde, die zwischen den Zehen kitzelte.

Er tastete sich zur Treppe vor, griff nach dem Geländer. Seine Hände erinnerten das Holz. Nichts hatte sich verändert.

Er stieg die Treppe hinauf, Stufe für Stufe. Er hatte es nicht eilig. Nicht nach fünfzig Jahren.

Er ging die Veranda entlang. Die Stimmen wurden leiser. Als er in der Tür stand, verstummten sie.

Er hörte, wie sich Menschen an ihm vorbei ins Freie schlichen und verschwanden. Selbst die Motten, die eben noch um die Glühbirne gekreist waren, flogen durch das Fenster hinaus in die Dämmerung. Die Käfer, Schaben und Kakerlaken krochen eilig in die Ritzen des Holzes.

Es war still.

Er ging auf sie zu, ohne die Augen zu öffnen. Er brauchte sie nicht mehr.

Jemand hatte ihr ein Bett gebaut.

Tin Win kniete sich davor. Ihre Stimme. Ihr Flüstern. Seine Ohren erinnerten sich.

Ihre Hände in seinem Gesicht. Seine Haut erinnerte sich.

Sein Mund erinnerte sich und seine Lippen. Seine Finger erinnerten sich und seine Nase. Wie hatte er sich nach diesem Geruch gesehnt. Wie hatte er es ohne sie aushalten können? Woher hatte er die Kraft genommen, auch nur einen Tag ohne sie zu sein?

Das Bett bot Platz für zwei.

Wie leicht sie war.

Ihre Haare in seinem Gesicht. Ihre Tränen.

So viel zu teilen, so viel zu geben, so wenig Zeit.

Gegen Morgen verließen sie die Kräfte. Mi Mi schlief in seinem Arm ein.

Die Sonne würde bald aufgehen, Tin Win erkannte es am Gesang der Vögel. Er legte seinen Kopf auf ihre Brust. Er hatte sich nicht getäuscht. Ihr Herz klang müde und schwach. Es wollte nicht mehr.

Er war rechtzeitig gekommen. Gerade noch.

10

Ein Verwandter fand sie am späten Vormittag. Er war am Morgen schon einmal da gewesen und hatte geglaubt, sie schliefen.

Tin Wins Kopf lag auf ihrer Brust, ihre Arme waren um seinen Hals geschlungen. Als er ein paar Stunden später zurückkehrte, waren sie blass und kalt.

Der Mann eilte hinunter ins Dorf und holte den Doktor aus dem Krankenhaus.

Der Arzt war nicht überrascht. Seit mehr als zwei Jahren hatte Mi Mi ihr Grundstück nicht mehr verlassen, seit einem Jahr lag sie im Bett. Er hatte täglich mit ihrem Tod gerechnet. Was er mit seinem Stethoskop hörte, klang nicht gut. Ihm war es ein Rätsel, wie sie trotz ihres schwachen Herzens und ihrer entzündeten Lungen überleben konnte. Er hatte ihr mehrmals angeboten, sie in die Hauptstadt zu bringen. Dort war die medizinische Versorgung zwar auch erbärmlich, aber immerhin besser als hier. Sie hatte es abgelehnt. Wenn er sie fragte, wie sie es fertig brächte, trotz der vielen Entzündungen in ihrem Körper am Leben zu bleiben, lächelte sie nur. Vor ein paar Tagen erst hatte er sie besucht und ihr Medikamente gebracht. Er war erstaunt gewesen, wie munter sie wirkte. Besser als in den Monaten zuvor. Sie saß aufrecht im Bett, summte vor sich hin, in ihrem Haar steckte eine gelbe Blüte. Sie sah aus, als erwarte sie jemanden.

Den Toten neben ihr kannte er nicht. Er war in Mi Mis Alter, vermutlich birmanischer Abstammung, aber er konnte unmöglich aus Kalaw oder der näheren Umgebung kommen. Seine Zähne waren trotz des hohen Alters in tadellosem Zustand. Und derart gepflegte Füße hatte der Arzt noch nie gesehen. Sie machten nicht den Eindruck, als wäre der Mann in seinem Leben viel barfuß gelaufen. Seine Hände waren nicht die eines Bauern. Er trug Kontaktlinsen. Vielleicht kam er aus Rangun.

Er schien bei guter Gesundheit gewesen zu sein. Über die Todesursache konnte der Arzt nur spekulieren.

»Herzversagen«, schrieb er auf ein Blatt Papier.

Die Nachricht von Mi Mis Tod verbreitete sich im Ort ebenso schnell wie am Abend zuvor das Gerücht von der Rückkehr Tin Wins. Am Nachmittag standen die ersten Dorfbewohner im Hof, mit kleinen Kränzen aus frischem Jasmin und Sträußen aus Orchideen, Freesien, Gladiolen und Geranien. Sie legten sie auf der Veranda ab und verteilten sie, als dort kein Platz mehr war, auf den Treppen, vor dem Haus und im Hof. Andere trugen Mangos und Papayas, Bananen und Äpfel als Opfergaben den Hügel hinauf und erbauten kleine Pyramiden aus Obst. Es sollte Mi Mi und ihrem Geliebten an nichts fehlen. Räucherstäbchen wurden entzündet und in die Erde oder mit Sand gefüllte Vasen gesteckt.

Bauern kamen von ihren Feldern, Mönche aus ihren Klöstern, Eltern mit ihren Kindern, und wer zu schwach oder zu alt war, den Berg hinaufzugehen, wurde von Nachbarn oder Freunden getragen. Am Abend war der Hof voll von Menschen, Blumen und Früchten. Es war eine klare, milde Nacht, und als das Mondlicht über die Berge fiel, waren der Weg und die angrenzenden Höfe mit Trauernden überfüllt. Sie hatten Kerzen,

Taschenlampen und Petroleumleuchten mitgebracht, und wer auf der Veranda von Mi Mis Haus stand, blickte über ein Lichtermeer. Niemand sprach ein lautes Wort. Wer die Geschichte von Tin Win und Mi Mi noch nicht gehört hatte, bekam sie von seinem Nachbarn zugeflüstert. Einige der ältesten Bewohner behaupteten sogar, sie hätten Tin Win gekannt und nie daran gezweifelt, dass er eines Tages zurückkehren würde.

Am nächsten Morgen blieben die Schulen und die Teehäuser, ja selbst das Kloster leer, und es gab niemanden in Kalaw, der nicht wusste, was geschehen war. Unter die Trauer über Mi Mis Tod hatte sich seit den ersten Stunden des Tages eine gewisse Leichtigkeit gemischt. Sie war nicht ohne ihn gestorben. Ihr Warten war belohnt worden. Sie hatte sich nicht getäuscht. Er war zurückgekommen. Nach fünfzig Jahren. Es gab eine Macht, der weder Zeit noch räumliche Entfernung etwas anhaben konnten. Es gab eine Kraft, die Menschen verband und die stärker war als die Angst und das Misstrauen. Eine Kraft, die Blinde zu Sehenden macht und den Gesetzen des Verfalls nicht gehorcht. Es war das Einzige, an das die Menschen in Kalaw an diesem Tag glaubten.

In der Prozession, die den beiden Toten zum Friedhof folgte, wurde geweint und gesungen, wurde getanzt und gelacht. Sie hatten Mi Mi verloren, aber sie hatten etwas anderes dafür gewonnen. Eine Hoffnung, die sie bewahren und weitergeben würden von Generation zu Generation. Niemand konnte ihnen das nehmen.

Der Bürgermeister hatte, in Absprache mit dem Militär, dem Abt und anderen Honoratioren des Ortes, gestattet, dass Mi Mi und Tin Win im Tode eine der größten Ehren zuteil wurde, die Kalaw zu vergeben hatte: Ihre Leichen durften auf dem Friedhof verbrannt werden.

Seit dem Morgengrauen hatten ein Dutzend junger Männer Reisig, Äste und Zweige gesammelt und zu zwei Haufen getürmt. Fast drei Stunden dauerte es, bis der Trauerzug den Weg von Mi Mis Haus zum Friedhof auf der anderen Seite Kalaws zurückgelegt hatte.

Es gab keine Zeremonien und keine Ansprachen. Die Menschen brauchten keinen Trost.

Das Holz war trocken, die Flammen gefräßig. Nach wenigen Minuten fingen die Leichen Feuer.

Es war ein windstiller Tag. Die Rauchsäulen waren weiß, wie die Blüten des Jasmin. Sie stiegen senkrecht in den blauen Himmel.

Niemand, der dabei war, wird diesen Anblick je vergessen.

11

U Bas Erzählung vom Tod meines Vaters traf mich unvorbereitet. Warum? Genug Zeit hätte ich gehabt. Aber was im Leben bereitet uns auf den Verlust unserer Eltern vor?

Mit jeder Stunde, die ich ihm länger zugehört hatte, war meine Zuversicht gewachsen. Seine Erzählung hatte meinen Vater lebendiger gemacht, als ich ihn in Erinnerung hatte. Am Ende war er mir so nah, dass ich mir seinen Tod nicht mehr vorstellen konnte. Er war am Leben. Ich würde ihn wiedersehen. Ich saß neben U Ba auf der Treppe und war mir sicher, sie waren im Haus. Ihr hörte ihr Flüstern. Ihre Stimmen.

Das Ende der Geschichte. Ich wollte aufstehen und hineingehen. Ich wollte sie begrüßen und meinen Vater wieder in den Arm nehmen. Es vergingen Sekunden, bis ich begriff, was U Ba gesagt hatte. Als ob ich den letzten Teil seiner Erzählung gar nicht wahrgenommen hätte. Wir gingen nicht ins Haus. Ich wollte es nicht von innen sehen. Nicht jetzt.

U Ba brachte mich zurück zu seinem Hof. Auf seinem Sofa schlief ich vor Erschöpfung ein.

Die nächsten beiden Tage verbrachte ich in einem Sessel in seiner Bibliothek und schaute ihm beim Restaurieren seiner Bücher zu. Wir sprachen nicht viel. Er saß über seinen Schreibtisch gebeugt, in die Arbeit vertieft. Studierte Buchseiten. Tunkte Papierschnipsel in Kleber. Zeichnete As und Os nach. Widersetzte sich allen Gesetzen der Effizienz.

Die Gelassenheit, mit der er seiner Routine nachging, beruhigte mich. Er stellte keine Fragen und forderte nichts. Zuweilen blickte er über seinen Brillenrand zu mir herüber und lächelte. Ich fühlte mich in seiner Nähe wohl und beschützt, auch ohne viele Worte.

Am Morgen des dritten Tages gingen wir zusammen auf den Markt. Ich hatte angeboten, für ihn zu kochen. So wie ich es für Freunde in Manhattan tat. Er war überrascht, aber schien sich zu freuen. Wir kauften Reis, Gemüse, Kräuter und Gewürze. Ich wollte ein vegetarisches Curry machen, das ich mit einer indischen Freundin in New York manchmal kochte. Ich fragte ihn nach seinem Kartoffelschälmesser. Er verstand nicht, was ich meinte. Er hatte ein Messer. Und das war stumpf.

Ich hatte noch nie auf offenem Feuer gekocht. Der Reis brannte an. Das Gemüse kochte über. Das Wasser löschte die Flammen. Geduldig entfachte er ein neues.

Es schmeckte ihm trotzdem. Behauptete er.

Wir hockten im Schneidersitz auf seinem Sofa und aßen. Das Kochen hatte mich abgelenkt. Jetzt kehrte die Traurigkeit zurück.

»Haben Sie geglaubt, Sie würden ihn wiedersehen?«, fragte er. Ich nickte.

»Das tut mir Leid, es ist meine Schuld. Ich habe Ihnen falsche Hoffnungen gemacht.«

»Nein«, widersprach ich. »Im Gegenteil. Ihre Erzählungen haben ihn mir so nahe gebracht, dass ich mir nicht vorstellen kann, dass er nicht mehr am Leben ist. Es ist so endgültig. Ich konnte nicht Abschied nehmen von ihm. Nicht in New York. Nicht in Kalaw. Das tut weh. Diese Art von Schmerz kannte ich nicht.«

U Ba sagte nichts.

»Lebt Ihr Vater noch?«, fragte ich nach einer Pause.

»Nein. Er ist vor einigen Jahren gestorben.«

»War er krank?«

»Meine Eltern waren alt, für birmanische Verhältnisse sogar sehr alt.«

»Hat ihr Tod Ihr Leben verändert?«

U Ba überlegte. »Ich habe sehr viel Zeit mit meiner Mutter verbracht, also bin ich jetzt mehr allein. Sonst hat sich nicht viel verändert.«

»Wie lange haben Sie gebraucht, um darüber hinwegzukommen?«

»Darüber hinweg? Ich weiß nicht, ob ich es so ausdrücken würde. Wenn wir über etwas hinwegkommen, gehen wir weiter, und es liegt bald hinter uns. Lassen wir die Toten zurück oder nehmen wir sie mit? Ich glaube, wir nehmen sie mit. Sie begleiten uns. Sie bleiben bei uns, nur in anderer Form. Wir müssen lernen, mit ihnen und ihrem Tod zu leben. Das hat in meinem Fall ein paar Tage gedauert.«

»Nur ein paar Tage?«

»Als ich begriff, dass ich sie nicht verloren hatte, ging es mir schnell besser. Ich denke jeden Tag an sie. Ich überlege, was sie in bestimmten Momenten sagen würden. Ich frage sie um Rat, selbst heute noch, in einem Alter, wo es bald an der Zeit ist, an meinen eigenen Tod zu denken.« Er nahm noch etwas Reis und fuhr fort: »Um meine Eltern musste ich nicht trauern. Sie waren alt und müde und wollten nicht mehr. Sie hatten ihre Leben gelebt. Das Sterben war für sie keine Qual. Sie hatten keine Schmerzen. Ich bin überzeugt, dass sie in dem Augenblick, in dem ihre Herzen aufhörten zu schlagen, glücklich waren. Gibt es einen schöneren Tod?«

»Vielleicht muss man fünfundfünfzig Jahre alt sein, um so denken zu können.«

»Vielleicht. Wenn man jung ist, ist es schwieriger. Es hat lange gedauert, bis ich den Tod meiner Frau akzeptieren konnte. Sie war nicht alt, noch keine dreißig. Wir hatten gerade dieses Haus gebaut und waren sehr glücklich zusammen.«

»Woran ist sie gestorben?«

U Ba dachte lange nach. »Diese Frage erlauben wir uns nicht, weil wir darauf selten eine Antwort bekommen würden. Sie sehen die Armut, in der wir leben. Der Tod gehört bei uns zum Alltag. Ich vermute, die Menschen in meinem Land sterben jünger als in Ihrem. Vergangene Woche bekam der achtjährige Sohn einer Nachbarin über Nacht hohes Fieber. Zwei Tage später war er tot. Uns fehlt es an Medikamenten, um selbst die einfachsten Krankheiten zu behandeln. Die Frage nach dem Warum, die Suche nach einer Todesursache, ist unter solchen Umständen ein Luxus. Meine Frau starb in der Nacht. Ich erwachte morgens und fand sie tot neben mir. Mehr weiß ich nicht.«

»Das tut mir Leid.«

Wir schwiegen lange. Ich überlegte, ob ich, von meinem Vater abgesehen, schon jemanden verloren hatte, den ich gut kannte. Die Eltern meiner Mutter lebten noch. Der Bruder einer Freundin war im vergangenen Jahr im Atlantik ertrunken. Mit ihm waren wir häufiger an Wochenenden in Sag Harbour und Southampton unterwegs gewesen. Ich mochte ihn, aber er war mir nicht nah. An seiner Beerdigung konnte ich nicht teilnehmen, ein Termin in Washington kam dazwischen. Die Mutter meiner Tennispartnerin war kürzlich an Krebs gestorben. Bei ihr hatte ich als Kind Klavierunterricht gehabt. Sie hatte lange gelitten, und ich hatte meinen versprochenen Krankenbesuch immer wieder aufgeschoben, bis es zu spät war. Ich war wohl der Meinung, dass bei uns der Tod nicht allgegenwärtig sei, dass es die Welt der Kranken und Sterbenden gebe und die Welt der Gesunden, und dass die Gesunden von der Welt der Kranken und Sterbenden nichts wissen möchten. Als hätten sie nichts miteinander zu tun. Als genüge nicht ein falscher Schritt auf dünnem Eis, eine vergessene Kerze, um von der einen in die andere zu gelangen. Ein Röntgenbild mit einem weißen Knoten in der Brust.

U Ba stand auf und brachte die Teller in die Küche. Er blies mehrmals kräftig ins Feuer, legte einen Holzscheit nach und setzte Wasser auf.

»Ich möchte keinen Tee«, rief ich in die Küche. »Ich würde gern auf den Friedhof gehen. Ich möchte sehen, wo sie verbrannten. Kommen Sie mit?«

»Natürlich«, sagte U Ba durch die Holzwand.

Unsere Schritte wurden langsamer. Ich war außer Atem, doch das lag nicht an dem Winkel, in dem die Straße den Hügel bergauf führte. Es war ein sanfter Anstieg. Wir waren auf dem Weg zur letzten Station meiner Suche. Ich hatte vor dem Haus gestanden, in dem mein Vater starb. Ich hatte in dem Garten gesessen, in dem er seine Kindheit und Jugend verbrachte. Nun wollte ich wissen, wo seine Reise endete.

»Es gibt kein Grab und auch keinen Gedenkstein. Der Wind hat seine Asche in alle Richtungen verstreut«, hatte U Ba mich gewarnt. Ich fürchtete mich vor dem Anblick des Friedhofs. Als würde ich damit zugeben, dass auch meine Reise ein Ende hatte.

Die notdürftig geteerte Straße versandete allmählich und ging in einen holprigen Lehmweg über, und bald konnte ich, zwischen Büschen und vertrockneten Gräsern versteckt, die ersten Gräber ausmachen. Graubraune Betonplatten, viele davon verziert und mit birmanischen Inschriften versehen, manche aber lagen völlig schmucklos und ohne Gravuren im Staub, als wären es Reste einer Baustelle, die vor Jahren aufgegeben worden war. Einige hatten Risse bekommen, aus denen Gräser wuchsen, andere waren von Gestrüpp überwuchert. Es gab keine frischen Blumen zu sehen, keine der Grabstätten war gepflegt.

Wir kletterten den Hügel bis zur Kuppe hinauf und setzten uns. Ein verlassener Ort. Die einzigen Spuren menschlichen Bemühens waren Trampelpfade, die sich wie Ameisenstraßen durch die Berge zogen. Es war still. Nicht einmal der Wind rauschte.

Ich dachte an unsere Spaziergänge. An die Brooklyn Bridge, die Staten-Island-Fähre, an unser Haus und den Geruch von warmen Zimtschnecken am Morgen.

Weiter konnte ich von Manhattan nicht entfernt sein. Ich vermisste es nicht. Ich spürte eine fast unheimliche Ruhe in mir. Mir kamen die Abende in den Sinn, an denen er mir Märchen erzählte. Die Opernaufführungen im Central Park. Klappstühle und ein viel zu schwerer Picknickkorb. Mein Vater duldete kein Plastikgeschirr und keine Pappbecher. Er trug einen schwarzen Anzug, als säße er in der Met. Eine warme Sommernacht. Kerzenschein. Jedes Mal schlief ich auf seinem Schoß ein. Ich dachte an seine sanfte Stimme und sein Lachen, seinen Blick und die kräftigen Hände, mit denen er mich in die Luft warf und wieder auffing.

Ich wusste, warum er bei uns geblieben war und warum er nach fünfzig Jahren zu Mi Mi zurückkehrte. Es war mehr als nur die Verantwortung für uns, die ihn in New York gehalten hat. Ich war mir sicher, er liebte seine Familie, meine Mutter, meinen Bruder und mich, jeden auf seine Weise. Und er liebte Mi Mi. Beiden Lieben ist er treu geblieben, und dafür war ich ihm dankbar.

»Es gibt noch ein Detail, das Sie vielleicht interessiert«, sagte U Ba.

Ich blickte ihn fragend an.

»Der Berg Reisig mit Mi Mis Leiche lag dort«, er zeigte auf einen runden Kreis, ein paar Schritte von meinen Füßen entfernt. »Der von ihrem Vater dort drüben, vielleicht zwanzig Me-

281

ter weiter unten. Die beiden Haufen wurden zur selben Zeit angezündet. Das Holz war trocken, und die Flammen fraßen die Zweige auf. Es war ein sehr windstiller Tag. Die Rauchsäulen stiegen senkrecht in den Himmel.«

So viel hatte er mir schon erzählt. Ich wusste nicht, worauf er hinauswollte. »Und?«

»Dann wurde es still«, sagte er und lächelte.

»Still?«

»Ganz still. Trotz der vielen Menschen, die versammelt waren. Niemand sagte ein Wort. Selbst die Feuer hörten auf zu knistern und brannten lautlos vor sich hin.«

Da war mein Vater wieder, auf der Bettkante sitzend. Ein hellrosa gestrichenes Zimmer. Gelbschwarz gestreifte Bienen unter der Zimmerdecke. »Und die Tiere fingen an zu singen?«, fragte ich.

U Ba nickte. »Viele der Trauergäste behaupteten später, sie hätten Tiere singen hören.«

»Und plötzlich, niemand wusste warum, bewegten sich die beiden Rauchsäulen?«

»Ich kann es bezeugen.«

»Obwohl es windstill war, trieben sie aufeinander zu, bis ...?«

»Nicht alles, was wahr ist, kann man erklären, Julia«, unterbrach er mich. »Und nicht alles, was man erklären kann, ist wahr.«

Ich blickte auf die Stellen, wo sich die Holzhaufen mit den Leichen befunden hatten und dann in den Himmel. Blau war er. Blau und wolkenlos.

12

Ich erwachte in der Dunkelheit. Ich lag in meinem Bett im Hotel. Ein Traum hatte mich geweckt. Ich war zwölf oder dreizehn Jahre alt, es war mitten in der Nacht in unserem Haus in New York. Ich hörte Geräusche aus dem Schlafzimmer meines Vaters. Die Stimmen meines Bruders und meiner Mutter. Mein Vater röchelte. Ein lautes, unheimliches Geräusch, das durchs ganze Haus hallte, und es klang nicht nach einem Menschen. Ich stand auf. In meinem weißen Nachthemd ging ich über den Flur, das Holz war kalt an den nackten Füßen. Im Zimmer meines Vaters brannte Licht. Meine Mutter kniete neben seinem Bett. Sie weinte. »Nein«, stammelte sie. »Um Gottes willen, nein. Nein, nein, nein.«

Mein Bruder schüttelte meinen Vater. »Wach auf, Papa, wach auf.« Er kniete sich über ihn und massierte ihm die Brust, beatmete ihn. Mein Vater schlug mit den Armen. Seine Augen waren weit hervorgetreten, sein Haar war nass vom Schweiß. Er klammerte. Er kämpfte. Er wollte nicht gehen.

Noch einmal stöhnte er laut auf. Seine Arme bewegten sich langsamer, sie zuckten und erschlafften. Sekunden später hingen sie reglos aus dem Bett.

Der Traum hatte mich geweckt, und ich verstand, wie gnädig die Wirklichkeit gewesen war.

Ich schloss die Augen und versuchte, mir die letzten Stunden meines Vaters mit Mi Mi vorzustellen. Es gelang mir nicht. Ich musste mir eingestehen, dass dies ein Teil von ihm war, den ich nicht kannte. Aber je länger ich darüber nachdachte, desto mehr begriff ich, dass es für mich keinen Grund zur Trauer gab. Ich spürte eine Nähe zu meinem Vater, die ich nicht erklären und nicht beschreiben konnte. Es war die eines Kindes, natürlich und bedingungslos. Sein Tod war kein tragisches Unglück,

weder für mich noch für ihn. Er hatte sich nicht dagegen gewehrt. Er hatte Abschied genommen. Er war gestorben, wann
und wo er wollte. Bei wem er wollte. Dass nicht ich es war, die
an seiner Seite saß, war nicht wichtig. Mit seiner Liebe zu mir
hatte das nichts zu tun. Nach ein paar Minuten schlief ich wieder ein.

Als ich aufstand, war es später Vormittag. Es war heiß in meinem Zimmer und die kalte Dusche tat gut.

Der Kellner schlief in einer Ecke des Speisesaals. Vermutlich
hatte er seit sieben Uhr auf mich gewartet. Rühr- oder Spie-
gelei. Tee oder Kaffee.

Ich hörte die Frau vom Empfang über den Flur schlurfen.
Sie kam quer durch den Raum zu mir, deutete einen Knicks
an und legte einen braunen Umschlag auf meinen Tisch. U Ba
habe ihn heute frühmorgens gebracht. Für einen Brief war er
zu dick, ich öffnete ihn. Er enthielt fünf alte handcolorierte Fotos, die mich an Postkarten aus den Zwanzigerjahren erinnerten.
Auf den Rückseiten waren mit Bleistift Daten notiert. Das erste
Bild stammte aus dem Jahr 1949. Eine junge Frau saß im Lotussitz vor einer hellen Wand. Sie trug eine rote Jacke und einen
roten Longy, ihr schwarzes Haar hatte sie hoch gebunden, eine
gelbe Blüte steckte darin. Die Andeutung eines Lächelns. Das
musste Mi Mi sein. U Ba hatte nicht übertrieben. Sie war von
einer Anmut, einer Schönheit, die mich tief betroffen machte,
und in ihren Zügen lag eine Ruhe, die mich auf eine sonderbare Art berührte. Ihr Blick war so intensiv, als würde sie
mich, und nur mich, anschauen. Neben ihr hockte ein acht-,
vielleicht neunjähriger Junge in einem weißen Hemd. Der Sohn
einer ihrer Brüder? Er starrte mit ernstem Gesicht in die Kamera.

Die Aufnahmen waren im Abstand von jeweils zehn Jahren
entstanden und zeigten Mi Mi in immer der gleichen Pose. Auf
dem zweiten Foto wirkte sie kaum älter. Hinter ihr stand ein

junger Mann, der seine Hände auf ihre Schultern gelegt hatte. Beide lächelten auf eine ähnliche Weise, offen und freundlich, aber mit einer deutlichen Spur Melancholie.

Auf dem nächsten Bild waren ihr die Jahre schon ein bisschen anzusehen, ohne dass das ihrer Ausstrahlung etwas hätte anhaben können. Im Gegenteil, die ältere Mi Mi fand ich noch schöner. Ich kannte aus New York keine Frauen, die nicht versucht hätten, ihr Alter mit Kosmetik und der Hilfe von Chirurgen zu bekämpfen oder zumindest zu verschleiern. Mi Mi sah aus wie jemand, der in Würde alterte.

Wieder war ein Mann mit auf dem Foto.

Die letzte Aufnahme war 1989 entstanden, zwei Jahre vor der Rückkehr meines Vaters. Mi Mi hatte abgenommen, sie sah müde aus und nicht gesund. Neben ihr saß U Ba. Ich erkannte ihn erst auf den zweiten Blick. Er sah jünger aus als heute. Ich breitete die Fotos vor mir aus und studierte noch einmal jedes einzelne gründlich.

Mein Herz erkannte die Ähnlichkeit zuerst. Es schlug auf einmal so heftig, dass es schmerzte. Ich brauchte Sekunden, bis ich den ungeheuerlichen Verdacht denken und in Worte fassen konnte. Mein Blick flog von einem Foto zum anderen. Der Mann auf dem Bild von 1969 war ebenfalls U Ba. Der zehn Jahre zuvor vermutlich auch, und die Ähnlichkeit mit dem Kind neben Mi Mi war nicht zu verkennen. Ich rechnete. Ich sah U Ba vor mir. Seine kräftige Nase. Sein Lachen. Seine sanfte Stimme. Die Art, wie er sich am Kopf kratzte. Ich wusste, an wen er mich erinnerte. Warum hat er mir nichts gesagt? Hatte er Angst, ich würde ihm nicht glauben? Oder täuschte ich mich? Bildete ich mir die Ähnlichkeit mit meinem Vater ein?

Ich wollte auf der Stelle zu U Ba. Er war nicht zu Hause. Eine Nachbarin sagte, er sei ins Dorf gegangen. Es war bereits später Nachmittag. Ich lief die Hauptstraße auf und ab und fragte nach ihm. Niemand hatte ihn gesehen.

Im Teehaus war er schon gewesen. Normalerweise käme er noch einmal wieder, erklärte der Kellner, der mich erkannte. Doch heute, da sei er sich sicher, würde er nicht noch einmal zurückkehren. Heute sei der Fünfzehnte; Tin Win und Mi Mi seien an einem Fünfzehnten gestorben, und seit über vier Jahren würden die Menschen in Kalaw an jedem Fünfzehnten eines Monats in den Abendstunden des Liebespaars gedenken. Vermutlich sei U Ba bereits auf dem Weg zu Mi Mis Haus. Ich solle einfach die Gleise überqueren und den Menschen folgen.

Es war nicht zu verfehlen. Bereits vom Bahnhof aus sah ich die Prozession, die sich den Hügel hinaufzog. Frauen balancierten Schüsseln und Körbe mit Bananen, Mangos und Papayas auf ihren Köpfen. Männer trugen Kerzen, Räucherstäbchen und Blumen. Das Rot, Blau und Grün ihrer Longys, das frische Weiß ihrer Hemden und Jacken strahlte in der Abendsonne. Auf der Hälfte des Weges hörte ich Kinderstimmen. Sie sangen dieselbe Melodie, die vor ein paar Tagen aus dem Kloster in den Bergen herabgeklungen war. Das Bimmeln von Glöckchen, die der Wind bewegte, begleitete sie.

Mi Mis Haus erkannte ich nicht wieder. Es war mit bunten Fähnchen geschmückt, unter dem Dachsims hing eine Kette kleiner Glocken. Der Hof und die Veranda waren voller Menschen, die mich lächelnd begrüßten. Vorsichtig bahnte ich mir einen Weg. Neben der Veranda saßen die singenden Kinder, und viele der Erwachsenen summten leise mit. Fortwährend stiegen Menschen die Treppe hinauf und verschwanden im Haus, andere kehrten zurück in den Hof. Wo war U Ba?

Ich schob mich durch die Menge und folgte dem Strom die Veranda hinauf.

Das Haus bestand aus einem einzigen großen Raum. Die Fensterläden waren geschlossen. Es gab keine Möbel außer einem Bett. Dutzende von Kerzen waren über die Holzbretter verteilt und tauchten das Zimmer in ein warmes, gelbrötliches

Licht. Auf einem Brett unter dem Dach stand eine große Buddhafigur. Blumen und Teller mit Früchten, Teeblättern, Cheroots und Reis bedeckten das Bett, das über und über mit Blattgold überzogen war, die Pfosten, das Fuß- und Kopfende, selbst die Bretter, die die Matratze einst hielten. Es glänzte im flackernden Schein der Kerzen. Vasen voller Räucherstäbchen und weitere Schalen und Schüsseln mit Opfergaben standen auf dem Fußboden. Es roch nach Weihrauch und Cheroots. Die Frauen tauschten frisches Obst gegen altes aus, nahmen verwelkte Blumen vom Bett und legten frische Sträuße dazu.

Sie verbeugten sich vor dem Buddha und traten ans Bett, schlossen die Augen, hoben die Hände und strichen dann mit den Fingern über das Holz. Als könnten sie damit den Virus wecken. Den Virus, der in uns allen steckt.

»Der Tod«, hatte U Ba gesagt, »ist nicht das Ende des Lebens. Er ist ein Teil davon.« Keinem der Besucher hätte er erklären müssen, was er meinte.

Ich verharrte in einer Ecke und rührte mich nicht. Draußen war es dunkel geworden. Durch einen Spalt in der Wand konnte ich sehen, dass der ganze Hof von Kerzen erleuchtet war.

Plötzlich stand U Ba neben mir. Er lächelte, als wäre nichts geschehen. Ich wollte etwas sagen, aber er hielt seinen Zeigefinger vor die Lippen und deutete mir zu schweigen.

Ich blickte in die Kerzenflammen und auf das Bett, auf die Blumen und die Menschen. Ich war am Ziel. Ich hatte gefunden, wonach ich gesucht hatte. Ich wollte es festhalten, mich daran klammern und ahnte gleichzeitig, dass es ein Geschenk war, das ich nicht einpacken und mitnehmen konnte. Ein Geschenk, das nicht für mich allein bestimmt war. Das uns allen gehörte oder niemandem. Das mir Kraft geben würde bis ans Ende meines Lebens.

Das Vermächtnis von meinem Vater und Mi Mi.

Die Gabe der Liebe.

DANKSAGUNG

Ich möchte mich bei meinen Freunden in Birma bedanken, vor allem bei Winston und Tomy, für ihre großzügige und unermüdliche Hilfe bei den Recherchen in Kalaw und Rangun.

Besonderen Dank schulde ich meiner Frau Anna. Ohne ihren Rat, ihre Geduld und ihre Liebe gäbe es dieses Buch nicht.

JAN-PHILIPP SENDKER

Herzenstimmen

Der Tag, an dem meine Welt aus den Fugen geriet, begann unter einem tiefblauen, wolkenlosen Himmel. Es war ein klirrend kalter Freitag in der Woche vor Thanksgiving. Ich habe mich seitdem oft gefragt, ob ich es hätte kommen sehen können. Weshalb hatte ich nichts bemerkt? Wie konnte sich ein so folgenschweres Ereignis in meinem Leben anbahnen, ohne dass ich auch nur eine Ahnung davon gehabt hatte? Ausgerechnet ich, die Überraschungen so verabscheute. Die sich auf alles, jede Verhandlung, jede Reise, selbst einen Ausflug am Wochenende oder ein gemeinsames Kochen mit Bekannten so gewissenhaft wie möglich vorbereitete. Ich überließ nichts gern dem Zufall. Ich ertrug das Unerwartete nur schwer. Es zählte nicht zu meinen Freunden.

Amy war sich sicher, es habe erste Symptome gegeben. Es gebe sie immer. Wir seien nur so sehr in unseren Alltag vertieft, Gefangene unserer Routinen, dass wir den Blick für sie verloren haben.

Für die kleinen Geschichten, die uns Großes erzählen.

Sie war überzeugt, dass jeder Mensch sich selbst das größte Rätsel ist und unsere lebenslange Aufgabe darin besteht, der Lösung dieses Rätsels näher zu kommen. Lösen, behauptete sie, würden wir es nie. Aber auf den Weg dorthin müssten wir uns machen. Ganz gleich, wie lang er ist oder wohin er uns führt.

Ich war mir nicht sicher. Amy und ich waren oft unterschiedlicher Meinung. Das sollte nicht heißen, dass ich ihr in diesem Fall nicht bis zu einem gewissen Grad recht gab. Vermutlich hatte es in den Monaten zuvor immer wieder Momente gegeben, die mich hätten warnen können. Aber wie viel Zeit können wir tagein und tagaus damit verbringen, in uns hineinzuhorchen, um mögliche Signale und Zeichen für irgendetwas zu entschlüsseln?

Der Brief lag in der Mitte meines Schreibtisches. Es war ein leicht zerknitterter, hellblauer Luftpostumschlag, wie ihn heute kaum noch jemand benutzt. Ich erkannte seine Handschrift sofort. Niemand schrieb mit solcher Hingabe. Nur er nahm sich die Zeit, aus Briefen kleine Kunstwerke zu machen. Die geschwungenen Linien hatte er mit schwarzer Tinte so fein säuberlich gezogen, als handle es sich um eine Kalligrafie. Jeder Buchstabe ein Geschenk. Zwei Seiten eng beschrieben, jeder Satz, jede Zeile mit einer Sorgfalt und Leidenschaft aufs Papier gebracht, wie es nur Menschen vermögen, für die das Schreiben eine Gabe ist, die man nicht hoch genug achten kann.

Auf dem Kuvert klebte eine amerikanische Briefmarke. Er musste es einem Touristen mitgegeben haben, das war der schnellste und sicherste Weg. Ich schaute auf die Uhr. In zwei Minuten sollte die nächste Konferenz beginnen, nicht genug Zeit, um den ganzen Brief zu lesen, aber meine Neugier war zu groß. Ich öffnete den Umschlag und überflog in aller Eile die ersten Zeilen.

Kalaw, der neunte November,
im Jahre zweitausendundsechs

»Meine liebe kleine Schwester,
ich hoffe, … erreicht Dich … guter Gesundheit. Bitte … Schweigen,
das letzte Mal … ein paar Zeilen …?
Eine Ewigkeit … erkrankt … bald sterben … ein Kommen und Gehen … das Leben … wie schnell sich Deine Welt dreht.
Gestern … etwas Sonderbares … Eine Frau … tot zusammengebrochen … . um Vergebung gebeten. Tränen … groß wie Erdnüsse …«

Ein kräftiges Klopfen holte mich zurück. Mulligan stand in der Tür. Sein wuchtiger, durchtrainierter Körper füllte fast den ganzen Rahmen aus. Ich wollte ihn um einen Augenblick Geduld bitten. Ein Brief meines Bruders aus Burma. Ein kleines Kunstwerk, das … Er lächelte, und bevor ich ein Wort sagen konnte, tippte er mit dem Finger auf seine große Armbanduhr. Ich nickte. Mulligan war einer der Partner von Simon & Koons, unser bester Anwalt, aber von Tränen, groß wie Erdnüsse, verstand er nichts. Von Buchstaben als Geschenk auch nicht. Seine Handschrift war unleserlich.

Die anderen Kollegen warteten bereits. Es roch nach frischem Kaffee, Marc steckte sich den letzten Bissen eines Muffins in den Mund und grinste mir zu. Wir hatten eine Wette laufen, ob es ihm gelingen würde, bis Weihnachten fünf Kilo abzunehmen. Es wurde ruhiger, als wir uns setzten. In der kommenden Woche würden wir eine Klageschrift für unseren wichtigsten Mandanten einreichen müssen. Eine komplizierte Geschichte. Copyright-Verletzungen, Raubkopien aus Amerika und China, mutmaßliche Wirtschaftsspionage. Internationales Wirtschaftsrecht. Schadenssumme mindestens hundert Millionen Dollar. Die Zeit war knapp.

Ich dachte an meinen Bruder in Burma. Er war mir plötzlich so gegenwärtig, als hätte er mir nicht einen Brief geschrieben, sondern wäre persönlich gekommen. Ich dachte an unsere erste Begegnung in dem heruntergekommenen Teehaus in Kalaw. Wie er mich angestarrt hatte, plötzlich aufgestanden und auf mich zugekommen war. In seinem vergilbten weißen Oberhemd, seinem verwaschenen Longy, den ausgeleierten Gummisandalen. Mein Halbbruder, von dem ich nichts gewusst, nicht einmal etwas geahnt hatte. Für einen verarmten Alten hatte ich ihn gehalten, der mich anbetteln wollte. Ich erinnerte mich, wie er sich zu mir setzte, um mir eine Frage zu stellen. »Glauben Sie an die Liebe, Julia?« Noch heute habe ich den Klang seiner Worte im Ohr. Als wäre die Zeit für diese Frage stehen geblieben. Ich hatte laut lachen müssen – und er hatte sich nicht aus der Ruhe bringen lassen.

Zehn Jahre waren seither vergangen. Zehn Jahre, in denen ich mir immer wieder fest vorgenommen hatte zurückzukehren, das Grab meines Vaters zu besuchen, Zeit mit U Ba zu verbringen. Ich hatte die Reise von einem Jahr auf das andere verschoben.

Zweimal hatte ich Flüge reserviert und im letzten Moment wieder storniert, weil etwas Wichtigeres dazwischengekommen war. Etwas so Wichtiges, dass ich heute nicht einmal mehr sagen konnte, was es gewesen war. Irgendwann hatte der Alltag die Intensität der Erinnerungen verblassen lassen, der Wunsch verlor seine Dringlichkeit und wurde zu einem vagen Vorhaben in einer unbestimmten Zukunft.

Ich fragte mich, warum ich es in all den Jahren nicht geschafft hatte, ihn wiederzusehen, obgleich ich bei meiner Abreise uns beiden versprochen hatte, in wenigen Monaten zurückzukehren. Wie hatte er, dem ich so viel verdankte, wieder aus meinem Leben entschwinden können? Warum schieben wir das uns wirklich Wichtige so oft auf? Ich hatte darauf keine Antwort.

Während Mulligan etwas vom »Wert des geistigen Eigentums« erzählte, fielen mir U Bas erste Sätze wieder ein. Wort für Wort. »Ich meine es ernst«, war er nach meinem Lachen unbeirrt fortgefahren. »Ich spreche von der Liebe, die Blinde zu Sehenden macht. Von der Liebe, die stärker ist als die Angst. Ich spreche von der Liebe, die dem Leben einen Sinn einhaucht …«

Nein, hatte ich ihm irgendwann geantwortet. Nein, daran glaubte ich nicht.

In den folgenden Tagen war ich von ihm eines Besseren belehrt worden. Und jetzt? Fast zehn Jahre später? Glaubte ich noch an eine Kraft, die Blinde zu Sehenden macht? Würde ich in diesem Kreis jemanden überzeugen können, dass der Mensch über Eigensucht triumphieren kann? Sie würden mich auslachen.

»Julia.« Mulligan zerrte mich zurück nach Manhattan. »Du bist dran.«

Ich nickte ihm zu, warf einen hilflosen Blick auf meine Notizen, wollte mit ein paar Standardsätzen beginnen, als mich ein zaghaftes Flüstern unterbrach.

Ich stockte.

Wer bist du?

Hingehaucht und doch nicht zu überhören.

Wer bist du?

Eine Frauenstimme. Immer noch leise, aber klar und deutlich.

Ich schaute über meine rechte Schulter, um zu sehen, wer mich mit so einer Frage ausgerechnet in diesem Moment unterbrach. Niemand.

Wo mochte sie sonst herkommen?

Wer bist du?

Ich drehte mich unwillkürlich nach links. Nichts. Ein Flüstern aus dem Nirgendwo.

Ein warmer Wind spielte mit meinen Haaren, die Sonne stand fast senkrecht am Himmel und blendete. Ich stand im Schatten eines Flugzeugrumpfes, hielt mir eine Hand über die Augen und betrachtete meine Umgebung.

Jetzt spürte ich, wie die Strapazen, meine Erschöpfung und Müdigkeit mit jedem Schritt ein wenig mehr von mir abfielen. Die Aufregung war zu groß. Ich konnte es kaum mehr erwarten, meinen Bruder wiederzusehen. Mit seiner Hilfe würde ich dem Schicksal der Stimme in mir auf die Spur kommen.

Vor dem Flughafen war nichts los, lediglich ein alter, zerbeulter Toyota wartete mit heruntergekurbelten Fenstern auf einem sandigen Platz vor einer Bretterbude. Hinter dem Lenkrad saß der Fahrer und schlief. Auf die Tür hatte jemand mit schwarzer Farbe das Wort Taxi gemalt. Ich klopfte zaghaft gegen das Blech. Der Fahrer rührte sich nicht. Ein zweites Klopfen, kräftiger. Er hob den Kopf und blickte mich aus verschlafenen Augen an.

»Können Sie mich nach Kalaw bringen?«

Der Mann lächelte freundlich, gähnte und streckte sich. Er stieg aus, band sich seinen Longy neu, öffnete mit einem Schraubenzieher den Kofferraum, verstaute meinen Rucksack, versuchte die Haube trotz des kaputten Schlosses zu schließen, und als das nicht gelang, nahm er einen Draht zu Hilfe, den er durch ein Loch, das der Rost in das Metall gefressen hatte, zog und um die Stoßstange wickelte. Er griff von außen durch das Fenster und machte mir die Tür auf. Die Sprungfedern zeichneten tiefe Kreise in das abgewetzte Polster. Vorne gab es weder Armaturen noch eine Verkleidung, sondern nur ein wildes Durcheinander von schwarzen, gelben und roten Kabeln und Drähten.

Der Fahrtwind war kühl und trocken. Ich versuchte, ein Fenster hochzukurbeln, aber an beiden Seiten fehlten die Griffe.

Ich spürte, wie mich der Fahrer durch den Rückspiegel beobachtete.

»Ist Ihnen kalt, Miss?«

»Ein wenig«, erwiderte ich.

Er nickte. Für ein paar Sekunden verlangsamte er das Tempo, nur um es nach der nächsten Kurve wieder aufzunehmen.

»Wohin darf ich Sie fahren in Kalaw, Miss?«

»Gibt es das Kalaw Hotel noch?«

»Selbstverständlich.«

»Dann dorthin.«

Unsere Blicke trafen sich im Spiegel. Er wackelte leicht mit dem Kopf und lächelte. Seine Zähne und Lippen waren vom Kauen der Betelnüsse blutrot gefärbt. »Wenn Miss es wünscht, könnte ich Ihnen noch andere Hotels empfehlen.«

»Was spricht gegen das Kalaw Hotel?«

Er schwieg einen Moment. »Nichts. Es ist nur so, Miss, dass wir Einheimischen dort nicht gern übernachten würden.«

»Warum nicht?«

»Es heißt, dort gäbe es Gespenster.«

Ich hätte es ahnen können. »Was für Gespenster?«, fragte ich leicht seufzend.

»Oh, das ist eine sehr traurige Geschichte. Das Hotel hat während des Krieges als Lazarett gedient. Unglücklicherweise sind dort einige Engländer verstorben. Ihre Geister sollen noch immer im Haus herumirren.«

»Ich glaube nicht an Gespenster. Oder haben Sie schon einmal eines gesehen?«

»Nein, natürlich nicht.«

»Sehen Sie.«

»Ich übernachte ja auch nicht im Kalaw Hotel.« Er wackelte wieder mit dem Kopf und lächelte.

Die junge Frau an der Rezeption war sehr freundlich, sie sprach ein paar Brocken Englisch, U Ba kannte sie nicht.

Ich machte mich auf die Suche nach dem Teehaus, in dem ich meinem Bruder zum ersten Mal begegnet war. Dort würde man mir mit Sicherheit sagen können, wo er lebte. Ich ging die Straße hinunter, die vom Hotel in die Mitte des Orts führte. Sie war gesäumt von Weihnachtssternsträuchern, Oleander- und Holunderbüschen und in einem besseren Zustand, als ich sie in Erinnerung hatte. Passanten schlenderten gemächlich, die meisten Hand in Hand oder eingehakt. Fast alle grüßten mich mit einem Lächeln. Ein kleiner Junge kam mir auf einem viel zu großen Fahrrad entgegen und rief mir »How are you?« zu.

Bevor ich antworten konnte, war er um die nächste Ecke gebogen.

Ich gelangte an eine Weggabelung, blieb stehen und versuchte mich zu orientieren. Rechts lag ein kleiner Park mit den überwucherten Resten eines Minigolfplatzes, am Eingang parkten zwei Pferdekutschen im Schatten einer Pinie. Links führte die Hauptstraße ins Zentrum. Ich folgte ihr und kam an einer Schule vorbei, aus deren offenen Fenstern Kinderstimmen klangen.

Und dann entdeckte ich U Ba. Ich erkannte ihn schon von Weitem. Ich erkannte ihn an seinem Gang, an seinem leicht federnden Schritt. An seiner Art, mit der rechten Hand den Longy ein wenig anzuheben, um schneller laufen zu können. Er ging auf der Straße und kam geradewegs auf mich zu. Ich spürte mein Herz rasen. Alles in mir erinnerte sich.

Mir schossen Tränen in die Augen. Ich schluckte, presste die Lippen fest aufeinander. Wo war ich so lange gewesen? Warum hatte ich meiner Sehnsucht nach U Ba, nach Kalaw nie nachgegeben? Wie schwer es ist, seinem Herzen zu folgen. Wessen Leben hatte ich in den vergangenen zehn Jahren gelebt?

Er blickte auf und entdeckte mich. Wir verlangsamten beide unsere Schritte. Blieben kurz stehen, gingen weiter, bis wir uns gegenüberstanden.

Ein großer Mensch und ein kleiner. Ein nicht mehr ganz junger und ein noch nicht ganz alter. Bruder und Schwester.

Ich wollte ihn umarmen, ihn fest an mich drücken, aber mein Körper gehorchte nicht. U Ba war es, der die Spannung durchbrach. Er machte einen kleinen, letzten Schritt auf mich zu, streckte seine Arme aus, nahm mein Gesicht behutsam in seine Hände. Schaute mich aus müden und erschöpften Augen an. Ich sah, wie sie wässrig wurden. Wie sie sich füllten, Tropfen für Tropfen, bis sie überliefen.

Seine Lippen zitterten.

»Ich habe mir Zeit gelassen«, flüsterte ich.

»Das hast du. Verzeih mir, dass ich dich nicht vom Flughafen abgeholt habe.«

»U Ba! Du wusstest doch gar nicht, dass ich komme.«

»Nein?« Ein Lächeln, ein kurzes nur.

Ich nahm ihn in den Arm, er stellte sich auf die Zehenspitzen und legte für einen Moment den Kopf auf meine Schulter.

Es gibt große Träume. Und kleine.

»Wo sind deine Sachen?«

»Im Hotel.«

»Dann müssen wir sie nachher holen. Du wirst doch bei mir wohnen, oder?«

Ich dachte an seine Hütte. Ich dachte an den Bienenschwarm, das durchgesessene Sofa, das Schwein unter dem Haus. »Ich weiß nicht, ich möchte dir nicht zur Last fallen.«

»Zur Last fallen? Julia, es ist mir eine Ehre.« Er stockte kurz und fuhr dann leise und mit einem Augenzwinkern fort: »Außerdem würden die Menschen in Kalaw nicht mehr mit mir reden, wenn sie erführen, dass ich meine Schwester, die um die ganze Welt gereist ist, um ihren Bruder zu besuchen, in einem Hotel wohnen lasse. Ausgeschlossen.«

U Ba hakte sich bei mir unter und zog mich in die Richtung, aus der er gekommen war. »Jetzt gehen wir erst einmal einen Tee trinken und etwas essen. Du musst hungrig sein von der langen Reise, oder nicht? Gibt es in diesen Flugzeugen überhaupt etwas zu essen?«

Wir überquerten die Straße und steuerten auf ein Restaurant zu. Es hatte eine große Terrasse mit Sonnenschirmen, niedrigen Tischen und winzigen Hockern und war gut besucht. Wir setzten uns unter einen der Schirme an den letzten freien Tisch. Meine Knie waren höher als die Tischplatte.

Neben uns hockten zwei Frauen, die sich angeregt unterhielten, auf der anderen Seite saßen Soldaten in grünen Uniformen, die U Ba mit einem kurzen Nicken begrüßte.

»Das Lokal gehört den Besitzern des Teehauses, in dem wir uns das erste Mal begegnet sind«, sagte er und hustete.

Ich dachte an die alte schäbige Bretterbude mit dem staubigen Fußboden und der schmierigen Vitrine voller Kekse und Reiskuchen, auf denen immer Dutzende von Fliegen gesessen hatten. »Sie haben sich verbessert.«

»Du hast ihnen Glück gebracht«, erwiderte U Ba und strahlte mich an.

Mein Bruder betrachtete mich lange, ohne ein Wort zu sagen. Der Tee kam in zwei Espressotassen. In meiner schwamm ein totes Insekt. »Oh, so sorry«, sagte die Kellnerin, als ich sie darauf hinwies. Sie nahm einen kleinen Löffel, fischte das Tier aus dem Tee und warf es über das Geländer. Ich war zu überrascht, um etwas zu sagen, und sie entfernte sich mit schlurfenden Schritten.

»Möchtest du einen neuen?«, fragte U Ba.

Ich nickte.

Mit flinken Bewegungen tauschte er unsere Tassen.

»So war das nicht gemeint«, sagte ich beschämt.

Der Tee hatte einen ganz eigenen Geschmack, wie ich ihn nur aus Burma kannte. Sehr stark, eine leichte Bitterkeit, überlagert von gesüßter Kondensmilch.

U Ba nippte an seiner Tasse, ohne die Augen von mir zu lassen. Es war kein Blick, der etwas provozieren wollte. Keiner, der abschätzte, kalkulierte oder musterte. Er ruhte auf mir. Trotzdem verunsicherte er mich. Zehn Jahre waren vergangen. Warum sprudelten die Worte nicht aus uns heraus? Wie geht es dir? Was machst du? Hatten wir uns nichts zu sagen nach so langer Zeit?

Ich wollte die Stille zwischen uns beenden, doch er bedeutete mir mit den Augen, noch einen Moment zu schweigen. Die Kellnerin servierte zwei Schalen mit dampfenden Nudelsuppen.

»Der Flüchtigkeit trotzen. Nicht in Gedanken gleich weiterreisen und auch nicht mit der Vergangenheit verhaftet bleiben. Die Kunst, anzukommen. An einem, nur einem Ort zur selben Zeit zu sein. Ihn mit allen Sinnen wahrnehmen. Seine Schönheit, seine Hässlichkeit, seine Einzigartigkeit. Sich überwältigen lassen, ohne Furcht. Die Kunst zu sein, wo man ist.‹ Das habe ich einmal in einem Buch gelesen, das ich restaurierte. Ich glaube, der Titel war ›Über das Reisen‹. Gefällt es dir?«

Ich nickte, auch wenn ich nicht genau wusste, was er meinte.

Er neigte den Kopf zur Seite und lächelte mich an. »Du bist wunderschön. Noch schöner, als ich dich in Erinnerung gehabt habe.«

Ich lachte verlegen.

»Heute ist der Fünfzehnte, was für ein Zufall«, sagte ich und hoffte, er würde die Anspielung verstehen.

»Ich weiß. Wie könnte ich das vergessen.« Ein Schatten flog über sein Gesicht.

»Gibt es die Prozession zu Ehren von Mi Mi und unserem Vater noch?«

U Ba schüttelte ernst den Kopf, ließ den Blick verlegen durch das Lokal schweifen. Er beugte sich zu mir vor und flüsterte: »Das Militär hat sie verboten.«

»Wie bitte?«, fragte ich zurück. Laut. Viel zu laut. »Warum?«

Er zuckte kurz. Die Soldaten am Nachbartisch erhoben sich, warfen uns beim Gehen neugierige Blicke zu, stiegen vor dem Teehaus in einen Armeejeep und fuhren davon. Sie hinterließen eine Wolke aus Staub, die in unsere Richtung zog und sich dann traurig zwischen den Hockern und Tischen niederließ. Ich hustete einmal kurz.

Mein Bruder hingegen atmete sichtbar auf. »Die Armee mag keine Demonstrationen.«

»Auch nicht, wenn dabei nur zweier Liebender gedacht wird?«, wunderte ich mich.

»Dann am allerwenigsten.« Er nippte an seinem Tee. »Wovor haben Menschen mit Gewehren die größte Angst? Vor anderen Menschen mit Gewehren? Nein! Was fürchten gewalttätige Menschen am meisten? Gegengewalt? Mitnichten! Wovon fühlen sich grausame, selbstsüchtige Menschen am meisten bedroht? Sie alle haben vor nichts mehr Angst als vor der Liebe.«

»Aber die Leute haben doch nur Blumen zu Mi Mis Haus gebracht. Was war daran so gefährlich?«

»Liebende sind gefährlich. Sie haben keine Angst. Sie gehorchen anderen Gesetzen.«

U Ba wollte bezahlen, die Kellnerin sagte etwas auf Burmesisch, was ich nicht verstand, mein Bruder erwiderte einige Sätze, und beide lachten.

»Sie will unser Geld nicht. Wir sind eingeladen.«

»Vielen Dank.«

»Sie dankt dir.«

»Wofür?«

300

»Dass sie dir eine Freude machen durfte.«

Ich war zu erschöpft, um dieser Logik folgen zu können, nickte nur freundlich und erhob mich.

»Sollen wir eine Pferdekutsche zum Hotel nehmen? Du bist bestimmt müde nach diesen Strapazen.«

»Das ist nicht nötig, danke. Den kurzen Weg schaffe ich noch.«

U Ba hustete mehrmals. Ein trockener, stechender Husten.

»Bist du erkältet?«

Er schüttelte den Kopf, nahm wieder meinen Arm, und wir schlenderten die Hauptstraße Richtung Hotel entlang. Ich hatte das Gefühl, dass mein Bruder mich, sobald ich schneller gehen wollte, mit sanftem Druck zurückhielt.

Die Sonne warf nun lange Schatten, bald würde sie hinter den Bergkuppen verschwinden. Die Luft war merklich kühler geworden.

Im Hotel wartete U Ba an der Rezeption, ich ging in den ersten Stock, holte meine Sachen und bezahlte aus Höflichkeit mein Zimmer für zwei Nächte.

U Ba nahm meinen Rucksack, ignorierte all meine Proteste und eilte voran.

Worauf hatte ich mich eingelassen? War ich in der Lage, in dieser Hütte zu wohnen? Ein Plumpsklo zu benutzen, mich am Brunnen im Hof zu waschen? Ich überlegte, mit welcher Ausrede ich meinem Bruder morgen den Umzug zurück ins Kalaw Hotel erklären könnte.

Er stellte eine Thermoskanne mit Tee, zwei Becher und einen Teller mit gerösteten Sonnenblumenkernen auf ein Tablett, und wir gingen ins Wohnzimmer.

Ich nippte an meinem Tee, allmählich spürte ich die Anstrengungen der Reise.

»Hat das Leben«, fragte er, nachdem er sich wieder gesetzt hatte, »haben die Sterne es gut mir dir gemeint in der letzten Zeit?«

Mir geht es gut. Danke. Alles bestens. Alles wunderbar. Ich kann nicht klagen. Es könnte schlechter gehen. Mir gingen alle Floskeln durch den Kopf, mit denen ich in New York eine ähnliche Frage beantwortet hätte. Meinem Bruder gegenüber wäre jede einzelne eine Beleidigung gewesen.

»Eine gute Frage«, erwiderte ich ausweichend.

»Eine dumme Frage«, widersprach er. »Verzeih mir, dass ich sie so unüberlegt gestellt habe. Ob das Leben und die Sterne es gut oder schlecht mit uns gemeint haben, wissen wir ja oft erst viele Jahre später. Das Leben nimmt die eigenwilligsten Wendungen. Was wir als Unglück ansehen, kann sich später als Segen herausstellen und umgekehrt, nicht wahr? Eigentlich wollte ich nur wissen, ob es dir gut geht. Ob du glücklich bist. Ob du geliebt wirst. Alles andere ist unwichtig.«

Ich schaute ihn im Kerzenschein an und kämpfte mit den Tränen. Ich wusste nicht, ob aus Trauer, dass ich seine Frage nicht mit einem lauten, überzeugten Ja beantworten konnte, oder ob mein Bruder mich so tief rührte.

Wurde ich geliebt? Von meiner Mutter selbstverständlich. Auf ihre Weise. Bei meinem Bruder war ich mir nicht sicher.

Von Amy.

Zwei Menschen. Zwei sehr unterschiedliche Arten der Liebe. Mehr fielen mir nicht ein.

Genügte das? Wofür? Von wie vielen Menschen müssen wir geliebt werden, um glücklich zu sein? Zwei? Fünf? Zehn? Oder doch nur von einem? Diesem einen, der uns zum Sehenden macht. Der uns die Angst nimmt. Der unserem Sein einen Sinn einhaucht.

Mein Bruder spürte mein Unbehagen. »Verzeih, dass ich überhaupt gefragt habe. Wie anmaßend von mir. Wie konnte ich so unachtsam sein und einfach losfragen, kaum hast du mein Haus betreten. Als gäbe es kein Morgen. Als hätten wir nicht alle Zeit der Welt, uns zu erzählen, was für die Ohren des anderen bestimmt ist. Es tut mir furchtbar leid. Es muss die Aufregung sein. Und die Freude, dich endlich wiederzusehen. Trotzdem ist mein Verhalten natürlich auch damit nicht zu entschuldigen. Ich kann nur auf deine Nachsicht hoffen.« Er legte einen Finger auf den Mund. »Und kein Wort mehr heute Abend zu diesen aufdringlichen Fragen.«

Seine Art sich auszudrücken, brachte mich zum Lachen. »Versprochen. Aber ich glaube sowieso, dass ich ins Bett muss.«

Er sprang auf. »Natürlich. Noch eine Unaufmerksamkeit meinerseits. Ich werde sofort dein Bett bereiten.«

Ich beharrte darauf, auf dem Sofa zu schlafen. Ich hörte ihn noch vor dem Haus mit Wasser hantieren, hustend die Verandatreppe hochgehen und in sein knarzendes Bett steigen. Kurz darauf löschte er die Kerze.

Das Sofa war bequemer, als ich gedacht hatte, ich erinnerte mich jetzt, wie gut ich damals darauf geschlafen hatte. Trotz meiner Erschöpfung fiel es mir schwer einzuschlafen.

Ich dachte an meinen Vater, und zum ersten Mal nach langer Zeit wünschte ich, er säße neben mir, hielte meine Hand, spräche mit seiner beruhigenden Stimme zu mir. Ihn hatte ich bei meiner Aufzählung vergessen. Auch die Liebe der Toten zählte. Sie konnte uns keiner nehmen.

Ein tröstlicher Gedanke, schlafen konnte ich noch immer nicht. Ich ahnte, dass ich noch Besuch bekommen würde. Es dauerte einige Minuten, in denen ich ruhig auf dem Sofa lag und den Insekten lauschte, bis ich sie hörte.

Bitte, fahr wieder ab.

Es war das erste Mal seit meiner Abreise, dass sich die Stimme meldete. Ich wusste, was sie wollte. Sie hatte mich in New York fortwährend vor dieser Reise gewarnt.

Amitav Ghosh

...an vom Autor
des Weltbestsellers Der Glaspalast

Wie ein großer Vogel gleitet das stolze Segelschiff den Ganges hinauf. Diti, die auf den Feldern am Flussufer für Englands Opium- handel schuftet, kann sich die Vision nicht erklären. Hat das Schicksal ihr ein Zeichen gesandt? Sie flieht nach Kalkutta, wo die Ibis, ein ehemaliges Sklavenschiff, bereits auf sie wartet. Mit den anderen Passagieren hat die junge Frau nur eines gemeinsam: Sie alle müssen Indien und ihr bisheriges Leben für immer hinter sich lassen.

»Ein erstaunliches Panorama bewegender Schicksale.«
Frankfurter Allgemeine Zeitung

978-3-453-40597-4

Leseprobe unter: **www.heyne.de**

HEYNE ‹